G000066526

COLLECTION FOLIO

Lao She

Gens de Pékin

Traduit du chinois
par Paul Bady,
Li Tche-houa, Françoise Moreux,
Alain Peyraube,
Martine Vallette-Hémery
Préface
de Paul Bady

Gallimard

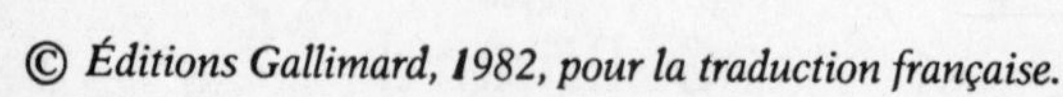

Né en 1899 dans une famille mandchoue de la capitale, Lao She a été, dès son enfance, plongé dans une société en pleine évolution. Après avoir enseigné pendant une vingtaine d'années, notamment en Angleterre, l'écrivain, à la suite du succès remporté par son fameux *Pousse-pousse,* a pu se consacrer entièrement à son œuvre. Sous le régime communiste, il a été amené à composer plusieurs pièces de théâtre, en particulier *La maison de thé.* « Suicidé » au début de la Révolution culturelle, il n'a pu achever le grand roman autobiographique qu'il avait entrepris, *L'enfant du Nouvel An,* mais cette œuvre posthume montre qu'il n'avait rien perdu de son talent de romancier.

Né en 1899 dans une [illegible] de la capitale, Lao She a [illegible] son enfance [illegible] en [illegible] [illegible] [illegible] [illegible] [illegible] [illegible] [illegible] Angleterre [illegible] [illegible] [illegible] [illegible] [illegible] [illegible] [illegible] [illegible] [illegible] [illegible] [illegible] [illegible] [illegible] [illegible] il a composé plusieurs pièces de théâtre [illegible] [illegible] [illegible] de la Révolution [illegible] [illegible] [illegible] [illegible] [illegible] [illegible] [illegible] [illegible] [illegible] [illegible] [illegible] romancier.

A la ville d'hier,
Aux amis d'aujourd'hui,
Aux habitants de demain.

PRÉFACE

« Ceux qui durent sans changer ont une certaine qualité qui n'appartient qu'à eux. »

GEORGES RODITI[1]

L'écrivain public n'est pas celui qui prend la parole : c'est, au contraire, celui qui la donne aux autres. Dans toute son œuvre, aussi bien dans son théâtre que dans ses nouvelles et romans, Lao She n'a cessé de donner la parole à ceux qui ne l'avaient pas : aux tireurs de pousse-pousse[2] *comme aux filles de misère, aux commis de magasin comme aux inspecteurs de police, aux ménagères comme aux petits fonctionnaires, aux artisans comme aux artistes, bref, à tous ceux que la littérature, jusqu'à lui, ne décrivait qu'épisodiquement ou de façon sommaire.*

Non seulement il s'est effacé personnellement devant ses personnages[3]*, mais il s'est fait plus que le compagnon*

1. *L'esprit de perfection,* Paris, Stock, 1975, p. 15.
2. Comme dans son chef-d'œuvre romanesque *Le pousse-pousse,* traduit par François Cheng (Robert Laffont, collection « Pavillons ». Paris, 1973).
3. « Le premier souci du romancier doit être de rendre vivants ses personnages, en faisant en sorte que chacun ait sa propre pensée, ses propres sentiments et qu'aucun n'ait l'air d'une marionnette que l'on peut manier tout à sa guise », écrit lui-même Lao She (*Lao niu po che,* p. 109).

de leur infortune. Ou bien il les fait souvent parler d'eux-mêmes à la première personne, pour qu'ils puissent dire tout ce qu'ils ont sur le cœur ou à l'esprit. Ou bien il trouve le moyen indirect de révéler leur vie intérieure. Car eux aussi en ont une, et un geste, un fragment de phrase, voire une simple intonation, suffisent à traduire leur état d'âme ou le fond de leur pensée.

De tous les grands écrivains chinois modernes, Lao She est un des premiers à avoir pleinement utilisé toutes les ressources qu'offrait enfin l'emploi de la langue parlée dans la littérature. Mieux que beaucoup de ses contemporains, qui confondaient parfois la « langue claire » (baihua) *avec l'occidentalisation de la syntaxe et du vocabulaire. Non, c'est vraiment la langue pékinoise dont use, avec un art inné, le romancier. Tel qu'il est écrit, le texte n'en est malheureusement qu'un reflet très incomplet, où les sons, les accents, les tons, les intonations, les interjections et aussi de nombreux suffixes manquent et où les caractères eux-mêmes sont quelquefois fautifs, et la ponctuation, assez souvent, défectueuse*[1].

Mais l'important est que quiconque a lu ou fait lire à haute voix du Lao She s'en souvient comme d'une musique originale. Dès la première note, comme s'il était à l'opéra, le lecteur ne peut plus se tromper : il est à Pékin, au milieu de Pékinois. Dans les descriptions, il arrive même parfois que ce soit la ville elle-même qui semble parler d'elle, de la beauté de son ciel ou de ses monuments impériaux. Comme Marco Polo ou Segalen, l'un et l'autre éblouis, à plusieurs siècles d'intervalle, par la splendeur de la vieille capitale, Lao She ne peut résister au charme magique qui se dégage de la ville. Aussi bien de ses ruelles les plus étroites, comme celle où il est né au tournant du

1. Nous avons essayé, dans toute la mesure du possible, de la respecter. Mais il nous a fallu parfois intervenir devant des erreurs manifestes qui auraient rendu incompréhensible une traduction par ailleurs souvent délicate.

siècle, que des grandes portes au bout des larges avenues qui quadrillent l'espace urbain.

Grosse bourgade promue capitale, Pékin, quand Lao She écrit, c'est-à-dire dans les années trente, n'est plus que la « Paix du Nord » (Peiping). *Après la chute de l'Empire, les vieilles familles mandchoues ne peuvent servir la nouvelle République, ni non plus déroger : du reste, les soldats des fameuses « bannières » ne savent plus guère manier les armes ni monter à cheval. Ils survivent en vendant l'une après l'autre leurs nobles demeures avec tous les trésors qu'elles contenaient.*

Orphelin un an après sa naissance, Lao She n'aura bientôt plus « ni père ni prince » (wu fu wu jun). *Il vivra des années durant dans le souvenir de ce qu'il a lui-même connu et vu progressivement disparaître. D'où ce regard d'archéologue ou plutôt d'ethnologue, qui tente avec succès de restituer un monde sur le point de sombrer dans l'oubli. D'où également une pensée constamment dominée, comme celle de tout grand écrivain, par l'obsession du temps.*

Des temps, car si les mœurs changent vite, en particulier sous l'influence étrangère[1]*, chacun des hommes que l'auteur nous donne à voir et à entendre a son temps à lui, sa façon propre de le vivre et parfois de le perdre, comme cet acteur manqué qui crut jusqu'au bout qu'un jour il parviendrait.*

Disparition d'un monde, déchéance de l'individu. Les

1. Malgré une forte résistance de la population au changement : « Pékin est le bastion des forces les plus obstinément réactionnaires. La tradition exerce une forte emprise sur les habitants, dont le premier souci est le passé. Leur idéal est l'oisiveté du gentleman ; la condition sociale et la compétence sont seulement recherchées pour elles-mêmes ; la courtoisie, la politesse et le raffinement des manières sont des conditions *sine qua non* de la réussite en société », écrit fort justement Peter Li au sujet d'un roman de la fin des Qing (in Milena Dolezelova-Velingerova *ed., The Chinese Novel at the Turn of the Century,* University of Toronto Press, 1980, p. 152).

nouvelles et récits[1] *de Lao She qui ont été choisis pour ce recueil présentent également un grand intérêt dans la mesure où elles mettent directement en évidence ce que l'on pourrait appeler les limites, si incertaines, de la « civilisation »* (wenming), *par opposition à la « sauvagerie » ou la « barbarie »* (ye *ou* yeman). *Dans cet univers unique en son genre, dans cette société où sont censés régner les vieilles « traditions » ou les « principes »* (guiju), *la prostituée est une fille honnête, le flic un pauvre type que sa femme trompe, le professeur « moderne » et son épouse finalement des gens comme les autres : tout fiers qu'ils sont de leur bonne éducation, ils se croient plus évolués, mais ils finissent eux aussi par s'irriter lorsque les enfants des voisins viennent piétiner les fleurs puis dérober les fruits de leur jardin.*

En apparence, le cri lancé par l'écrivain est désespéré : jamais plus Pékin ne sera la capitale qu'elle fut. Ce cri rejoint celui, tout aussi poignant, du vieux maître d'arts martiaux, tout à la fin de La lance de mort : *« Non, je ne transmettrai rien ! » Mais la bonté des hommes, leur humanité foncière et leur humour sont des valeurs que les événements politiques peuvent mettre en danger : ils ne les détruiront pas de sitôt. Et s'il y a un message ou une leçon à tirer de cette œuvre qui, à la différence du théâtre composé postérieurement, n'est pas à thèse, c'est que l'homme de Pékin, dans sa diversité et sa particularité, survivra à toutes les révolutions. Et cela, même si l'écrivain lui-même, l'une des toutes premières victimes de la Révolution culturelle, n'a pu personnellement échapper à ses jeunes bourreaux*[2].

Evidemment, on ne le voit guère aujourd'hui. Mais,

1. Sur la distinction que l'on peut établir entre ces deux genres, voir notre étude « Lao She et l'art de la nouvelle » mentionnée dans la bibliographie en fin de volume.
2. Sur le prétendu « suicide » de l'écrivain, cf. le tableau chronologique et l'étude citée dans la bibliographie.

comme le disait Lao She lui-même, seuls ceux qui ne font que passer dans sa ville natale peuvent porter sur elle, sur son peuple, des jugements définitifs[1]. *Les autres se taisent, ou bien sont obligés de se contredire. Mais la vie n'est-elle pas précisément cela : un mélange sans fin de rires et de pleurs, de courts espoirs et de longues désespérances ; pour beaucoup, une illusion qui se détruit elle-même en même temps qu'elle se construit ; pour d'autres, plus heureux, un rêve merveilleux et fou qui finit dans la lumière ?*

Paul Bady

1. *Lao niu po che, op. cit.*, p. 19.

REMERCIEMENTS

Fruit d'un travail mené de bout en bout en équipe, le présent ouvrage doit beaucoup à Mme Lao She, Hu Jieqing, ainsi qu'à ses enfants, Shu Ji et Shu Yi. En dépit de la distance qui sépare encore Paris de Pékin, lettres et rencontres ont permis de mettre au point de nombreux détails biographiques.

Notre reconnaissance va également à Mme Guan Mingzhe (d'ascendance mandchoue), Luo Shenyi (elle aussi d'origine mandchoue, fille du meilleur ami d'enfance de l'écrivain) et Christiane Zhu (petite-fille d'un ancien conseiller de la Légation impériale de Chine à Paris).

REPÈRES BIOGRAPHIQUES

1899 Naissance de Lao She, de son vrai nom Shu Qingchun, à la veille du Nouvel An lunaire (3 février) et dans la capitale impériale. Sa famille est mandchoue, mais de rang modeste (bannière rouge pleine) et illettrée.

1900 Son père, qui était garde du Palais, est tué le 15 août en défendant la Cité Interdite contre les troupes alliées venues délivrer les légations assiégées par les Boxeurs. Pour entretenir la famille, la veuve est obligée de faire des lessives et des ménages.

1905 Le futur romancier suit les cours d'une école privée.

1908 Il fréquente une école primaire et se lie d'amitié avec le jeune Luo Changpei, qui deviendra un grand linguiste.

1912 Alors que sa famille envisage de lui faire apprendre un métier manuel, il est admis à l'école normale de Pékin, où les études sont gratuites.

1918 A sa sortie, il est nommé directeur d'une école primaire de la capitale.

1920 Il connaît son premier amour, mais celui-ci se révèle impossible.

1921 Il est envoyé en tournée d'inspection dans les provinces du Jiangsu et du Zhejiang. A son retour, il est nommé conseiller pédagogique d'un district de Pékin.

1922 Il démissionne et devient secrétaire de la Société d'Education de Pékin, après avoir enseigné quelque temps à l'école secondaire Nankai de Tianjin et publié sa première nouvelle. Sa mère veut le marier, mais il s'y refuse.

1923 Tout en donnant des cours dans une école secondaire de la capitale, il se met à étudier l'anglais le soir à l'université Yenching, où il entre en contact avec des pasteurs protestants, entre autres le révérend R. K. Evans.

1924 Il s'embarque au cours de l'été pour l'Angleterre, où il enseigne comme assistant à la London School of Oriental Studies.

1925 Il entreprend d'écrire son premier roman, *La philosophie de Lao Zhang,* qui paraîtra l'année suivante en feuilleton dans le *Mensuel du roman* (*Xiaoshuo yuebao*) avant d'être édité par la Commercial Press.

1926 Il obtient une augmentation de salaire et devient « Lecturer in Mandarin and Chinese Classics ». Il fait une conférence sur les « Tang Love Stories » et écrit son deuxième roman *Zhao Ziyue.*

1928 Il vit chez une vieille dame et sa fille, qui inspireront les personnages correspondants de son troisième roman, *Messieurs Ma, Père & Fils,* dont l'action se passe à Londres.

1929 Au début de l'été, il quitte l'Angleterre pour l'Europe, puis s'embarque pour Singapour, où il enseigne dans une école secondaire pendant six mois et écrit *L'anniversaire de Xiao Po.*

1930 Il regagne la Chine, s'arrête à Shanghai et à Pékin, avant d'être nommé professeur à l'université Qilu de Jinan.

1931 Il se marie avec Hu Jieqing, qui est également mandchoue et diplômée de l'école normale de Pékin. Elle lui donnera quatre enfants.

1932 Il publie *La cité des Chats,* roman satirique qui lui a été inspiré par la situation de la Chine, telle qu'il l'a retrouvée après cinq ans d'absence.

1933 Il fait paraître un de ses meilleurs romans, *Divorce.*

1934 Il collabore à de nombreuses revues, dans lesquelles il publie divers textes et plusieurs nouvelles, réunis dans différents recueils. Il écrit *La vie de Niu Tianci.*

1935 Il fait paraître, sous le titre *La vieille carriole,* des essais relatant son expérience littéraire. Il enseigne à l'université du Shandong à Qingdao.

1936 Il publie dans la revue *Le vent de l'univers* son chef-d'œuvre, *Le pousse-pousse,* et décide de se consacrer à son travail d'écrivain.

1937 Devant l'invasion japonaise, il est obligé de quitter Jinan pour Wuhan, tandis que sa famille se rend à Pékin.

1938 Il devient le principal responsable de la Fédération des écrivains et artistes résistants et de la revue qui en dépend.

1939 Replié à Chongqing, où il écrit des textes ou des pièces de théâtre destinés à la propagande patriotique, il se rend sur le front du Nord-Ouest et passe à Yan'an, où il trinque avec Mao Zedong. A la suite des bombardements, il décide d'habiter Beipei.

1941 Il est atteint d'anémie et est contraint de restreindre ses activités. Il apprend très tardivement la mort de sa mère.

1942 Il se remet à écrire des romans, tandis que sa famille le rejoint après cinq ans de séparation.

1944 Il fête au milieu de ses amis (Guo Moruo, Mao Dun, etc.) ses vingt ans de vie littéraire.

1946 Il s'embarque à Shanghai pour les Etats-Unis, où il est, ainsi que le dramaturge Cao Yu, l'invité du Département d'Etat. A la différence de son compagnon de voyage, il prolonge de deux ans le séjour initialement prévu. Les deux premières parties de son grand roman *Quatre générations sous un même toit* paraissent pendant ce temps en Chine.

1949 Le 13 octobre, il quitte le sol américain et regagne la Chine, où il débarque le 9 décembre à Tianjin.

1950 Il est élu au bureau de nombreuses instances dirigeantes dans le domaine culturel, en particulier président de la branche pékinoise de la Fédération des cercles littéraires et artistiques. Il écrit de nouvelles pièces, inspirées notamment par les transformations de la capitale.

1951 Le maire de Pékin, Peng Zhen, lui décerne le titre d'« Artiste du Peuple ».

1953 Il est élu vice-président de l'Union des écrivains.

1954 Il est élu député de Pékin.

1955 Il devient rédacteur en chef de la revue *Arts et lettres* de Pékin.

1956 Sa pièce *En regardant vers Chang'an* est critiquée.

1957 Il prend part aux attaques contre certains « droitiers ». Il publie sa plus belle pièce *La maison de thé.*

1958 Mort de son ami Luo Changpei.

1961 Il commence à rédiger le grand roman autobiographique, dont le titre sera *Sous la bannière rouge.*

1965 Il se rend au Japon, où son œuvre, en traduction, a connu, comme aux Etats-Unis, un très grand succès.

1966 Peng Zhen est destitué le 1er juin. Le 10 juillet, Ba Jin rencontre Lao She, qui lui confie : « Dis aux amis que je vais bien et que je n'ai pas d'ennuis. » Le 23 août, l'auteur du *Pousse-pousse* est roué de coups par les gardes rouges sur les marches du temple de Confucius. Le 24, il retourne au siège de l'Union des écrivains pour un nouveau « meeting de lutte ». Le lendemain soir, on annonce à Mme Lao She que l'on a retrouvé le corps de son mari au bord du lac de la Grande Paix. La tête était seule dans l'eau et les vêtements secs. Aucune autorisation d'autopsie n'est donnée et le corps est immédiatement incinéré. Divers témoignages laissent aujourd'hui à penser que le malheureux écrivain ne s'est pas suicidé, mais que l'on a maquillé son meurtre en suicide.

1978 Lao She est officiellement réhabilité lors d'une cérémonie qui a lieu au cimetière de Babaoshan le 3 juin.

1979 Publication posthume des onze premiers chapitres de *Sous la bannière rouge* dans *Littérature du peuple.*

NOTE

Nous avons utilisé la transcription officielle *pinyin*. Pour les mots qui ne sont pas expliqués en note, se référer au petit glossaire en fin de volume.

La lance de mort

La vie n'est qu'un jeu, tout prouve la véracité de cet adage. Jusqu'ici, je le pensais vaguement mais maintenant, j'en suis profondément persuadé.

L'ancienne agence de garde[1] de Sha Zilong[2] était devenue une vulgaire auberge.

L'Orient avait été contraint de s'éveiller de son grand rêve. Le grondement des canons avait fait taire le rugissement des tigres dans les forêts des Indes et de Malaisie. A peine éveillés et se frottant encore les yeux, les hommes eurent beau invoquer leurs dieux et leurs ancêtres, en moins d'un instant, ils perdirent leur pays, leur liberté et leur indépendance[3]. Devant leur porte, se dressaient d'autres hommes au teint différent, armés de fusils au canon encore chaud. A quoi auraient pu servir leurs longues piques, leurs arbalètes aux flèches empoisonnées et leurs boucliers épais décorés de serpents bigarrés, puisque ni leurs aïeux, ni même les dieux vénérés de toute antiquité ne leur étaient plus d'aucun secours ? La Chine, à l'emblème du dragon,

1. *Biaoju :* établissement spécialisé dans la garde et l'escorte des voyageurs.

2. « Dragon des Sables », nom qui évoque par ailleurs le héros du *Roman des Trois Royaumes*, Zhao Zilong.

3. Indépendance (*Zhuquan*), variante. Le texte original donne *quanli*, droits.

était elle-même dépouillée de son mystère, depuis que le chemin de fer, en traversant tombes et sépultures, avait détruit la géomancie. Les hommes d'escorte, avec leurs étendards rouge sombre[1] aux multiples franges, leurs cimeterres d'acier au fourreau gainé de peau de requin vert, leurs chevaux mongols tout bruissants de grelots, leur sagesse et leur jargon de vieux routiers, leur honneur et renom, et Sha Zilong lui-même, avec son habileté de professionnel des arts martiaux et son œuvre, tout cela avait disparu dans la nuit, comme un rêve. L'heure était aux chemins de fer, aux fusils, aux ports ouverts, et à la terreur. On projetait même, paraît-il, de couper la tête à l'Empereur. C'était l'époque intermédiaire où les gardes privés crevaient de faim, avant que les arts martiaux nationaux ne fussent remis à l'honneur par les éducateurs et les partis révolutionnaires.

Celui qui avait connu autrefois Sha Zilong ne pouvait l'oublier à cause de ses yeux brillants comme deux grandes étoiles dans une nuit de givre. Mais à l'heure où commence notre histoire, cet homme, naguère petit et maigre, doué d'une agilité et d'une force peu communes, avait le corps plutôt empâté. Derrière l'auberge qui avait succédé à son ancienne agence, il occupait un petit pavillon de trois travées, donnant au sud. Il avait gardé sa grande lance, dressée au coin d'un mur, mais, dans la cour, on ne voyait plus guère que quelques colombes. C'était seulement pendant la nuit, la porte une fois bien verrouillée, qu'il se remettait à s'entraîner avec sa lance de mort dite « aux cinq tigres ». Cette lance et toute la technique qu'elle supposait lui avaient valu, durant vingt ans, dans le Nord-Ouest, le titre de « Sha Zilong à la lance magi-

1. Mot à mot : rouge jujube, comme la couleur du fruit apprécié des Pékinois.

que », et jamais personne n'avait pu l'égaler. Mais voilà qu'à cette heure, elles ne lui procuraient plus ni honneur ni gloire ; et c'était seulement en caressant la hampe froide, lisse, dure et frémissante de son arme, qu'il se sentait le cœur un peu soulagé. C'était seulement dans la nuit, l'arme en main, qu'il se persuadait être encore celui qu'on appelait jadis « l'homme à la lance magique ». Le jour, il ne parlait guère ni de son passé, ni des arts martiaux ; tout son univers avait été balayé par un ouragan.

Les jeunes qu'il avait formés continuaient à lui rendre souvent visite. Ils étaient presque tous réduits à la misère, l'habileté qu'ils avaient acquise ne trouvant plus à s'employer. Les uns se livraient encore à des démonstrations, lors des foires de pagodes (*miaohui*) : la boxe aux coups de pied foudroyants, le maniement des armes, l'acrobatie et, accessoirement, la vente de fortifiants miraculeux, leur procuraient tout juste deux ou trois cents sapèques. D'autres, ne pouvant vraiment plus demeurer dans l'oisiveté, prenaient une palanche et achetaient un cageot de fruits ou deux paniers de soja vert, qu'ils revendaient au détail le matin, dans la rue, en criant leur marchandise. En ce temps-là, le riz et la viande étaient bon marché, ceux qui voulaient louer la force de leurs biceps avaient encore le ventre bien rempli, mais il n'en allait pas de même pour ceux dont nous parlons : en raison de leur énorme appétit, il leur fallait une nourriture extrêmement riche et consistante, ils ne pouvaient se contenter de pain sec et de galette au piment. Aussi, dès que l'occasion se présentait, lors des processions, on les voyait à l'avant-garde (*kailu*), déguisés en lions ou en lionceaux (*taishi shaoshi*), ou encore en tigres, pour la danse du bâton (*wuhugun*). Ce n'était, bien sûr, que peu de chose par rapport à leur métier de gardes privés, mais cela leur fournissait quand même la possibilité de s'exercer en public et de montrer leur talent. Mais si la participation à ce genre de défilés leur donnait une certaine fierté, il leur fallait aussi un costume convenable : au minimum un pantalon de crêpe de soie noire d'outremer, une chemise neuve de fine toile blanche, et une paire de sandales ornées d'écailles de poisson, ou mieux encore, des bottes de satin noir, dites « pattes de tigres ». Sha Zilong avait beau ne pas leur reconnaître ce titre, ils se considéraient comme des disciples, et, en tant que tels, ils devaient partout garder la face, même si leur figuration dans les défilés leur coûtait de l'argent ou risquait de les entraîner dans une bagarre. S'ils n'étaient pas en fonds, ils allaient demander un subside au maître qui, toujours généreux, leur donnait une somme plus ou moins importante, sans jamais les laisser repartir les mains vides. En revanche, quand, en vue d'une rixe ou d'une parade, ils s'adressaient à lui pour apprendre une botte secrète ou une sentence parallèle, comme, par exemple : « enlever le sabre à mains nues », ou « lutter avec une lance contre un glaive à tête de tigre », le maître esquivait le plus souvent, d'une plaisanterie, leur requête : « Apprendre quoi ? A prendre ou à laisser ! » Ou bien, il les mettait tout simplement à la porte. Ils n'arrivaient pas à comprendre son attitude, et lui en voulaient un peu.

Pourtant, ils continuaient à porter aux nues leur vieux maître : d'une part, ils tenaient à faire savoir que, dans le domaine des arts martiaux, ils avaient reçu un enseignement authentique sous la conduite d'un homme éminent ; et d'autre part, ils désiraient le provoquer, espérant qu'un jour quelqu'un viendrait lui lancer un défi, et que le maître serait obligé de révéler un ou deux de ses coups les plus redoutables. Selon leurs dires, Sha Zilong aurait terrassé un bœuf d'un coup de poing ! Un seul coup de pied lui aurait suffi pour projeter un homme sur le toit d'une maison ! Nul n'avait jamais assisté à ces exploits, mais à force de les entendre raconter, on finissait par y croire pour de bon : la date, le lieu, rien n'y manquait. Vrai de vrai, on pouvait le jurer !

Installé sur un emplacement, dans l'enceinte du temple voué au dieu du Sol, Wang Sansheng[1], le premier lieutenant de Sha Zilong, rangea ses armes au râtelier. S'étant barbouillé de brun le nez avec du tabac à priser, il exécuta quelques moulinets avec son fouet d'acier aux nœuds de bambou, afin d'élargir un peu le terrain. Puis il le posa et, au lieu de saluer le public à la ronde, il se mit à déclamer, les mains posées sur les hanches :

« Je foule aux pieds les braves de tout l'Empire,
J'abats du poing les champions des cinq circuits[2]. »

Et il ajouta, en balayant du regard les spectateurs :

« Chers amis, Wang Sansheng n'est pas un bateleur professionnel. Grâce à sa connaissance des arts martiaux, il a fait partie d'une escorte de protection dans le Nord-Ouest, et s'est lié d'amitié avec les braves des Forêts-Vertes[3]. Actuellement sans occupation, il a retenu cet emplacement pour le plaisir de toute l'assistance. Ceux qui s'intéressent au maniement des armes n'ont qu'à entrer dans la lice, car c'est par les arts martiaux que Wang Sansheng se fait des amis, et je serais personnellement très flatté de relever vos défis. Sha Zilong à la lance magique a été mon maître ; c'est vous dire que je ne plaisante pas. Lequel de ces messieurs me ferait l'honneur de se mesurer avec moi ? »

1. Wang les Trois Victoires.
2. *Lu :* ancienne appellation correspondant approximativement à une province. Il s'agit ici des cinq provinces du Nord-Ouest.
3. *Lülin :* d'après l'*Histoire des Han postérieurs*, ces « Forêts-Vertes » auraient servi de refuge à une bande de rebelles affamés ; par la suite, on désigna sous ce nom les repaires des bandits de grands chemins.

Il était persuadé que personne n'oserait relever le défi, car si sa proclamation était déjà lourde de menaces, son fouet d'acier l'était encore davantage : il pesait bien dix-huit livres ! Véritable colosse au visage taillé à la serpe, Wang Sansheng fixait les badauds de ses yeux exorbités aux grandes prunelles noires. Personne ne soufflait mot. Il ôta sa chemise, resserra sa large ceinture bleu clair afin de rentrer sa bedaine, se cracha dans le creux de la main et saisit un grand cimeterre.

« Que l'honorable assistance me permette de commencer par une petite démonstration, reprit-il, mais je ne la ferai pas pour rien. Que ceux qui ont de l'argent sur eux jettent quelques pièces ; quant à ceux qui n'en ont pas, ils n'auront qu'à m'encourager de leurs bravos. Mais ici, on ne se contente pas de belles paroles, comme vous allez voir ! »

Le cimeterre serré contre son corps, les yeux écarquillés, le visage tendu, les pectoraux saillant comme deux souches de vieil aune, il frappa le sol du pied et leva son arme dont les franges écarlates vinrent s'agiter autour de son épaule. La lame voltigea à l'horizontale, à la verticale, de droite et de gauche. L'homme se baissa, bondit, fit un écart, se retourna. A chacun de ses mouvements, l'air soulevé vibrait et sifflait. Subitement, le cimeterre se mit à tournoyer dans le creux de sa main droite, tandis qu'il se courbait et qu'autour de lui régnait le plus profond silence, que ne troublait ni moineau ni choucas, mais seulement le léger tintement des grelots suspendus parmi les franges. L'arme reprise en main, il simula une attaque foudroyante et, se redressant brusquement, domina les spectateurs de toute la tête, pareil à une tour noire, pour se figer dans la posture finale.

« Voilà, messieurs les spectateurs ! » dit-il.

Le cimeterre serré dans la main droite, la main

gauche posée sur la hanche, il parcourut du regard le public massé autour de lui. A la vue des rares pièces qu'on lui jetait, il hocha la tête.

« Messieurs les spectateurs ! » répéta-t-il avec insistance.

Mais il eut beau attendre ; sur le sol, ne brillaient que quelques piécettes de cuivre, et les badauds des derniers rangs s'éclipsaient discrètement.

« Il n'y a pas de vrais amateurs », soupira-t-il à voix basse, se parlant à lui-même ; mais tout le monde l'avait entendu.

« Pourtant quel talent ! lança tout à coup un vieillard à la barbe jaunâtre, qui se tenait à l'angle nord-ouest de l'assistance.

— Quoi ? cria Wang, comme s'il n'avait pas compris.

— Je dis : Vraiment, quel talent ! » répéta le vieux sur un ton fort sarcastique.

Posant son arme, Wang, imité de tous les spectateurs, tourna son regard en direction du vieillard que personne jusqu'alors n'avait remarqué. Les épaules couvertes d'une robe de toile bleue, c'était un petit homme sec, les joues émaciées et les traits tirés, les yeux très enfoncés ; quelques poils jaunâtres ornaient sa lèvre, et, sur sa nuque, pendait une mince natte couleur de paille, raide comme baguette, mais moins droite, et moins lisse. Pourtant, Wang Sansheng comprit qu'il avait affaire à un expert. Le vieux avait un front luisant et des yeux brillants ; sous l'arcade sourcilière, ses prunelles jetaient un éclat sombre, comme l'eau au fond d'un puits. Néanmoins, Wang n'éprouvait aucune crainte : il était capable d'apprécier la valeur d'autrui, mais la confiance qu'il avait en son propre talent l'emportait. N'était-il pas le meilleur lieutenant de Sha Zilong ?

« Ne voudriez-vous pas entrer en lice, Vieil Oncle ? » proposa-t-il avec une extrême politesse.

Inclinant la tête, le vieux s'avança. A la vue de sa dégaine, tout le monde se mit à ricaner : il ne bougeait presque pas les bras et marchait, le pied gauche toujours en avant, le droit traînant en arrière ; il se déplaçait à demi-pas, le corps raide, comme paralysé. Tandis qu'il progressait péniblement au milieu de l'assemblée, puis jetait sa robe à terre, il ne prêtait pas la moindre attention aux rires de l'assistance.

« Tu te prétends disciple de l'homme à la lance magique ? C'est bon, je t'accorde la lance ; et pour moi ? »

Le vieux parlait avec une assurance peu commune, comme s'il avait souhaité depuis très longtemps ce combat.

Cependant, tous les spectateurs étaient revenus. Les montreurs d'ours avaient beau faire retentir leurs gongs, les stands voisins n'attiraient plus personne.

« Pourquoi pas le bâton articulé contre la lance ? »

Wan Sansheng entendait mettre le vieux à l'épreuve, car ce genre de bâton était difficile à manier. Le vieillard inclina de nouveau la tête et ramassa l'arme.

Les yeux exorbités, la lance frémissante tenue à deux mains, Wang Sansheng avait un aspect vraiment terrible. Quant aux prunelles du vieillard, elles s'étaient encore enfoncées et rétrécies. Telles deux braises d'encens incandescentes, elles faisaient des cercles, en suivant la pointe de la lance, et Wang Sansheng, soudain, se sentit menacé, comme si ces deux prunelles noires allaient engloutir la pointe de son arme. Autour des deux adversaires, le cercle des spectateurs s'était refermé. Le vieillard impressionnait tout le monde. Pour échapper aux yeux qui le poursuivaient, Wang Sansheng fit un moulinet avec sa lance.

« A vous ! » dit le vieux en agitant sa barbe.

Abaissant alors son arme, Wang se fendit, menaçant la gorge du vieillard, et fit tournoyer les franges écarlates de la hampe. Le corps de son adversaire se détendit brusquement, se porta de côté pour esquiver le coup, tandis qu'un des éléments du bâton heurtait de front la lance, et que l'autre frappait par en dessous la main de Wang. Sous le double choc, la lance tomba des mains du jeune homme. Le public poussa un cri d'admiration. Le visage violacé sous l'effet de la honte, Wang Sansheng ramassa son arme, et, après un autre moulinet, se rua à l'assaut, visant l'abdomen du vieillard. Mais l'autre lui jeta un regard plus noir que jamais et plia légèrement le genou, se protégeant le sexe avec le bas de son arme, tandis que le haut atteignait de plein fouet, juste au moment où elle se retirait, la hampe de la lance ; le choc fut tel que celle-ci tomba de nouveau sur le sol.

L'enthousiasme secoua une nouvelle fois l'assistance. Tout couvert de sueur, Wang Sansheng n'eut plus le courage de ramasser sa lance. Les yeux exorbités, il se sentit soudain de bois. Le vieux jeta son arme, reprit sa robe, se mit en marche ; il avait toujours la même façon de traîner la jambe, mais, cette fois, son allure était beaucoup plus rapide. Après avoir posé la robe sur son bras, il dit au jeune homme, en lui tapant sur l'épaule :

« Tu as encore besoin d'entraînement, mon ami !

— Ne partez pas, répliqua Wang Sansheng en s'épongeant le front. Vous êtes fort, mais si moi, Wang, je m'avoue vaincu, c'est à la condition que vous osiez affronter un jour mon maître ! »

Le visage du vieillard se rida légèrement, comme sous l'effet d'un sourire :

« C'est justement pour le rencontrer que je suis venu. Allons, range tes affaires, je t'invite à dîner ! »

Wang Sansheng réunit ses armes qu'il déposa chez

un voisin, le prestidigitateur, surnommé le Petit Vérolé, et sortit du temple en compagnie du vieillard. Derrière eux s'était attroupée une foule de badauds, qu'il s'efforçait de disperser en pestant contre eux.

« Puis-je vous demander votre nom ? dit Wang.

— Je m'appelle Sun. » La voix du vieux était aussi sèche que sa personne. « Je n'ai jamais refusé de m'entraîner, et il y a longtemps que je songe à affronter Sha Zilong. »

« Sha Zilong aura tôt fait de t'écraser ! » songea Wang. Il pressait le pas, l'autre suivait. Il s'aperçut alors que le vieux avançait par bonds enchaînés, selon les préceptes d'une fameuse école de boxe, et il se dit que, dans une lutte à mains nues, ce devait être un adversaire particulièrement agile. Mais quelle que fût son agilité, face à Sha Zilong, il ne ferait pas le poids. A l'idée de la défaite du vieux Sun, il se sentit un peu réconforté et ralentit sa marche.

« Oncle Sun, demanda Wang respectueusement, de quel pays êtes-vous ?

— D'une petite bourgade nommée Hejian[1], répondit le vieillard qui se faisait plus aimable. Pour le bâton, un mois d'entraînement suffit ; pour l'épée, un an ; mais pour la lance, toute une vie ne suffit pas ! Pour un garçon de ton âge, vraiment, tu ne te débrouilles pas mal. »

Wang Sansheng sentit de nouveau la sueur lui monter au front, et ne souffla mot.

Une fois à l'auberge, l'impatience de la vengeance faisait battre son cœur. Peut-être son maître ne serait-il pas là ? Il savait bien que ce dernier n'aimait pas ce genre d'affaire, et que nombre de ses disciples étaient tombés sur un bec en pareille circonstance. Mais cette fois-ci, il était sûr de la réussite : de tous, il était le plus

1. Dans la province du Hebei.

ancien, sans comparaison possible avec cette bande de jeunots ; et puis, le défi avait été nommément lancé en pleine foire, le maître ne pouvait le rejeter sans perdre la face.

« Qu'y a-t-il, Sansheng ? » demanda Sha Zilong qui, étendu sur son lit, était en train de lire *Distribution des fiefs aux Immortels*[1].

Le jeune homme sentit à nouveau le rouge de la honte lui monter au front, et, les lèvres tremblantes, ne put articuler un seul mot.

S'asseyant, le maître reprit :

« Mais qu'as-tu donc, Sansheng ?

— J'en ai ramassé une belle ! »

Le maître ne réagit que par un bref bâillement. Bien qu'il ressentît un peu d'humeur, Wang Sansheng n'osait pas le montrer ; mais il lui fallait pourtant aiguillonner son maître : « C'est un vieux du nom de Sun, et il vous attend à la porte. Par deux fois, il a réussi à me faire tomber des mains ma lance, ma propre lance ! »

Il savait l'effet que produisait toujours le mot « lance » sur le cœur de son vieux maître. Sans attendre d'en recevoir l'ordre, il fila dehors.

Lorsque l'étranger entra, Sha Zilong l'attendait dans la salle centrale. Ils se saluèrent les poings joints, et s'assirent. Le maître ordonna à son disciple d'aller préparer le thé. Sansheng aurait bien aimé voir les deux vieux champions s'affronter sur-le-champ, mais il ne pouvait se soustraire à l'ordre qui lui avait été donné. Le vieux Sun ne disait rien, mais, du plus profond de ses yeux, il jaugeait son adversaire. Sha se montra plein de courtoisie :

« Si Sansheng vous a offensé, il ne faut pas lui en vouloir : il est encore si jeune ! »

1. *Feng shen bang*, roman mythologique de la dynastie des Ming.

Sun était un peu déçu, mais en même temps frappé par l'intelligence de son interlocuteur. Il se sentait aussi un peu désarçonné : dans le domaine des arts martiaux, on ne peut juger de la qualité d'un homme d'après sa seule intelligence. « Je suis venu pour m'initier à la lance », dit-il, presque malgré lui.

Sha Zilong affecta de ne pas relever le propos. Wang Sansheng entra, la théière à la main. Il était tellement dévoré d'impatience de voir aux prises les deux hommes, qu'il avait versé l'eau sans même s'assurer qu'elle avait bouilli.

« Sansheng, dit le vieux maître en prenant une tasse, va chercher Xianshun et tous les autres. Rendez-vous au Confluent du Ciel ; nous dînerons en compagnie de l'honorable M. Sun.

— Quoi ? » s'exclama le jeune homme, les yeux hors de la tête. Il lança un regard furtif sur le visage de son maître, mais n'osa laisser exploser sa colère. « Bon, j'y vais ! »

Il sortit, en faisant une large moue.

« On ne fait pas toujours ce qu'on veut avec ses élèves ! remarqua Sun.

— En réalité, je n'ai jamais eu d'élèves, répliqua Sha Zilong. Mais, partons. Le thé n'est même pas encore infusé. Nous en boirons à l'auberge, et quand nous aurons étanché notre soif, nous dînerons. »

Il prit sur la table une longue bourse de satin noir, qui contenait, dans une poche, sa tabatière, dans l'autre, un peu d'argent, et la suspendit à sa ceinture.

Le vieux Sun déclina l'invitation en secouant si fort la tête, que sa petite natte vola en arrière :

« Non, je n'ai pas encore faim !

— Restons au moins à bavarder !

— Si je suis venu, c'est pour m'initier à l'art de la lance.

— Il y a longtemps que je ne le pratique plus, dit

Sha Zilong en désignant son ventre. Comme vous le voyez, je suis plutôt empâté!

— Si vous préférez, répliqua Sun en scrutant son interlocuteur, au lieu de livrer combat, vous m'apprendrez à manier la fameuse lance de mort. »

Sha Zilong éclata de rire :

« La lance de mort! Il y a belle lurette que j'y ai renoncé, et renoncé tout à fait. En revanche, je vous propose, si vous demeurez ici quelques jours, d'aller visiter avec moi tout ce qu'il y a à voir. Pour votre départ, je contribuerai, dans la mesure de mes possibilités, à vos frais de retour.

— Je ne suis pas venu pour me promener, et je n'ai pas besoin d'argent. Je suis là uniquement pour apprendre. » Le vieux Sun se leva. « Je vais vous faire une petite démonstration, afin que vous vous rendiez compte si je suis digne ou non de recevoir vos leçons. »

Il s'était à peine incliné, qu'il se trouvait déjà au milieu de la cour. Les colombes, effrayées, s'envolèrent à tire-d'aile. Il se mit en position de combat, et donna un exemple de ce qu'on savait faire dans sa fameuse école. Ses jambes et ses mains se mouvaient avec une agilité tout aérienne. Lorsqu'il pointait le pied en l'air, sa petite natte voltigeait comme un cerf-volant qui s'abat en plein ciel. Outre la rapidité, chaque mouvement témoignait d'une sûreté, d'une précision, d'une perfection incomparables. Au bout de six allées et venues, il n'y eut plus un seul coin de la cour qui fût hors de sa portée. Ses pas avaient une telle harmonie, ses gestes étaient si bien enchaînés que, dans l'espace, l'esprit semblait précéder le corps. Et lorsque, pour finir, il se replia sur lui-même, les poings ramenés au corps, on eût dit une nuée d'hirondelles revenant tout soudain à leur nid.

« Bravo, bravo! s'exclama Sha Zilong, du haut des marches, en hochant la tête.

— Enseignez-moi donc votre art de la lance », supplia le vieux Sun, les poings joints.

Sha Zilong descendit les marches, et lui répondit, en joignant également les poings :

« Vénérable monsieur Sun, je vous dois la vérité. Cette lance que vous voyez là, et tout l'art que j'ai créé me suivront dans la tombe, sans laisser la moindre trace.

— Vous ne les transmettrez pas ?

— Non, je ne les transmettrai jamais. »

Le vieux Sun resta bouche bée, la barbiche secouée d'un long frémissement. Il alla ramasser sa grande robe de coton bleu à l'intérieur de la salle, et, traînant toujours la jambe ;

« Pardonnez-moi, dit-il, de vous avoir dérangé. Au plaisir de vous revoir !

— Vous n'allez pas partir sans avoir rien mangé », dit Sha Zilong.

Mais le vieux ne répondit même pas.

Après avoir accompagné son hôte jusqu'à la porte de la cour, Sha Zilong revint dans la salle centrale, et, apercevant, à l'extérieur, la lance toujours dressée au coin du mur, il hocha la tête.

Il se rendit tout seul au Confluent du Ciel, pensant que Wang Sansheng et les autres attendaient ; mais il n'y avait personne.

Dès lors, aucun de ses disciples n'osa plus se montrer à la foire du temple, ni porter aux nues le vieux maître ; au contraire, tous prétendaient que Sha Zilong en avait ramassé une belle, et ne s'était même pas risqué à affronter un vieillard. Il est vrai que le vieux avait terrassé un bœuf d'un coup de pied. Non seulement il avait défait Wang Sansheng, mais Sha Zilong lui-même ne s'était pas senti de taille à se mesurer avec lui. Cela dit, Wang Sansheng, du moins, avait relevé le défi, alors que le maître n'avait même pas osé élever la voix. Celui qu'on appelait « l'homme à la lance magique » sombrait peu à peu dans l'oubli.

Mais au plus profond de la nuit, hors de toute présence, Sha Zilong fermait la porte de sa cour et portait, d'une seule haleine, les soixante-quatre coups de sa lance, puis, l'arme appuyée le long du corps, il regardait les constellations dans le ciel en songeant au prestige qui, jadis, était le sien, dans les auberges, à l'orée des forêts.

Caressant doucement du doigt la hampe froide et lisse, il poussait un soupir, et aussitôt se prenait à sourire : « Non, je ne transmettrai rien ! »

Une vieille maison

Cela faisait plusieurs jours qu'en dépit d'une autorité accrue, le principal commis du magasin Triple Harmonie[1] ne mangeait plus qu'à contrecœur. Il faut dire que Triple Harmonie était, de notoriété publique, une très vieille maison de commerce, et que son gérant Qian était également un vieil expert, connu de tous les négociants en soieries. C'est lui qui avait formé Xin Dezhi, mais si celui-ci ressentait tant de peine, ce n'était pas uniquement à cause de son attachement personnel à l'ancien gérant ; par ailleurs, il ne nourrissait lui-même aucune ambition. Il n'aurait pas su dire pourquoi il éprouvait une telle appréhension, comme si Qian avait emporté avec lui tout un monde qui ne reviendrait plus.

Aussi, lorsque Zhou accéda au poste de gérant, Xin Dezhi comprit vite que ses craintes n'étaient pas sans fondement. Sa peine se transforma presque en hostilité. Le nouveau venu était du genre si « racoleur », qu'à l'idée de voir Triple Harmonie, une si vieille maison, raccrocher des clients en pleine rue, Xin Dezhi affichait une moue pareille à un ravioli éclaté par excès de cuisson. Il avait le sentiment qu'après le départ du

1. *Sanhexiang* : Triple Harmonie (harmonie entre le ciel, la terre et l'homme).

gérant, c'en serait fini de tout ce qui faisait la renommée du vieux magasin : son personnel compétent et ses traditions. Mais il devait bien reconnaître que, malgré toute sa droiture et toute sa correction, Qian était en déficit, et que les propriétaires ne demandent qu'à toucher, en fin d'année, le plus possible de bénéfices, sans se soucier de rien d'autre.

Or, cela faisait des années que Triple Harmonie avait toujours conservé le même décor d'une noble élégance : son enseigne imposante aux caractères noirs sur fond d'or, ses panneaux décoratifs laqués de vert, son large comptoir sombre bordé de toile bleue, ses guéridons toujours ornés de fleurs fraîches. Depuis tant d'années, à part les quatre grandes lanternes (*gongdeng*) hexagonales, à longues franges de soie rouge, qu'on accroche au moment de la fête de la première lune, Triple Harmonie n'avait connu aucune de ces décorations extravagantes qui n'ont rien à voir avec le commerce. Depuis tant d'années, à Triple Harmonie, on ne se serait jamais permis le moindre marchandage, le moindre rabais, la publicité par affiches, ou les quinzaines de soldes. Triple Harmonie tenait à son image de marque. Des années durant, aucun commis n'avait jamais fumé au comptoir ni élevé la voix. Les seuls bruits qu'on entendait, c'étaient des toussotements et le glouglou de pipe à eau du vieux gérant.

Pour Xin Dezhi, l'arrivée du nouveau signifiait que tout cela devait disparaître, y compris les principes et les traditions les mieux établis. Zhou manquait de correction, jusqu'à ses yeux même qui, au lieu de rester paupières baissées, furetaient partout comme à la recherche d'un voleur, tandis que l'ancien gérant, toujours assis sur l'un des grands bancs, les yeux clos, ne manquait pas de remarquer le moindre soupir incongru d'un commis.

En effet, deux jours à peine après son arrivée, le gérant Zhou avait presque transformé le magasin en un chapiteau de cirque. Devant la porte, on dressa un *pailou* aux couleurs criardes, sur lequel se détachaient trois caractères de cinq pieds carrés annonçant une « braderie monstre » ; deux lampes à gaz brillaient si violemment que les visages prenaient une teinte verdâtre : on aurait dit un attroupement d'opiomanes. Et ce n'était pas tout ! Devant l'entrée, un orchestre de tambours et de cuivres, à l'occidentale, jouait depuis l'aube jusqu'à minuit. Quatre commis coiffés d'un képi rouge distribuaient des tracts à la porte et sur la chaussée. Comme si cela n'avait pas suffi, deux autres commis furent exclusivement chargés d'offrir du thé et des cigarettes aux clients. Même celui qui n'achetait qu'un demi-pied de toile blanche était invité à entrer dans l'arrière-boutique et se voyait présenter des cigarettes. Tout le monde en fumait, y compris les soldats, cantonniers et serveuses de restaurant, si bien que la pièce était aussi enfumée qu'une chapelle de Bouddha. Et, pour couronner le tout, à l'acheteur d'un demi-pied d'étoffe, on en donnait un autre avec, par-dessus le marché, une poupée en celluloïd, et les commis avaient même reçu l'ordre de bavarder et plaisanter librement avec les clients. Si quelqu'un demandait un article qui manquait, au lieu de lui dire qu'il n'y en avait pas, on lui apportait d'autres marchandises qu'on le forçait à regarder. Et comme tout achat dépassant dix *yuans* était livré à domicile, le magasin fit également l'acquisition de deux vélos branlants.

Xin Dezhi aurait bien aimé trouver un endroit où pleurer tout son soûl. Il travaillait dans cette maison depuis quinze ou seize ans, et il n'aurait jamais pu imaginer, encore moins penser, qu'il verrait Triple Harmonie tomber un jour aussi bas. Comment pouvait-il encore se présenter devant les gens ? Naguère, dans le quartier, qui aurait manqué de respect à Triple Harmonie ? Lorsque des commis sortaient le soir, tenant à bout de bras une grosse lanterne avec le nom du magasin, les policiers eux-mêmes les regardaient d'un œil favorable. L'année du soulèvement militaire, Triple Harmonie avait été, bien entendu, lui aussi mis à sac, mais on ne lui avait pas infligé, comme aux boutiques voisines, l'affront d'arracher les battants de sa porte et son écriteau indiquant : « Prix fixes. Pas de rabais ». L'enseigne dorée de Triple Harmonie était, pour ainsi dire, intouchable. Il y avait une vingtaine d'années que Xin Dezhi était arrivé en ville, et, depuis quinze ans environ, le magasin était devenu sa seconde famille. Sa façon de parler, de tousser, la coupe de sa blouse bleue, tout lui venait du magasin. Triple Harmonie était à la fois la cause et l'objet de sa fierté. Quand il allait recouvrer des créances, on l'invitait toujours à prendre le thé ; car à Triple Harmonie les acheteurs n'étaient pas de simples clients, mais plutôt des amis. Le gérant Qian faisait souvent lui-même des cadeaux aux clients lors des mariages ou des funérailles. Triple Harmonie était une maison qui avait de la classe. Sur les grands bancs, à l'entrée, s'asseyaient souvent les personnes les plus honorables ; et, les jours où la rue était encombrée de cortèges, les femmes de certains clients venaient demander au gérant de s'y reposer un instant. Cette glorieuse histoire restait inscrite au fond du cœur de Xin Dezhi ; mais, devant la situation présente, il était inquiet.

Il n'ignorait pourtant pas que les temps avaient changé. Ainsi, plusieurs boutiques du voisinage avaient abandonné leurs vieilles traditions. Inutile de parler de celles qui, récemment ouvertes, n'en avaient jamais eu. Il le savait bien, mais il n'en aimait que davantage Triple Harmonie, et il en était particulièrement fier, comme si ç'avait été la dernière pièce de satin véritable au milieu du flot des soieries artificielles. Si, malgré tout, Triple Harmonie était contraint de tomber aussi bas, eh bien, le monde pouvait s'écrouler ! Le malheur, c'était que Triple Harmonie était déjà devenu un magasin comme les autres, et même pire !

La boutique qu'il détestait le plus était Parfums du Sud[1], une épicerie fine située juste en face. Le gérant, mégot au bec, incisives en or, traînait toujours ses souliers comme des savates. Quant à la gérante, elle trimbalait partout ses marmots sur son dos, dans ses bras, voire même dans la poche de sa robe, et elle ne cessait d'entrer et de sortir du magasin, d'y rentrer et d'en ressortir, tout en jacassant Dieu sait quoi dans son dialecte méridional. C'est au comptoir que le gérant se querellait avec sa femme, c'est également au comptoir qu'elle talochait ses enfants ou leur donnait le sein. On ne savait au juste s'ils faisaient du commerce ou s'ils se livraient à quelque jeu ; le seul élément indubitable, c'était la poitrine de la gérante, toujours exposée au comptoir. Et la bande des commis, dénichés on ne savait où, portaient des souliers éculés, mais en même temps des vêtements de soie. Certains avaient des emplâtres aux tempes[2], d'autres les cheveux aussi lisses qu'une calebasse laquée, d'autres arboraient sur le nez des lunettes à monture dorée. Le magasin lui-même n'inspirait que le dégoût : soldes à longueur d'année, éclairage au gaz tous les soirs, et un phonographe tournant sans répit. A chaque client qui faisait un achat de plus de deux *yuans*, le gérant offrait une

1. Mot à mot : « le village des parfums véritables » (*zhengxiangcun*). Une célèbre épicerie, spécialisée dans les produits de la Chine du Sud, existait autrefois à Pékin sous un nom presque identique : « le village à la senteur de riz » (*daoxiangcun*).

2. *Taiyanggao :* remède traditionnel contre les migraines.

sucrerie croustillante[1] ; si quelqu'un le refusait, il le lui fourrait dans la bouche. Aucun article n'avait de prix fixe, le *yuan* n'avait pas de cours stable. Jamais Xin Dezhi ne regardait en face l'enseigne de cette boutique, jamais il n'y faisait un seul achat. Il n'avait jamais imaginé qu'un tel magasin pût exister dans le monde, encore moins qu'il le verrait juste en face du sien.

Ce qui l'intriguait le plus, c'est que Parfums du Sud prospérait, alors que Triple Harmonie déclinait de jour en jour. Il n'en comprenait pas la raison. Seuls, les magasins dépourvus de traditions étaient-ils donc capables de prospérer ? S'il en était ainsi, à quoi bon se soumettre à un apprentissage ? N'importe qui pouvait s'improviser commerçant ! C'était inacceptable, vraiment inacceptable ! Triple Harmonie n'aurait jamais toléré chose pareille ! Qui aurait cru qu'un jour viendrait où, avec le gérant Zhou, on verrait des lampes à gaz verdir une grande partie de la chaussée, du côté de Triple Harmonie comme de Parfums du Sud, et que les deux magasins feraient la paire ? Il en venait à se demander s'il ne s'agissait pas d'un mauvais rêve. Mais non, ce n'était pas un rêve. Xin Dezhi lui-même était obligé de suivre les directives du nouveau gérant. Il avait reçu des ordres : il fallait bavarder avec les clients, leur offrir des cigarettes, les traîner jusqu'à l'arrière-boutique, et tout ça, pour leur vendre de la camelote ! Il devait aussi attendre leurs demandes réitérées pour faire bonne mesure, après quoi, il lui fallait subtiliser un bout d'étoffe au moment du métrage. C'était bien malgré lui qu'il se pliait à ces manigances.

En revanche, la plupart des commis semblaient s'y faire. Dès qu'une cliente entrait, ils l'encerclaient à qui mieux mieux ; ils lui auraient volontiers montré tous

1. *Sutang :* spécialité méridionale à base de sucre d'orge.

les produits du magasin, et, pour un peu, l'auraient raccompagnée chez elle, une fois l'achat effectué, quand bien même elle n'aurait fait l'emplette que d'un ou deux pieds de la toile la plus grossière. Le gérant aimait ça, il appréciait tellement leurs pirouettes et leur manège qu'il aurait même voulu leur voir pousser des ailes !

Le gérant Zhou et celui de Parfums du Sud étaient devenus de bons amis. Parfois, ils invitaient les gens de Réussite Céleste à venir faire une partie de mah-jong. Réussite Céleste était un autre magasin de tissus, ouvert depuis quatre ou cinq ans dans la même rue. L'ancien gérant l'avait toujours traité par le mépris, mais Réussite Céleste s'était mis ouvertement en guerre contre Triple Harmonie, faisant même courir le bruit qu'il mettrait tout en œuvre pour écraser son concurrent. L'ancien gérant n'avait pas réagi, sauf d'un petit mot au hasard d'une conversation : « Nous comptons uniquement sur notre réputation. » Par des rabais, Réussite Céleste fêtait son anniversaire trois cent soixante-cinq jours par an. Et voilà qu'à présent les gens de Réussite Céleste venaient ici jouer au mah-jong ! Xin Dezhi ne pouvait se résoudre à leur adresser la parole. Lorsqu'il avait un peu de loisir, il restait assis, tout hébété, derrière le comptoir, face aux rayons où les tissus étaient jadis enveloppés de toile blanche ; maintenant, on dépliait des rouleaux entiers pour les suspendre du plafond jusqu'au sol, en guise de décoration. Une telle débauche de couleurs lui donnait le vertige. C'en était bien fini de Triple Harmonie, songeait-il.

Cependant, la première fête une fois passée[1], il fut contraint d'éprouver de l'admiration pour le nouveau

1. Le double cinq (cinquième jour de la cinquième lune), la mi-automne (quinzième jour de la huitième lune), et la fin de l'année étaient les trois fêtes de l'année lunaire où on faisait le bilan.

gérant. Le bilan ne faisait pas apparaître de bénéfices, mais il n'y avait plus de déficit.

« Il ne faut pas oublier, déclara en riant le gérant Zhou, que c'est seulement ma première échéance ! J'ai d'autres surprises en réserve. Et puis, le *pailou*, la location des lampes à gaz... tout ça, ça représente des frais. En conséquence de quoi ! » (Au plus fort de la discussion, il ponctuait toujours ses propos d'un « En conséquence de quoi ».) « Mais désormais, nous n'aurons plus besoin de *pailou*. Nous utiliserons des moyens plus originaux, plus économiques aussi, et vous verrez les bénéfices ! En conséquence de quoi ! »

Xin Dezhi comprit que le gérant Qian ne reviendrait plus ; le monde avait changé pour de bon. Le nouveau gérant s'exprimait de la même façon que les gens de Réussite Céleste et de Parfums du Sud, et c'était eux qui gagnaient de l'argent ! La fête une fois passée, le bruit courut qu'on allait contrôler les marchandises japonaises. Le gérant Zhou se jeta dessus et s'en procura une grande quantité. Au moment où les étudiants chargés du contrôle entrèrent en action, il fit grand étalage de ses tissus aux endroits les plus en vue.

« Commencez par présenter aux clients les tissus japonais, ordonna-t-il. Puisque les autres boutiques n'osent en vendre, sautons sur l'occasion pour les écouler. Aux paysans, vous direz tout simplement que ce sont des tissus japonais, ils aiment ça. Aux gens de la ville, vous direz que ce sont des produits allemands. »

Des étudiants pénétrèrent dans le magasin. Les sourires voltigeaient comme des papillons sur le visage du gérant qui leur offrit du thé et des cigarettes.

« Avec une enseigne comme la nôtre, jamais on ne permettrait de vendre des produits nippons. En conséquence de quoi ! Vous pouvez voir, messieurs ! Devant la porte, rien que des tissus allemands ou des productions locales ; et à l'intérieur, rien que des taffetas et satins de Chine. Car nous avons, dans les provinces du Sud, une succursale qui est chargée pour nous des achats et des expéditions. »

Devant les tissus imprimés, les contrôleurs exprimèrent quelques doutes.

« Zhang Fulai, ordonna le gérant en riant, apporte ici la pièce de tissu japonais qui nous reste dans l'arrière-boutique ! »

Le commis apporta le tissu réclamé. Le gérant s'agrippa au chef des étudiants :

« Monsieur, en toute franchise, je reconnais qu'il nous reste encore cette pièce de tissu japonais. Il est d'ailleurs de la même qualité que celui de votre tunique. En conséquence de quoi ! »

Puis il ajouta en se retournant : « Fulai, jette-moi ça dans la rue ! »

Le regard fixé sur sa propre tunique, le chef des étudiants sortit sans même lever la tête.

Avec ce lot de tissus japonais qui se transformaient, suivant les circonstances, en produits allemands, chinois ou anglais, on réalisa un énorme bénéfice. Un client, qui était expert en tissus, jeta à terre un coupon devant le gérant. Avec un sourire, ce dernier ordonna à un commis :

« Va chercher de vrais tissus occidentaux. N'as-tu donc pas vu que Monsieur est un connaisseur ? »

Puis il ajouta en s'adressant au client : « Il en faut bien pour tous les goûts. Mais vous, même si je vous en faisais cadeau, vous n'en voudriez pas. En conséquence de quoi ! »

Le magasin compta ainsi une vente de plus à son actif. Au moment de partir, le client semblait même ne pouvoir se résoudre à quitter le gérant. Xin Dezhi perça le mystère : pour gagner de l'argent dans le commerce, il fallait être prestidigitateur ou avoir la langue aussi bien pendue qu'un virtuose du *xiang-*

sheng[1]. Vraiment un as! Pourtant, Xin Dezhi n'avait plus envie de rester. Plus il admirait le nouveau gérant, plus il souffrait au fond de son cœur. Quand il mangeait, la nourriture semblait lui descendre par la colonne vertébrale. Pour retrouver le sommeil, il lui faudrait quitter ce damné magasin!

Mais avant qu'il n'ait réussi à trouver une autre place, M. Zhou partit prendre la gérance de Réussite Céleste. L'établissement avait besoin d'un homme de cette envergure, et celui-ci ne se fit pas prier, car Triple Harmonie avait à ses yeux des traditions trop profondément enracinées pour lui permettre de déployer tous ses talents.

Après avoir reconduit M. Zhou, Xin Dezhi eut l'impression de s'être débarrassé d'un mal qui lui rongeait le cœur.

Avec quinze ou seize ans d'ancienneté dans la maison, un commis tel que lui pouvait se permettre, même si cela ne devait servir à rien, de glisser un mot aux propriétaires. Parmi eux, il y en avait un qui était plus attaché aux traditions, et Xin Dezhi savait comment le toucher. Il entreprit des démarches en faveur du gérant Qian, et chargea les amis de ce dernier de lui apporter leur soutien. Sous prétexte que Qian fût le meilleur dans tous les domaines, il disait que chacun des deux gérants avait ses qualités, et qu'il fallait s'en tenir au juste milieu, sans se cramponner aux vieilles traditions, mais sans pour autant multiplier à l'excès les innovations. Si la réputation d'antan méritait d'être conservée, il fallait également s'initier aux méthodes nouvelles. Concilier à la fois le souci du renom et celui des intérêts, tel était l'argument par lequel il était sûr de convaincre les propriétaires.

Pourtant, en son for intérieur, il nourrissait une tout

1. Monologue ou dialogue comique, où excelle l'humour pékinois.

autre idée. Avec le retour du gérant Qian, il espérait que tout redeviendrait comme avant. Triple Harmonie devait être le *véritable* Triple Harmonie, celui qu'il avait connu jadis, sinon, il ne ressemblait à rien. Il avait bien réfléchi : il fallait supprimer les lampes à gaz, l'orchestre, les réclames, les tracts et les cigarettes. Dans le pire des cas, on pourrait aussi réduire le personnel. Cela permettrait de limiter sérieusement les dépenses et n'empêcherait pas de vendre toujours au meilleur prix, sans tapage inutile, mais en faisant bonne mesure, des articles de qualité. Fallait-il croire que les gens étaient tous des idiots ?

Effectivement, le gérant Qian reprit son poste. Dans la rue, ne brillaient plus que les lampes à gaz de Parfums du Sud. Triple Harmonie avait retrouvé son calme et sa dignité d'antan, mais, en l'honneur du retour du gérant Qian, on avait exceptionnellement suspendu les quatre grandes lanternes hexagonales aux franges écarlates.

Le même jour, on vit, devant la porte de Réussite Céleste, stationner deux chameaux tout enrubannés de satin multicolore. Sur leurs bosses clignotaient des ampoules électriques de couleur. De part et d'autre des animaux, étaient organisées des tombolas : chaque billet coûtait un *mao*. Quand on en avait vendu dix, on procédait au tirage. Un *mao* seulement, et on avait l'espoir de gagner toute une pièce de taffetas dernier cri. La foule se pressait tellement devant la porte de Réussite Céleste qu'on ne pouvait plus circuler, on aurait dit une vraie foire de pagode (*miaohui*). Il arrivait de fait qu'un quidam s'éloignât, la mine épanouie, avec sa pièce de soie sous le bras !

A Triple Harmonie, sur un des grands bancs recouverts à nouveau des housses de drap bleu, siégeait le gérant Qian, les yeux clos. Les commis étaient assis calmement au fond du comptoir, les uns manipulaient légèrement les boules de l'abaque, d'autres bâillaient discrètement. Sans rien dire, Xin Dezhi sentait l'angoisse lui étreindre le cœur. Des heures durant, on ne voyait pas un seul acheteur. Tantôt, un passant risquait un coup d'œil de l'extérieur; il avait l'air de vouloir entrer, mais après avoir contemplé l'enseigne dorée, il se dirigeait du côté de Réussite Céleste. Tantôt, un client pénétrait dans le magasin, examinait même un article, mais, comme on ne consentait pas de rabais sur les prix, il repartait les mains vides. Seuls, les habitués faisaient quelques emplettes de temps à autre ; mais parfois, ils ne venaient que pour un brin de causette avec le gérant, en déplorant la misère du temps, puis ils partaient, après avoir bu quelques tasses de thé, sans rien acheter. Xin Dezhi aimait entendre leurs conversations qui lui rappelaient le bon vieux temps; il savait pourtant bien que ce bon vieux temps ne reviendrait probablement jamais plus. Dans la rue, Réussite Céleste était le seul magasin où l'on fît du commerce. Dès la fête suivante, il fallut procéder à des licenciements. Les larmes aux yeux, Xin Dezhi vint dire au gérant : « Je travaillerai pour cinq, nous n'avons rien à craindre! — Non, nous ne craignons rien », répondit le vieux gérant. Cette nuit-là, Xin Dezhi dormit profondément, tout prêt à assumer le lendemain le travail de cinq commis.

Mais au bout d'un an, Triple Harmonie fut absorbé par Réussite Céleste.

Histoire de ma vie

I

Quand j'étais petit, je n'ai pas été longtemps à l'école, mais tout de même assez, pour lire des livres comme *Les Sept Preux et les Cinq Justiciers*[1] ou *Le roman des Trois Royaumes*[2]. Ainsi je me rappelle très bien plusieurs passages du *Pavillon du loisir*[3] ; encore aujourd'hui, je suis capable de les raconter sans oublier un détail et en faisant frémir l'auditoire, et ça, pas seulement pour que les gens qui m'écoutent disent que j'ai bonne mémoire, mais aussi pour me faire plaisir. Pourtant, je n'ai jamais pu lire le texte lui-même, c'est trop dur ; les passages dont je me souviens, je les ai tous lus dans de petits canards sous le titre : *Histoires commentées du Pavillon du loisir*. Les contes y sont traduits en langue parlée et on y a rajouté des trucs drôles pour corser le tout : c'est une lecture vraiment passionnante !

En écriture, aussi, je ne suis pas mauvais. Si on

1. *Qixia wuyi :* roman populaire de cape et d'épée, paru à la fin du siècle dernier.
2. *Sanguo zhi yanyi :* chef-d'œuvre de Luo Guanzhong (XIVe siècle).
3. *Liaozhai zhiyi :* célèbre recueil de contes de Pu Songling (1640-1715), écrits en langue classique.

compare mon écriture avec celle des documents officiels des *yamens* de naguère, pour ce qui est de la régularité, du poli de l'encre ou de la mise en pages, je crois vraiment que j'aurais fait un bon « Rédacteur »[1]. Naturellement, mes ambitions sont limitées, et je ne prétends pas avoir le talent de ceux qui écrivaient des mémoires au Trône, mais des documents officiels courants comme ceux qu'on voit maintenant, je vous garantis que je serais capable de les écrire, et sans la moindre faute.

Vu les dons que j'avais pour lire et pour écrire, j'aurais dû être normalement employé dans l'administration. Ce n'est pas forcément une façon d'honorer ses ancêtres, mais au moins c'est une occupation mieux considérée que les autres. Et puis, à tous les échelons, on peut avoir de l'avancement. J'en ai vu plus d'un occuper d'importantes fonctions, et, pourtant, aucun n'écrivait aussi bien que moi : il y en avait même qui étaient incapables de prononcer une phrase correcte. Si des gens comme ça pouvaient devenir de hauts fonctionnaires, je ne vois pas pourquoi je n'aurais pas pu en faire autant !

Mais voilà, quand j'ai eu quinze ans, mes parents m'ont placé comme apprenti. Comme dans toutes les professions il y a des as, apprendre un métier manuel n'avait, en soi, rien de déshonorant ; seulement, c'est un peu moins reluisant que d'être dans l'administration. Quand on est devenu artisan, on le reste toute sa vie, et, même si on fait fortune, un haut fonctionnaire vous passera toujours devant. Je m'inclinai pourtant devant la décision de mes parents sans faire d'histoires et partis en apprentissage. A quinze ans, naturellement on n'a pas beaucoup d'idées. Et puis les vieux

1. *Bitieshi :* titre mandchou attribué aux fonctionnaires chargés d'écrire les documents officiels de l'administration impériale.

m'avaient dit aussi que, lorsque je posséderais bien le métier, je pourrais gagner de l'argent, et qu'alors ils s'occuperaient de me marier. A cette époque-là, je m'imaginais que le mariage devait être quelque chose d'attrayant. Pendant quelques années, j'ai donc accepté d'en baver, jusqu'à ce que je sois en âge de gagner ma vie comme un adulte; alors, on me maria, et avec une petite bru dans la famille, la vie se présentait plutôt bien.

J'avais appris le métier de colleur de papier. Dans les années où régnait encore la grande paix, un colleur n'avait pas de souci à se faire pour son gagne-pain. Dans ce temps-là, quand un homme mourait, on ne faisait pas les choses aussi chichement qu'à présent. Par là, je ne veux pas dire que les gens d'autrefois s'y mettaient à plusieurs fois pour mourir et ne claquaient pas tout bonnement d'un coup. La différence, c'était que, lorsqu'il y avait un mort, la famille endeuillée n'hésitait pas alors à dépenser un argent fou et ne reculait devant aucun sacrifice pour respecter les convenances et sauver ainsi les apparences. Rien que pour la « confection funéraire[1] », on en avait pour une jolie somme d'argent. Un homme n'avait pas plus tôt rendu l'âme qu'on devait sur-le-champ fabriquer le « char funèbre[2] », une expression courante à l'époque mais que beaucoup de gens ne comprennent probablement plus aujourd'hui. Tout de suite après, il y avait « le troisième jour de la veillée mortuaire[3] », pour lequel on ne pouvait se passer de « figurines à brû-

1. *Mingyipu :* la boutique où on fabriquait et vendait tous les objets de papier nécessaires pour les funérailles.
2. *Daotouche :* voiture de papier destinée à transporter l'âme du mort.
3. *Jiesan :* le troisième jour après le décès, on accueillait par des prières l'âme du défunt.

ler[1] » : des voitures, des palanquins, des mules et des chevaux, des coffres à linge, des « hommes en carton-pâte[2] », des « bannières pour guider les âmes[3] », des fleurs de papier, et beaucoup d'autres choses encore... Et quand on avait le malheur de mourir avant les relevailles[4], il fallait encore un buffle et une cage de coqs[5].

Le « premier sept[6] » venu, au moment où on psalmodiait les soutras, on devait confectionner des pavillons garnis de lingots, des montagnes d'or et d'argent, des rouleaux de tissus et des lingots, des vêtements, des plantes et des fleurs pour les quatre saisons, des collections d'antiquités et toutes sortes de meubles[7]. Et quand arrivait la « levée du corps[8] », outre les pavillons et constructions de papier, on avait encore besoin de beaucoup d'effigies à brûler : même pour les gens les plus démunis, un couple de « serviteurs[9] » était nécessaire. Le « cinquième sept », on brûlait une ombrelle[10], et le soixantième jour après le décès,

1. *Shaohuo :* terme désignant tous les êtres et objets de papier que l'on brûle pour servir et accompagner le mort dans son voyage vers l'au-delà.

2. *Lingren :* figurines représentant les hommes et les femmes qui ont été au service ou sous les ordres du défunt.

3. *Yinhunfan :* fanion portant le nom du défunt et destiné à le représenter lors des rites funéraires.

4. C'est-à-dire avant la fin du premier mois suivant un accouchement.

5. Une femme morte en couches ou après avoir enfanté ne pouvait échapper, sans un sacrifice spécial, au terrible « lac de sang » des Enfers.

6. Les cérémonies funèbres, auxquelles participaient des bonzes, étaient célébrées tous les sept jours pendant sept semaines, à partir du septième jour ou « premier sept » (*yiqi*) jusqu'au « septième sept » (*qiqi*).

7. C'est-à-dire tout ce dont le mort est censé avoir besoin pour mener une vie agréable dans l'au-delà.

8. *Chubin :* l'enterrement proprement dit.

9. *Tongr :* un homme et une femme chargés d'accompagner le défunt jusqu'aux Enfers.

10. *Shaosan :* rite protégeant le mort contre l'ardeur du soleil infernal.

on fabriquait un bateau et des ponts[1]. Alors seulement, un mort en avait fini avec nous, les colleurs de papier. Dans l'année, il suffisait qu'il mourût comme ça une dizaine de gens riches et on avait de quoi vivre.

Mais les colleurs ne se consacraient pas seulement au service des morts : ils servaient aussi les immortels. Or les immortels d'antan n'étaient pas aussi misérables que ceux d'à présent ! Prenons par exemple le Seigneur Guan[2]. Autrefois, lors du vingt-quatre de la sixième lune, les gens se croyaient toujours obligés de faire confectionner pour lui des bannières jaunes et des dais précieux, des chevaux avec leurs écuyers, de grands drapeaux avec les sept étoiles de la Grande Ourse et d'autres choses du même genre, alors qu'aujourd'hui, c'est à croire qu'il n'y a plus personne qui se soucie encore du Duc Guan ! Lorsque survenait une épidémie de variole, nous avions fort à faire avec les « Matrones[3] ». Comme elles étaient neuf, cela faisait neuf palanquins à fabriquer, avec chacun un cheval bai et un safran, neuf capes de cour avec autant de coiffes brodées de phénix, et il fallait encore préparer des tenues complètes pour les garçons et demoiselles d'honneur, ainsi que tout le nécessaire pour le cortège[4]. Maintenant qu'on vaccine dans les hôpitaux, les Matrones n'ont plus rien à faire et nous, les colleurs, on a vu notre activité réduite d'autant. Une autre de nos

1. Pour permettre au défunt de franchir le Fleuve des Enfers (*Naihe*).

2. Guan Yu, le célèbre général de l'époque des Trois Royaumes, tué en 219 de notre ère, vénéré comme le dieu des vertus guerrières, divinité exorciste et, comme telle, associée à la Grande Ourse.

3. *Niangniangmen :* déesses spécialement vénérées en vue d'avoir des enfants ou d'échapper aux maladies.

4. Tout ce cérémonial fait partie d'un rite propitiatoire, destiné à conjurer la maladie. La longueur du cortège marquait l'importance que l'on attribuait aux divinités en question dans la bureaucratie céleste.

affaires était celle des « ex-voto[1] », qui marchait bien, mais là encore, avec l'élimination des superstitions, il n'en est plus question. Ah ! les temps ont bien changé !

En dehors du service des immortels et des esprits des morts, notre corporation, bien sûr, travaillait aussi pour les vivants. On appelait ça « le blanc[2] » et ça consistait à retapisser à neuf les maisons. Autrefois, on n'avait pas de maisons à l'occidentale, mais, chaque fois que l'occasion s'en présentait, à la suite d'un déménagement, pour un mariage ou un autre événement heureux, on retapissait de blanc des pièces de fond en comble, de façon à leur donner un aspect flambant neuf. Dans les familles très riches, on nous employait même deux fois par an, au printemps et en automne, pour garnir de papier les fenêtres. Mais les gens s'appauvrissent de jour en jour et on ne retapisse même plus le plafond lorsqu'on déménage. Et puis, ceux qui ont de l'argent, ils transforment leurs maisons à la mode étrangère : les plafonds, on les plâtre une fois pour toutes et après, on est tranquille ; quant aux fenêtres, on leur met des vitres, et on n'a plus besoin de les garnir de papier ou de gaze. Depuis qu'on ne jure plus que par les choses occidentales, les artisans ont perdu leur gagne-pain. Oh ! c'est pas faute d'efforts de notre part à nous : quand les pousse-pousse sont devenus à la mode, on a fait des pousse-pousse, et de même avec les automobiles, car le changement, nous, on connaissait ça. Mais voilà, les familles qui faisaient fabriquer un pousse-pousse ou une automobile pour un mort se comptaient sur les doigts de la main ! On était entré subitement dans une époque de grands changements, et nos petites innovations n'étaient plus d'aucune utilité : nous étions com-

1. *Huanyuan :* offrandes spéciales faites en cas de guérison ou de vœu exaucé.
2. *Baihuo :* terme de jargon propre aux colleurs de papier.

plètement dépassés par le cours des événements et nous n'y pouvions rien !

II

Comme je viens de l'expliquer, si j'avais toujours compté sur ce métier pour vivre, il y a longtemps que je serais mort de faim. Pourtant, si la qualification que j'avais acquise ne pouvait me servir éternellement, j'avais, en fait, tiré de mes trois années d'apprentissage un bénéfice dont je n'aurai jamais fini de profiter. Je pouvais laisser là mes outils et changer de métier, ce bénéfice-là me suivrait toujours. Même après ma mort, il y aura des gens qui, lorsqu'on parlera de moi et de ma façon d'être, ne manqueront pas de rappeler que, dans ma jeunesse, j'ai fait trois ans d'apprentissage.

Un apprenti n'apprend pas seulement un métier : il apprend aussi la discipline. Quand il arrive dans un atelier pour la première fois, c'est le règne de la terreur et des brimades. On le fait se coucher tard et se lever tôt ; il doit obéir aux ordres et aux injonctions de tout le monde, se montrer un serviteur parfaitement docile et supporter de gaieté de cœur tous les malheurs qui lui arrivent : la faim comme le froid, la souffrance comme la fatigue, et le tout en ravalant ses larmes. Ainsi, là où j'ai été apprenti, l'atelier était également la maison du patron. Après avoir subi le maître, il fallait encore supporter la patronne : on était vraiment entre le marteau et l'enclume. Pour tenir à ce régime pendant trois ans, les plus durs étaient obligés de fléchir, et les plus mous de s'endurcir. Franchement, je puis dire que le caractère d'un apprenti n'avait plus rien à voir avec les qualités innées, mais dépendait pour finir des coups reçus. C'était comme le fer : c'est en le battant qu'on obtient la forme qu'on désire.

Dans ce temps-là, à force d'essuyer des coups, j'avais songé pour de bon à me suicider : un homme ne pouvait supporter un pareil traitement ! Mais maintenant, quand j'y pense, je trouve que cette discipline et cet enseignement valaient vraiment leur pesant d'or. Car, lorsqu'on a connu un tel entraînement, il n'y a plus rien au monde qu'on ne soit capable d'endurer. On accepte n'importe quoi. Vous auriez voulu par exemple faire de moi un soldat, eh bien, j'aurais fait un très bon soldat ! Au moins, dans l'armée, l'instruction n'a lieu qu'à des moments déterminés, alors que les apprentis, en dehors du sommeil, n'avaient aucun instant de repos. Je saisissais même le moment où j'allais aux toilettes pour roupiller tout en m'accroupissant, et les jours où le travail débordait sur la nuit, on dormait en tout et pour tout trois ou quatre heures. J'avais appris à avaler à toute allure mes repas, car à peine avais-je pris mon bol que j'entendais le patron crier ou la patronne qui m'appelait, ou encore un client qui venait passer commande. Il me fallait alors le servir avec toutes les politesses d'usage, et bien faire attention à la façon qu'avait le patron de fixer le prix de la marchandise en fonction de la qualité du travail. Si je n'avais pas avalé d'une traite tout mon bol, je ne m'en serais jamais sorti !

Un pareil entraînement m'a appris à faire front en toutes circonstances et à garder, en plus, toute la courtoisie requise. C'est une chose, à mon humble avis, que les gens qui font des études ne pourront jamais comprendre. Dans les écoles modernes de maintenant, où on organise des concours d'athlétisme, les élèves, après deux tours de piste, sont comme des vainqueurs aux chevaux couverts d'écume ! Non seulement il faut les soutenir, les embrasser, leur frictionner les cuisses avec de l'alcool, mais ils font encore des simagrées et réclament des voitures ! Comment ces fils à papa pourraient-ils comprendre ce que c'est que la discipline et l'exercice ? Pour en revenir à ce que je disais, toutes les peines que j'ai subies m'ont donné un fond qui me permet de travailler dur sans regimber. Jamais je n'acceptais de rester inactif, et quand je travaillais, pas question de faire des chichis ou des histoires. J'étais capable d'en baver autant qu'un simple soldat, avec cette différence que dans l'armée, on est loin d'être aimable comme je l'étais !

Un autre fait peut, du reste, prouver ma force de caractère. Lorsque à la fin de l'apprentissage je suis devenu compagnon, j'ai fait comme les autres artisans : pour bien montrer que, désormais, je gagnais moi-même ma vie, j'ai commencé par acheter une pipe. Dès que j'avais un instant à moi, je la sortais et tirais dessus bruyamment comme pour me donner encore plus d'importance. Petit à petit, je me suis mis aussi à boire, à siroter fréquemment un petit verre de gnôle (*maoniao*) en faisant bien claquer la langue. Le problème, c'est qu'une mauvaise habitude en entraîne toujours une autre. On croit toujours qu'il ne s'agit que d'un passe-temps, et puis, on ne peut plus s'arrêter. De fil en aiguille, je me suis ainsi laissé aller à fumer l'opium. A l'époque, l'opium n'était pas interdit et il était spécialement bon marché. Au début, j'en fumais seulement pour m'amuser, mais bientôt je ne pus plus m'en passer. Je me trouvais alors à court d'argent et je constatais que j'avais moins d'ardeur au travail. Eh bien, figurez-vous que, du jour au lendemain, et sans attendre qu'on me le dise, j'ai renoncé à tout : non seulement à l'opium, mais au tabac et à l'alcool. J'ai brisé ma pipe en deux et suis entré dans la Secte dite « de la Raison », où il faut absolument s'abstenir de boire et de fumer, sous peine de courir au-devant de la guigne. A l'idée que celle-ci pourrait me guetter, j'ai préféré arrêter aussitôt.

Mais quand j'y pense aujourd'hui, je n'aurais jamais eu le courage et la fermeté nécessaires si je n'avais pas été apprenti. Car quand on commence à s'arrêter, c'est drôlement désagréable de voir des gens fumer ou boire : on a l'impression que des milliers de petits vers grouillants vous rongent le cœur ! Heureusement que la peur de la guigne me retenait. Pourtant, à elle seule, elle n'aurait pas suffi. Car tant qu'on n'est pas dans le pétrin, on s'en moque. Ce qui comptait avant tout, c'était de pouvoir tenir bon jusqu'au bout, et ça, il n'y avait eu que l'apprentissage pour me l'enseigner et m'y préparer !

Du point de vue professionnel, j'ai même l'impression de n'avoir pas du tout perdu mon temps pendant les trois années que j'ai passées comme apprenti. Dans tous les métiers, c'est pareil : il faut changer avec le temps ; mais si les techniques ne sont plus les mêmes, la pratique demeure. Il y a trente ans, un maçon fignolait son travail, polissant les briques et ajustant les joints, alors qu'aujourd'hui, il doit savoir utiliser du ciment et des moellons industriels. De même, un menuisier, qui autrefois sculptait le bois à la perfection, doit être capable maintenant de fabriquer des meubles à l'occidentale. Dans le métier qui était le nôtre, c'était la même chose, ça bougeait même encore davantage. Nous savions reproduire avec une fidélité parfaite n'importe quoi. Par exemple, pour un enterrement, on pouvait nous demander de préparer tout un banquet, nous étions capables de confectionner en papier tous les plats correspondants, aussi bien du poulet et du canard que du poisson et de la viande. Lorsqu'il arrivait qu'une jeune fille meure dans sa famille sans être encore mariée, on nous demandait de faire tout un trousseau ; qu'il y eût alors quarante-huit porteurs ou trente-deux[1], nous faisions toujours en sorte qu'il n'y manque rien, depuis le poudrier et le flacon de cosmétique jusqu'à la garde-robe et la psyché. Notre savoir-faire à nous était de pouvoir tout copier au premier coup d'œil. Cela ne demandait pas une très grande qualification, mais tout de même un minimum d'intelligence, car pour devenir un bon colleur, il ne fallait pas être complètement bouché.

Ainsi, on aurait dit que notre travail tenait à la fois du boulot et du jeu. Le succès ou l'échec dépendait entièrement de la façon dont on savait utiliser les papiers de différentes couleurs, et c'était une chose qui exigeait de la réflexion. En ce qui me concerne, sans être très intelligent, je n'étais pas bête. Aussi, parmi les coups que j'ai reçus quand j'étais apprenti, très peu venaient de ce que le métier ne rentrait pas : la plupart étaient dus au fait qu'étant malin, j'étais assez enclin à n'en faire qu'à ma tête. Dans d'autres métiers, je n'aurais peut-être pas eu l'occasion du tout de manifester mon intelligence : chez un maréchal-ferrant ou dans une scierie, on bat et on scie à longueur de journée, c'est toujours pareil. J'ai eu donc de la chance d'être chez un colleur de papier, car, une fois appris les rudiments, j'ai pu suivre mon inspiration personnelle tout en recherchant la reproduction la plus ingénieuse et la plus fidèle à l'original.

Parfois, je perdais du temps et gâchais du matériau sans arriver à reproduire ce que j'avais imaginé, mais ça m'a appris à chercher et à creuser davantage, à ne jamais renoncer avant d'avoir abouti, et ça, c'est vraiment un excellent entraînement. Savoir utiliser l'intelligence que l'on a, voilà une habitude que m'ont donnée mes trois ans d'apprentissage et dont je leur

1. Comme dans les grands mariages, lors du transport du trousseau au nouveau domicile de la mariée.

suis très reconnaissant. Evidemment, j'aurais pu faire de plus grandes choses dans ma vie, mais au moins, tout ce que les gens ordinaires savent faire, j'étais capable de le saisir pour une bonne part au premier coup d'œil. Je savais ainsi construire un mur, planter un arbre, réparer une horloge, expertiser une fourrure, choisir le bon jour pour un mariage, je connaissais les secrets et les jargons d'un peu tous les métiers, et tout ça, je l'ai appris sur le tas, sans l'avoir étudié, en me fiant seulement à mon œil et à ma main, grâce à l'habitude que j'avais prise de travailler dur et d'apprendre sans relâche. Il m'a fallu du reste attendre jusqu'à aujourd'hui, où je suis sur le point de crever de faim, pour comprendre que si j'avais fait plus d'études et m'étais plongé dans les bouquins comme les talents distingués d'autrefois ou les diplômés des écoles modernes, j'aurais été abruti pour la vie et totalement ignare ! A défaut de m'avoir apporté la fortune ou un poste officiel, le métier de colleur m'aura au moins fait connaître une vie pleine d'intérêt : pauvre, mais animée et ne manquant pas de saveur humaine.

La vingtaine tout juste passée, j'avais ainsi acquis la considération de mes proches et de mes amis. Une considération qui n'était pas due à ma richesse ou à ma position, mais simplement au fait que je faisais soigneusement les choses et ne renâclais pas à la besogne. Une fois devenu compagnon, on pouvait tous les jours me trouver dans une maison de thé au coin de la rue, où j'attendais les collègues qui venaient pour me demander mon aide. Dans tout le quartier, je fus vite connu : j'étais jeune, adroit et plein de tact. Quand il y avait des gens pour m'embaucher, je les suivais et faisais mon métier. Mais quand il n'y en avait pas, je ne restais pas pour autant inactif : j'avais toujours des parents ou des amis pour me confier des tas d'affaires à régler. A peine fus-je marié que l'on me demanda de servir d'intermédiaire[1] pour quelqu'un d'autre !

Aider autrui était pour moi une forme de distraction, dont je ne pouvais me passer. Pourquoi ? Parce que, comme je l'ai déjà dit, il y avait, dans notre métier, deux sortes de travail. L'un était intéressant et propre, c'était les effigies mortuaires. L'autre, le « blanc », était bien différent. Pour retapisser une maison, il fallait, en effet, arracher le vieux papier, et ça, ce n'était pas de la tarte. Les gens qui ne l'ont jamais fait n'ont absolument aucune idée de la poussière qui recouvre le papier : à force de s'accumuler pendant des jours et des mois, elle devient plus sèche et plus fine que toute autre poussière, et elle vous pénètre dans le nez. Au bout de trois pièces, nous étions transformés en fantômes poussiéreux. Et quand, ayant bien assemblé les tiges de sorgho au plafond, on mettait le nouveau papier, il y avait une sorte de poudre argentée qui puait et vous collait aux narines. La poussière et ça faisaient que les gens devenaient phtisiques, ou tuberculeux comme on dit aujourd'hui. Je n'aimais pas du tout ce genre de travail. Mais lorsque quelqu'un venait m'engager au coin de la rue, je ne pouvais pas refuser : quand le boulot est là, il faut le faire. Alors j'acceptais, mais à condition de rester presque toujours dans le bas de la pièce, d'être celui qui coupait le papier, qui l'encollait et le passait aux autres, et de ne pas avoir à monter à la courte échelle, comme ça, je pouvais travailler en baissant la tête, de façon à avaler moins de poussière. En fait, ça ne m'empêchait pas d'être vite recouvert de la tête aux pieds et d'avoir le nez transformé en véritable cheminée. Après plusieurs jours de

1. Le rôle de « marieur » (*meiren*) était confié aussi bien aux hommes qu'aux femmes.

ce travail, j'avais plutôt envie d'en faire un autre et de changer un peu. Aussi, lorsque des amis ou des proches me demandaient un service, c'était toujours avec plaisir que je le leur rendais.

Par ailleurs, mon métier me mettait sans cesse en contact avec les gens au moment des noces ou des funérailles. Ceux qui me passaient alors commande me confiaient donc souvent d'autres affaires à traiter en même temps : une tente à dresser pour le jour du mariage ou de l'enterrement, toutes les bannières à fournir en vue de la cérémonie, un cuisinier à engager, des voitures ou des chevaux à louer, etc. Petit à petit, prenant goût à ce genre de choses, je sus comment résoudre les difficultés et faire que tout soit réglé au mieux, sans que ça revienne trop cher et en évitant que personne ne se fasse bêtement avoir. C'est en traitant ce type d'affaires que j'ai acquis beaucoup d'expérience et appris comment il fallait s'y prendre avec les gens. Le temps passant, j'étais même devenu, à moins de trente ans, un homme particulièrement ingénieux.

III

Les propos qui précèdent le laissaient pourtant aisément présager : il était impossible que je gagne toujours ma vie comme colleur. Le changement n'en fut pas moins subit : on aurait dit une foire brusquement interrompue par la pluie, obligeant la foule à se disperser en courant dans toutes les directions. Dans mon cas personnel, j'ai eu toute ma vie l'impression de descendre un chemin en pente, sans jamais pouvoir m'arrêter : plus mon cœur aspirait à la paix et à la tranquillité, plus je sentais que je m'enfonçais. Mais, cette fois-là, le changement fut si radical qu'il ne laissa à personne le temps de souffler. Ce n'était plus un changement, c'était une véritable tornade, dans laquelle on se trouvait stupidement pris, sans savoir où elle vous entraînait. Parmi les métiers et les affaires qui étaient encore prospères du temps de ma jeunesse, un très grand nombre se retrouvèrent soudain dans une impasse, et on ne les revit plus jamais : c'était comme si la mer elle-même les avait engloutis. Le métier de colleur survit encore tant bien que mal, mais s'il n'a toujours pas rendu l'âme, il ne se relèvera probablement jamais de l'état dans lequel il est tombé. Personnellement, c'est une chose dont je m'étais rendu compte très tôt. Si j'avais voulu, dans les années où régnait la grande paix, j'aurais très bien pu ouvrir une petite boutique, avoir deux apprentis et gagner tranquillement ma croûte. Mais heureusement que je ne l'ai pas fait. Car comment aurais-je pu vivre en n'ayant aucune grosse affaire de toute l'année, avec seulement une ou deux voitures de papier à confectionner et quelques plafonds à retapisser ? Il suffit d'ouvrir les yeux pour s'apercevoir que cela fait plus de dix ans qu'il n'y a plus eu de commande importante. Aussi ne m'étais-je pas trompé lorsque je me suis dit qu'il fallait changer de métier.

Cependant, si j'ai changé subitement de profession, ce ne fut pas seulement pour cette raison. Un homme seul n'a jamais empêché l'histoire de tourner. Vouloir s'opposer au changement, c'est le pot de terre contre le pot de fer. A lutter contre son temps, on épuise ses forces et on ne fait que s'attirer des ennuis. En revanche, un pépin qui vous arrive à vous tout seul est souvent beaucoup plus dur à supporter : il peut vous rendre fou du jour au lendemain. Et quand on en est à trouver normal de se jeter dans la rivière ou au fond d'un puits, il n'y a, ça va sans dire, rien d'étrange à abandonner son métier pour en prendre un autre. En soi, un événement qui ne touche qu'un individu est peu important, mais lorsqu'il vous tombe sur le dos et que vous êtes seul à le porter, il vous écrase : un grain de riz, c'est minuscule, et pourtant, pour la fourmi qui le transporte, c'est une charge exténuante. Pour vivre, on a besoin de respirer, mais lorsqu'il vous arrive un ennui, on a le souffle coupé et on perd la tête. L'homme est une si petite chose !

Ma guigne à moi aura été d'être astucieux et gentil avec les gens. A première vue, ça peut paraître invraisemblable : c'est pourtant absolument vrai, je le jure. Si ça ne m'était pas arrivé à moi-même, jamais je n'aurais cru la chose possible. Mais voilà, c'est bien sur moi qu'elle était tombée. Sur le coup, j'ai cru vraiment devenir fou. Maintenant que vingt ou trente ans se sont écoulés, quand j'y songe, ça me fait plutôt sourire, comme s'il s'agissait tout bonnement d'une fable. Mais j'ai compris à présent que les qualités qu'on peut avoir ne vous profitent pas nécessairement. Car il ne suffit pas qu'un homme soit bon, il faut que les autres le soient aussi, si on veut que cette bonté serve à quelque chose. Lorsque tel est le cas, on est comme un poisson dans l'eau. Mais dans le cas contraire, quand la méchanceté est générale, la bonté ne sert qu'à attirer les emmerdements. A quoi bon alors être malin et aimable ? Maintenant que j'ai compris cette vérité-là, au souvenir de ce qui s'est passé, je préfère hocher la tête avec un sourire. En fait, sur le moment, ce fut plutôt dur à digérer, mais il faut dire qu'à l'époque, je n'étais pas bien vieux.

Comme tous les jeunes gens, j'aimais bien être élégant. Ainsi, lorsque je faisais des visites de courtoisie ou m'occupais des affaires que l'on m'avait confiées, on n'aurait jamais dit, en voyant ma tenue et mon air distingué, que j'étais un simple artisan.

Autrefois, les fourrures valaient très cher et n'importe qui ne pouvait pas en porter. De nos jours, les gens se croient tout permis : à peine ont-ils gagné aux courses ou remporté le gros lot qu'on les voit porter des manteaux de renard, même lorsqu'il s'agit d'un gosse de quinze ans ou de quelque freluquet à la vingtaine encore imberbe. Naguère, un tel spectacle eût été impensable : l'âge et la condition déterminaient le costume et la toilette de chacun. En ce temps-là, un col de petit-gris suffisait à vous donner bon genre. J'en avais donc toujours un, que je portais sur une veste ou un gilet de satin noir, un satin qui à l'époque n'était pas très résistant mais pouvait tout de même vous durer une bonne dizaine d'années. Quand j'allais refaire des plafonds, je revenais, bien sûr, couvert de poussière. Mais aussitôt rentré chez moi, je faisais une toilette complète, et le fantôme poussiéreux que j'étais se transformait sur-le-champ en jeune dandy. Avec ma grande natte noire de jais, mon crâne tout bleu et brillant à force d'être rasé et mon gilet à col de petit-gris, vraiment, je n'étais pas n'importe qui !

Pour un jeune dandy, il n'y a sans doute rien de plus redoutable que d'avoir à épouser un laideron. Prenant les devants, j'avais incidemment laissé entendre à mes parents que je préférais rester célibataire, plutôt que d'épouser une fille qui ne me reviendrait pas. A l'époque, il n'était pas encore question de se marier librement, mais on avait déjà la possibilité de se voir entre fiancés avant le mariage. J'exigeai donc une entrevue personnelle au préalable et refusai de me fier aveuglément aux belles paroles de l'intermédiaire habituel en pareilles circonstances.

Je me suis ainsi marié l'année même de mes vingt ans, et ma femme avait une année de moins que moi. Belle ou pas, tout le monde la trouvait mignonne et vive : il faut dire que je l'avais rencontrée moi-même avant les fiançailles et que c'était là le double critère que je m'étais fixé pour ma future épouse. Si elle n'avait pas eu ces deux qualités, je n'aurais sûrement pas dit oui. Mon choix correspondait du reste à l'homme que j'étais alors : jeune, élégant et diligent en affaires, je me voyais mal avec une femme laide et stupide comme une dinde !

Nous étions si assortis que notre union ne pouvait pas ne pas avoir été voulue par le Ciel. Non seulement nous étions tous les deux jeunes et alertes, mais nous n'étions ni l'un ni l'autre de grande taille. L'aisance même avec laquelle nous savions évoluer dans le monde frappait nos amis et nos proches et suscitait un sourire d'admiration dans les yeux des personnages plus âgés qui nous regardaient. Rivalisant tous les deux de présence d'esprit et de facilité d'expression, nous voulions être partout les premiers, rien que pour le plaisir d'entendre l'éloge unanime que les gens nous décernaient en parlant de nous comme d'un jeune couple plein d'avenir. Venant d'autrui, un tel éloge ne faisait qu'accroître le respect et l'amour que nous nous portions, un peu comme si nous étions de vrais héros de roman.

Pour ne rien vous cacher, j'étais très heureux. Mes parents n'avaient aucune fortune, mais ils étaient propriétaires d'une maison, et cette maison, que nous pouvions habiter sans avoir de loyer à payer, avait une cour pleine d'arbres. Suspendue sous l'auvent, il y avait même une cage contenant une paire de loriots. Par ailleurs, j'avais un métier, de bonnes relations avec les gens, une femme jeune et à mon goût. Si je n'avais pas été heureux, je n'aurais pu m'en prendre qu'à moi-même.

En ce qui concerne mon épouse, j'aurais été bien incapable de lui trouver le moindre défaut. Il est vrai que parfois j'avais le sentiment qu'elle était un peu trop familière (*ye*) avec les gens. Mais il était normal qu'une femme vive comme elle l'était ne manque pas de franchise et de spontanéité. Si elle était bavarde, ce n'était pas faute de savoir parler. Si elle n'évitait guère la compagnie masculine, c'était précisément pour jouir de l'avantage que lui donnait sa nouvelle condition d'épouse ; il était même naturel qu'au sortir de sa famille, une fille douée comme elle perde un peu de sa timidité, prenne de l'aisance et se considère désormais comme une « dame ». Il n'y avait pas de mal à cela. Et puis, elle était si prévenante et attentionnée à l'égard des personnes âgées, elle les servait avec tant d'empressement qu'il n'était pas étonnant qu'elle se montre un peu sans façons avec les gens plus jeunes. Dans un cas comme dans l'autre, le caractère libre et spontané qui était le sien la poussait à se conduire avec la familiarité la plus complète. Aussi ne lui en ai-je jamais tenu rigueur.

La grossesse et la maternité la rendirent encore plus jolie, mais pas plus réservée. Je n'allais pas l'en blâmer, car y a-t-il rien au monde de plus touchant qu'une jeune femme enceinte et de plus attendrissant qu'une jeune maman ? Quand je la voyais assise sur le seuil de la maison, découvrant un peu le sein pour le donner au bébé, je ne pouvais m'empêcher d'en être plus amoureux et il ne me serait pas venu à l'esprit de lui reprocher la négligence de sa conduite.

A vingt-quatre ans, j'avais déjà un garçon et une fille. Mais, pour ce qui est d'avoir des enfants, le mérite du mari est plutôt mince ! Lorsqu'il est de bonne humeur, il prend le bébé dans ses bras et joue avec lui un instant ; mais tous les ennuis sont pour la femme. Quand on n'est pas un imbécile, c'est une chose qu'on peut saisir sans attendre que quelqu'un vous le dise. Il est vrai que l'aide que les hommes veulent parfois apporter à leur femme ne sert finalement à rien.

Raison de plus pour qu'un mari tant soit peu compréhensif donne à son épouse plus de liberté et d'indépendance. Pour brimer une femme enceinte ou une jeune maman, ma parole, il faut vraiment être bête et méchant ! A partir du moment où elle a eu un enfant, j'ai donc laissé faire davantage mon épouse : je trouvais ça naturel et juste.

Pour dire les choses de façon imagée, un ménage est comme un arbre qui fleurit avec la venue des enfants : la profondeur de ses racines ne se révèle qu'avec la floraison. Lorsque celle-ci s'est produite, il n'y a pratiquement plus lieu de s'inquiéter ou de se montrer jaloux : les enfants en bas âge ligotent solidement leur mère. C'est pourquoi, j'avais beau juger ma femme un peu trop familière, pour ne pas dire dévergondée, je ne pouvais être vraiment inquiet, puisqu'elle était mère de famille.

IV

Encore aujourd'hui, je n'arrive pas à comprendre au fond ce qui m'est arrivé. Tout ce que je sais, c'est que, lorsque ma femme m'a plaqué pour s'enfuir avec un autre, j'ai failli devenir fou. Mais je ne comprends toujours pas. Je n'étais pourtant pas quelqu'un d'obtus : non seulement je passais mon temps à m'entremettre pour autrui, mais je savais comment on doit s'y prendre avec les gens, et j'étais le premier à connaître aussi bien mes défauts que mes qualités. N'empêche que dans le cas précis, j'ai eu beau chercher, je n'ai rien trouvé qui justifie une honte et un châtiment pareils. Faute d'avoir découvert d'autres raisons, je ne puis dire qu'une chose :

ce qui m'a porté malheur, c'est mon intelligence et ma gentillesse.

L'homme qui était parti avec ma femme était un compagnon d'apprentissage plus âgé que moi, que tout le monde surnommait le Noiraud. C'est ainsi que je l'appellerai moi-même, préférant ne pas révéler sa véritable identité, bien qu'il s'agisse de mon rival. On lui avait donné ce surnom parce qu'il n'avait pas le teint clair, et quand je dis qu'il n'avait pas le teint clair, c'est qu'il l'avait plutôt noir. Son visage avait la couleur de ces boules de fonte que les gens roulaient autrefois au creux de leurs mains pour s'assouplir les doigts, un brun très foncé mais en même temps très lisse et brillant, attirant à force d'être luisant. Quand il avait bu deux coupes de vin ou lorsqu'il avait trop chaud, sa figure s'empourprait : on aurait dit des nuages noirs au soleil couchant, tout illuminés de rouge. Pourtant, les traits de son visage n'avaient rien de spécialement beau ; j'étais même beaucoup mieux que lui. Il était grand, mais sa taille, loin de paraître imposante, lui donnait un air dégingandé. Pour tout dire, il n'aurait pas eu ce teint noir et éclatant, sa physionomie aurait été plutôt rebutante.

Avec lui, j'étais toujours très amical. Non seulement il était mon compagnon d'apprentissage, mais il était si naïf et mal dégrossi que, même si je ne l'avais pas aimé, je n'aurais eu aucune raison de le soupçonner. La tournure d'esprit qui était la mienne ne me préparait pas à me méfier particulièrement des gens. Au contraire, je croyais que mes yeux ne pouvaient pas se tromper, si bien que, lorsque je me faisais confiance, je faisais aussi confiance à autrui. Jamais je n'aurais pensé qu'un de mes amis irait jusqu'à me jouer dans le dos des tours pareils. A partir du moment où j'avais décidé de me lier avec quelqu'un, je le traitais véritablement en ami. Dans le cas du compagnon en question, même si j'avais eu quelque raison de le soupçonner, je lui devais de toute façon le respect et l'hospitalité, puisqu'il était plus âgé que moi. Nous avions appris le métier avec le même maître, nous nous retrouvions au même coin de rue pour gagner notre vie et, qu'il y eût ou non du travail, nous ne pouvions pas ne pas nous rencontrer plusieurs fois par jour. Quand on connaît si bien quelqu'un, comment ne pas le tenir pour un ami ?

Lorsqu'il y avait du travail, nous allions le faire ensemble, et quand il n'y en avait pas, il venait toujours manger ou boire le thé chez moi ; parfois, on tapait un carton [1], le mah-jong, à l'époque, n'étant pas encore très répandu. Il répondait à mon amabilité sans faire de façons. On mangeait et buvait ce qu'il y avait, car je ne lui préparais jamais rien de spécial et lui ne faisait aucune remarque. Il mangeait beaucoup, mais il n'était pas difficile sur la nourriture. Je le revois encore, un grand bol dans les mains, en train de manger avec nous, par exemple, une soupe de nouilles : c'était un spectacle réjouissant. Son cou ruisselait de sueur de tous les côtés, sa bouche faisait entendre un sifflement sonore et son visage devenait de plus en plus cramoisi, se transformant petit à petit en une sorte de gros boulet de charbon rougeoyant. Qui aurait dit qu'un homme comme ça couvait de noirs desseins ?

Au bout d'un certain temps, à voir les œillades qu'on échangeait, je découvris que tout n'allait pas pour le mieux dans le meilleur des mondes. Mais je ne pris pas la chose tellement à cœur. Un imbécile n'y aurait probablement pas été par quatre chemins : il se serait dit qu'il n'y a jamais de fumée sans feu et aurait fait immédiatement un grabuge de tous les diables. Mais il

1. *Suorhu :* ancien jeu pékinois, utilisant, comme le tarot, des cartes à jouer plus longues que les cartes ordinaires.

aurait eu alors autant de chances de se casser le nez sans l'ombre d'une preuve que de tirer aussitôt l'affaire au clair. Circonspect comme je l'étais, je me refusai donc à agir à l'aveuglette et me donnai le temps de réfléchir un peu posément.

M'interrogeant d'abord moi-même, je ne trouvais rien à me reprocher : même avec tous les défauts que je pouvais avoir, je l'emportais encore sur le compagnon pour ce qui était de l'élégance, de l'intelligence et de la personnalité. Lui-même, d'ailleurs, n'avait visiblement pas la tête à faire le mal, encore moins le comportement ou les ressources nécessaires ; ce n'était pas le genre de type à séduire une femme à la première rencontre.

Pour finir, l'examen minutieux que j'avais entrepris se porta sur ma jeune épouse : il y avait déjà quatre ou cinq ans qu'elle était avec moi, et on ne pouvait pas dire que nous n'étions pas heureux de vivre ensemble. En admettant même que son bonheur ait été feint et qu'elle fût capable de suivre quelqu'un qu'elle aimait vraiment, ce qui, à l'époque, était pratiquement impossible, il ne pouvait s'agir du Noiraud. Nous étions tous les deux de simples artisans, et sa condition n'était en rien supérieure à la mienne. De même, il n'était ni plus riche, ni plus beau, ni plus jeune que moi. Alors, que pouvait-elle bien avoir dans la tête ? Je l'ignorais. A la rigueur, elle pouvait s'être laissé séduire, mais lui, pour un séducteur, manquait sérieusement de moyens : c'était absurde ! Ah ça ! Si j'avais voulu, c'est plutôt moi qui aurais pu jouer les séducteurs : à défaut d'avoir beaucoup d'argent, moi, au moins, j'avais de l'allure ! Tandis que lui, le Noiraud, je ne voyais vraiment pas ce qu'il pouvait avoir pour lui ! En supposant même qu'elle ait eu un instant d'égarement et n'ait plus su distinguer le bien du mal, comment aurait-elle consenti à se séparer de ses deux gosses ?

Je ne pouvais donc croire ce qui se disait, ni rompre sur-le-champ avec le Noiraud, encore moins aller tout bêtement l'interroger, elle. J'avais tout envisagé, mais, n'ayant trouvé aucune faille, je n'avais d'autre solution que d'attendre patiemment que les gens comprennent enfin qu'ils s'étaient fait inutilement du souci. Quand bien même ils n'auraient pas répandu de faux bruits, j'étais obligé d'ouvrir l'œil, car je ne pouvais tout de même pas nous rouler tous sans raison dans la boue, moi, mon ami et ma femme. Quand on est tant soit peu intelligent, on ne fait pas les choses inconsidérément.

Seulement voilà, peu de temps après, le Noiraud et ma femme disparurent. Et depuis, je ne les ai jamais revus. Pourquoi avait-elle accepté de le suivre ? C'est une chose que je n'aurais pu comprendre qu'en la voyant, elle, et en lui faisant cracher le morceau. Car mon esprit à moi n'a jamais suffi à éclaircir l'affaire. J'ai d'ailleurs gardé longtemps l'espoir de la revoir un jour, uniquement pour comprendre un peu ce qui s'était passé. Mais aujourd'hui encore, je suis toujours dans le noir le plus complet.

Sur les sentiments qui furent alors les miens, à quoi bon m'étendre moi-même ? Tout le monde peut imaginer ce que c'est pour un homme jeune et à la tenue élégante que de se retrouver chez lui avec deux gamins qui n'ont plus leur mère. Ce que c'est pour un homme intelligent et strict que de voir la femme qu'il aime filer avec un de ses compagnons, et l'affront public que cela représente. Les gens qui avaient de la sympathie pour moi n'osaient pas ouvrir la bouche, et ceux qui ne me connaissaient pas, quand on leur racontait la chose, se gardaient toujours d'incriminer mon compagnon et avaient tôt fait de me traiter de cocu. Dans une société comme la nôtre, qui se prétend fondée sur la piété filiale, le respect fraternel, la loyauté et la bonne foi, on aime bien qu'il y ait un cocu, que tout le monde puisse montrer du doigt. De mon côté, je restais bouche cousue et serrais les dents ; une seule image me hantait : celle de leurs deux silhouettes dans une mare de sang. A la première rencontre, je les aurais frappés d'un coup de couteau sans autre forme de procès. A l'époque, l'esprit de vengeance qui m'habitait me semblait le seul qui fût digne d'un homme. Mais maintenant que les années ont passé, je songe plutôt au rôle que cette affaire a joué dans ma vie.

Espérant obtenir des nouvelles du Noiraud, je courus m'informer un peu partout. Mais c'était peine perdue : tous les deux avaient réellement disparu comme pierres au fond de l'océan. Faute de recueillir des renseignements exacts, ma colère, peu à peu, se dissipa et, chose curieuse, en se dissipant, elle fit place à de la pitié pour ma femme. Le Noiraud, en effet, comme colleur, ne pouvait trouver du travail que dans une grande ville proche de Pékin ou de T'ien-tsin, car, à la campagne, on n'avait pas besoin d'effigies aussi recherchées que celles que nous faisions. Si, donc, ils avaient fui plus loin, avec quoi pouvait-il la faire vivre ? Puisqu'il avait été capable de voler sa femme à son meilleur ami, qu'est-ce qui aurait bien pu l'empêcher de la vendre ? A cette idée, la peur me torturait l'esprit. Je m'attendais vraiment que, tout à coup, elle me revienne après lui avoir échappé, et me dise comment elle était tombée dans le piège, ainsi que les misères qu'il lui avait fait subir. Si elle s'était alors jetée vraiment à mes genoux, je crois que je n'aurais pas pu ne pas la garder : quand on aime une femme, on l'aime pour toujours, sans tenir compte des bêtises qu'elle a pu faire. En même temps, comme je voyais qu'elle ne revenait pas et que je n'avais aucune nouvelle, j'étais partagé entre la haine et la pitié, et j'avais l'esprit si ballotté que parfois je ne pouvais fermer l'œil de toute la nuit.

Au bout de plus d'un an, ces sentiments contradictoires avaient néanmoins perdu beaucoup de leur force. J'étais, certes, incapable de l'oublier, et je le serai toute ma vie, mais je me dis que je n'allais pas me tracasser pour elle plus longtemps. Je m'inclinai devant la vérité incontestable des faits et ne me sentis plus obligé de m'en soucier davantage.

Pourtant, en ce qui me concerne, les choses n'étaient pas finies et je vais en parler, car cette affaire que je n'ai jamais réussi à élucider a eu sur toute ma vie une influence énorme. C'était comme si, ayant perdu en rêve ma femme chérie, je m'étais réveillé en découvrant qu'elle avait réellement disparu sans laisser la moindre trace. Non seulement le rêve était incompréhensible, mais qui aurait bien pu supporter de le voir se réaliser ? Un homme qui a fait un tel rêve, ou bien devient fou, ou bien ne peut en sortir que très profondément transformé : n'a-t-il pas perdu la moitié de sa vie ?

V

Au début, je ne voulais même pas sortir de ma chambre : je craignais jusqu'à la lumière et à la chaleur du soleil. Le plus dur fut lorsque je mis pour la première fois les pieds dans la rue. Si j'avais marché la tête haute comme si de rien n'était, il y aurait eu sûrement des gens pour dire que je n'avais jamais su ce qu'était la honte. Si j'avais, au contraire, baissé la tête, c'eût été reconnaître moi-même ma lâcheté. Mais, dans les deux cas, c'était moi qui avais tort. Pourtant, je n'avais rien à me reprocher, ni offensé personne.

Rompant avec des années d'abstinence, je me remis alors à fumer et à boire. Guigne ou pas guigne, ça m'était égal : il ne pouvait y avoir pire emmerdement que de perdre sa femme ! Je ne demandais pas aux gens d'avoir pitié de moi et n'avais par ailleurs aucune raison de chercher volontairement querelle à quiconque ; je fumais et buvais donc tout seul, gardant mes ennuis pour moi. Pour éliminer les superstitions, il n'y a rien de tel qu'un malheur qui vous tombe dessus sans qu'on l'ait prévu. Auparavant, il n'y avait pas une divinité à qui j'aurais osé déplaire, et voilà que je ne croyais plus à rien, même pas au Bouddha Vivant ! A force de réfléchir, je m'étais rendu compte que la superstition, c'est bon seulement quand on espère obtenir un bienfait inattendu ; quand c'est au contraire un malheur tout à fait imprévu qui vous arrive, on n'a plus d'espoir et on ne croit naturellement plus à rien. J'ai alors brûlé les niches du Dieu de la Richesse et du Seigneur du Fourneau [1] que j'avais fabriquées de mes propres mains. Beaucoup de gens autour de moi prétendirent que j'étais devenu un renégat [2] ; en fait, je n'étais pas plus chrétien que musulman, j'avais simplement décidé de ne plus m'incliner devant personne. Lorsqu'on ne peut même plus se fier aux hommes, on a encore moins de raisons de compter sur les dieux.

Je ne suis pas non plus devenu neurasthénique. Bien qu'il y eût effectivement de quoi mourir de chagrin, je n'allais tout de même pas m'enfoncer dans une pareille impasse. Etant par nature un homme plein d'entrain, je me disais qu'à tant faire que de continuer à vivre, il valait mieux ne pas perdre ma bonne humeur. Il est vrai que souvent un grand malheur que l'on n'attend pas est capable de transformer du jour au lendemain

1. *Caishen* et *Zaowang* : les deux principales divinités domestiques.
2. *Ermaozi* : terme de mépris désignant les Chinois convertis par les missionnaires étrangers.

les habitudes et le caractère d'un homme ; mais dans mon cas personnel, j'avais décidé de ne pas me laisser abattre. Fumer, boire, ne plus croire aux dieux étaient donc autant de moyens pour moi de manifester mon entrain. Que ma joie fût vraie ou fausse, ça m'était égal : l'important était d'être gai ! Lorsque j'étais apprenti, je connaissais déjà le truc ; l'épreuve que je venais de traverser ne fit par conséquent que me renforcer dans l'idée qu'il n'y avait pas d'autre attitude à avoir. Aujourd'hui encore, alors même que je suis sur le point de mourir de faim, je suis toujours en train de rire, je ris, sans bien savoir moi-même si ce rire est forcé ou non, et je garderai le sourire tant que je ne serai pas mort. Mais au fond de moi, même si je n'ai pas cessé depuis lors de rendre des services et de me montrer utile, j'ai senti qu'il y avait un vide. Quelque chose comme un trou laissé par une balle sur un mur. J'aimais aider les gens autant qu'auparavant, mais lorsque les choses tournaient mal ou quand je me heurtais à des difficultés imprévues, je ne m'en faisais plus, ça ne m'irritait même plus : le vide que je ressentais au fond de moi me rendait indifférent. C'est depuis cette époque que je ne puis jamais être très chaleureux sans être en même temps un peu froid, jamais très gai sans être en même temps un peu triste, et que le rire chez moi se mêle souvent aux larmes, sans qu'il soit possible de les distinguer nettement.

Tous ces changements qui se sont produits en moi, si je n'en avais pas parlé moi-même, sans du reste pouvoir tout dire, peut-être que les autres ne les auraient pas soupçonnés. En revanche, tout le monde a pu constater ceux qui eurent également lieu dans ma vie. Je changeai en effet de métier et renonçai au travail de colleur. J'aurais eu honte d'aller à nouveau au coin de la rue attendre le client : les collègues qui me connaissaient, connaissaient aussi forcément le

Noiraud et rien que leurs regards insistants m'auraient empêché de manger. A cette époque où les journaux n'étaient pas très répandus, les yeux des gens étaient plus à craindre que les échos de la presse. Aujourd'hui, il suffit d'une déclaration devant le *yamen* pour divorcer, alors qu'autrefois ces affaires matrimoniales ne s'arrangeaient pas aussi facilement que ça. Je laissais alors tomber tous les amis que j'avais dans le métier ; même le patron et la patronne, je n'avais plus aucune envie d'aller les voir, et tout ce que je souhaitais, c'était de changer complètement de milieu, de sauter, pour ainsi dire, d'un seul bond du monde dans lequel j'étais dans un autre. A mes yeux, il n'y avait pas d'autre moyen de garder toute l'affaire pour moi. Au train où allaient les choses, la vie devenait de plus en plus difficile pour les colleurs, mais je dois avouer que sans cette affaire, je n'aurais pas changé de métier aussi vite, ni aussi carrément. En abandonnant mon ancien travail, je n'ai eu aucun regret, mais je n'en étais tout de même pas à me féliciter des circonstances dans lesquelles je le quittais ! Enfin peu importe, la seule chose qui comptait était de faire savoir que j'avais changé de métier.

Sur ce point, ma décision était prise, mais ça ne voulait pas dire que je savais au juste ce que j'allais faire à la place. Je fus donc contraint d'aller à l'aventure, comme un bateau vide qui flotte à la surface de l'eau sans avoir d'autre boussole que la crête de la vague. Cependant, ainsi que je l'ai indiqué au début, je connaissais suffisamment mes caractères pour imaginer que je pourrais toujours faire un travail de copiste et occuper un poste de petit fonctionnaire. Et comme ça fait bien d'être dans l'administration, je me disais même que pour un homme qui, comme moi, s'était fait plaquer par sa femme, ce serait sûrement un moyen de regagner un peu de considération que d'y entrer.

Quand j'y songe aujourd'hui, je trouve que cette idée était plutôt ridicule, mais, à l'époque, je croyais sincèrement que c'était la meilleure façon de m'en sortir. En réalité, tout restait à faire, mais j'étais très content, comme si j'étais déjà assuré de trouver un poste et de regagner du même coup la considération des gens. Rien qu'à cette idée, je relevais très haut la tête.

Le malheur, c'est qu'on ne devient pas fonctionnaire comme on apprend le métier d'artisan : dans un cas, il fallait trois ans, alors que, dans l'autre, il en aurait peut-être bien fallu trente ! Toute une série de difficultés m'attendaient aussi au tournant ! Quand je dis que je savais lire ! Mais c'est que les gens capables de réciter par cœur tout un livre étaient légion et ils crevaient de faim ! Pour ce qui était de savoir écrire, on ne pouvait vraiment pas dire que le cas fût exceptionnel ! Je m'étais fait décidément une trop haute idée de moi-même ! Pourtant, à y bien regarder, je m'aperçus que tous ces gens qui occupaient de hautes fonctions et passaient leur temps à faire des festins étaient illettrés au point de reconnaître à peine leur propre nom. J'en vins à me demander si, dans le fond, je n'avais pas trop d'instruction, en tout cas plus qu'il n'en fallait pour être fonctionnaire... Intelligent comme j'étais, comment aurais-je pu éviter de paraître stupide ?

Petit à petit, j'ai fini par comprendre. En fait, ce n'était pas le savoir qui comptait, mais d'abord le piston. Il fallait avoir des relations. Or, c'était simple : je n'en avais pas, quel que fût mon talent par ailleurs. J'étais un artisan, et les gens que je connaissais aussi. Quant à mon père, il avait beau avoir toutes les qualités du monde, c'était également un homme du peuple. Dans ces conditions, où aurais-je bien pu me présenter pour briguer un poste ?

Quand les circonstances vous ont forcé à emprunter une route, on ne peut plus en prendre d'autre : c'est comme le train qui est obligé de suivre ses rails et ne peut que se renverser en cas d'incident ! Avec moi, ce fut pareil. Ayant décidé d'abandonner l'artisanat et n'ayant pu trouver de place dans l'administration, je ne pouvais pas rester là à ne rien faire. Aussi, lorsque je vis que devant moi les rails étaient déjà posés, il fallut bien que je me résigne à avancer, faute de pouvoir reculer.

Je devins alors agent de police.

Pour les pauvres des grandes villes, la police et le pousse-pousse sont deux voies toutes tracées. Quand on ne sait pas lire le moindre caractère et qu'on n'a pas appris de métier, la seule solution est de tirer un pousse. Un tireur de pousse n'a besoin d'aucun capital : pour manger du *wowotou,* la sueur suffit. Mais pour quelqu'un qui connaît quelques caractères et tient à sa réputation, pour un artisan qui ne gagne plus sa vie, la solution, c'est de s'engager dans la police. Le premier avantage est qu'on n'a pas tellement besoin de piston pour être pris ; le second, c'est que, dès qu'on est engagé, on a droit à une tenue complète et à six *yuans* d'avance. On peut ne pas aimer mais, au moins, on a un emploi. En ce qui me concerne, c'était en tout cas la seule voie à suivre. D'un côté, je n'en étais pas encore au stade où il n'y a plus qu'à tirer un pousse, et, de l'autre, je n'avais ni oncle maternel ni beau-frère dans les hautes sphères de l'administration. La police était donc juste ce qu'il me fallait : ce n'était viser ni trop haut ni trop bas, et je n'avais qu'un mot à dire pour revêtir l'uniforme aux boutons de cuivre. Par comparaison, j'aurais eu meilleur compte à m'engager dans l'armée : à défaut de passer officier, on peut au moins profiter un peu des pillages. Mais je ne pouvais pas devenir soldat, pour la bonne raison que j'avais encore chez moi deux gosses et plus de mère pour s'en occuper ! Et puis, les soldats sont des brutes (*ye*), alors que, chez les agents de police, on est plus civilisé (*wenming*) ; autrement dit, les uns peuvent s'en mettre plein les poches, tandis que les autres sont condamnés à être pauvres et civilisés toute leur vie : terriblement pauvres et si vaguement civilisés !

Quand je pense aux cinquante ou soixante ans d'expérience que j'ai derrière moi, je puis dire au moins une chose : même lorsqu'on aime comme moi à s'entremettre, on a tout intérêt à ne pas parler à tort et à travers, à tout propos et hors de propos. Le malheur, c'est qu'avec la langue bien pendue qui était la mienne, je ne pouvais jamais m'empêcher de placer un mot ou de donner un sobriquet à quelqu'un. Par deux fois, je n'ai eu donc que ce que je méritais. La première, lorsque, plaqué par ma femme, j'ai dû me taire pendant un ou deux ans. La seconde, lorsque je suis entré dans la police. Avant que j'y entre, je traitais, en effet, les agents de toutes sortes de noms : « chargés de mission des boulevards », « chanceliers de la guérite », « inspecteurs aux pieds puants [1] ». Ce faisant, je n'inventais rien, j'indiquais seulement les hautes fonctions qui étaient les leurs. Or voilà que j'étais moi-même devenu un de ces « inspecteurs aux pieds puants » ! Quand on dit que la vie n'est qu'une blague qu'on se fait à soi-même, c'est bien vrai ! Mais si je me suis moi-même donné des claques, au moins ce n'était pas parce que j'avais fait quelque chose de contraire à la morale ; c'était tout simplement parce que j'aimais plaisanter. Cela, en tout cas, me montra que la vie est une chose sérieuse, où la moindre plaisanterie n'a pas sa place ! Heureusement, j'avais ce vide en moi : je ne pouvais plus me moquer d'autrui sans me moquer également de moi-même. C'était une façon comme une

1. Autant de parodies des titres comptant parmi les plus élevés dans la hiérarchie mandarinale.

autre de m'en sortir. Autrefois, on appelait ça « passer une simple couche de plâtre » (*moxini*) ; il doit y avoir aujourd'hui une nouvelle expression, mais je ne la connais pas.

Lorsque je me vis réduit à entrer comme simple agent dans la police, je trouvai la chose assez injuste. Certes, mes talents n'avaient rien d'exceptionnel, mais j'ose affirmer que, pour tout ce qui se passait dans la rue, mes connaissances étaient très supérieures à la moyenne, et je pensais qu'elles me serviraient précisément dans mon nouveau métier. C'était bien mal connaître les officiers de police : il y en avait notamment un qui ne parlait même pas la langue locale et mettait un bon bout de temps rien que pour savoir si deux et deux font quatre ou cinq. Eh bien, ça ne l'empêchait pas d'être officier, et moi de me retrouver simple « recrue » ! Sa seule paire de bottes de cuir valait au moins la moitié de ma solde annuelle ! Ainsi, on pouvait être officier sans avoir la moindre expérience ni la moindre aptitude ! Et des supérieurs comme ça, il y en avait des tas ! C'était révoltant, mais je n'avais personne auprès de qui me plaindre. Je me rappelle en particulier un officier instructeur qui, la première fois qu'il nous enseigna l'exercice, au lieu de dire « garde à vous », cria : « halte ! » Ce noble sieur était sûrement un ancien tireur de pousse. En fait, il suffisait d'avoir du piston pour que ça marche : celui qui, la veille, tirait encore un pousse, pouvait du jour au lendemain se retrouver officier instructeur, simplement parce que, dans l'intervalle, un de ses oncles par alliance était devenu mandarin ! Le fait même de crier « halte ! » n'avait, par ailleurs, aucune importance : personne ne se serait permis de se moquer d'un officier !

Naturellement, ils n'étaient pas tous comme ça, mais avec un pareil instructeur, on peut imaginer l'atmosphère relâchée et le niveau lamentable de l'exercice qu'on nous enseignait. Quant à l'instruction en salle, il était bien évident que ce genre d'instructeurs en étaient incapables : il aurait au moins fallu qu'ils sachent quelques caractères, ne serait-ce que pour éviter de perdre la face. Nos instructeurs en salle se divisaient donc approximativement en deux catégories. D'un côté, il y avait des vieux, pour la plupart opiomanes; s'ils avaient su un peu de quoi ils parlaient, rien qu'avec les relations qu'ils avaient, ils auraient pu devenir de hauts fonctionnaires, mais comme ça n'était pas le cas, ils étaient seulement devenus instructeurs. De l'autre, il y avait de jeunes types qui ne parlaient que de choses étrangères et traitaient en long et en large de la police japonaise ou des contraventions en France, comme si nous avions tous été des diables étrangers... L'avantage, avec eux, c'était qu'ils racontaient tout ce qui leur passait par la tête et qu'on pouvait piquer un roupillon tout en les écoutant; comme personne ne savait très bien ce qu'était le Japon ou la France, ils pouvaient dire n'importe quoi. Moi-même, j'aurais très bien pu faire tout un cours sur les Etats-Unis; malheureusement, je n'étais pas instructeur. En réalité, il n'y avait pas moyen de savoir si les petits gars en question comprenaient ou non les choses étrangères dont ils nous rebattaient les oreilles. Ce qu'il y avait de sûr, c'est qu'ils ignoraient tout de la Chine. Par l'âge comme par le savoir, ces deux catégories d'instructeurs étaient très différentes, mais ils avaient néanmoins un point commun : ils étaient tous dans la même situation, ne pouvant ni s'élever ni s'abaisser dans la hiérarchie, donc condamnés à assurer tant bien que mal leurs fonctions. Pourtant, ils bénéficiaient de hautes protections, mais ils étaient d'une telle médiocrité que ce travail d'instruction était encore celui qui leur convenait le mieux. Quoi de plus facile, en effet, que d'instruire des agents de police qui, pour six *yuans* par mois, n'osaient pas ouvrir la bouche ?

En dehors des instructeurs, les autres gradés ne valaient guère mieux. Quand on peut être sous-préfet ou percepteur des impôts, on ne va pas faire carrière dans la police. Mais lorsqu'on ne peut pas, il faut bien vivre d'une manière ou d'une autre. Ce que j'ai dit tout à l'heure des instructeurs était vrai aussi des autres officiers. D'un bout à l'autre de l'échelle, tous ces types n'avaient aucun avenir devant eux et ils étaient obligés de faire un peu n'importe quoi pour vivre. Lorsqu'il s'agit de gagner sa croûte, même les ours peuvent porter la palanche. En revanche, les simples agents, qui passaient toute leur journée dans la rue, devaient avoir un minimum de compétence. Certains s'en sortaient mieux que d'autres, mais à tous on demandait au moins d'avoir de la repartie, de savoir agir au bon moment et réduire autant que possible les incidents ; il leur fallait à la fois éviter de créer trop d'ennuis à l'administration et satisfaire toutes les parties en cause. Pour ça, qu'on le reconnaisse ou non, un certain talent était nécessaire. Des officiers, on n'exigeait pas tant ! Comme quoi, il est plus facile d'être le Roi des Enfers qu'un simple diablotin !

VI

On va peut-être me trouver arrogant, mais on aurait tort. Car, quand je dis que je m'estimais victime d'une injustice, c'était parfaitement vrai. Pensez donc ! Avec six *yuans* par mois, je gagnais tout juste autant qu'un domestique et n'avais même pas droit aux « à-côtés[1] ». Six *yuans* en tout et pour tout : quel salaire de misère pour un adulte tel que moi ! Pour quelqu'un qui se tenait droit, se présentait plutôt bien, était dans la fleur de l'âge, avait de la repartie et, par-dessus le marché, savait lire et écrire ! Et dire que toutes ces qualités réunies ne valaient pas plus de six *yuans !*

Sur cette misérable solde, une fois enlevés les trois *yuans* et demi de nourriture, il fallait encore soustraire les contributions et les cadeaux, ce qui faisait qu'il me restait à peine deux *yuans*. Pour s'habiller, on pouvait naturellement mettre l'uniforme, mais, une fois terminées les heures de service, on n'allait tout de même pas rentrer chez soi en tenue ! On avait donc au minimum besoin d'une robe[2] ou de quelque chose d'équivalent. Si on se la faisait faire, toute la solde du mois y passait. Et puis, qui n'avait pas une famille à entretenir ? Il y avait les parents, mais n'en parlons pas pour l'instant. Envisageons seulement le cas d'un ménage : il fallait au moins une pièce où loger et de quoi nourrir et vêtir sa femme. Tout ça avec deux *yuans* ! Quelqu'un qui n'avait pas d'autre revenu ne pouvait se permettre ni de tomber malade, ni d'avoir des enfants, ni de fumer, ni de manger un peu en dehors des repas, car, même à ce régime, on ne joignait pas les deux bouts à la fin du mois !

Dans ces conditions, je n'arrive pas à comprendre qu'il y ait des gens pour marier leur fille à quelqu'un de la police. J'ai pourtant servi souvent d'intermédiaire pour des collègues. Quand je disais à la famille de la fille ce qu'ils faisaient, les gens tordaient toujours le nez, ils ne disaient rien, mais on voyait tout de suite ce qu'ils pensaient : « Ah bon ! Il est dans la police ! »

1. *Waizhaor :* gratifications diverses que les domestiques touchaient en plus de leur salaire, notamment lors des réceptions.
2. *Dagua :* robe ordinaire portée par les gens simples.

Mais cette réaction de leur part ne me faisait pas peur, car, neuf fois sur dix, la moue était suivie d'un hochement de tête positif. Y aurait-il trop de filles à marier sur la terre ? Je me le demande.

A tout point de vue, un agent de police est du reste forcé de faire bonne figure : il ne doit s'exposer ni à la risée ni à la commisération du public. Une fois revêtu l'uniforme, il lui faut être à la fois propre et correct, efficace et respecté : c'est lui qui règle tout dans la rue, aussi bien la circulation des passants et des voitures que les bagarres et les altercations. Il a donc un poste important ; n'empêche qu'une fois défalquée la nourriture, il ne lui reste guère que deux *yuans* pour vivre jusqu'à la fin du mois. Alors, il doit faire comme s'il n'avait pas l'estomac vide et se tenir bien droit, mais, le moment venu de se marier et d'avoir des enfants, il ne peut pas compter sur un sou de plus. Aussi, je commençais toujours une proposition de mariage en disant : « Le jeune homme a un emploi dans l'administration ! » sans préciser lequel ; les gens, heureusement, ne cherchaient pas à en savoir davantage, car une question de plus aurait tout gâché !

De fait, les agents de police ont toujours trouvé leur sort injuste. Mais ils n'en sont pas moins contraints de faire leur ronde de nuit par tous les temps. Et pas question de tirer un peu au flanc : on risquerait de se retrouver à la porte. Pas question non plus de se plaindre : on sait très bien que ce n'est pas une vie, mais on tient d'abord à sa place, et on ne va pas la perdre pour la regretter ensuite. On fait donc son travail, mais sans zèle superflu, et on vit, comme tout le monde, au jour le jour, en feignant d'avoir de l'énergie, comme au *taijiquan*[1].

1. La boxe chinoise, qui n'est pas fondée sur la force physique apparente mais sur la souplesse et la concentration.

Qu'un métier pareil puisse exister et qu'il y ait autant de gens pour le faire m'a toujours étonné. Si jamais il m'arrivait, après cette vie, de renaître sous la forme d'un autre homme sans avoir bu le philtre de l'oubli [1], je suis sûr qu'au souvenir de ma vie actuelle je me mettrais à crier à me rompre le gosier et que je dénoncerais le métier d'agent comme une honte, une escroquerie, un meurtre qui ne dit pas son nom ! Mais maintenant, je suis trop vieux et je ne vais pas tarder à mourir de faim ; j'ai autre chose à faire que de crier : il faut d'abord que je m'occupe de trouver un *wowotou* pour dîner !

Naturellement, lorsque je suis entré dans la police, je n'ai pas découvert le pot aux roses du jour au lendemain : on a beau être malin... Au contraire, j'étais assez content au début : avec mon uniforme qui m'allait bien, avec mes bottes et mon képi, j'avais réellement de l'allure, et puis je me disais qu'après tout c'était mieux d'avoir une place que de ne pas en avoir du tout. Grâce à mon intelligence et mon talent, je me figurais que j'aurais sûrement de l'avancement sans tarder. Reluquant les étoiles et les galons de mes supérieurs, j'imaginais que je pourrais en avoir autant qu'eux, et jamais je n'aurais songé qu'on puisse les distribuer autrement qu'en fonction du mérite et des capacités.

Mais une fois passé l'attrait du nouveau, j'en ai eu vite marre de l'uniforme. Au lieu de me faire respecter, il ne servait qu'à prévenir les gens : « Tiens, vlà un flic ! » Et en lui-même, il n'avait rien d'agréable. L'été, on aurait dit une vraie peau de buffle et on crevait de chaud dedans ; l'hiver, ça n'avait plus rien d'une peau et ça ressemblait plutôt à du papier de colleur ; on ne pouvait rien mettre par-dessous, le vent s'infiltrait par-

1. *Mihuntang :* breuvage servi aux Enfers et destiné à faire oublier aux êtres en passe de se réincarner leur existence antérieure.

devant pour ressortir par-derrière : un vrai courant d'air ! Et les bottes, c'était pareil. L'hiver, on avait froid ; l'été, on avait trop chaud : on n'était jamais bien avec. Quand on mettait une paire de chaussettes ordinaires, les pieds flottaient dedans, et lorsqu'on mettait des doubles, les bottes vous serraient trop et on n'arrivait pas à les enfiler. Je ne sais pas combien de gens avaient fait fortune en obtenant le monopole de la fabrication de ces uniformes et de ces bottes. Tout ce que je sais, c'est que j'avais toujours les pieds en marmelade : en été, à cause des champignons ; en hiver, à cause des engelures. Naturellement, on n'était pas pour autant dispensé de patrouille ou de faction : si jamais on n'y allait pas, adieu les six *yuans* ! Lorsqu'il faisait une chaleur torride ou un froid glacial, tout le monde sauf nous avait le droit de trouver un abri ; même les tireurs de pousse étaient libres de se reposer le temps qu'ils voulaient. Les agents de police étaient les seuls à devoir travailler par tous les temps. Et tant pis si vous creviez alors pour de bon : avec six *yuans* payés comptant, on pouvait acheter une vie humaine !

Je me souviens avoir lu quelque part une phrase qui disait : « On ne travaille bien que le ventre plein. » Je ne sais pas à propos de quoi on l'employait, mais en tout cas elle s'appliquerait assez bien aux agents de police. Le plus triste, en effet, et le plus drôle en même temps, était que des gens qui, comme nous, ne mangeaient pas à leur faim étaient malgré tout obligés de tenir bon et d'avoir toujours un air très correct dans la rue ! Les mendiants, même quand ils n'ont pas faim, se plient en deux, rien que pour faire croire qu'ils n'ont pas mangé depuis plusieurs jours. En revanche, les agents de police ont beau avoir le ventre vide, ils doivent à tout prix faire semblant de l'avoir plein et se gonfler la panse, comme s'ils venaient juste d'avaler trois grands bols de nouilles à l'émincé de poulet. On peut comprendre que des mendiants feignent d'avoir faim, mais que des agents de police jouent aux personnes bien nourries, je trouve ça vraiment drôle !

Les gens n'ont, d'ailleurs, jamais aimé la façon qu'ont les agents de police de régler tant bien que mal les affaires, en passant une simple couche de plâtre. Hé ! S'ils en passent, c'est qu'ils ont une raison pour cela. J'en parlerai plus longuement tout à l'heure. Auparavant, je voudrais rapporter une affaire effroyable, qui servira ensuite à éclairer et à illustrer mon propos. Je vais donc commencer par elle.

VII

Normalement, ce soir-là, il aurait dû y avoir de la lune, mais elle se cachait derrière de gros nuages, qui rendaient la nuit noire. J'étais juste en train de faire une ronde dans un endroit désert. Au milieu du silence qui m'entourait, le bruit de mes propres semelles cloutées et du sabre à la japonaise que, comme tous les agents de l'époque, je portais suspendu à la ceinture, ne faisait que renforcer l'impression de solitude et de malaise que j'éprouvais : pour un peu, il m'aurait fait peur. Un chat passant tout à coup devant moi ou un simple cri d'oiseau suffisait à me faire sursauter, et le vide que je ressentais me semblait de mauvais augure, comme si quelque chose de fâcheux m'attendait un peu plus loin. Sans avoir très peur, je n'étais pas rassuré, et je contrôlais même si peu mon appréhension que j'avais la paume des mains toute moite. Pourtant, d'ordinaire, j'étais plutôt courageux et ça ne m'aurait rien fait d'avoir à veiller sur le cadavre d'un mort ou à monter la garde devant une maison hantée. Mais je ne sais pas pourquoi, ce soir-là, j'avais la frousse et plus je me moquais de moi-même, plus j'avais l'impression qu'un danger se cachait quelque part. Si j'avais pu hâter le pas, je l'aurais fait volontiers, car je n'avais qu'une idée : rentrer au plus vite pour me retrouver enfin dans un endroit éclairé au milieu de visages familiers.

Soudain, j'entendis une fusillade ! Je m'arrêtai aussitôt, et le courage me revint un peu, comme cela arrive lorsqu'on se trouve vraiment en face du danger et qu'on n'est plus dans l'incertitude. Tel un cheval au cours d'une marche nocturne, j'étais là, l'oreille tendue, lorsque retentit une nouvelle série de coups de feu, suivie immédiatement d'une autre ! Le bruit alors cessa, mais je dressais toujours l'oreille, supportant si mal le silence que mon cœur se mit à battre très vite, comme quand on a vu un éclair et qu'on attend le coup de tonnerre. Pan, pan, pan, pan ! Les coups de feu éclatèrent dans toutes les directions.

Mon courage, à nouveau, faiblit. A la première fusillade, je m'étais ressaisi; mais, cette fois-ci, les coups de feu étaient encore plus nombreux, le danger était bien réel et, comme tout homme devant la mort, je sentis la peur m'envahir. Je me mis subitement à courir, puis, au bout de quelques pas, je m'arrêtai brusquement pour écouter. Les coups de feu étaient de plus en plus denses, mais je ne pouvais rien voir : l'obscurité était si complète que je les entendais ; mais sans savoir pourquoi ils éclataient ni d'où ils partaient comme si, dans les ténèbres, il n'y avait eu que moi et, au loin, ce bruit de fusillade. Dans quelle direction courir ? Et qu'est-ce qui se passait au fond ? Un instant de réflexion s'imposait, mais je n'avais pas l'esprit à ça ; j'aurais eu beaucoup de courage que ça n'aurait servi à rien, vu que je ne savais pas à quoi m'en tenir.

Autant donc courir, car il valait toujours mieux bouger que de rester là bêtement à trembler. Je courus comme un fou, la main crispée sur la poignée de mon sabre. J'étais comme un chat ou un chien qui, sous le coup d'une frayeur, n'a pas besoin de réfléchir pour retrouver le chemin de sa maison. Oubliant complètement que j'étais agent de police, je me disais que mon premier devoir était de rentrer chez moi pour voir ce que devenaient ces malheureux enfants abandonnés par leur mère : à tant faire que de mourir, je pensais qu'il valait encore mieux mourir tous ensemble !

Pour retourner chez moi, j'avais plusieurs avenues à traverser. Or, à peine parvenu à la première, je compris qu'il n'était plus question de courir. L'avenue était noire de monde, pleine de silhouettes indistinctes qui couraient à toute allure en tirant des coups de fusil. C'était des soldats ! Et ils portaient la natte[1] ! Dire que je venais juste de me la faire couper quelques jours auparavant ! J'aurais bien dû suivre plutôt l'exemple de ceux qui, au lieu de la couper vraiment à ras, se l'étaient enroulée sur le sommet de la tête ! Si j'avais pu sur-le-champ laisser retomber ma natte, même en tenant compte du fait que, d'ordinaire, ces soldats-là détestaient les agents de police, en voyant que j'avais une natte, ils n'auraient peut-être pas été jusqu'à braquer sur moi le canon de leur fusil. A leurs yeux, qui n'avait pas sa natte ne pouvait être qu'un renégat, tout juste bon à être exécuté. Et moi qui n'avais plus cette précieuse natte ! Je ne pouvais plus bouger : il ne me restait plus qu'à me cacher dans l'ombre et à voir, pour agir, le tour que prendraient les événements. Les

1. Allusion à la tentative de restauration de la dynastie mandchoue du général Zhang Xun, qui fit occuper Pékin par ses troupes, en juin 1917.

soldats couraient sur la chaussée par bandes successives, mais la fusillade ne cessait pas. Que pouvaient-ils bien faire ? Je l'ignorais.

Au bout d'un moment, comme j'avais l'impression que tous les soldats étaient passés, en tendant un peu la tête vers l'extérieur, je vis que plus rien ne bougeait : je traversai alors le boulevard à tire-d'aile comme un oiseau de nuit et me retrouvai de l'autre côté de la rue. J'avais fait très vite, mais j'avais tout de même eu le temps, en traversant, d'apercevoir, du coin de l'œil, une lueur rouge. Le carrefour au bout de l'avenue était en feu. Je me cachai à nouveau dans l'ombre, mais, très vite, la lueur de l'incendie illumina au loin toute la rue. Tendant une nouvelle fois la tête, je réussis tant bien que mal à voir que toutes les boutiques qui bordaient le carrefour étaient la proie des flammes, tandis que, dans la pénombre, les soldats allaient et venaient en courant et tiraient des coups de feu. Je compris alors de quoi il s'agissait : d'un soulèvement de soldats. En très peu de temps, la lueur de l'incendie avait considérablement augmenté, s'étendant de proche en proche : à voir la distance déjà couverte, je pouvais même conclure que tous les carrefours et croisements de rues avoisinants étaient en feu.

On ne devrait jamais dire des choses pareilles, mais un incendie, c'est vraiment un beau spectacle ! De loin, on voyait le ciel tout noir s'éclairer subitement pour retomber aussitôt dans l'obscurité puis s'éclairer à nouveau, et brusquement on voyait s'élever une masse de flammes ardentes et tout un pan de ciel qui s'embrasait et devenait incandescent comme une plaque de métal rougie au feu. Au milieu de cette lueur écarlate, on apercevait aussi plusieurs colonnes de fumée noire et autant de flammes s'élevant à des niveaux différents dans le ciel : tantôt c'était la fumée qui cachait les flammes; tantôt, les flammes qui jaillissaient à travers la fumée. Roulant et faisant mille circonvolutions, la fumée montait et se condensait jusqu'à masquer le feu d'en dessous : on aurait dit alors une brume épaisse dissimulant le soleil couchant. Peu après, la lueur de l'incendie redevenait un peu plus forte ; la fumée, du noir, passait au gris pâle, et les flammes, quoique peu nombreuses, étaient si ardentes et si pures que leur lumière réunie éclairait la moitié du ciel.

Dans les endroits les plus proches, on entendait toutes sortes de bruits au moment où, la fumée s'élevant, le feu se mettait à courir dans toutes les directions. La fumée ressemblait alors à un affreux dragon tout noir et les flammes à autant de pointes de métal rougi, de tailles diverses et perçant de toutes parts. Ce mélange de feu et de fumée montait très haut dans le ciel sous forme de volutes qui, soudain, se désagrégeaient, laissant retomber des milliers d'étincelles ou bien d'énormes boules de feu. On avait alors l'impression que la fumée, s'étant un peu allégée, s'élevait plus librement vers le ciel. Les boules de feu, quant à elles, à peine retombées au milieu des flammes, rebondissaient allégrement en plein ciel et faisaient exploser des gerbes d'étincelles. Parfois, au lieu de se retrouver au cœur de l'incendie, des boules retombaient plus loin et créaient de nouveaux foyers au contact de tout ce qui pouvait brûler. Le feu alors chassait le feu, et l'obscurité régnait à nouveau, jusqu'à ce que les foyers d'incendie se rejoignent et que le feu vole de toutes parts en crachant des flammes. Tout à coup, patatras ! Une maison s'écroulait, soulevant au milieu des étincelles un nuage de charbon, de poussière et de fumée, tandis qu'en dessous les flammes, un moment écrasées, repartaient sur les côtés, comme mille serpents dardant leur langue de feu. Sans faire de bruit, l'incendie gagnait lentement et patiemment la partie supérieure de la maison, mais lorsqu'il avait rattrapé le feu qui avait pris au sommet, on entendait une sorte de rugissement, et la lumière se faisait si vive et si pure qu'elle aurait transpercé jusqu'au cœur de l'homme.

Il y avait le spectacle, mais aussi les odeurs ! Elles étaient toutes différentes, et certaines étaient facilement reconnaissables : l'une venait sûrement de ce magasin de soieries qui avait une enseigne avec des caractères noirs sur fond or, l'autre de l'épicerie tenue par un type du Shanxi. A partir des odeurs, je compris pourquoi le feu ne prenait pas toujours la même forme, selon qu'il s'agissait du marchand de thé ou de la boutique du drapier : dans le premier cas, le feu était léger et s'envolait très haut, alors que dans le second il était lent et faisait beaucoup de fumée. Aucun de ces commerces n'était à moi, mais comme je les connaissais tous, rien que de sentir l'odeur de l'incendie qui les anéantissait et de voir le feu qui s'élevait puis retombait me causait une peine effroyable. Oubliant même le danger dans lequel je me trouvais, j'étais devenu inconscient comme un gosse totalement absorbé par le spectacle de la rue. J'avais les dents qui claquaient, mais ce n'était pas tant la peur que l'émotion devant l'ampleur de la catastrophe.

J'avais alors perdu tout espoir de pouvoir retourner chez moi. Je ne savais pas combien il pouvait y avoir au total de soldats dans les rues, mais si j'en jugeais d'après le nombre d'incendies qui éclataient dans chaque endroit, il devait y en avoir au moins à tous les carrefours importants. Leur intention était manifestement de piller, mais qui sait si, après avoir mis le feu à autant de boutiques sans se gêner, ils ne s'amuseraient pas, par la même occasion, à tuer des gens ? Un agent de police ayant comme moi coupé sa natte ne pouvait, à leurs yeux, valoir plus qu'une punaise ; il suffisait d'appuyer une fois sur la détente, et on n'en parlait plus, ça n'était pas plus compliqué que ça.

A cette pensée, je songeai à rentrer au « quartier ». Ce n'était pas très loin : je n'avais qu'à traverser encore une rue. Mais il était déjà trop tard. Dès les premiers coups de feu, toutes les maisons, aussi bien les riches que les pauvres, avaient fermé leurs portes ; dans la rue, il n'y avait plus personne en dehors des soudards, et on aurait vraiment dit une ville morte. Lorsque les boutiques avaient commencé à brûler, les gens qui se trouvaient dedans s'étaient tous mis à fuir dans la pénombre de l'incendie. Les plus courageux se tenaient encore sur le côté de la rue, regardant le feu ravager leur boutique ou celle d'autrui, mais aucun n'osait le combattre ; ils refusaient seulement de s'en aller et restaient là sans rien dire à regarder les flammes qui couraient un peu partout. Les moins courageux n'avaient pas attendu pour se cacher au plus vite dans les *hutongs;* ils s'entassaient dans les ruelles et tendaient la tête pour regarder en direction de la rue, mais aucun ne soufflait mot et tous tremblaient de peur.

L'incendie en se propageant avait gagné en intensité, mais comme par ailleurs les coups de feu se faisaient progressivement moins nombreux, les habitants des *hutongs* semblaient avoir deviné ce qui s'était passé. Certains commencèrent alors à ouvrir leur porte pour jeter un coup d'œil à l'extérieur, puis d'autres s'aventurèrent à faire quelques pas en direction de la rue. A la lumière de l'incendie, ils aperçurent quelques silhouettes, mais ils virent aussi qu'il n'y avait pas d'agent de police et que les bijouteries et monts-de-piété pillés par les soldats avaient leurs portes grandes ouvertes !... Tous ces commerces dévastés avaient de quoi effrayer les gens, mais en même temps de quoi les remplir d'audace : une rue sans agent de police ressemble fort à une salle de classe sans professeur, où même les élèves les plus sages se mettent à chahuter.

A peine une maison eut-elle ouvert sa porte que toutes firent de même. Il y eut bientôt foule dans la rue, et tous les gens se disaient : puisque ces boutiques ont déjà été pillées, autant poursuivre le pillage ! En temps ordinaire, il ne serait venu à l'idée de personne qu'un peuple aussi honnête et respectueux de la loi pût se mettre à piller. Seulement voilà, quand l'occasion se présente, les gens ne tardent pas à montrer leur vrai visage. Au seul mot de pillage, on vit aussitôt de jeunes gaillards se précipiter les premiers dans les monts-de-piété, chez les bijoutiers et les horlogers. A l'assaut initial ne participèrent que des hommes, mais au second, des femmes et des enfants se glissèrent parmi eux. Dans les boutiques où les soldats étaient déjà passés ce n'était pas difficile : on n'avait qu'à entrer et à se servir. Mais bientôt ce fut le tour de celles qu'ils n'avaient pas touchées. Partout où il y avait quelque chose de bon à prendre, au bazar comme chez le marchand de grains ou de thé, on eut vite fait d'enfoncer la porte.

De ma vie, je n'ai jamais vu pareil remue-ménage : les femmes comme les hommes, les jeunes comme les vieux, tout le monde criait et courait, se bousculant et se disputant jusqu'au moment où, à force de pousser et de vociférer, crac ! la porte cédait ! On aurait dit alors un essaim d'abeilles se ruant à l'intérieur dans le plus grand désordre, les gens renversés hurlant, les gars plus agiles grimpant sur le comptoir, mais tous avaient les yeux rouges d'envie et se seraient tués pour pouvoir entrer. La foule était si compacte qu'à la sortie elle remplissait toute la rue. Les uns portaient alors leur butin sur le dos, les autres dans les bras, à l'épaule ou sous le coude : tous les moyens étaient bons. Telle une armée de fourmis victorieuses, on les voyait détaler la tête haute puis revenir tout aussi vite avec femme et enfants, et tous s'interpellaient bruyamment. Evidemment, c'était une aubaine pour les gens pauvres ! Mais les familles plus aisées ne tenaient pas pour autant à rester en arrière !

Les objets de valeur ayant été raflés les premiers, on embarqua ensuite les vivres et les combustibles. Certains se mirent alors à transporter des jarres pleines d'huile de sésame, d'autres à porter à eux tout seuls deux sacs de farine. La rue se joncha de bouteilles et de pots cassés, tandis que les trottoirs étaient copieusement arrosés de riz et de grains de toutes sortes. Ah, pour un pillage, c'était un pillage ! Chacun regrettait de n'avoir que deux mains et se reprochait de ne pas marcher plus vite. Il y en avait même qui étaient capables de rouler devant eux un baril de sucre, comme un bousier poussant une grosse boulette d'excréments.

Mais les plus forts de tous étaient ceux qui travaillaient avec leurs méninges. On vit ainsi arriver des hommes armés de couteaux de cuisine, qui s'installèrent au débouché des ruelles, attendant que les autres viennent. « Pose ça ! » disaient-ils, en faisant scintiller la lame de leur couteau. Les sacs et vêtements se retrouvaient aussitôt à terre : ils n'avaient plus qu'à les rapporter tranquillement et sans peine chez eux. Mais quelquefois leur ordre n'était pas suivi d'effet ; ils abattaient alors leur couteau, crevant le sac de farine, qui se répandait comme de la neige, et deux hommes roulaient sur le sol. En les voyant, les gens qui traversaient la rue à la hâte leur jetaient au passage : « Pourquoi se battre, alors qu'il y en a pour tout le monde ? » Les deux types, réalisant leur sottise, se relevaient sans tarder et couraient vers le bout de la rue. Celle-ci retentissait d'appels au pillage. Décidément, il n'y avait pas de quoi se gêner !

Serré au milieu d'une foule de marchands, je restais caché dans l'ombre. Je ne disais rien, mais ils semblaient très bien saisir la situation difficile dans laquelle je me trouvais, car personne ne soufflait mot et le cercle autour de moi ne se relâchait pas. A quoi bon du reste rappeler que j'étais agent de police, quand eux-mêmes n'osaient pas lever la tête ? Ils étaient dans l'impossibilité de protéger leurs biens et marchandises, et chacun savait que le moindre geste de résistance leur aurait coûté la vie, face aux fusils des soldats et aux couteaux des pillards. Ils baissaient donc la tête et avaient tous l'air terriblement gêné. En fait, ils n'avaient qu'une peur, c'était de se retrouver face à face avec les gens qui pillaient, car ces derniers étaient également leurs clients en temps normal ; de la honte à la colère, il n'y avait qu'un pas et, en l'absence de toute loi, la vie de quelques marchands comptait si peu ! Du coup, c'étaient eux qui me protégeaient.

J'en avais grand besoin, vu que, dans le quartier, les gens ne pouvaient pas ne pas me reconnaître : j'y faisais des rondes tous les deux ou trois jours et, d'ordinaire, ils ne pouvaient pas uriner contre un mur sans que j'intervienne et que je les embête. Ils me détestaient, c'était forcé ! A voir, ce soir-là, l'allégresse avec laquelle ils se livraient tous au pillage, j'étais persuadé que si jamais ils tombaient sur moi, ils m'auraient lynché à coups de briques et que je n'en serais pas ressorti vivant. Même au cas où ils ne m'auraient pas reconnu, avec mon uniforme et mon sabre, je ne pouvais passer inaperçu ! Sans compter qu'en pareilles circonstances l'apparition subite d'un agent de police aurait paru bien intempestive ! J'aurais eu beau prendre les devants et reconnaître que je n'aurais pas dû avoir la hardiesse de me trouver là, ils ne m'auraient pas pardonné aussi facilement que ça !

La rue, soudain, se fit plus calme, et les gens qui étaient sur le trottoir coururent les uns après les autres dans les *hutongs,* tandis qu'au milieu de la rue des soldats en désordre s'avançaient très lentement. Otant mon képi, je jetai un coup d'œil par-dessus l'épaule d'un apprenti qui se trouvait là et vis alors un soldat avec dans les mains quelque chose qui ressemblait à une brochette de crabes : il s'agissait, à n'en pas douter, d'une collection de bracelets d'or et d'argent. En plus de ça, l'homme devait avoir pas mal de choses sur lui, et sûrement beaucoup de métal précieux, étant donné la lenteur avec laquelle il marchait. Mais quoi de plus naturel et quel sort plus enviable que de s'avancer ainsi sans se presser et comme si de rien n'était au milieu d'une avenue, les mains pleines de bracelets, et de se servir des boutiques incendiées comme de gigantesques torches pour éclairer toute la ville !

Une fois les soldats passés, les gens sortirent à nouveau des *hutongs.* Comme il ne restait presque plus rien à piller, tout le monde se mit à déménager les portes mêmes des magasins, certains allant jusqu'à décrocher les enseignes des frontons. Pour reprendre une expression que je rencontre souvent en lisant le journal, on peut dire que lorsque notre bon peuple se livre au pillage, il le fait vraiment « de fond en comble[1] » ! C'est seulement à ce moment-là que l'on vit des marchands se manifester et crier : « Au feu ! Au feu ! Faut pas attendre que tout ait brûlé ! » En entendant un pareil cri, on avait de la peine à retenir ses larmes ! Les gens qui étaient à côté de moi commencè-

1. *Chedi :* caricature du vocabulaire journalistique de l'époque, qui avait tendance, notamment en matière politique, à abuser de ce genre d'expressions.

rent à s'agiter. Qu'allais-je devenir ? S'ils s'en allaient tous combattre l'incendie et me laissaient là tout seul, moi l'agent de police, où pourrais-je bien fuir ? J'arrêtai alors un charcutier, qui me donna la blouse pleine de saindoux qu'il avait sur lui. Serrant bien mon képi sous le bras, une main sur mon sabre, l'autre tenant le bord de la blouse, je rasai les murs et me réfugiai précipitamment au « quartier ».

VIII

Comme je n'avais pas pris part au pillage et que par ailleurs ce n'étaient pas mes affaires qu'on pillait, on aurait très bien pu dire que je n'étais pas concerné par ce qui venait de se passer. Pourtant, j'avais vu et j'avais compris. Compris quoi ? Quelque chose que je serais incapable d'exprimer correctement en une seule phrase mais qui m'a bouleversé. Il y a des événements qu'on n'oubliera jamais. Pour moi, il y en eut deux : le départ de ma femme et ce soulèvement de soldats, qui lui faisait pendant. Dans le premier cas, l'affaire ne regardait que moi ; elle devait rester gravée au fond de mon cœur, mais il aurait été vain de lui donner une signification autre que privée. En revanche, le soulèvement des soldats touchait un nombre considérable de gens ; dès que j'y pensais, cela me faisait songer à tous ces gens-là et à la ville entière, et à partir de là, je fus à même de juger de beaucoup d'événements importants, comme s'il s'agissait de telle ou telle question débattue dans les journaux. Une affaire instructive à de nombreux égards : voilà la phrase que je cherchais ; tout le monde ne la comprendra peut-être pas, mais, quant à moi, je la trouve assez juste.

J'ai déjà eu l'occasion de parler du vide que le départ de ma femme avait creusé en moi. Eh bien, le soulèvement de soldats auquel j'avais assisté ne fit que l'agrandir davantage, de sorte que des tas de trucs auraient pu facilement y trouver place. Mais terminons-en d'abord avec le soulèvement ! Car on saisira mieux ce que je veux dire lorsque j'aurai fini mon récit.

Quand j'ai regagné le dortoir de la police, personne ne dormait encore. Ça n'avait rien d'étonnant, mais ce qui l'était davantage, c'était que personne ne manifestait la moindre inquiétude ou la moindre peur : il y en avait qui fumaient, d'autres qui buvaient du thé, exactement comme on veille lors d'une noce ou pendant des funérailles. L'état piteux dans lequel j'étais non seulement n'éveilla en eux aucune sympathie, mais les fit plutôt rire. J'avais des tas de choses à leur raconter, mais à voir leur attitude, je ne crus même pas nécessaire d'ouvrir la bouche. Je m'apprêtais donc à aller dormir, quand le brigadier m'arrêta : « Faut pas dormir ! On attend qu'il fasse jour et on ratissera tout le quartier ! » Ce fut à mon tour d'éclater de rire. La rue était livrée à l'incendie et au pillage mais, au lieu d'y envoyer des agents, on attendait qu'il fasse jour pour intervenir ! C'était hautement comique ! Mais comme les ordres sont les ordres, je dus attendre moi aussi le point du jour.

Dans l'intervalle, j'appris que tous les officiers supérieurs de la police étaient depuis longtemps au courant du soulèvement qui se préparait, mais qu'ils avaient cru bon de ne pas en informer leurs subordonnés. Ce qui revenait à dire que les forces de l'ordre étant incapables de maîtriser la situation, il n'était pas question d'empêcher les troubles de se produire. Que, dans ces conditions, les officiers subalternes et les agents de police reviennent vivants ou non de leurs stupides missions habituelles, rondes ou factions de nuit, ne dépendait que d'eux ! L'idée ne manquait pas d'astuce, mais elle était aussi diabolique ! En tout cas, les agents avaient tous fait comme moi : quand ils avaient entendu des coups de feu, ils étaient rentrés en courant. Pas si bêtes, les collègues ! En agissant ainsi, ils s'étaient montrés tout à fait dignes de leurs supérieurs ; du haut en bas de la hiérarchie, il n'y avait pas de doute : chacun remplissait son devoir, mais en jouant la comédie !

Bien que j'eusse très sommeil, j'étais impatient d'aller voir un peu ce qui se passait dans la rue ; les images entrevues dans la nuit m'obsédaient, et je voulais retourner sur les mêmes lieux de jour pour pouvoir comparer et compléter le tableau. Le jour me parut ainsi très long à venir, tellement j'étais pressé de le voir arriver. Quand finalement il arriva, notre troupe se mit en rangs. A nouveau, j'eus envie de rire, car il y en avait parmi nous qui avaient pris bien soin de laisser retomber leur natte et les brigadiers firent semblant de ne pas l'avoir remarqué. D'autres, avant de se mettre en rangs, avaient soigneusement brossé leur uniforme et même fait reluire leurs bottes. Cirer ses chaussures en de telles circonstances, c'était vraiment cocasse !

Cependant une fois arrivé dans la rue, je n'eus plus du tout envie de rire. Jusqu'alors, je n'avais jamais bien réalisé ce que c'est qu'une « catastrophe », mais ce jour-là, j'ai compris. Dans le ciel, où quelques étoiles s'attardaient encore, la grisaille des nuages laissait paraître une légère teinte de bleu, accompagnée d'un soupçon de fraîcheur et d'une lueur pâle. Partout, pourtant, régnait la même odeur tenace de brûlé, tandis qu'un peu de fumée blanche errait encore dans l'atmosphère. Les boutiques avaient leurs portes grandes ouvertes, et aucune de leurs fenêtres n'était intacte. Patrons et commis se tenaient sur le seuil, soit debout, soit assis, mais ils étaient tous muets et aucun ne s'agitait pour ramasser ce qui pouvait rester. On aurait dit un troupeau stupide de moutons privés de leur maître.

Le feu avait cessé de se répandre, mais là où il était passé, on voyait encore s'élever doucement une fumée blanche, en même temps que de petites flammes brillantes. Un souffle de vent suffisait à embraser de nouveau les piliers d'un édifice et à agiter tout autour de minces oriflammes de feu. Les maisons qui avaient été incendiées les premières n'étaient plus que de gigantesques tas de terre calcinée ; lorsque les murs latéraux ne s'étaient pas écroulés, ils encadraient des sortes de monticules funèbres d'où s'échappait encore de la fumée. En revanche, les immeubles les derniers touchés par l'incendie étaient encore debout ; les murs et la façade ne s'étaient pas effondrés, mais les portes et les fenêtres avaient complètement brûlé et ça faisait de grands trous noirs. Sur le seuil de l'une de ces maisons, un chat était assis ; la fumée ne cessait de le faire éternuer, mais il ne voulait pas s'en aller.

Ainsi un carrefour d'ordinaire très animé et bien fréquenté était devenu un amas de bois calciné et de tuiles brisées, d'où émergeaient silencieusement une foule de piliers carbonisés. Partout, c'était pareil : partout traînait la même fumée maussade et qui n'en finissait pas de mourir. L'enfer, je ne sais pas comment c'est, mais ça doit probablement ressembler d'assez près à ce que j'avais en face de moi. Lorsque je fermais les yeux, je me rappelais l'aspect que le même endroit avait auparavant, avec ses belles boutiques si agréables à regarder. Et voilà que je n'avais plus devant moi qu'un amas de décombres ! La superposition soudaine de ces deux images me mit les larmes aux yeux. C'était donc ça une « catastrophe » ! Tout autour de l'incendie, on remarquait beaucoup de marchands et de commis qui, stupidement, restaient plantés là, les mains glissées dans les manches de leurs robes, et tout ahuris devant les derniers ravages du feu. Lorsqu'ils nous virent arriver, c'est à peine s'ils nous jetèrent un coup d'œil, et leur absence de réaction semblait indiquer que pour eux tout était fini, qu'il n'y avait même plus lieu de s'émouvoir.

Au-delà de l'incendie, les boutiques avaient leurs portes et fenêtres grandes ouvertes, mais on n'y observait pas le moindre signe de vie ; les trottoirs et la chaussée étaient jonchés de débris et le spectacle était encore plus affligeant. En effet, dans le cas de l'incendie, personne ne pouvait s'y tromper, alors que devant ces magasins saccagés et muets, on se sentait déconcerté et on se demandait bien comment une artère aussi commerçante et prospère avait pu se transformer en un pareil tas d'immondices. Ce fut précisément dans cet endroit qu'on m'envoya monter la garde. Dans quel but ? Je l'ignorais. Conformément au règlement, je me tins debout, immobile et figé, comme glacé par le courant d'air qui parcourait l'avenue. Devant les boutiques, des femmes et des enfants étaient encore en train de ramasser des détritus, mais comme les commerçants eux-mêmes ne leur disaient rien, je n'avais pas de raison d'intervenir et je me demandais vraiment ce que je faisais là.

Au lever du soleil, les dégâts, comme des mendiants en plein jour, apparurent encore plus horribles. On pouvait reconnaître la couleur et la forme de chaque débris sur le sol, mais il y en avait une telle collection et dans un si grand désordre qu'on en était tout pantois. En outre, on remarquait qu'aucun de ceux que l'on voyait arriver le matin de bonne heure n'était là : ni maraîcher, ni marchand de galettes pour le petit déjeuner, pas un pousse-pousse, ni le moindre cheval : toute la rue était dans un tel état, et il y régnait un silence si impressionnant qu'on aurait dit que le soleil lui-même ne brillait pas autant que d'habitude et se trouvait comme suspendu dans le vide du ciel. Quand un facteur passa à côté de moi, la tête baissée et traînant une grande ombre derrière lui, je sursautai.

Au bout d'un instant, un officier de police du quartier se pointa. Il était suivi d'un agent, et les deux hommes faisaient résonner énergiquement leurs godillots au milieu de l'avenue, comme s'ils avaient reçu une bonne nouvelle. L'officier me dit de veiller au maintien de l'ordre dans la rue, conformément aux dernières instructions des autorités supérieures. Je fis le salut réglementaire, mais en me demandant bien ce que l'officier voulait dire. L'agent qui l'accompagnait, semblant remarquer mon air stupéfait, ajouta à voix basse : les autorités vont arriver, il s'agit de chasser les ramasseurs au plus vite ! Je n'avais guère envie d'obéir, mais comme je n'osais pas non plus m'opposer ouvertement aux ordres que l'on venait de me donner, j'allai me poster devant les boutiques et je me mis à agiter la main pour prévenir les femmes et les enfants qui étaient là, mais sans pouvoir dire un mot.

Tout en maintenant l'ordre à ma façon, je me rendis aussi chez le charcutier, simplement pour lui dire que je lui rapporterai sa blouse une fois lavée. Mais quand je vis l'homme assis sur le seuil de son échoppe, jamais je n'aurais pensé qu'il aurait pu lui aussi être victime du pillage : en fait sa petite boutique avait été vidée comme les autres et lorsque je lui adressai la parole, il ne releva même pas la tête. Je tournai alors mes yeux vers son magasin : tout ce qui pouvait être emporté, aussi bien les billots que les crocs à viande, le tronc de bambou qui servait de caisse que les plateaux de saindoux, tout avait disparu ; il ne restait que le comptoir et les deux blocs de terre qui supportaient la planche à découper !

Je retournai alors à mon poste de garde, mais j'avais l'impression que ma tête allait éclater. Si jamais je devais être toujours de faction dans la même rue, une chose me semblait sûre : je ne tarderais pas à devenir dingue.

Effectivement, les autorités supérieures se manifestèrent. Je vis arriver douze hommes de troupe, avec à leur tête un officier, qui tenait à deux mains la tablette du décret ordonnant l'exécution immédiate de toute personne prise en flagrant délit de pillage. Les soldats avaient du reste tous baïonnette au canon. A leur vue, mon sang ne fit qu'un tour : quoi ! encore des soldats à natte ! Les mêmes que j'avais vus en train de tout piller et de tout brûler étaient maintenant chargés de la répression ! Quelle étrange comédie ! Et il fallait encore que je fasse le salut réglementaire devant la tablette !

Je m'exécutai, mais aussitôt après, je jetai rapidement un coup d'œil circulaire pour voir s'il y avait encore des gens en train de ramasser des débris et les prévenir avant qu'il ne fût trop tard. En fait, des types capables de faucher jusqu'aux billots de charcutier ne méritaient aucune sympathie, mais j'aurais trouvé trop injuste de les voir trucidés par ces soldats à natte ! Malheureusement, en moins de temps qu'il ne faut pour le dire, un gamin de quatorze ou quinze ans qui n'avait pas déguerpi fut encerclé par les baïonnettes. Il serrait dans ses mains une planche et une paire de vieux souliers. On le fit basculer en avant, la lame d'un sabre brilla, et le gamin eut à peine le temps de crier : « Maman ! » Le sang gicla très loin, et le corps se tordait encore que la tête était déjà suspendue à un poteau électrique !

Je n'eus même pas la force de cracher ma salive : le monde s'était mis brusquement à chavirer sous mes yeux. Pourtant, des exécutions, j'en avais vu, et jamais elles ne m'avaient effrayé. Mais, cette fois-là, l'indignation fut plus forte que moi ! Quand tout à l'heure j'ai dit que j'ai compris quelque chose, c'est à ça que je faisais allusion. Comment pouvait-on, en effet, parler de « justice » alors que c'était les mêmes qui regagnaient leurs casernes les mains pleines de bracelets d'or et d'argent, et qui en ressortaient pour massacrer un gamin qui avait tout juste ramassé une vieille paire de chaussures ? Si c'est ça la « justice », moi, j'enc... cette putain de « justice » ! Vous me pardonnerez d'être aussi grossier (*ye*), mais dans des cas pareils, on ne sait plus très bien ce que la politesse ou la civilisation (*wenming*) viennent faire !

Peu après, j'ai entendu dire que ce soulèvement militaire avait quelque utilité politique, et que c'était pour cette raison que les soldats qui avaient pris part au pillage étaient ensuite ressortis pour ratisser le terrain. Du début à la fin, tout avait été machiné d'avance. Mais quelle utilité politique ça pouvait avoir ? Personnellement, je ne voyais pas. Tout ce que je peux dire, c'est que ça me faisait râler. Mais à quoi bon râler quand on n'est qu'un « inspecteur aux pieds puants » ?

IX

Sur cette affaire, je m'en tiendrais là volontiers mais ma description serait incomplète si je ne posais pas quelques questions, laissant aux gens plus intelligents que moi le soin de les examiner en détail. Ces questions sont les suivantes : comment se fait-il qu'un soulèvement militaire puisse faire partie d'une opération politique ? Et si l'on pousse délibérément des soldats à piller, à quoi ça sert alors d'avoir une police ? Pourquoi au fond y aurait-il des agents si c'est uniquement pour empêcher les gens de pisser dans les rues et pas pour intervenir quand on pille des boutiques ? Si nos bons et paisibles concitoyens sont capables de se livrer au pillage, pourquoi diable les agents seraient-ils spécialisés dans l'arrestation des simples voleurs ? Tout le problème est de savoir si on veut ou non avoir des agents de police. Si on n'en veut pas, pourquoi ferait-on appel à eux dès que les gens en viennent aux mains, et à quoi ça servirait de payer chaque mois un impôt spécial pour la police ? Si, en revanche, on en veut, pourquoi préfère-t-on qu'ils n'interviennent pas ; pourquoi laisse-t-on les gens piller à leur guise et ne voit-on pas une victime du pillage dire le moindre mot ?

Je ne prends là que quelques exemples. Mais il y aurait beaucoup d'autres questions à poser. Comme je ne suis pas capable de les résoudre, autant arrêter là mon blablabla. D'ailleurs, les quelques exemples que j'ai donnés suffisent déjà à m'embrouiller l'esprit : à force d'y penser, je m'y perds, ça ne me paraît plus avoir ni queue ni tête et je me sens complètement dépassé. Tout ce que je peux dire, c'est, pour reprendre une vieille expression, que tous ces gens-là, aussi bien les officiers, les soldats, les agents de police que nos bons et paisibles concitoyens, « ils ne sont pas à la hauteur » ! C'est du reste ça qui a encore agrandi le vide que je ressentais en moi. A force de vivre au milieu de tous ces gens qui « ne sont pas à la hauteur », j'ai au moins compris une chose, c'est qu'il suffit de faire semblant et de ne pas trop s'attacher à la « réalité » de ce qui se passe. Il existe d'ailleurs une autre expression, qui ne mérite pas l'oubli dans lequel elle est tombée : on disait : « se foutre du monde[1] ». Quiconque se trouve comme moi dans l'incapacité de s'en sortir aurait tout intérêt à utiliser cette phrase, qui a l'avantage d'être une expression toute faite, qui dit bien ce qu'elle veut dire et qui, en plus, vous évite de passer pour idiot. « Se foutre du monde » : quand on a dit ça, on a tout dit, mais si on trouve encore que ça fait un peu trop sec, on peut toujours y ajouter un « merde ! » : l'expression n'en sera que plus appropriée.

X

Ici, on ne se lancera pas dans de nouvelles discussions, car il est probable que tout le monde sait à quoi s'en tenir en ce qui concerne nos compatriotes. Pour en revenir à la seule police, une telle incurie de sa part est dans la nature des choses et n'a absolument rien d'étonnant. Prenons par exemple la lutte contre le jeu. Autrefois, les maisons de jeu étaient toutes patronnées en coulisse par des personnages célèbres. Aussi, non seulement aucune saisie officielle n'était possible, mais même les assassinats qui s'y produisaient ne prêtaient pas à conséquence. Après la création des agents de police, les maisons de jeu sont donc restées ouvertes comme avant, et on ne se serait toujours pas aventuré à y faire des saisies. Je n'ai pas besoin de dire pourquoi. Cependant, ça ne faisait pas bon effet. Il fallait trouver une solution. On eut alors l'idée de ne s'en prendre qu'au menu fretin et on décida de pincer

1. *Tangrshi :* agir avec indifférence, sans prendre les choses au sérieux, de façon à garder seulement la face.

quelques vieux joueurs, quelques vieilles dames : on confisquait quelques jeux de cartes et on infligeait des amendes, mais seulement d'une dizaine de *yuans*. Comme ça, les agents de police remplissaient leur devoir, l'opinion publique était alertée et tout était dans l'ordre. Cet exemple n'en est qu'un parmi beaucoup d'autres, mais il montre bien que, dès le début, la police n'a jamais servi qu'à passer une simple couche de plâtre et, ce faisant, à nourrir tant bien que mal une masse d'hommes qui, autrement, crèveraient de faim. C'était tout ce qu'on pouvait lui demander : la société n'ayant pas besoin d'une vraie police, on ne voyait vraiment pas pourquoi des agents auraient risqué leur peau pour six *yuans* par mois.

Après ce soulèvement militaire, notre situation ne fit qu'empirer. Les jeunes gaillards, qui avaient largement profité du pillage, s'en étaient vraiment mis plein les poches. On en voyait qui portaient deux vestes l'une sur l'autre, d'autres qui avaient autant de bagues que de doigts à leurs mains, et tous se pavanaient dans les rues, regardant de travers les agents de police et soufflant du nez à leur passage avec un air de profond mépris. Nous étions alors condamnés à baisser piteusement la tête, et c'était normal : nous n'avions rien dit lorsque de tels ravages avaient eu lieu, comment aurions-nous pu ensuite reprocher aux gens de nous mépriser ? Des tripots firent partout leur apparition : avec de l'argent qui ne vous avait rien coûté, vous pouviez vous permettre de perdre tout ce que vous vouliez ! Nous n'osions pas saisir l'argent, car il y en aurait eu beaucoup trop à saisir. Nous entendions les gens de l'autre côté du mur qui criaient pour annoncer « un neuf » ou « une paire[1] », mais nous ne pouvions

1. *Ren jiu, duizi :* combinaisons d'un jeu de trente-deux dominos, nommé *paijiu*.

que faire semblant de n'avoir rien entendu et nous passions notre chemin en évitant de faire du bruit. Après tout, tant que ça se passait dans les cours intérieures des maisons, ça allait encore. Le malheur, c'est que les gens ne nous laissaient même pas sauver le peu de face qui nous restait !

Ainsi, les jeunes gaillards dont j'ai parlé tout à l'heure tenaient absolument à montrer qu'ils n'avaient pas la moindre peur des agents de police : après tout, leurs pères et grands-pères s'en passaient fort bien et la jeune génération acceptait mal d'être la première à avoir la police sur le dos. Ils jouaient donc tout simplement dans la rue. Il suffisait d'avoir un dé pour tenir la banque, et on jouait accroupi à même le sol. Aux boules[1], on pouvait jouer aussi bien à deux qu'à cinq, et c'était un *mao* le coup. « On y va ? — D'accord ! — Tiens, la voilà qui revient ! » Les boules s'entrechoquaient : pan ! On avait gagné un *mao*. C'est qu'on jouait plutôt gros en une heure, plusieurs *yuans* pouvaient facilement changer de mains. Et tout ça se passait sous notre nez, tandis que nous nous demandions si nous devions ou non intervenir. Si on intervenait, on ne voyait pas très bien ce qu'aurait pu faire un homme seul, avec pour toute arme un sabre qui n'aurait pas tranché net du fromage de soja, contre toute cette bande de jeunes gaillards. Quand on est intelligent, on ne va pas se fourrer soi-même dans un guêpier. Les agents de police n'avaient donc rien de mieux à faire que de ne pas intervenir : ils passaient en faisant un détour. Manque de pot : on tombait alors sur une inspection. « Comment ? Vous n'avez pas vu leur tripot ? Faut vraiment être aveugle... » Au retour, on se retrouvait

1. *Shiqiu :* sorte de billard, utilisant une paire de boules, qu'on ne lance pas, mais qu'on fait bouger d'un coup de pied (*ti*).

au minimum avec un blâme. Mais de ce genre d'ennui, à qui aurions-nous pu nous plaindre ?

Des incidents comme ça, en fait, on ne les comptait plus ! Pour ma part, si, au lieu d'avoir ce vieux sabre, on m'avait donné un pistolet, je n'aurais pas hésité à me battre contre n'importe qui. Naturellement, ça ne valait pas la peine de risquer sa peau pour six *yuans* de solde, mais la misère n'empêche pas toujours d'avoir du caractère et il y a des choses qu'on ne peut pas supporter, surtout quand on vous a mis en colère. Le malheur, c'est que je n'avais aucun pistolet entre les mains, alors que les bandits et les simples soldats en avaient. Quand je voyais par exemple de mes propres yeux un vulgaire troufion monter dans un pousse sans payer et fouetter le tireur avec son ceinturon, jamais je n'aurais eu l'audace de lui dire de s'en aller sans lui faire un sourire. Il avait un pistolet et n'aurait pas hésité à tirer : un flic de plus ou de moins, ce n'était pas une affaire ! Une année, dans un bordel de bas étage, des soldats avaient descendu trois de nos collègues. Eh bien, nous n'avons même pas pu dénicher le principal coupable ! Trois des nôtres étaient morts pour rien, mais pas un soldat ne fut puni, même pas d'une bonne bastonnade ! Leurs pistolets pouvaient partir tout seuls, tandis que nous, avec nos poings et nos mains nues, nous représentions la civilisation !

Pour tout dire, dans une société où triomphaient la barbarie et l'injustice et où l'on rehaussait la gloire de sa famille en détruisant l'ordre public, la police était tout simplement de trop. Si on a compris ça, et si on se rappelle ce que j'ai dit auparavant de notre salaire de misère et de la faiblesse de nos moyens, on aura tout compris ou presque. Tout ce que nous pouvions faire était de passer une simple couche de plâtre. Ayant été moi-même agent de police, je ne cherche pas là des excuses, je veux seulement dire les choses afin qu'elles soient bien claires et que tout le monde sache à quoi s'en tenir. Après tout, autant vider carrément son sac !

Au bout d'un ou deux ans de service, j'étais déjà parmi mes collègues quelqu'un qu'on remarquait. Dès que survenait une affaire, j'étais toujours placé par mes supérieurs en première ligne. Mes collègues ne me jalousaient pas pour autant, car dans les affaires privées qui les concernaient chacun, je n'étais pas non plus de ceux qui restaient en arrière. Ainsi, chaque fois qu'un poste de brigadier se trouvait vacant tout le monde me glissait à l'oreille : « Cette fois, le poste est pour toi ! » comme si vraiment ils espéraient tous m'avoir comme brigadier. En fait, ce n'était jamais moi qui étais promu, mais au moins mes talents étaient reconnus par tous.

Il faut dire que je savais m'y prendre, comme le montre tout ce qui précède. Par exemple, quand des gens venaient nous dire qu'ils avaient été cambriolés, l'inspecteur et moi, nous allions faire le constat sur place. Nous regardions rapidement les lieux, puis j'enchaînais aussitôt en rapportant avec force détails aussi pittoresques que possible tous les points où nous avions un poste de garde et le nombre de nos rondes de nuit, comme si vraiment nous nous donnions un mal fou dans l'exercice de nos responsabilités. Après, je cherchais un endroit avec une porte ou une fenêtre mal fermée et commençais à contre-attaquer, sans être désobligeant mais avec fermeté : « Cette porte n'est pas très sûre, vous devriez y poser un verrou moderne. Mais je vous préviens, c'est vers le bas qu'il faut le poser ; là, près du seuil, ce serait très bien : le voleur ne l'atteindra pas facilement[1]. Un autre moyen serait d'avoir un chien à l'intérieur de la maison ; même

1. Même s'il a le bras long et peut le glisser, comme c'est le cas de nombreuses portes chinoises, dans l'espace libre qui sépare le haut de la porte du chambranle.

petit, il aboiera au moindre bruit, et c'est beaucoup plus utile que d'avoir trois molosses dans la cour. Comme vous le voyez, monsieur, avec un peu plus de vigilance de notre part et aussi un peu plus d'attention de la vôtre, si nous unissons nos efforts, je vous garantis que plus rien ne disparaîtra. Eh bien ! Nous rentrons, mais les patrouilles de nuit seront renforcées, ça, c'est sûr. Vous pouvez dormir tranquille, monsieur ! »

Après un pareil discours, nous nous trouvions déchargés de notre responsabilité, et la victime se voyait contrainte de poser d'urgence un verrou et d'avoir un petit chien. Quand nous tombions sur un maître de maison accueillant, nous avions en plus droit à du bon thé. Ah ça, pour ce qui est de se défiler sans en avoir l'air, je m'y connaissais ! Le tout est de savoir glisser quelques bonnes paroles et d'être tout sucre et tout miel ; comme ça, on dégage toute responsabilité et on est sûr d'éviter beaucoup d'ennuis. Les collègues connaissaient comme moi le truc mais ils n'avaient pas la même facilité de parole et ils s'y prenaient moins bien. C'est qu'il y a plus d'une façon de s'exprimer, et il faut avoir au bon moment l'expression qui convient, tout en conservant la souplesse du ressort, qui permet de s'avancer pour reculer ensuite. Mais ça, ça ne s'apprend pas, ça fait partie des choses innées !

Quand je faisais tout seul une patrouille de nuit et que je tombais sur un voleur, vous pouvez vous demander aussi comment je m'y prenais. Eh bien, c'était simple : la main serrée contre mon sabre, j'essayais de faire le moins de bruit possible, et, tandis qu'il grimpait sur son mur, moi, je continuais mon chemin, chacun s'efforçant de ne pas gêner l'autre. Ça valait mieux, car si j'avais provoqué sa rancune, un jour suivant il se serait caché dans l'ombre, je me serais exposé à recevoir une brique sur la tête et j'aurais été bien avancé ! C'est comme ça que... qui déjà ? Ah oui, cet imbécile de Wang Jiu a perdu un œil. En voulant arrêter un voleur ! Un jour qu'il se trouvait au débouché d'une rue avec Dong Zhihe, armés chacun d'une paire de ciseaux, ils avaient coupé de force la natte de tous les gens qui passaient. Hé ! C'est que les gens en question ne l'oublièrent pas de sitôt. Ils attendirent de voir repasser Wang Jiu tout seul, et alors ils lui lancèrent de la chaux dans les yeux en criant : « Ça t'apprendra à couper la natte des gens, espèce de salaud ! » Et c'est ainsi qu'il a perdu son œil. Si j'avais rempli mon devoir d'une autre façon, dites-le-moi : serais-je encore en vie ? Chaque fois que les agents jugeaient bon d'intervenir, les gens trouvaient qu'ils se mêlaient de ce qui ne les regardait pas et on ne savait plus que faire.

Contrairement à cet imbécile de Wang Jiu, je tenais trop à mes yeux pour en perdre bêtement un ! Et puis, quand je faisais tout pour éviter de rencontrer un voleur, je ne pouvais pas m'empêcher de penser à mes deux gamins privés de leur mère et de compter l'argent qui nous restait pour vivre jusqu'à la fin du mois. A l'époque, il y avait probablement des gens qui ne comptaient que par cinq ou par dizaines et en monnaie d'argent. Mais moi, mes sous de cuivre, je les comptais un par un. Quand j'en avais quelques-uns de plus, j'avais l'impression d'être à l'aise, mais quelques sous de moins me plongeaient dans l'embarras. Dans ces conditions, je me voyais mal arrêtant des voleurs : n'était-ce pas aussi des pauvres ? Et je me disais que lorsqu'on n'a pas d'autre moyen de s'en sortir, tout le monde est capable de voler : un ventre affamé ne connaît plus ni bien ni mal.

XI

Après ces troubles dans l'armée, ce fut à nouveau un grand chambardement : l'Empire des Qing fit place à la République de Chine[1]. Des changements de dynastie ou de régime, on n'en rencontrait pas souvent, mais personnellement je trouvais que ça n'avait aucun intérêt. A dire vrai, pour un événement qui ne se produit même pas tous les cent ans, l'agitation fut à peine comparable à celle que le soulèvement militaire avait entraînée. Et puis les gens disaient qu'avec la République, le peuple aurait, en toutes choses, le contrôle suprême. Or, je n'ai rien constaté de tel. J'étais toujours agent de police, mon salaire n'avait pas augmenté, et le travail qu'on nous demandait était toujours aussi routinier. Après comme avant, j'étais victime des mêmes humiliations. Avant, les serviteurs de ces messieurs les grands mandarins nous traitaient plus bas que terre. Après, les hommes à la solde des nouveaux mandarins furent tout aussi désagréables avec nous. On continua donc de « se foutre du monde » : le passage d'un régime à l'autre au fond ne changea rien. Je ne veux pas dire par là que l'accroissement du nombre de gens se promenant dans la rue, la natte coupée, ne constitua pas un certain progrès. Par ailleurs, on joua progressivement moins aux dominos et au dé[2] : tout le monde, aussi bien les pauvres que les riches, se mit au mah-jong. Comme auparavant, nous

1. Ici, le narrateur semble négliger la chronologie : en dépit des tentatives de restauration impériale comme celle qui est évoquée plus haut, la chute de la dynastie mandchoue remonte à 1911.

2. *Yabao :* jeu utilisant un seul dé et consistant à miser sur l'une des six faces dudit dé.

n'osions pas nous en prendre aux joueurs, mais il faut bien reconnaître que le matériel du nouveau jeu représentait une amélioration et faisait plus civilisé.

En fait, sous le nouveau régime, le peuple ne comptait pas plus qu'avant : ceux qui se faisaient remarquer, c'était les mandarins et les soldats de la République ! Ils avaient poussé un peu partout comme des champignons après la pluie, et on se demandait vraiment d'où ils sortaient. Normalement, les mandarins et les soldats ne sont pas à mettre dans le même sac, mais la nouvelle espèce avait réellement des points communs. Des hommes qui, la veille encore, avaient les pieds crottés, s'étaient retrouvés du jour au lendemain soldats ou mandarins ; ils avaient aussitôt pris des airs supérieurs et vous regardaient fixement, en écarquillant d'autant plus les yeux qu'ils étaient plus bêtes : on aurait dit deux grosses lanternes illuminées de bêtise. Cette bande d'andouilles ne comprenait rien à rien : quoi que ce fût que vous leur disiez, ils vous rembarraient toujours. Ils étaient si stupides qu'on en était malheureux pour eux, ce qui ne les empêchait pas d'être très contents d'eux-mêmes. Parfois, en les voyant, je me disais : non, jamais je ne pourrai être un mandarin, ni dans l'armée ni dans l'administration ! Je ne suis pas assez bête pour ça !

Comme pratiquement chaque mandarin pouvait demander des agents de police pour monter la garde devant chez lui, nous devînmes une sorte de police privée, payée sur l'argent public. Je fus moi-même chargé de surveiller une résidence. Théoriquement, ce genre de travail ne rentrait pas dans les fonctions d'un gardien de la paix ; mais dans la pratique, tous les agents se seraient bien portés volontaires. Lorsque je fus chargé de ce travail, on m'a promu « agent de troisième classe » : une simple « recrue » n'aurait pas eu la qualification voulue ! Ce fut seulement alors que j'entrai dans la « hiérarchie ». Le travail, par ailleurs, n'était pas foulant : en dehors de la garde de jour et de nuit, on n'avait rien d'autre à faire ; en un an, on pouvait au moins economiser une paire de bottes. On n'avait pas grand-chose à faire et, en plus, ce n'était pas un travail dangereux. Ainsi, quand, dans la maison, Monsieur se battait avec Madame, on ne nous demandait pas d'intervenir ; donc, on ne risquait pas d'être pris dans la bagarre et de recevoir des coups par erreur. Quant à la ronde de nuit, elle consistait seulement à faire une ou deux fois le tour de la résidence, et on pouvait être sûr de ne pas rencontrer de voleur : les murs étaient trop hauts et les chiens trop méchants pour de simples cambrioleurs. Par ailleurs, les gangsters ne s'attaquaient qu'aux mandarins à la retraite : d'une part, le butin était plus fructueux [1], et, en plus, on risquait moins d'être poursuivi officiellement en justice. Aussi n'avaient-ils aucune raison d'aller s'en prendre à des mandarins en exercice.

Lorsqu'on était affecté à la garde d'une résidence, non seulement on n'avait pas à interdire le jeu, mais c'était au contraire sous notre protection que ces messieurs-dames jouaient au mah-jong. Quand des invités venaient jouer, on avait même encore plus la paix que d'habitude : dehors, la rue était envahie de voitures et de chevaux, et dedans, on y voyait comme en plein jour, les serviteurs faisaient sans arrêt la navette, on avait au moins deux ou trois tables de mah-jong et quatre ou cinq lampes à opium, bref il y avait un tel vacarme pendant toute la nuit qu'aucun cambriolage n'était possible ; on pouvait donc dormir sur ses deux oreilles jusqu'à ce que le jour se lève et que les gens s'en aillent ; alors seulement, on ressortait pour

1. Les mandarins à la retraite avaient eu tout le temps de s'enrichir, ce qui n'était pas toujours le cas des fonctionnaires en exercice.

monter la garde, saluer à la porte et rehausser ainsi le prestige des maîtres de céans.

Quand il y avait un mariage ou un enterrement, on en profitait encore plus. Dans le premier cas, on avait droit à l'opéra à domicile et à l'œil ; en outre, on était sûr d'avoir tous les acteurs célèbres et une distribution comme jamais on n'en aurait eu au théâtre. Dans le cas d'un enterrement, on n'avait pas le droit à des représentations théâtrales, mais comme les funérailles ne se bâclaient pas en une journée ou deux, on en avait au moins pour trente ou quarante jours, le temps nécessaire pour toutes les lectures de soutras[1], et, pendant tout ce temps, on avait comme tout le monde de quoi manger. Un décès chez les maîtres nous valait même une bombance exceptionnelle. La seule chose redoutable était la mort d'un enfant, car alors, il n'y avait pas de cérémonie et, en plus, les gens pleuraient tous pour de bon et on ne pouvait pas ne pas les entendre. Mais il y avait aussi d'autres moments difficiles à passer, notamment lorsque la fille de la maison avait pris la fuite ou lorsqu'une concubine était répudiée pour une faute grave : alors, il n'était plus question de festin ou de spectacle et on devait même partager les soucis de Monsieur et de Madame !

Mais ce dont j'étais particulièrement content, c'était que dans ce nouveau poste j'avais beaucoup plus de liberté de mouvement et que je pouvais souvent retourner chez moi pour m'occuper de mes enfants. Au « quartier » ou à la « section », la moindre absence temporaire était très difficile à obtenir, parce que, aussi bien au commissariat qu'à l'extérieur, le travail était fixé une fois pour toutes et qu'on ne modifiait pas facilement le roulement tel qu'il avait été établi. Devant les

1. Comme on l'a vu plus haut, les moines bouddhistes procédaient habituellement à ces lectures pendant plusieurs semaines.

résidences, au contraire, quand j'avais fini de monter la garde, je n'avais plus rien à faire et je n'avais qu'un mot à dire à mes collègues pour pouvoir m'absenter la demi-journée. Cet avantage faisait que j'avais souvent peur d'être à nouveau affecté au « quartier ». Des gosses qui n'avaient plus leur mère avaient bien droit de voir un peu leur père, non ?

En plus de cet avantage, il y en avait un autre. Comme, physiquement, je ne me fatiguais pas et que je n'avais pas tellement de soucis, je trouvais toujours à m'occuper. Dès que j'avais un instant de libre, je lisais de la première à la dernière ligne les journaux qu'on recevait à la résidence. Les grands quotidiens comme les feuilles de choux, les dépêches comme les éditoriaux, je passais mon temps à tout lire en bloc, même quand je ne comprenais pas. Ça m'a beaucoup aidé : j'ai appris comme ça des tas de choses, et beaucoup de caractères que je ne connaissais pas. Aujourd'hui encore, il y a des quantités de caractères dont j'ignore la prononciation, mais je suis habitué à les lire et capable d'en deviner le sens, de même qu'on rencontre souvent dans la rue des gens dont on ne pourrait pas dire le nom mais dont la figure vous est néanmoins très familière. En dehors des journaux, j'empruntais un peu partout des romans. Mais comparaison faite, on a encore meilleur compte de lire la presse : avec tous les événements qu'elle rapporte et sa grande variété de vocabulaire, on ne s'ennuie pas en la lisant. Ça demande néanmoins nettement plus d'efforts. Aussi, quand je tombais sur des passages que je ne comprenais pas, je n'avais d'autre solution que de prendre à nouveau un roman. Mais avec ce genre de livres, c'est toujours pareil : il suffit de lire un chapitre pour deviner ce qui va se passer dans le suivant ; on lit donc ça sans peine et seulement pour se distraire. Bref, si je devais résumer mon expérience, je dirais que les journaux et les romans se complètent : les uns servent à vous ouvrir l'esprit, les autres à vous divertir.

Cependant, le service devant une résidence avait aussi des inconvénients. Le premier problème était celui des repas. Au « quartier » ou à la « section », on retenait automatiquement sur notre solde le prix de la cantine : la qualité de la nourriture servie était ce qu'elle était, mais au moins on mangeait chaque jour à heure fixe. En revanche, lorsqu'on était envoyé pour monter la garde devant une résidence, on était en tout et pour tout trois ou quatre ; il n'était donc pas possible de trouver quelqu'un qui accepte de faire la cuisine pour un aussi petit nombre, et on n'avait pas le droit de se servir de la cuisine de la résidence. Si tous ces Messieurs voulaient des agents de police, c'était parce qu'ils savaient qu'ils auraient ainsi gratis à leur service des gens en uniforme, mais ils se fichaient pas mal de savoir si ces gens-là avaient ou non un estomac comme tout le monde. Nous nous demandions bien ce qu'il fallait faire. Si on avait dressé nous-mêmes notre fourneau, il aurait fallu acheter tous les ustensiles nécessaires ; or, on était toujours menacé d'être affecté ailleurs et on ne savait jamais quand. Et puis, si les gens nous avaient réclamés pour monter la garde à la porte de leur résidence, c'était pour faire bien, pour le décorum, et pas pour étaler partout des plats et des bols ou pour faire du vacarme avec des ustensiles de cuisine juste devant chez eux. On n'avait donc pas d'autre moyen que d'acheter nous-mêmes notre casse-croûte.

Mais c'était très embêtant. Car, quand on a de l'argent, rien n'est plus facile que d'acheter à manger : on commande ce dont on a envie ; avec deux gobelets de vin et deux bons plats, qui ne s'estimerait pas heureux ? Or, il ne faut pas oublier que quelqu'un comme moi ne gagnait en tout et pour tout que six *yuans* par mois. En fait, ça m'était égal de mal manger, mais ce que je trouvais vraiment pénible, c'était d'avoir à trouver pour chaque repas une solution : rien que de devoir y penser me donnait envie de pleurer. Comment à la fois faire des économies et varier un peu le menu ? Je ne pouvais tout de même pas manger sans arrêt des galettes au piment et m'en gaver comme un canard ! Le malheur était que, comme ce qui est bon n'est jamais bon marché, il aurait fallu, si je voulais m'en tirer, que je me résigne toutes les fois à me contenter de quelques galettes toutes sèches et d'un vieux bout de navet salé. Mais ce n'était pas bon non plus pour la santé. Alors, je réfléchissais à n'en plus finir, et plus je réfléchissais, plus j'étais malheureux et incapable de me décider. Le résultat, c'est qu'il m'arrivait ainsi de rester le ventre vide et de n'avoir toujours pas déjeuné quand déjà le soleil déclinait à l'horizon !

A la maison, il y avait aussi mes gosses ! Et chaque bouchée que je me refusais, c'en était une de plus pour eux : on ne peut pas s'empêcher d'aimer ses enfants ! Lorsque je mangeais à la cantine, je ne pouvais pas faire d'économies. Mais au moment dont je vous parle, j'étais libre d'en faire et de me sacrifier un peu pour mes gosses. Alors, au lieu de manger mes huit galettes, je me forçais à n'en manger que six et je buvais deux bons verres d'eau de plus pour compléter. Avec un tel régime, on comprend que je ne pouvais me retenir de pleurer !

Et dire que, pendant ce temps-là, le Monsieur dont je gardais la résidence gagnait des mille et des cents ! De fait, il suffisait de se renseigner un peu pour savoir quel était son traitement, mais il était certain qu'il ne devait pas se contenter de ce seul revenu fixe : si, pour prendre un chiffre, il gagnait seulement huit cents *yuans* par mois, on se demandait vraiment comment il pouvait avoir l'air aussi riche ! Il y avait sûrement un truc là-dessous ! Et le truc devait être le suivant : quand on gagne seulement six *yuans* par mois, c'est vraiment six *yuans*, car on ne peut avoir un *yuan* de plus dans sa poche sans qu'aussitôt les gens vous regardent de travers et se mettent à jaser sur votre compte. En revanche, quand on peut en gagner dans les cinq cents, il est certain qu'on ne peut s'en tenir à ce chiffre et que plus vous avez d'argent, plus les gens vous admirent. Ça peut sembler tout à fait injuste, mais, en fait, que vous le croyiez ou non, c'est comme ça que ça se passe !

Dans les journaux et dans les discours publics, on exalte souvent la liberté ; or, quand on exalte une chose, c'est évidemment qu'elle n'existe pas en réalité. Ainsi, moi, la liberté, je ne savais pas ce que c'était : les gens avaient beau en parler à maintes reprises, personnellement, je ne l'avais jamais vue venir ; mais, dans les résidences, j'ai au moins vu ce que c'était. Au fond, la République a un avantage, c'est que, même si on ne jouit pas soi-même de la liberté, rien que de l'apercevoir vous ouvre les yeux.

Voyez par exemple : sous l'Empire des Qing, tout était fixé dans le moindre détail ; n'importe qui ne pouvait pas porter une robe bleue, même s'il était riche. C'était probablement ça le despotisme ! En tout cas, l'avènement de la République a marqué l'accession des riches à la liberté : il suffit désormais d'avoir de l'argent pour pouvoir s'habiller, se parer ou manger à sa guise, et personne ne trouve plus rien à y redire. Le résultat, c'est que pour acquérir cette liberté, on amasse de l'argent par tous les moyens ; et on est libre de le faire, car, sous la République, il n'y a plus de censeur comme sous l'Empire. Si vous n'avez jamais servi dans une résidence, peut-être que vous ne me croirez pas, mais je vous conseille d'aller voir un peu ce qu'il en est.

A présent, un petit fonctionnaire vit beaucoup mieux qu'un mandarin de première classe ne vivait autrefois. Ainsi pour la nourriture, avec la facilité actuelle des communications, on peut déguster à sa guise les mets les plus rares : il suffit d'avoir de l'argent. Et si on est dégoûté des plats les plus délicats de la cuisine chinoise, on peut en changer et passer à la cuisine et aux vins occidentaux; or, probablement, même l'Empereur de la dernière dynastie n'y a jamais goûté ! Il en va de même pour l'habillement, la parure, les spectacles, le service et tout ce dont on peut avoir besoin : en restant dans votre chambre, vous pouvez profiter de toutes les meilleures choses de la terre. Le bonheur dont certains jouissent aujourd'hui, voilà le vrai bonheur, mais il faut dire aussi qu'on a plus de liberté pour amasser de l'argent qu'autrefois. Pour ne prendre qu'un exemple que je connais bien, je peux vous dire que la toute petite boîte de poudre dont se servait une concubine pour se maquiller dans telle résidence valait cinquante *yuans* et qu'elle venait d'un endroit qui s'appelle Paris. Où se trouvait au juste Paris, je l'ignorais, mais tout ce que je savais, c'est que la poudre qui venait de là-bas coûtait très cher. Mon voisin Li Si, qui a vendu un beau garçon à la même époque, n'en a tiré que quarante *yuans*, ce qui donne une idée du prix de la poudre; y a pas à dire, celle-ci devait être drôlement fine et parfumée !

Mais en voilà assez sur ce sujet : on pourrait m'accuser d'être un intarissable bavard et surtout je ne voudrais pas donner l'impression que je ne suis pas de ceux qui approuvent la liberté ! J'ajouterai cependant quelques mots, mais en me plaçant d'un autre point de vue, ce qui me permettra de dire toujours ce que je pense tout en évitant d'assommer ceux qui m'écoutent par des propos triviaux. Lorsque à l'instant je parlais de la liberté et de la richesse des gens que je voyais vivre dans leurs résidences, il ne faudrait pas se tromper et croire que ces Messieurs passaient leur temps à jeter leur argent par les fenêtres : ils n'étaient pas si stupides ! C'est vrai que la poudre dont se servait la concubine valait plus cher que le prix d'un gamin, mais les concubines sont les concubines : elles ont une chance et des talents que d'autres n'ont pas. Si ces Messieurs leur achetaient de la poudre aussi chère, c'est qu'ils savaient où s'en procurer à bon compte. Ainsi, par exemple, si vous étiez vous-même un important personnage, je n'aurais qu'à m'inspirer des principes qui avaient cours dans ces résidences pour vous donner des tas de combines : l'électricité, l'eau courante, le charbon, le téléphone, le papier hygiénique, les voitures et les chevaux, les pergolas, les meubles, le papier à lettres, les fleurs et les plantes d'ornement, tout ça, vous l'auriez sans débourser un sou, et, pour compléter le tout, rien ne vous empêcherait d'engager aussi gratuitement à votre service plusieurs agents de police.

Ce sont là des choses normales, et si vous ne le comprenez pas, c'est que vous n'êtes pas fait pour être un de ces Messieurs. Pour tout vous dire, ces gens-là arrivaient les mains vides et repartaient pleins aux as, comme des punaises qu'au sortir de l'hiver on voit surgir le ventre vide mais qui ont vite fait de se gonfler de sang. Voilà une comparaison un peu vulgaire, mais elle dit bien ce qu'elle veut dire. Vous n'avez qu'à jouer sur les deux tableaux, celui de la liberté pour amasser de l'argent, et celui des privilèges pour en économiser, et vous pourrez avoir une concubine maquillée avec la meilleure poudre de Paris. Je ne sais pas si vous m'avez bien saisi, mais ça ne fait rien : à vous de comprendre !

Revenons-en maintenant à mes propres affaires. Normalement, comme on avait été gratuitement au service de la résidence pendant près d'une année, au moment des fêtes et du Nouvel An, nous nous attendions à un geste, à ce qu'on nous serve par exemple un bon repas, ça aurait été au moins quelque chose. Hé ! Pensez-vous : ces Messieurs se ruinaient pour leurs concubines, mais nous, les agents de police, c'était comme si on n'existait pas ! Ainsi, quand on était affecté ailleurs et qu'on demandait à son patron de donner un mot de recommandation aux autorités du « quartier », c'était à nous de lui manifester une gratitude sans bornes ! C'est notamment ce qui s'est passé pour moi, lorsque est arrivé mon ordre de mutation. Après avoir fait mon balluchon, je suis allé saluer respectueusement le maître de maison. Ah ! si vous aviez vu les grands airs que ce Monsieur prenait ! Il faisait semblant de ne pas me reconnaître : je lui aurais même volé quelque chose qu'il ne m'aurait pas traité autrement ! Bredouillant quelques phrases, je lui demandai très poliment de bien vouloir dire à l'occasion un mot au « quartier » afin de préciser que j'avais bien fait mon travail. Il entrouvrit alors légèrement les paupières, mais, visiblement, il n'aurait pas lâché un pet pour moi. Il ne me resta donc plus qu'à me retirer, et on ne me donna même pas l'argent du pousse dont j'avais besoin pour transporter mes affaires ; je dus les porter moi-même à l'épaule, en jurant contre ce putain de service commandé et cette drôle de façon de traiter les gens !

XII

Comme le nombre des gens importants, aussi bien dans les administrations que dans les résidences, allait croissant, on fit de nous une unité de police à part, où nous étions au total cinq cents à faire spécialement ce travail de gardes du corps payés par l'Etat. Pour bien montrer que nous pouvions protéger efficacement ces Messieurs, nous reçûmes chacun un fusil de fabrication occidentale avec plusieurs lots de cartouches. Ces fusils occidentaux, je veux parler des fusils qu'on nous avait donnés, je ne les aimais pas du tout : ils étaient lourds, vieux et déglingués, et je me suis toujours demandé où on avait bien pu dénicher ce genre de flingues qui ne pouvaient servir à rien, sinon à vous défoncer l'épaule. Quant aux cartouches, elles ne bougeaient pas de ma ceinture, vu qu'on n'avait jamais l'autorisation de les introduire dans le fusil ; en cas de grosses difficultés, on attendait toujours que ces Messieurs se soient enfuis pour mettre enfin baïonnette au canon.

Mais ça ne voulait pas dire non plus que je pouvais laisser là cette vieille pétoire et ne pas m'en occuper. Elle avait beau être déglinguée, il fallait tout de même que je l'entretienne. Chaque jour, on devait l'astiquer à l'extérieur comme à l'intérieur, y compris la baïonnette. En fait, on n'arrivait jamais à la faire briller, mais ce n'était pas une raison pour se tourner les pouces. Plus que le résultat, c'était l'intention qui comptait ! Et puis, comme je l'ai dit, en dehors du fusil, on devait avoir sur soi tout un tas de trucs : un ceinturon, un fourreau à baïonnette, des cartouchières, et il fallait frotter tout ça soigneusement, car il n'était pas question de se balader comme un Zhu Bajie flanqué d'une simple rapière[1] ! En outre, il y avait aussi les bandes molletières à mettre tous les jours !

Pour porter tout ce fourbi et avoir l'épaule en

1. Le cochon batailleur, un des héros du célèbre roman *Le voyage en Occident (Xi you ji)* attribué à Wu Cheng'en, avait toujours sur lui un râteau. Vu sa forte corpulence, ce personnage ridicule aurait été bien incapable de porter correctement le sabre.

permanence alourdie d'un poids de sept à huit livres, je gagnais tout juste un *yuan* de plus, ce qui faisait une solde mensuelle de sept *yuans :* vraiment de quoi remercier le Ciel et la Terre ! J'ai ainsi monté la garde pendant plus de trois ans. Je passais d'une résidence à l'autre, et d'un *yamen* à un autre, avec pour seule mission de saluer chaque fois que ces Messieurs entraient ou sortaient. C'était mortellement ennuyeux : on ne pouvait pas dire qu'on n'avait rien à faire, mais on ne pouvait pas dire qu'on avait vraiment quelque chose à faire. C'était à regretter la faction en pleine rue. Dans la rue, au moins, on a toujours de quoi s'occuper et faire marcher un peu ses méninges, alors que, devant une résidence ou un *yamen,* on n'avait jamais le moindre effort intellectuel à effectuer. Dans certains cas, le relâchement et le je-m'en-foutisme étaient tels qu'on pouvait monter la garde n'importe comment : qu'on se tienne debout appuyé sur son fusil ou qu'on dorme les bras autour, ça n'avait pas d'importance. Ce genre de service, qui n'avait rien d'exaltant, déprimait plutôt les gens. Quand on est domestique, on peut toujours espérer trouver une meilleure maison que celle où on est. Dans notre métier, au contraire, on savait très bien que l'horizon était bouché et on était de jour en jour si démoralisé qu'on en venait à se mépriser soi-même.

On dit souvent qu'à ne rien faire, on engraisse et que c'est déjà pas mal. Eh bien ! en ce qui nous concerne, ce n'était pas vrai : même accroupis, on ne se faisait pas de lard. Toute la journée, on pensait à ces sept *yuans* et on recommençait nos comptes, tenaillés que nous étions par la misère. Comment engraisser dans ces conditions ? Pour prendre mon cas personnel, quand mon fils a eu l'âge d'aller à l'école, je me sentis obligé de l'y envoyer. Mais c'est que pour ça, il fallait de l'argent, c'était normal car ça a été toujours comme ça, mais où diable trouver cet argent ? Un mandarin pouvait profiter de tas d'avantages sans avoir rien à payer, mais un simple agent de police n'avait même pas un endroit où faire faire des études gratuites à ses enfants. A l'école privée traditionnelle, il y avait les frais de scolarité, les cadeaux pour les fêtes, les livres, l'encre et le pinceau, et tout ça, il fallait le payer. A l'école moderne, il y avait l'uniforme, les fournitures pour le travail manuel, toutes sortes de cahiers, et l'ensemble revenait encore plus cher qu'à l'école ancienne formule. Et puis à la maison, quand les enfants avaient faim, ils pouvaient toujours se couper un bout de *wowotou,* alors qu'à l'école, mon garçon avait besoin d'argent pour s'acheter des gâteaux : même si j'avais consenti à le laisser partir seulement avec son *wowotou,* il n'est pas sûr qu'il aurait accepté. Car un gosse rougit plus facilement qu'une grande personne.

Je ne savais vraiment pas quoi faire. Comment un homme de mon âge et en pleine activité aurait-il pu accepter de voir ses enfants traîner à la maison ? Je me disais aussi que ce n'était pas parce que je n'avais plus d'espoir en cette vie que mes enfants devaient être condamnés à un sort encore plus lamentable. Pendant ce temps, je voyais toutes ces demoiselles et petits messieurs qui quittaient leurs résidences pour aller à l'école. Il y avait toujours une voiture pour les accompagner et les ramener, et sur le seuil de la porte, une vieille servante ou une jeune domestique venait chaque fois porter leur cartable et les prendre dans ses bras, les mains pleines d'oranges, de pommes et de jouets tout neufs. Devant de pareilles inégalités entre gosses de pauvres et gosses de riches, on avait peine à croire que les uns comme les autres seraient plus tard des citoyens du même pays. J'eus vraiment envie de démissionner et de laisser tomber, me disant qu'à tant faire, il valait mieux être domestique : je gagnerais comme ça quelques *yuans* de plus, de quoi permettre à mon fils d'aller à l'école.

Seulement voilà : quand on a choisi une voie, après, on en a pour la vie ; on ne peut plus en sortir. Au bout de toutes ces années de service, le travail avait beau être ce qu'il était, ma voie était tracée : c'était dans la police que j'avais mes amis, c'était avec eux que j'avais l'occasion de parler et de rire, c'était là aussi que j'avais acquis une certaine expérience ; même si le travail n'était pas passionnant, je ne pouvais pas non plus l'abandonner comme ça, brutalement. Encore une fois, la vanité compte plus aux yeux d'un homme que l'argent, et quand on a pris l'habitude d'être fonctionnaire, y a rien à faire, devenir domestique, ce serait une déchéance, même si on gagne plus d'argent. C'est ridicule, vraiment ridicule, mais l'homme est fait comme ça !

Quand j'en ai parlé avec mes collègues, ils se sont tous opposés à cette idée. Les uns disaient : la vie qu'on mène est drôlement chouette, à quoi bon changer de métier ? D'autres soutenaient que la montagne d'à côté vous paraît toujours plus haute que celle sur laquelle on se trouve, mais que, quand on est pauvre, on le reste, bref, qu'il valait mieux se résigner. Et puis il y en avait aussi qui affirmaient que parmi les nouvelles « recrues » on voyait même des diplômés de l'enseignement secondaire et qu'on pouvait s'estimer heureux d'être là où on était. Même les officiers me le disaient : « La vie vaut ce qu'elle vaut, mais, au moins, on est fonctionnaire, et, quand on est doué comme toi, tôt ou tard, on sera promu. » Devant une unanimité pareille, ma résolution fut sérieusement ébranlée, car j'avais l'impression que si je m'obstinais dans mon idée, ce serait faire peu de cas de l'avis que mes collègues m'avaient donné. Après tout, autant donc continuer la même vie ! Quant à envoyer mes enfants à l'école, il n'en fut plus question.

Pourtant, peu de temps après, j'ai eu une bonne occasion de m'en sortir. Un important personnage, du nom de Feng, qui occupait de très hautes fonctions, réclama d'un coup douze gardes du corps : quatre pour surveiller sa porte, quatre pour servir de coursiers, et le reste comme escorte. Ces quatre derniers devaient savoir monter à cheval. A cette époque, il n'y avait pas encore d'automobiles, et les hauts fonctionnaires circulaient toujours dans de grosses voitures à cheval. Or, comme du temps des Qing, un grand mandarin assis dans une chaise à porteurs ou dans un carrosse se faisait précéder par des hommes à cheval et suivre par une escorte, l'important personnage qu'était Feng s'était donc mis dans l'idée de restaurer cet usage, qui relevait de la pompe mandarinale, en faisant suivre sa voiture de quatre gardes armés de fusils.

Mais il était difficile de trouver comme ça des gens sachant monter à cheval ; on battit le rappel parmi les gardes du corps, et on n'en trouva que trois. Trois, ça ne faisait pas bien, et les officiers eux-mêmes se grattaient la tête en se demandant que faire. Je sautai alors aussitôt sur l'aubaine. Je me disais en effet : puisqu'il y a des chevaux, on doit bien recevoir de l'argent pour les nourrir ; si je voulais que mes enfants fassent leurs études, c'était un risque à courir ; avec le *yuan* environ que je pourrais prendre sur la nourriture du cheval, mes gosses pourraient au moins aller à l'école traditionnelle. En soi, ce n'était pas un tellement bon calcul, mais, ce faisant, je risquais ma vie, car je ne savais absolument pas monter à cheval. Je me portai néanmoins volontaire, et quand l'officier auquel je m'étais adressé me demanda si je savais ou non monter à cheval, je lui répondis ni oui ni non.

Voyant alors qu'il ne trouvait personne d'autre, l'officier lui-même ne chercha pas à en savoir davantage.

Aux courageux, rien d'impossible. La première fois que je me suis trouvé devant le cheval, j'avais tout bien considéré : ou bien je me tuais en tombant, et dans ce cas les enfants iraient à l'orphelinat, ce qui, à mes yeux, n'était pas plus mal que de rester à la maison ; ou bien je ne me tuais pas et, bon, ils pourraient faire des études. Le résultat, c'est que je n'ai plus eu peur du cheval et que c'est donc lui, comme il se doit, qui eut peur de moi. Par ailleurs, j'avais de bonnes jambes et l'esprit prompt, ce qui fait qu'après avoir tenu un moment la longe aux trois autres qui savaient monter, j'en avais déjà appris pas mal sur l'art équestre. Ayant trouvé un cheval bien pépère, je fis alors mes premiers essais : j'avais les mains toutes moites, mais je dois dire que j'ai eu tout de même le dessus. Les premiers jours, j'en ai vraiment bavé, j'avais tout le corps qui partait en morceaux et le derrière en sang. J'ai alors serré les dents, et quand la plaie fut guérie, je me suis senti encore plus de courage, j'ai même découvert le plaisir qu'on peut avoir à monter à cheval. Lorsque, lancé au grand galop, j'allais aussi vite que la voiture, je pouvais au moins prétendre avoir dompté un animal.

J'avais dompté ma monture, mais j'avais aussi risqué inutilement ma peau, car ce n'était pas moi qui touchais l'argent pour le fourrage. Comme Son Excellence avait plus d'une dizaine de chevaux, il y avait quelqu'un pour s'en occuper spécialement et je n'avais donc rien à y voir. Pour un peu, j'en serais tombé malade de rage. Mais j'ai repris espoir peu de temps après. En effet, les fonctions de Son Excellence étaient si importantes et si nombreuses qu'il n'avait même pas le temps de rentrer manger chez lui. Aussi, quand nous allions avec lui, nous en avions pour la journée. Lui, bien entendu, était partout convié à déjeuner, mais nous ? On en a discuté une fois entre nous quatre et on a décidé de négocier la chose avec lui, de façon que partout où il allait déjeuner, nous ayons aussi de quoi manger. Son Excellence était un homme plutôt bienveillant, chez qui la passion des chevaux et l'amour des apparences allaient de pair avec une certaine sollicitude vis-à-vis de ses serviteurs. Il accepta aussitôt notre demande. Or ça, c'était tout de même un avantage intéressant. Cela revenait tout simplement à nous faire économiser la moitié de l'argent que nous dépensions chaque mois pour nous nourrir. J'étais ravi !

Son Excellence, ai-je dit, aimait beaucoup les apparences. Ainsi, lorsque nous avons été discuter avec lui de cette question de déjeuner, il en a profité pour nous regarder un peu sur toutes les coutures et, quand il a eu fini, il a agité la tête et s'est mis à marmonner : « Mais ça ne va pas ! » J'ai cru alors qu'il voulait dire que c'était nous qui n'étions pas comme il aurait voulu ; en réalité, pas du tout. Il réclama sur-le-champ de quoi écrire et rédigea un billet qu'il nous tendit en disant : « Allez voir votre Commandant avec ça, et que dans les trois jours il ait fait ce que je lui demande ! » Nous prîmes le billet et nous nous aperçûmes en le lisant qu'en fait il demandait au Commandant de nous donner un autre uniforme : celui que nous portions d'ordinaire était en toile de coton, or, Son Excellence voulait que nous en portions un de laine, avec des galons dorés partout, au bord des manches, le long du pantalon et sur le képi ; il voulait en outre que nous changions nos simples bottes contre des bottes de cheval à genouillère, et notre fusil contre une carabine, avec en plus un pistolet pour chacun d'entre nous. A la lecture de telles exigences, nous fûmes les premiers à les trouver étrangement déplacées : chez nous, seuls les officiers de haut rang avaient droit à des tenues de laine et à des galons dorés, et il voulait que nous quatre, qui n'étions que de simples agents de police, nous en ayons aussi ! C'était insensé ! Naturellement, il n'était pas question d'aller trouver Son Excellence et de lui faire reprendre son billet, mais, en même temps, nous étions pleins d'appréhension à l'idée d'aller voir le Commandant. Celui-ci n'oserait pas s'opposer aux désirs de Son Excellence, mais il était parfaitement capable de faire retomber sa colère sur nous quatre !

Qu'est-ce que vous pariez ? Eh bien, le Commandant a lu le billet sans manifester la moindre irritation et a fait exactement ce que l'autre lui demandait. Quand je vous disais que Son Excellence était un homme puissant ! En tout cas, nous quatre, nous avions fière allure, avec nos uniformes noirs en pure laine peignée, nos galons dorés tout neufs, nos grandes bottes en cuir noir à genouillère, nos éperons étincelants, la carabine au dos et le pistolet au côté, avec une grande flamme orange retombant de l'étui ! Vraiment on pouvait dire qu'à nous quatre, nous avions accaparé tout le prestige que les agents de police pouvaient avoir dans la ville. Lorsque nous passions dans la rue, les gardiens en faction nous saluaient comme si nous avions été de grands mandarins !

Du temps où j'étais colleur, quand j'avais à préparer des effigies qui sortent un peu de l'ordinaire, je faisais toujours un grand cheval gris pommelé. Or voilà que non seulement je portais un superbe uniforme, mais qu'à l'écurie j'avais pu justement choisir un cheval gris pommelé, qui était si capricieux qu'il prenait le mors aux dents dès qu'il apercevait quelqu'un. Si j'avais pris celui-là, c'était précisément parce que j'en avais fabriqué de semblables, et le moment était venu d'en monter un vrai ! Il était vraiment superbe ! Peu commode, mais quand il se mettait à galoper, il faisait réellement bonne figure, baissant la tête, avec un peu d'écume blanche au coin de la bouche, la crinière agitée par le vent comme des épis de blé au printemps, les deux oreilles dressées comme des petites calebasses, et je n'avais qu'à mettre le pied à l'étrier pour qu'il s'envole ! Dans ma vie, je n'ai jamais connu de véritable satisfaction, mais je dois reconnaître qu'à monter ce grand cheval gris pommelé, j'éprouvais beaucoup de fierté et de plaisir !

Pour une fois, le travail nous plaisait : il faut dire qu'avec un tel uniforme et de pareils chevaux, on aurait eu mauvaise grâce à se plaindre ! Hélas ! Nous n'avions pas porté plus de trois mois notre nouvelle tenue que Son Excellence était dégommée ! L'unité des gardes du corps fut même dissoute, et je redevins agent de troisième classe.

XIII

Pourquoi avait-on dissous l'unité dont nous faisions partie ? Je l'ignore. Tout ce que je sais, c'est que j'ai été affecté au bureau central et que j'ai reçu une médaille en bronze plaqué, qui semblait récompenser mes services antérieurs dans les résidences privées. A mon nouveau poste, je fus successivement chargé des registres d'état civil, des livres d'imposition des commerçants, du tour de garde devant la porte principale et de la surveillance du magasin d'uniformes. Au bout de deux ou trois ans, je savais à peu près tout ce qui se faisait dans un bureau. En comptant l'expérience que j'avais acquise auparavant, ma compétence était devenue quasiment universelle, et je n'ignorais plus rien de ce qu'un policier, en service extérieur comme dans l'administration, doit savoir. En matière de police, j'étais un vrai professionnel. N'empêche qu'il m'a fallu attendre jusqu'à ce moment-là et faire plus de dix ans de service pour passer agent de première classe, avec neuf *yuans* de solde par mois !

Les gens croient probablement que des agents de police, il n'y en a que dans la rue et que ce sont des jeunots qui se mêlent de ce qui ne les regarde pas. En fait, il y en a aussi une foule chez nous qu'on ne voit pas et qui travaillent dans les bureaux et les commissariats. Si un jour il y avait une revue générale, vous en verriez de très bizarres : des bossus, des myopes et des édentés, des estropiés, tous plus ou moins difformes. Ces êtres étranges n'en constituent pas moins le gratin de la police, car il s'agit de gens compétents et expérimentés, qui savent lire et écrire, et ce sont eux qui ont en main tous les documents officiels et les dossiers et connaissent toutes les astuces pour régler une affaire. S'ils n'étaient pas là, ce serait la pagaille parmi les agents de rue. Pourtant, ces gens-là ne seront jamais promus. Ils passent leur temps à traiter des affaires d'autrui, mais, personnellement, ils n'ont pas le moindre avenir devant eux, n'ayant de leur vie aucune occasion de se faire remarquer ou de se mettre en valeur. Ils ont beau se taper toute la besogne, quand ils sont trop vieux pour pouvoir bouger de leur trou, ils sont toujours agents de première classe et leur solde n'augmente pas d'un *yuan* jusqu'à la fin de leur carrière.

Chaque fois que vous voyez dans la rue des gens habillés d'une robe de coton gris impeccable mais qui portent toujours des chaussures de simples agents de police, en traînant les talons comme s'ils n'avaient pas la force de soulever leurs pieds, vous pouvez être sûr qu'ils appartiennent à la catégorie que je viens de définir. Parfois, il leur arrive à eux aussi d'aller boire un coup dans un bistrot en grignotant quelques cacahouètes ; toujours très corrects, ils avalent leur tord-boyaux avec des soupirs entre chaque gorgée. Ils ont déjà des cheveux blancs, mais ils se rasent de si près qu'on dirait des eunuques. Ce sont des hommes très stricts, courtois et qui connaissent leur métier, mais le fait est que, même en dehors des heures de service, ils n'ont que ces affreux godillots à se mettre !

A force de travailler avec tous ces gens-là, j'ai appris des tas de choses, mais, en même temps, je n'avais qu'une peur, c'était de finir comme eux, car toute l'estime qu'on pouvait avoir pour eux n'empêchait pas qu'ils faisaient terriblement pitié ! En les voyant, il m'arrivait souvent d'avoir le cœur si serré que je ne pouvais plus rien dire pendant un bon bout de temps. C'est vrai que j'étais plus jeune qu'eux et sans doute plus intelligent, mais avais-je tellement plus d'espoir de m'en sortir ? Et quand je dis que j'étais plus jeune, j'avais déjà trente-six ans !

Ces années passées au commissariat ont néanmoins eu aussi un avantage : j'étais bien tranquille. Or, c'était une époque où tous les ans, au printemps ou à l'automne, on pouvait être sûr qu'il y aurait une guerre. Je ne vais pas raconter tout ce que les gens ont eu alors à subir : je dirai seulement que les agents de police en ont vu de toutes les couleurs. Dès que la guerre éclatait, les soldats redevenaient aussi terribles que le Dieu de l'Enfer, et les agents de police n'avaient plus qu'à s'écraser ! Toutes les réquisitions, qu'il s'agisse de nourriture, de voitures, de chevaux, d'hommes ou d'argent, c'était la police qui en était chargée, et on ne tolérait pas le moindre délai de livraison. On réclamait comme ça du jour au lendemain dix mille livres de galettes, et les agents devaient aussitôt se rendre à la queue leu leu chez tous les marchands de nouilles et dans tous les endroits où on fabriquait des *shaobings* pour réunir les galettes en question ; quand ils les avaient, il fallait encore forcer les balayeurs de rue à les porter au camp des militaires, et je ne compte pas les gifles reçues en retour !

Si encore il avait été seulement question d'être les domestiques de ces messieurs les soldats, ça aurait été. Mais c'est qu'ils se croyaient tout permis. Partout où il y avait de la police, ils ne pouvaient s'empêcher de foutre du désordre, ce qui irritait vivement les agents, car ils ne savaient jamais s'ils devaient ou non intervenir. Qu'il y ait des gens stupides sur terre, je le comprends, mais la stupidité des soldats est une chose que je n'arrive pas à m'expliquer. Pour un instant de gloire, ils sont prêts à toutes les folies ; qu'ils perdent la tête, passe encore, à condition qu'ils n'en fassent pas les frais eux-mêmes. Or, ça, c'est une chose qu'ils ne voient même pas : nulle part au monde vous ne trouverez des gens aussi bêtes !

Prenons par exemple mon cousin. Il y avait dix ans qu'il était dans l'armée, il était même lieutenant les dernières années ; normalement, il y a des choses qu'il aurait dû saisir. Eh bien ! non ! L'année où on commença à se battre, il ramena une dizaine de prisonniers à son camp. Tout content, il marchait en tête de la colonne, et il se serait volontiers pris pour un empereur. Les gars qu'il commandait se demandaient bien pourquoi on n'avait pas commencé par désarmer les prisonniers, mais lui n'avait pas cru bon de le faire et bombait le torse d'un air assuré. Au milieu du chemin, un coup de feu partit de l'arrière, et il se retrouva aussitôt mort sur la chaussée. Il était mon cousin et je ne pouvais évidemment pas avoir souhaité sa mort. N'empêche que devant une telle bêtise, je fus incapable d'en vouloir à celui qui l'a tué. Cet exemple vous montre en tout cas combien les soldats sont des gens impossibles. Si vous leur dites de ne pas heurter un mur avec leur voiture, eh bien ! vous pouvez être sûr qu'ils iront se jeter dessus, quitte à se tuer, car il n'est pas question qu'ils vous écoutent !

Ainsi, le seul avantage que j'aie eu durant ces années-là fut d'échapper aux dangers et aux humiliations qu'on rencontre en temps de guerre. Naturellement, avec la guerre, le prix du riz et du charbon augmentait et les agents de police en souffraient comme tout le monde ; mais il fallait bien que je m'estime heureux puisque je pouvais être tranquillement assis au bureau et que je n'avais pas à aller dehors pour faire face aux soldats. Pourtant, je craignais de m'éterniser dans le même bureau toute ma vie et de n'avoir jamais l'occasion de percer. Pour grimper, il fallait avoir du piston, ou, à défaut, pouvoir aller à l'extérieur pour procéder à des arrestations et à des enquêtes ; or, non seulement je n'avais pas de piston, mais je n'avais pas non plus d'occasion de retourner dans la rue. Dans ces conditions, comment aurais-je pu obtenir la moindre promotion ? Plus je songeais à mon avenir, plus je me faisais du souci.

XIV

L'année de mes quarante ans, la fortune finit tout de même par me sourire : je fus nommé inspecteur ! J'aurais pu compter mes années d'ancienneté, toute la peine que je m'étais donnée, et comparer ça avec ce que gagnait un inspecteur, mais à quoi bon ? Ce qui m'intéressait, c'était seulement le sentiment d'avoir enfin de la chance ! Un gosse qui a ramassé un vieux truc peut très bien jouer longtemps avec : ça suffit à le rendre heureux. Avec les grandes personnes, il en va de même, car, autrement, la vie serait impossible. Mais à y regarder de plus près, les choses étaient loin de se présenter aussi bien. J'avais été promu, mais, à dire vrai, un inspecteur ne touche que quelques *yuans* de plus qu'un agent et cette augmentation est minime, en comparaison des responsabilités énormes qui sont désormais les siennes !

Vis-à-vis de ses supérieurs, un inspecteur a le devoir de ne jamais s'exprimer sans y mettre les formes requises ; vis-à-vis de ses subordonnés, notamment à l'égard de ses anciens collègues, il doit faire preuve à la fois de perspicacité et de cordialité. Au bureau, il a toujours des rapports à remplir et, au-dehors, des affaires à régler sans manifester ni faiblesse ni dureté. Au total, c'est beaucoup plus difficile que d'être à la tête d'une sous-préfecture. En effet, on peut dire qu'un sous-préfet est un empereur là où il est, alors qu'un inspecteur ne jouit pas de la même considération : il a non seulement des affaires à traiter sérieusement, mais d'autres à expédier tant bien que mal, et, dans les deux cas, il suffit d'un simple oubli pour avoir des ennuis. Or, quand un inspecteur a des ennuis, c'est vraiment la tuile, car autant il est difficile d'être promu, autant il est facile d'être rétrogradé. Et quand on a été inspecteur et qu'on se retrouve simple agent quelque part, on est plutôt mal accueilli : les collègues ne sont pas tendres ! Toi qui as été inspecteur, et patati et patata, les commentaires vont bon train. Quant aux supérieurs, lorsqu'ils voient que vous êtes une forte tête, ils font exprès de vous créer des ennuis et s'il y a une chose qu'on ne peut pas accepter, c'est bien celle-là. En réalité, il n'y a plus rien à faire. Si par malheur on est rétrogradé, le mieux est encore de plier bagage et de s'en aller, de ne plus avoir à manger de ce pain-là. Mais voilà, j'étais passé inspecteur seulement à quarante ans, et s'il m'avait alors vraiment fallu plier bagage, je ne sais pas comment j'aurais pu me retourner.

Si je m'étais dit tout ça à l'époque, je me serais fait immédiatement des cheveux blancs. Heureusement, je n'y songeais pas ; tout à la joie de ma promotion, je me refusais à en voir autre chose que les bons côtés. Je me disais même que passer inspecteur à quarante ans, puis commissaire, disons, à cinquante, prouvait qu'on n'avait pas perdu son temps dans le service. Pour quelqu'un qui, comme moi, n'avait pas fait d'études et n'avait pas beaucoup de piston, pouvoir passer commissaire, ce n'était tout de même pas rien ! A cette idée, je me dépensais sans compter et j'aurais tout fait pour garder ce poste que je couvais comme un vrai trésor.

N'empêche qu'au bout de deux ans comme inspecteur, je me suis vraiment fait des cheveux blancs. Non pas que j'aie tout envisagé en détail, mais parce que tous les jours je me faisais du souci, par peur d'avoir mal réglé une affaire et d'encourir une sanction. Dans la journée, je travaillais avec le sourire et j'étais de bonne humeur ; mais le soir j'avais sans arrêt des insomnies : je songeais tout d'un coup à quelque chose et j'étais comme pris de panique, je retournais le problème en tous sens, mais, faute d'arriver à une solution, je ne parvenais plus à retrouver le sommeil.

En dehors de mon travail au bureau, je me faisais aussi du souci pour mes enfants. Le garçon avait déjà vingt ans et la fille dix-huit. Fu Hai, c'est mon fils, avait été à l'école un peu partout : à l'école traditionnelle, à l'école pour enfants pauvres et à l'école publique, mais jamais plus de quelques jours. Pour les caractères, au total, il était peut-être seulement capable de lire le deuxième volume du manuel de chinois de l'enseignement primaire. En revanche, pour les farces de mauvais goût, il était très fort, car il avait appris toutes celles qui avaient cours dans les trois écoles, et si les farces avaient été au programme, il aurait sûrement eu la note maximale. Naturellement, comme il n'avait plus eu de mère dès son plus jeune âge et que j'étais pris toute la journée au-dehors, il n'en faisait qu'à sa tête. Je ne lui en voulais pas plus à lui qu'à personne ; j'incriminais seulement le sort qui ne m'avait pas permis d'être riche et de lui donner une bonne éducation. On ne peut pas dire que je me suis mal conduit avec mes enfants, puisque je ne me suis jamais remarié et qu'ils ne peuvent pas me reprocher de leur avoir imposé une belle-mère. Quant au fait que dans la vie je n'ai pas eu de chance et que je n'ai pu devenir autre chose qu'agent de police, ce n'était absolument pas de ma faute : on n'est pas plus fort que le Ciel.

Physiquement, Fu Hai était plutôt grand ; il mangeait donc comme quatre. Parfois, après avoir englouti trois grands bols de nouilles à la purée de sésame, il ne se disait toujours pas rassasié ! A ce régime, ce n'était pas deux pères comme moi qu'il lui aurait fallu, c'était trois ! Je n'avais pas les moyens de l'envoyer à l'école secondaire ; de toute façon, avec les qualités qui étaient les siennes, il n'aurait pas été admis. Il me fallut donc lui trouver du travail. Mais que pouvait-il bien faire ? Depuis toujours, je m'étais dit : plutôt que de devenir agent de police, autant que mon fils tire un pousse ; la police, ça suffit ! J'y ai passé toute ma vie et trouvais inutile de rendre la fonction héréditaire ! Quand Fu Hai a eu douze ou treize ans, je lui ai dit d'aller apprendre un métier, mais il a tellement protesté qu'il n'y a rien eu à faire. Devant son refus, je me suis dit alors qu'on en reparlerait quand il aurait deux ans de plus. Vis-à-vis d'un enfant qui n'a plus sa mère, on ne peut s'empêcher d'éprouver une tendresse particulière.

Lorsqu'il a eu quinze ans, je lui ai trouvé une place d'apprenti. Il n'a pas refusé d'y aller, mais dès que j'ai eu le dos tourné, il est revenu en courant à la maison.

Et chaque fois que je l'accompagnais, c'était pareil : il revenait subrepticement. Le mieux, dans ces conditions, était d'attendre qu'il soit encore un peu plus grand : peut-être qu'il aurait alors changé d'idée et que ça marcherait. Hélas ! Entre quinze et vingt ans, il est resté là à ne rien faire, à manger et à boire, un vrai fainéant. Finalement, quand je l'ai forcé à me répondre en lui disant : « Mais enfin, qu'est-ce que tu veux faire ? Parle ! » il a baissé la tête et dit qu'il voulait être agent de police ! Il trouvait que porter un uniforme et se promener dans les rues était un moyen commode de se distraire tout en gagnant de l'argent, sans comparaison avec la vie d'un apprenti, qui est toujours enfermé entre les quatre murs de son atelier. Je n'ai rien dit, mais ça me crevait le cœur. Je lui ai fait une recommandation et il est entré dans la police. Que ça me plaise ou non, c'était une autre affaire, mais au moins il avait un travail et ça valait mieux que de continuer à vivre à mes crochets. Tel père, tel fils, c'était bien le cas de le dire, encore qu'il fût certain qu'il n'irait pas aussi loin que moi. Au moins, à quarante ans, j'étais passé inspecteur, tandis que lui, à quarante ans... Si on ne le flanquait pas à la porte avant, ce serait déjà bien ! Y avait pas d'illusion à se faire ! Si je ne m'étais pas remarié, c'est que j'étais capable de me résigner. Mais lui, d'ici peu, il faudrait le marier. Et avec quoi ferait-il vivre sa famille ? Quand je le vis donc s'engager dans cette voie, j'ai eu le cœur gros.

Quant à ma fille, qui avait alors dix-huit ou dix-neuf ans, elle ne pouvait pas rester éternellement chez moi. Le mieux était évidemment de s'en débarrasser en la mariant au plus vite. Mais avec qui ? Encore avec un agent de police ? Je n'allais tout de même pas fonder une dynastie d'agents de police ! Mais, en réalité, je ne pouvais vraiment pas faire autrement. Elle n'était pas particulièrement jolie, elle n'avait guère d'instruction puisqu'elle avait perdu très tôt sa mère et savait tout juste quelques caractères, et tout ce que je pouvais lui donner en guise de trousseau, c'était deux robes de coton d'importation. Sa seule qualité était finalement de ne pas rechigner à la peine. Une fille d'agent de police ne pouvait épouser qu'un agent de police, c'était écrit, on n'y pouvait rien !

Je me résignai donc à la donner en mariage, me disant qu'une fois que j'en serais débarrassé, j'aurais au moins un moment de tranquillité. Non pas que je fusse insensible, mais vous imaginez bien que si je l'avais gardée chez moi au-delà de vingt ans, elle aurait risqué d'y rester indéfiniment. Je crois du reste avoir toujours été correct avec les gens, mais je n'ai guère été payé de retour. Ce n'est pas que je veuille toujours ressasser les mêmes plaintes, mais je tiens à dire les choses telles qu'elles sont, pour que tout le monde puisse juger.

Le jour de son mariage, j'ai eu vraiment envie de m'asseoir là où je me trouvais pour pleurer. Mais je n'ai pas pleuré : il y avait si longtemps que cela ne m'était pas arrivé que j'avais les yeux pleins de larmes, mais elles ne parvenaient pas à couler.

XV

Mon fils travaillait, ma fille était mariée : je me dis que rien ne m'empêchait plus de prendre un peu le large. Si une occasion se présentait, j'étais prêt à lâcher sans hésiter mon poste d'inspecteur, rien que pour voir un peu ce qui se passait ailleurs. Riche ou pas, je ne pouvais tout de même pas rester fourré toute ma vie dans le même bureau ! L'occasion, de fait, se présenta. Vous vous souvenez de Son Excellence M. Feng ? Eh bien, il avait été nommé en province. Ça sert quelquefois d'aimer la lecture des journaux. Dès que j'ai vu la nouvelle, je suis allé le trouver et je lui ai demandé de m'emmener avec lui. Il se souvenait encore de moi et il fut d'accord. Il me dit d'engager trois autres garçons dégourdis pour qu'on soit quatre à l'accompagner lors de sa prise de fonctions. Pour me ménager éventuellement une échappatoire, je le priai de demander lui-même au bureau de la police les quatre hommes dont il avait besoin, afin qu'on les place en service détaché. Je me disais en effet que si plus tard les affaires tournaient mal, j'éviterais ainsi que mes amis ne m'en veuillent, et nous pourrions reprendre notre place : tous les ponts ne seraient pas coupés. Il trouva mon idée excellente et obtint du bureau les quatre hommes qu'il voulait.

J'étais vraiment aux anges. Avec la compétence et l'expérience que j'avais, j'étais sûr que là-bas je pourrais faire un très bon chef de la police, cela dit sans vouloir me vanter. Un chien finit toujours par obtenir ce qu'il désire, un homme à plus forte raison. Cela représentait pour moi le comble des honneurs et je me disais qu'à quarante ans passés, ça n'était pas trop tôt.

En effet, un ordre arriva : j'étais nommé chef de la garde. J'étais fou de joie.

Hélas ! Je ne sais par quelle malchance : la mienne ou celle de Son Excellence ? M. Feng n'avait même pas encore rejoint son poste qu'il fut démis de ses fonctions. On s'était vraiment réjoui un peu trop tôt ! Heureusement que nous étions tous les quatre en service commandé et que nous n'avions pas démissionné de la police ! Cette fois encore, Son Excellence nous remit à la disposition du bureau dont nous dépendions. Pour ma part, non seulement je l'avais mauvaise, mais je me faisais du souci en me demandant si je serais à nouveau inspecteur une fois de retour au bureau : rien que ça m'a fait sérieusement maigrir.

Par bonheur, j'ai été chargé de garder le bureau de prévention des épidémies : au total, on était six et c'était moi le chef. Comme poste, c'était pas mal : on n'avait pas grand-chose à faire, et le bureau nous payait les repas. Je ne suis pas certain, mais il est probable que Son Excellence était intervenue en ma faveur. Comme je n'avais plus à payer mes repas, j'en ai profité pour commencer à mettre de l'argent de côté, en vue du mariage de Fu Hai : c'était la dernière chose qu'il me restait à faire pour mes enfants, et le plus tôt serait le mieux !

A quarante-cinq ans, j'ai marié mon fils avec une jeune fille dont le père et le frère aîné étaient tous les deux agents de police. Au fond c'était pas plus mal que toute la famille, la mienne comme la leur, les jeunes comme les vieux, soit dans la police : en nous réunissant, nous aurions pu constituer un poste à nous tout seuls !

L'homme a parfois un comportement étrange. Ainsi, je ne sais pourquoi, après le mariage de mon fils, j'ai cru bon de me laisser pousser la moustache. Sur le moment, je n'ai pas réfléchi à ce que je faisais : j'ai tout bonnement laissé pousser ma moustache rien que pour avoir l'air qui convient à un beau-père. Je trouvais du reste qu'avoir une petite moustache noire et se bourrer de temps en temps une pipe avec du tabac de Mandchourie, ça faisait très bien. Après tout, ma fille et mon fils étaient mariés, mes propres affaires marchaient bien, pourquoi me serais-je refusé ce plaisir ?

Hélas ! C'est cette moustache qui a causé ma perte. Le chef du bureau central ayant brusquement changé, le nouveau inaugura ses fonctions en passant en revue tous les agents de police de la ville. C'était un ancien militaire, qui, en dehors de « Garde à vous ! Fixe ! » et

« En colonne par un ! », ne comprenait rien à rien. Or, comme je l'ai déjà dit, dans les bureaux comme dans les postes de quartier, il y avait beaucoup de vieux bonshommes, d'aspect misérable, mais pleins d'expérience à force de traiter les mêmes affaires pendant des années. Je me trouvais sur les mêmes rangs qu'eux, car comme la garde du bureau des épidémies ne dépendait pas d'un poste de quartier, on l'avait mise pour la revue avec les gens des bureaux.

Pendant que nous nous mettions en rangs, en attendant d'être passés en revue, je m'étais mis tout naturellement à bavarder et à rire avec tous ces vieux types. Nous avions tous le sentiment que, comme les affaires importantes, c'était nous qui les traitions et que nous connaissions tous les dossiers, personne n'oserait nous flanquer à la porte. Le fait de ne pas avoir d'avancement était déjà un ennui suffisant. Nous avions évidemment un certain âge mais nous n'en faisions pas moins qu'avant ! On a beau dire que les vieux ne servent plus à rien, nous étions dans le service au moins depuis quinze ou seize ans, et quand nous étions jeunes, nous avions dépensé toute notre énergie au service de la collectivité : un argument comme celui-là ne nous donnait-il pas droit à quelque considération ? On ne jette pas son chien dehors sous prétexte qu'il est vieux. Voilà en tout cas ce que tous nous pensions. Nous ne nous faisions donc pas de souci, persuadés que le nouveau chef du bureau de la police se contenterait de nous inspecter de loin.

Le chef arriva donc : c'était un grand gaillard, la poitrine couverte de décorations, qui bondissait en criant : on aurait dit un vrai robot. Mon cœur se mit à battre très fort. Sans suivre l'ordre prévu pour l'inspection, dès qu'il aperçut notre rangée, il se précipita vers nous comme un tigre affamé sur sa proie. Les jambes écartées et les mains derrière le dos, il hocha la tête en nous regardant. Puis, d'un bond, il se retrouva devant nous ; saisissant un vieux secrétaire par le ceinturon, il le tira en avant, comme dans un combat corps à corps, et le secoua plusieurs fois comme un prunier avant de le relâcher brusquement. Le vieux secrétaire tomba alors les quatre fers en l'air, et le chef lui cracha deux fois dessus en disant : « Ça n'a pas le ceinturon serré et ça prétend être agent de police ! Qu'on l'emmène et qu'on le fusille ! » Nous savions bien que même un homme comme celui que nous avions devant nous n'irait pas jusqu'à faire fusiller les gens. N'empêche que nous étions tout pâles, mais pas de peur, de colère. Le vieux secrétaire était assis par terre, tremblant de tous ses membres. Le chef nous regarda à nouveau, puis traça du doigt une longue ligne en criant : « Foutez tous le camp, je ne veux plus vous voir ! Dire que des types comme vous étaient agents de police ! » Mais ces mots ne suffirent sans doute pas à apaiser sa colère, car il revint en courant devant nous en hurlant à se fendre le gosier : « Que tous les moustachus ôtent leurs uniformes et rompent sur-le-champ ! » En fait, je n'étais pas le seul à m'être laissé pousser la moustache ; il y en avait d'autres, mais nous étions tous inspecteurs ou officiers, car autrement nous n'aurions jamais osé nous laisser pousser ces maudits poils de barbe.

Voilà donc les circonstances dans lesquelles j'ai été vidé après plus de vingt ans de service. En réalité, j'avais beau avoir dépassé les quarante ans, je n'avais pas l'air du tout décrépit, et je ne sais vraiment pas ce qui m'avait pris de me laisser pousser la moustache ! Tout ça pour vous dire que vous pouvez, quand vous êtes encore jeune, vous vendre pour seulement six ou sept *yuans*, avoir un fils qui ne pourra pas faire d'études ni recevoir d'éducation parce que vous êtes un simple agent de police, et une fille qui, pour la même raison, sera obligée d'épouser un malheureux et de manger des *wowotous* toute sa vie, et après ça, vous retrouver, simplement parce que vous vous êtes laissé pousser une petite moustache, absolument sans rien, sans un sou d'indemnité ou de pension : on vous jette à la porte après vingt ans de service comme si vous étiez une vieille brique encombrant le passage ! Jusqu'à cinquante ans, vous ne pouvez mettre un radis de côté, et encore heureux si vous avez vos trois repas par jour ; après, vous n'avez pas d'autre solution que de vous jeter dans la rivière ou vous pendre. Car c'est comme ça que finissent habituellement les agents de police.

Je n'avais pas commis la moindre peccadille en vingt ans de service et voilà comment j'ai dû un jour plier bagage ! Mes collègues, quand je suis parti, m'ont accompagné les yeux pleins de larmes, mais moi je souriais encore. Il y a tant d'injustices sur terre, autant garder mes larmes pour moi !

XVI

La vie des gens pauvres, contrairement à ce qu'imaginent les professionnels de la charité publique, ce n'est pas avec quelques bols de bouillon de riz qu'on peut la sauver : ça ne fait que prolonger de quelques jours leur misérable existence et, tôt ou tard, ils devront mourir. Avec le passé que j'ai, c'est un peu pareil : ça m'aide à trouver un petit boulot et à endurer un peu plus longtemps ma misère ; mais je suis condamné à être toujours agent de police et rien d'autre : c'est comme une tache ou une verrue que j'aurai toujours sur la peau. Je n'aime pas dire que j'ai été agent de police, et je n'aimerais pas le redevenir, mais ce qu'il y a de terrible, c'est que, si je ne le disais pas, je n'aurais même pas de quoi manger ! En fait, je ne restais pas longtemps sans travail : sur la recommandation de Son Excellence Feng, j'ai été responsable d'un dispensaire dans une mine, puis chef du bureau de police local : après tout, j'avais de la chance. Ce fut pour moi l'occasion de mettre en œuvre mes talents et tout ce que j'avais appris auparavant. Ainsi, l'expérience accumulée pendant vingt ans de service me permit de contrôler étroitement les ouvriers de la mine. Chaque fois qu'ils se réunissaient pour jouer ou qu'ils se battaient, chaque fois qu'ils faisaient grève, créaient des ennuis ou simplement avaient bu un coup de trop, je n'avais qu'à ouvrir la bouche pour les faire fléchir et régler l'affaire comme il fallait. Quant à mes collègues, c'était à moi que revenait la charge de leur entraînement. Ils avaient tous servi dans la police, soit que je les aie moi-même engagés, soit qu'ils fussent venus d'ailleurs. Mais cela ne facilitait pas tellement ma tâche car ils n'étaient pas ignorants en la matière et ils m'attendaient souvent au tournant. Ça ne me faisait pas peur, car j'avais travaillé dans tous les secteurs de la police et je n'ignorais rien de ce qui se fait à l'intérieur comme à l'extérieur des bureaux. J'avais une telle expérience que, finalement, ils n'ont pas réussi à me coincer. J'avais en fait réponse à tout, et je ne dis pas ça pour me vanter.

Si j'avais pu passer là plusieurs années, je suis sûr que j'aurais pu au moins réunir l'argent nécessaire à l'achat d'un cercueil, car je gagnais à peu près autant qu'un officier de police et à la fin de l'année j'aurais pu toucher une prime. Mais voilà : je venais juste de travailler six mois et de commencer à mettre de l'ordre un peu partout, quand, hélas ! on m'a chipé la place, sous prétexte que j'étais trop vieux et que je faisais trop sérieusement mon travail. Ainsi j'aurais dû fermer les yeux et laisser les collègues s'en mettre un peu dans leurs poches, au lieu de susciter leur acrimonie en les surveillant constamment. Pour le travail extérieur, c'était pareil : j'étais beaucoup trop consciencieux ; je voulais qu'au moins dans cet endroit-là tout soit fait impeccablement. Or, comme je l'ai déjà dit, quand le peuple n'est pas vraiment le peuple, la police ne sert à rien, car plus elle fait bien son travail, plus on lui en veut. Naturellement, si on m'avait laissé à mon poste plusieurs années, tout le monde aurait probablement reconnu que la police sert à quelque chose. Le malheur, c'est qu'on n'a pas attendu pour me flanquer à la porte que j'aie remis de l'ordre partout.

Dans la société actuelle, il y a une chose que j'ai comprise à présent : on expédie les affaires exactement comme on distribue leurs godillots aux agents de police. S'ils sont trop grands, tant pis pour toi ! Trop petits et comprimant le pied, va te faire foutre ! On peut avoir tout bien réglé, on n'arrivera jamais à satisfaire tout le monde : il y en aura toujours pour vous lancer leurs godillots à la figure. Ce qui m'a perdu cette fois-là, c'est d'avoir oublié la précieuse recette du je-m'en-foutisme. J'ai dû donc à nouveau plier bagage.

Mais ce coup-là, je suis resté sans travail pendant plus de six mois. Or, depuis que j'avais été apprenti, j'avais toujours eu quelque chose à faire et j'ignorais ce que c'est que de tirer sa flemme. J'allais alors sur mes cinquante, mais, au physique comme au moral, je n'avais rien à envier à des types plus jeunes. Comment accepter, dans ces conditions, de rester là à ne rien faire ? Du matin au soir, en l'absence de toute activité sérieuse et de tout espoir, je vivais comme le soleil qui n'a pas d'autre activité que de passer d'est en ouest ; et encore, le soleil, lui, sert à éclairer le monde, alors que moi, je broyais sans cesse du noir. Une telle oisiveté m'exaspérait, me mettait hors de moi et je me dégoûtais moi-même. Mais pas moyen de trouver le moindre boulot ! Quand je songeais à mon activité et à mon expérience passées, je ne pouvais même pas y trouver un motif de consolation, puisqu'elles ne m'avaient pas permis de mettre le moindre argent de côté pour mes vieux jours et que j'étais sur le point de crever de faim. Je n'acceptais pas non plus de vivre aux crochets d'autrui, étant donné que j'avais encore toutes mes facultés et que je voulais gagner ma croûte tout seul. Comme un voleur, je restais toujours en alerte et je me précipitais à la moindre nouvelle, mais je revenais toujours bredouille et la tête basse. Dans ces conditions, une mort accidentelle aurait même été la bienvenue, vu que la société ne semblait pas attendre ma mort pour m'enterrer vivant ! De fait, j'avais, en plein jour, l'impression que mon corps s'enfonçait lentement dans la terre. Pourtant je n'avais aucun crime sur la conscience, mais tel était le châtiment qui m'était réservé ! Je passais ainsi toute la journée, serrant ma pipe entre les dents, pour le seul plaisir de faire semblant en l'ayant à la bouche, car elle était vide. Ma vie elle-même n'était du reste qu'un semblant de vie et spécialement exposée à la risée générale.

A force de chercher, après des mois de recherches infructueuses, j'ai finalement trouvé un poste comme gabelou dans le Henan ; c'était un emploi de militaire, mais tant pis : c'était un moyen de vivre comme un autre ! Empruntant de l'argent, je préparai quelques bagages et partis aussitôt rejoindre mon poste après m'être soigneusement rasé la moustache. Au bout de six mois, non seulement j'avais remboursé ma dette, mais j'ai été promu lieutenant. Il faut dire que je dépensais moitié moins que personne et que j'abattais deux fois plus de travail. Les difficultés ne me faisaient pas du tout peur et je vivais dans la crainte de perdre une fois de plus ma place. Car quand on est au chômage, non seulement on prend facilement trois ans de plus, rien qu'à se faire du mauvais sang, mais on risque de mourir, sinon de faim, au moins d'ennui et de cafard. Quant à dire que tous les efforts que je déployais me permettraient de garder ma place, c'était loin d'être sûr.

Cependant je me figurais, une fois de plus, que, puisque j'étais capable de devenir lieutenant, je pourrais aussi bien passer capitaine, et l'espoir me reprit. Mais cette fois, je fis très attention d'agir exactement comme tout le monde autour de moi. Quand les gens se remplissaient les poches, je faisais comme eux : finis les scrupules qui gâchent tout. A l'époque où nous sommes, ils n'ont plus cours. Et puis, je me disais que si je devenais capitaine, en mettant bout à bout mes revenus officiels et les autres, j'aurais, en l'espace de quelques années, de quoi m'acheter un beau cercueil ! En fait, mes ambitions étaient limitées : ce que je voulais, c'était simplement de pouvoir travailler tant que je pourrais remuer les guibolles ; après, d'avoir un cercueil où me mettre pour éviter de me faire dévorer par les chiens errants. J'avais ainsi un œil fixé sur le Ciel et l'autre sur la Terre. Je n'étais pas indigne du Ciel, mais tout ce que je recherchais était de pouvoir reposer tranquillement sous la Terre. En cela, je ne prétendais pas du tout jouer au vieillard, car je venais tout juste d'avoir cinquante ans. Mais tous mes efforts antérieurs avaient été si vains que mon horizon se bornait à la tombe, et je comptais bien qu'en limitant ainsi mes ambitions, le Vieux Seigneur du Ciel les prendrait en considération.

Je reçus alors une lettre m'annonçant la naissance d'un petit-fils. Si je disais que la nouvelle ne m'a pas fait plaisir, ce serait monstrueux. Mais je dois pourtant avouer qu'une fois passé le plaisir de la nouvelle, j'ai été plutôt refroidi en me disant malgré moi : « Hé ! Encore un petit agent de police en perspective ! » Quand on est grand-père, normalement on ne prononce pas de paroles de mauvais augure au sujet de son petit-fils, mais, après tout ce qui m'est arrivé, peut-être qu'on m'excusera. Les enfants des riches apportent avec eux l'espoir, ceux des pauvres la gêne. Quand on a soi-même le ventre vide, on n'a que faire d'avoir des petits-enfants et une longue descendance, on ne songe pas aux grandes phrases qui ornent les portes des riches pour proclamer : « La vertu, sans fin, se transmet dans la famille et, de génération en génération, on perpétue la littérature. »

Comme j'avais à nouveau du tabac dans ma pipe, je tirais dessus tout en réfléchissant à l'avenir. Il m'apparut alors que puisque j'avais un petit-fils, mon devoir ne pouvait plus se réduire à l'acquisition d'un cercueil. Car je ne voyais pas comment mon fils, qui n'était encore qu'un agent de troisième classe, aurait pu nourrir sa famille. Lui et sa femme, ce n'était pas à moi de m'en occuper, mais le petit-fils ? Cette pensée me plongea dans la plus grande perplexité. Je me disais, en effet que je devenais chaque année plus vieux, avec de plus en plus de bouches à nourrir dans la famille, et qu'il fallait au moins leur donner à chacune des *wowotous.* J'éructais alors bruyamment, comme si quelque chose m'était resté en travers de la gorge. C'en était trop, et je décidai de ne plus y songer : une affaire comme ça, on n'en voit pas la fin et on n'a jamais fini d'en parler. La vie d'un homme est une chose limitée, mais le malheur, lui, est une chose héréditaire ! De génération en génération, les seuls trésors immortels, ce sont les *wowotous !* Si le vent et la pluie se conformaient toujours aux prévisions de la météo, il n'y aurait plus ni tempête ni orage imprévisibles. De même, si les difficultés se présentaient successivement l'une après l'autre dans l'ordre prévu, on ne parlerait plus de folles angoisses. J'étais juste en train de songer à mon petit-fils quand mon fils est mort. Et il n'est même pas mort chez lui ! J'ai dû donc aller chercher moi-même sa dépouille mortelle.

Depuis qu'il s'était marié, Fu Hai savait très bien qu'on n'obtient rien sans effort. Il avait ses limites, mais il se donnait à fond dans son travail. Lorsque je suis parti comme gabelou, il avait eu très envie de me suivre, car il pensait qu'en allant ailleurs, il aurait l'occasion de trouver peut-être une meilleure situation. Je l'avais alors arrêté, parce que je craignais, si les choses tournaient mal, de nous retrouver tous les deux sans travail et le bec dans l'eau. Mais j'avais à peine quitté la maison qu'il ne fit ni une ni deux et rejoignit Weihaiwei. Là, il gagnait deux *yuans* de plus ; en fait, ça revenait au même, étant donné qu'il devait vivre seul dans une ville qu'il ne connaissait pas, mais quand on est pauvre et qu'on a envie d'améliorer son sort, on ne voit que l'argent, on ne songe pas à faire ses comptes. C'est là en tout cas qu'il est tombé malade ; il a alors refusé de prendre des drogues, puis, finalement, il s'est alité, mais il était déjà trop tard pour les médicaments.

Quand je suis revenu avec son corps, je n'avais plus un sou en poche. Il laissait une veuve toute jeune avec un gosse qu'elle nourrissait encore au sein. Qu'est-ce que j'allais bien pouvoir faire ? Je ne pouvais plus travailler en dehors de Pékin, et, dans la capitale, je n'aurais pas retrouvé même un emploi d'agent de troisième classe, car j'avais cinquante ans et à cet âge-là, c'est fini : on est dans une impasse. J'enviais alors Fu Hai d'être mort aussi jeune : une fois mort, on ignore tous les tracas de la vie. Or, s'il avait vécu aussi longtemps que moi, il en aurait bavé tout autant, sinon plus ! Sa veuve pleurait comme si elle allait rendre l'âme, mais moi, je n'ai pas versé une larme, je ne pouvais pas : je n'étais capable que de tourner en rond dans la pièce, secoué d'un rire amer.

Ah ! c'était bien la peine de s'être donné tant de mal jusque-là ! Aujourd'hui encore, je suis obligé de me décarcasser tout autant pour trouver un peu de bouillie pour mon petit-fils. Je vais garder des maisons vides, je donne un coup de main au marchand de légumes, je travaille comme aide-maçon ou comme déménageur... : en dehors de tireur de pousse, j'aurai vraiment exercé tous les métiers ! Mais, dans tous les cas, je fais très attention à ce que je fais et me donne beaucoup de peine. A cinquante ans passés, je travaille toujours autant qu'un jeune gars de vingt ans, et pourtant je n'ai jamais dans le ventre qu'un peu de soupe et de *wowotou ;* en hiver, je n'ai même pas une bonne veste doublée de coton à me mettre sur le dos, mais je ne veux pas qu'on me fasse la charité, je veux gagner ma croûte moi-même ; j'ai bossé fièrement toute ma vie et je le ferai jusqu'à ma mort. Souvent, je n'ai rien à manger pendant toute une journée, pas de charbon pour allumer du feu, même pas une pincée de tabac à mettre dans ma pipe, mais ce n'est pas moi qui irais me vanter des services que j'ai rendus à l'Etat ; quand on peut marcher le front haut devant tout le monde et qu'on n'a rien sur la conscience, on n'a de comptes à rendre à personne. J'attends donc seulement le moment où je mourrai de faim, en me résignant à l'idée que je n'aurai pas de cercueil et que mon petit-fils et sa mère mourront aussi de faim après moi. Non vraiment : jamais je n'aurais dû être agent de police ! Souvent, je vois des ténèbres devant moi et j'ai l'impression de toucher déjà la mort ! Mais, hum ! ça ne m'empêche pas de rire comme avant, de me moquer devant tant d'intelligence et de talent gâchés en une vie, et de railler un monde terriblement injuste, dans l'espoir que, lors de mon dernier éclat de rire, le monde aura peut-être un peu changé[1] !

1. De ce récit, composé à la même époque et de la même veine que *Le pousse-pousse*, a été tiré un film tourné et joué en 1950 par Shi Hui. Les dialogues de ce dernier ont été traduits sous le titre *Ma vie (Histoire d'un agent de police de Pékin)*, Paris, 1977.

Les voisins

Mme Ming était une fine mouche. Non seulement elle avait donné à son époux des enfants, des garçons comme des filles, mais elle se faisait toujours onduler les cheveux, bien qu'elle approchât déjà de la quarantaine. Il y avait pourtant quelque chose qui, au fond, ne cessait de la tenir toute la journée en souci, la conscience d'une grave lacune : elle ne savait pas lire. Pour se racheter, elle devait se torturer l'esprit et se montrer toujours aux petits soins avec ses enfants et son mari. Les gosses faisaient donc tout ce qu'ils voulaient, car elle n'osait pas les punir ni les corriger. Elle avait le sentiment que sa place à elle était plutôt inférieure à la leur et, en présence de son mari, jamais elle n'aurait osé se fâcher contre eux. Elle n'était leur mère que pour autant que lui était leur père. Elle était ainsi obligée de faire très attention : dans la mesure où son mari était tout pour elle, comment aurait-elle pu s'en prendre à *ses* enfants ? Et elle savait très bien que s'il se mettait en colère, il était tout à fait capable de la traiter plus bas que terre : après tout, M. Ming était libre de prendre une autre femme et contre ça elle ne pouvait rien.

Encline aux soupçons comme elle était, tout ce qui était écrit la mettait mal à l'aise. Les caractères cachaient des secrets impénétrables pour elle. D'où sa haine pour toutes ces dames et demoiselles qui savaient lire. Mais, d'un autre côté, pour peu qu'elle songeât à son mari et à ses enfants, elle se disait qu'avec toute leur instruction ces dames ne la valaient pas, elle ne pouvait que reconnaître la supériorité de son intelligence, de son sort et de son rang. Elle ne permettait pas qu'on dise du mal de ses enfants ou qu'on leur reproche d'être polissons. Car dire du mal d'eux, c'était indirectement en dire d'elle, et ça, elle ne pouvait le supporter. En toutes choses elle obéissait à son mari, ensuite à ses enfants ; à part cela, elle était supérieure à tout le monde. Face aux voisins ou aux domestiques, elle ne pensait qu'à manifester sa dignité. Quand ses enfants se battaient avec d'autres, elle était capable de se jeter elle-même dans la bagarre, rien que pour qu'on sache à qui on avait affaire, pour que personne n'ignore qu'elle était Mme Ming et qu'en se montrant tyrannique elle ne faisait que refléter le pouvoir de son époux, comme la lune les rayons du soleil.

Elle détestait les domestiques, parce que ceux-ci la méprisaient. Pourtant, ils lui donnaient à tout instant du Madame Ming, mais elle leur trouvait parfois un air insolent, comme s'ils se disaient en eux-mêmes : « Une fois ôtée ta robe[1], entre toi et nous y a plus de différence, sinon peut-être que tu es plus stupide que nous ! » Et c'était un air qu'ils semblaient prendre d'autant plus volontiers chaque fois qu'elle avait planifié ses affaires dans le moindre détail. Elle avait alors envie de les bouffer, mais elle n'avait d'autre moyen de soulager sa rage que de mettre fréquemment ses domestiques à la porte.

M. Ming était un mari despotique, mais quand elle

1. *Paozi :* robe longue, portée aussi bien par les hommes que par les femmes, mais réservée aux maîtres et interdite aux domestiques.

laissait les enfants en faire à leur tête ou lorsqu'il s'agissait de se disputer avec les voisins ou de renvoyer les domestiques, il laissait à sa femme quelque liberté. Il considérait que dans ces domaines c'était à elle de représenter dignement la famille. C'était un homme plein d'orgueil et qui ne pensait qu'à son travail. Au fond de lui-même, il méprisait son épouse, mais il n'aurait pas permis qu'on eût du dédain pour elle : après tout, c'était sa femme. Il ne pouvait du reste pas en prendre une autre, car il avait pour patron un étranger dont la richesse n'avait d'égale que la conviction religieuse : il aurait suffi qu'il divorce ou qu'il prenne une concubine pour perdre aussitôt son emploi. Dans la mesure où il était lui-même obligé de se contenter de la femme qu'il avait, il ne pouvait donc tolérer que les autres la méprisent. Lui ne se gênait pas pour la battre, mais il n'était pas question qu'autrui la regarde de travers. Son absence d'amour pour elle faisait qu'il reportait toute son affection sur ses enfants et qu'il les gâtait. Comme, par ailleurs, ce qui était à lui était toujours supérieur à ce que possédait autrui, il va sans dire que ses enfants ne faisaient pas exception à la règle.

M. Ming portait la tête haute : il traitait sa femme comme il faut, aimait tendrement ses enfants, avec une bonne situation et on ne lui connaissait aucun vice. Il aurait été un saint qu'il ne se serait pas regardé autrement. N'étant l'obligé de personne, il n'avait même pas besoin d'être spécialement poli. Le matin, il se rendait à son travail et, le soir, il jouait avec ses enfants. Jamais il n'ouvrait un livre, car aucun ne pouvait rien lui apporter : il savait déjà tout. Quand il voyait un voisin sur le point de le saluer, il détournait la tête. Pour lui, le pays, la société, tout ça n'existait pas. Il avait un seul but dans la vie : amasser le plus d'argent possible, de façon à s'assurer une sécurité et une indépendance complètes, comme s'il avait été lui-même une petite montagne isolée dans la plaine.

Cependant, il avait beau se dire qu'il avait tout lieu d'être content, au fond, il n'était pas pleinement satisfait : il y avait, semble-t-il, dans son existence quelque chose qu'il ne contrôlait pas, qui lui échappait et que rien ne pouvait remplacer. C'était comme s'il avait sur le corps une tache noire, aussi parfaitement distincte qu'un menu défaut au sein du cristal. En dehors de cette tache noire, rien n'entamait son assurance et son orgueil, il était totalement transparent, absolument irréprochable. Mais le problème était que la tache ne partait pas et grandissait même dans son cœur.

Il savait que son épouse en avait connaissance. C'était même la raison pour laquelle elle était toujours aussi méfiante. Elle avait fait tout ce qu'elle avait pu pour l'éliminer, mais elle se rendait bien compte qu'avec le temps la tache devenait de plus en plus grosse. Rien qu'à voir le sourire et le regard de son mari, elle pouvait en mesurer la taille. Toutefois, elle n'osait la toucher de la main, de peur qu'elle ne fût brûlante comme les taches que l'on peut apercevoir à la surface du soleil. Mais à l'idée que cette chaleur pourrait finalement profiter à quelqu'un d'autre, elle prenait peur et se disait qu'elle ne pouvait rester là à ne rien faire.

Un jour, les gamins de M. Ming volèrent les raisins des voisins. Comme le mur mitoyen était très bas, les enfants le franchissaient souvent pour aller dérober des fleurs dans la cour d'à côté. Les voisins en question s'appelaient Yang ; c'était un jeune ménage, et ils n'avaient jamais rien dit, bien qu'ils aimassent beaucoup les fleurs. Les Ming n'avaient du reste encouragé ni l'un ni l'autre leurs enfants à commettre de tels larcins, mais lorsqu'ils étaient placés devant le fait accompli, ils préféraient encore ne pas les gronder. Des fleurs, en plus, ça n'était jamais que des fleurs, il n'y avait rien de dramatique à en cueillir quelques-unes. A leurs yeux, venir se plaindre pour si peu eût été, de la part des voisins, vraiment déraisonnable. Les Yang, de fait, ne bougèrent pas, et Mme Ming en tira la conclusion que s'ils n'avaient pas osé venir, c'était sûrement parce qu'ils avaient peur de son mari.

Celui-ci en était d'ailleurs convaincu depuis longtemps. Non pas que les deux blancs-becs aient jamais clairement manifesté leur crainte, mais pour la bonne raison que M. Ming estimait que tout le monde devait le craindre, lui qui marchait toujours la tête haute dans la rue. En outre, les Yang étaient tous les deux dans l'enseignement ; or, les profs étaient une espèce que M. Ming méprisait, les considérant tous comme de misérables lettrés sans avenir. Mais la principale raison de son aversion pour M. Yang était la beauté de Madame. Il avait beau mépriser les profs, quand ceux-ci étaient des femmes, et plutôt bien de leur personne, il les voyait toujours un peu d'un autre œil. Le fait que ce misérable de Yang avait une femme aussi belle et cent fois plus avenante que la sienne le remplissait d'une haine invincible. D'un autre côté, il se disait qu'une fille aussi jolie n'aurait pas épousé un simple prof si elle avait eu tant soit peu de jugeote, et il ne pouvait s'empêcher de haïr aussi Mme Yang. La situation n'avait pas non plus échappé à Mme Ming, qui avait remarqué que le regard de son époux se portait fréquemment en direction du petit mur. En conséquence de quoi, le vol des fleurs et des raisins lui paraissait on ne peut plus justifié : c'était une façon de punir la bonne femme. Depuis longtemps, Mme Ming attendait ce moment : pour peu que l'autre osât ouvrir la bouche, elle était prête à lui en faire voir de toutes les couleurs.

M. Yang était le type du Chinois moderne, qui ne perdait pas une occasion de montrer, par ses manières, la bonne éducation qu'il avait reçue. Lors du vol des fleurs, il ne lui serait jamais venu à l'idée de dire un mot ; il pensait sans doute que M. et Mme Ming ne manqueraient pas de venir eux-mêmes présenter leurs excuses, pour peu qu'ils eussent quelque éducation. Forcer les gens à venir s'excuser aurait été assurément leur imposer une démarche par trop humiliante. L'ennui, c'est que les Ming n'étaient jamais venus présenter spontanément leurs excuses. M. Yang n'avait pas osé se fâcher pour autant : les Ming pouvaient manquer à la correction la plus élémentaire, lui, au moins, devait garder toute sa dignité. Quand les enfants volèrent les raisins, il eut tout de même plus de peine à se contenir ; ce n'était du reste pas tant pour les raisins, que pour tout le temps qu'il leur avait personnellement consacré. Il y avait trois ans qu'il avait planté sa vigne, et c'était la première fois qu'elle donnait des fruits ! Juste trois ou quatre grappes, et les gosses les avaient toutes ramassées !

Mme Yang décida d'aller trouver Mme Ming et de lui exposer ce qui s'était passé, mais son mari, bien qu'au fond il fût très content qu'elle y allât, l'arrêta. Un homme bien élevé comme lui et, de surcroît, professeur, ne pouvait céder à la colère. L'épouse n'était pas du même avis ; elle pensait que, cette fois-ci, il fallait y aller, mais sans se départir de la courtoisie requise : on n'allait tout de même pas échanger des injures et en venir aux mains. M. Yang, craignant par ailleurs que sa femme ne le trouve trop faible, préféra donc ne pas la retenir pour de bon. Et c'est ainsi que les deux dames finirent par se rencontrer.

Mme Yang se montra très polie : « Madame Ming, si je ne me trompe ? Je suis madame Yang. »

Mme Ming savait très bien pourquoi l'autre venait et,

du fond du cœur, elle la détestait : « Ah, vous, il y a longtemps que je vous connais ! »

Toute l'éducation qu'elle avait reçue fit rougir Mme Yang, qui resta interloquée. Mais il lui fallait absolument dire quelque chose : « Ce n'est rien, mais les enfants, oh ! ce n'est pas bien grave, ont pris des raisins...

— Vraiment ? » La voix de Mme Ming prit une intonation musicale : « Tous les enfants aiment les raisins, ils trouvent ça amusant. Mais je ne leur permets pas d'en manger, seulement de jouer avec.

— Notre raisin... — le visage de Mme Yang pâlissait de rage — n'a pas poussé tout seul, il a fallu trois ans pour qu'il donne !

— Ah ! on peut en parler de votre raisin ! Acide comme il est, je leur ai tout juste permis de s'amuser avec. Et il ne vaut pas pipette, pour donner aussi peu !

— Les enfants sont les enfants, dit Mme Yang, qui n'avait pas oublié les théories qu'on lui avait enseignées en matière d'éducation, mais mon mari et moi, nous aimons tellement les plantes, les fleurs...

— Nous aussi.

— Eh bien, que diriez-vous si les enfants d'autrui vous les dérobaient ?

— Ils n'oseraient jamais !

— Et si ce sont vos enfants qui volent ?

— Qui volent chez vous ? Ah ! vous feriez mieux de déménager et de ne plus vivre par ici ! Car nos enfants aiment bien s'amuser avec du raisin, un point c'est tout ! »

Ne sachant plus quoi répliquer, et les lèvres encore tremblantes, Mme Yang rentra chez elle. En voyant son mari, pour un peu elle aurait pleuré.

M. Yang mit longtemps à la calmer. Il trouvait, bien sûr, que Mme Ming avait tort, mais, selon lui, il n'y avait rien à faire : quand les gens se conduisent comme des sauvages (*yeman*), ce serait s'abaisser que se quereller avec eux. Mme Yang, elle, n'était pas de cet avis : il fallait absolument que son mari la venge de cet affront. Il réfléchit un bon bout de temps et finit par se résoudre à traiter avec M. Ming, se disant qu'il ne pouvait être aussi mal embouché que sa femme. Cependant, plutôt que de traiter en personne, il valait peut-être mieux écrire une lettre, une lettre très polie, où, sans mentionner la scène qui avait opposé Mme Ming à son épouse, ni parler du manque d'éducation des gamins, il demanderait seulement au voisin d'interdire à ses enfants toute nouvelle incursion dans le jardin. A son avis, un homme bien élevé ne pouvait agir autrement. Et il songea aux phrases qui donnent bien en pareille circonstance, du type : « En vue de sauvegarder les relations de bon voisinage..., je vous serais très obligé..., je me félicite vivement..., etc. » Il imaginait même qu'à la lecture de la lettre, M. Ming serait ému et viendrait en personne présenter ses excuses. Très satisfait à cette idée, il écrivit une assez longue missive, qu'il fit porter par la bonne.

Mme Ming était vraiment ravie d'avoir forcé sa voisine à battre en retraite. Il y avait longtemps qu'elle avait envie de clouer le bec à une femme du genre de Mme Yang, et voilà que celle-ci lui en avait donné l'occasion. Elle l'imaginait, de retour à la maison, en train de tout rapporter à son mari, et les deux époux reconnaissant ensemble leur erreur. Car, enfin, on ne condamne pas des enfants qui ont volé du raisin sans savoir à quelle famille on a affaire ! Et on ne s'en prend pas aux enfants des Ming ! Cela devait servir de leçon au ménage Yang, et Mme Ming ne pouvait que se réjouir de la crainte qu'elle lui avait inspirée.

La bonne d'à côté survint alors avec la lettre. Une fine mouche comme Mme Ming ne pouvait s'y méprendre : c'était évidemment une lettre de Mme Yang à

M. Ming, et l'autre ne pouvait l'avoir écrite que dans le dessein de l'évincer. La vue des caractères ne fit qu'accroître la haine que Mme Ming portait à sa voisine. Elle décida de ne pas accepter la lettre.

La domestique des Yang remporta donc la missive, mais Mme Ming restait inquiète : qui sait s'ils ne la renverraient pas lorsque son mari serait rentré ? Or, il avait beau aimer ses enfants, après tout, la lettre était de Mme Yang. Et il n'était pas exclu que par égard pour cette bonne femme il ne lui fasse une scène, voire même qu'il ne lui donne une raclée. Ça, sous les fenêtres de la voisine, elle ne pourrait pas l'avaler ! Que son mari la batte pour une autre raison, passe encore, mais pour les yeux de cette bonne femme... Il lui fallait tout prévoir : quand son mari rentrerait, elle commencerait par assurer ses arrières, en disant que les Yang étaient venus faire un esclandre pour quelques malheureuses grappes de raisin vert, et elle ajouterait qu'ils allaient lui écrire pour lui réclamer des excuses. A ces mots, il refuserait certainement la lettre de Mme Yang, et sa victoire à elle serait complète.

Tandis qu'elle attendait son époux, elle mit au point les propos qu'elle allait lui tenir, en prenant bien soin d'y glisser toutes les expressions que lui-même aimait employer. M. Ming fut bientôt de retour. Les paroles de sa femme ne manquèrent pas de réveiller en lui l'amour qu'il portait à ses enfants. A la limite, si elle n'avait pas dit du mal d'eux, il aurait pu excuser Mme Yang. Mais puisqu'elle s'était permis de le faire, elle était vraiment impardonnable. D'ailleurs, elle n'était pas sans susciter en lui de l'antipathie : en épousant un prof aussi misérable, n'avait-elle pas prouvé qu'elle valait moins que rien ? Quand sa femme lui rapporta que les Yang allaient lui envoyer une lettre pour exiger des excuses, le dégoût l'envahit : ces lettrés minables n'avaient-ils donc rien d'autre à faire que d'écrire ? Comme il travaillait sous les ordres d'un étranger, il ne reconnaissait de valeur à une signature que lorsqu'elle figurait sur un texte tapé à la machine : des lettres manuscrites, signées par de pauvres profs, n'en avaient aucune. Si donc les Yang renvoyaient leur lettre, il était bien décidé à la refuser. Pourtant, au fond de son cœur, la tache noire éveillait en lui le désir de connaître l'écriture de Mme Yang : il détestait les caractères chinois mais n'était pas indifférent à la personne qui les avait tracés. Mme Ming s'y attendait : elle déclara que la missive était de la main de M. Yang. Son mari n'allait pas perdre son temps à lire cette sale bafouille, lui qui considérait que la lettre du plus puissant mandarin de Chine ne valait pas la signature d'un étranger.

Mme Ming envoya ses enfants attendre à la porte, leur disant de refuser toute lettre venant des Yang. Elle-même ne resta pas inactive : à tout instant, elle jetait un coup d'œil du côté des voisins. Elle était si contente du succès qu'elle venait de remporter qu'elle en rajouta pour le plaisir, jusqu'à proposer à son mari d'acheter la maison occupée par les Yang. M. Ming savait bien qu'il ne disposait pas de la somme nécessaire, mais il accepta, car, rien qu'à l'entendre, l'idée lui plaisait, l'emballait même, Que les Yang fussent propriétaires ou locataires de la maison, peu importait : dès l'instant où les Ming voulaient l'acheter, elle devait être à vendre, c'était aussi simple que cela. S'il y avait une chose que M. Ming aimait, c'était d'entendre ses enfants lui dire : « Demain, on achète ça. » Acheter pour lui était la plus grande des victoires. Il avait envie de tout acheter : des maisons, de la terre, des voitures, des bijoux... L'idée d'acheter quelque chose lui donnait toujours une impression de puissance et de supériorité.

M. Yang, pour sa part, n'était pas partisan de renvoyer la lettre, bien qu'il considérât le refus des

Ming comme une injure délibérée. Un instant, il songea même à aller en découdre une bonne fois dans la rue avec M. Ming, mais cela ne dépassa pas le stade des intentions, car jamais son honneur n'aurait toléré pareilles brutalités. Finalement, il dut se contenter de déclarer à sa femme que les Ming étaient tous les deux des salopards et qu'on ne se battait pas avec des salopards, ce qui suffit à le calmer un peu. Mme Yang, quant à elle, ne laissait rien paraître de sa colère, mais elle ne voyait pas non plus le moyen de s'en sortir. Elle commençait même à trouver qu'à force d'être poli (*wenming*) on finit par être le dindon de la farce. Elle tint alors à son mari maints propos désabusés, qui eurent pour effet de réduire considérablement sa mauvaise humeur.

Les deux époux étaient encore en train de vider leur cœur en s'épanchant mutuellement, lorsque la bonne entra avec une lettre. M. Yang la prit et vit que le numéro porté sur l'enveloppe était bien le sien mais que la lettre était adressée à M. Ming. Sur le coup, il eut envie de s'en emparer, mais il pensa aussitôt que ce ne serait pas digne d'un honnête homme. Il dit donc à la bonne de la porter aux voisins.

Mme Ming se tenait toujours en embuscade. Voyant approcher la bonne et craignant de ne pouvoir compter sur ses enfants, elle intervint elle-même : « Vous pouvez la remporter ! Nous ne lisons pas ça !

— Mais c'est pour M. Ming ! protesta la bonne.

— Je sais, mais Monsieur, ici, ne va pas perdre son temps à lire vos missives ! dit Mme Ming sur un ton qui n'admettait pas de réplique.

— Mais puisque je vous dis qu'elle n'est pas pour nous, qu'on nous l'a remise par erreur ! insista la bonne en tendant la lettre.

— Remise par erreur ? » Roulant des yeux, Mme Ming eut tout à coup une idée : « Dites à votre maître qu'il peut la garder. Vous croyez peut-être que je n'y vois pas clair, mais inutile de me raconter des histoires ! » Et pan ! Elle claqua la porte.

La bonne rapporta la lettre. M. Yang en fut plutôt embarrassé : il ne voulait pas la reporter lui-même et se refusait par ailleurs à l'ouvrir et à la lire. En même temps, il se disait que M. Ming était lui-même un salopard : ne s'était-il pas ligué avec sa femme aussitôt rentré chez lui ? Mais que faire de cette lettre ? Garder pour soi du courrier qui ne vous est pas destiné était malhonnête. Après mûre réflexion, il décida de glisser la missive dans une autre enveloppe, qu'il mettrait à la poste le lendemain après avoir corrigé l'adresse. Il songea que cela lui coûterait en plus deux centimes de timbre, mais la chose le fit plutôt sourire.

Le lendemain matin, dans leur hâte à gagner l'école où ils enseignaient, M. et Mme Yang oublièrent la lettre. Lui s'en aperçut mais seulement en arrivant : il ne pouvait plus retourner la chercher. Il se dit qu'heureusement il ne s'agissait que d'une lettre ordinaire, probablement sans grande importance, et qu'il ne serait pas grave de l'expédier avec un jour de retard.

De retour chez lui après l'école, il eut la flemme de ressortir. Il mit la lettre avec ses livres de classe : comme ça, il la mettrait sans faute à la boîte le lendemain matin. La question étant ainsi réglée, il allait passer à table quand il entendit du vacarme du côté des voisins. M. Ming était un homme trop fier pour faire beaucoup de bruit en battant sa femme, mais elle, qui n'avait pas le même sens des convenances, ne cessait de crier et de pleurer et les enfants en faisaient tout autant. L'oreille tendue, M. Yang n'arrivait pas à savoir exactement ce qui se passait, lorsque, tout à coup, il songea à la lettre. Peut-être qu'elle était importante et que, faute de l'avoir reçue, le voisin avait raté une affaire, d'où la raclée que, de retour à la maison, il administrait à sa femme. A cette pensée, M. Yang fut profondément troublé. Il avait envie d'ouvrir la lettre pour voir un peu ce qu'il y avait dedans, mais il manquait d'audace. En même temps, il se sentait terriblement agacé de ne pas pouvoir la lire, si bien qu'il ne finit même pas son dîner.

Après le repas, la bonne des Yang rencontra celle des Ming. L'hostilité des maîtres n'a jamais empêché les domestiques de se voir. La bonne des Ming divulgua ainsi la nouvelle : « Si Monsieur a battu sa femme, c'est à cause d'une lettre, une lettre très importante ! » Lorsque la bonne des Yang eut rapporté la chose à son maître, celui-ci eut beaucoup de mal à dormir. La lettre en question était certainement celle qu'il avait conservée. Mais comment une lettre aussi importante avait-elle pu être envoyée comme ça, sans être recommandée et avec, en plus, une adresse erronée ? Ayant longuement réfléchi au problème, M. Yang ne vit qu'une explication possible : les commerçants étaient des gens négligents en matière d'écriture, d'où probablement l'erreur d'adresse sur la lettre. A cela s'ajoutait le fait que d'ordinaire M. Ming ne recevait pratiquement pas de courrier, de sorte que le facteur n'avait regardé que le numéro et n'avait pas fait attention au nom du destinataire : peut-être ne se rappelait-il même pas qu'il y avait des Ming dans le secteur. En se livrant à ces réflexions, M. Yang prit conscience de sa supériorité : au fond, Ming n'était qu'un salopard, tout juste capable de se faire du fric. Du coup, Yang se dit qu'il avait bien le droit de décacheter la lettre pour y jeter un coup d'œil. Lire le courrier d'autrui était sans doute un crime, mais avec quelqu'un comme Ming, il n'y avait pas de scrupule à avoir. Oui, mais si jamais l'autre venait et exigeait qu'on la lui rende ? C'était risqué. A plusieurs reprises, Yang prit la lettre, mais, finalement, il n'osa pas l'ouvrir.

Dans le même temps, il n'avait pas très envie de la renvoyer à son destinataire. Avoir entre les mains une lettre aussi importante pourrait toujours lui être utile. C'était évidemment un acte contraire à la probité, mais était-ce sa faute si Ming était un salopard et faisait délibérément des histoires à ses voisins ? Un salopard ne pouvait rester impuni. Yang se rappela alors l'affaire des raisins. Mais à force de réfléchir, il finit par changer d'avis. Après tout, il valait encore mieux réexpédier la lettre le lendemain matin. Il en profiterait pour envoyer en même temps la lettre où il disait aux Ming de surveiller leurs enfants. Comme ça, ces salauds de Ming verraient un peu de quelle politesse et de quelle courtoisie les gens instruits étaient capables. Non qu'il escomptât le moindre remords de la part de son voisin : c'était seulement pour lui faire comprendre que de simples profs peuvent aussi être des gentilshommes et, à ses yeux, c'était déjà beaucoup.

De son côté, M. Ming donna l'ordre à sa femme d'aller réclamer la lettre. Il en connaissait déjà le contenu, car, dans l'intervalle, il avait rencontré celui qui l'avait écrite. Il avait donc pris les dispositions nécessaires, mais il ne fallait surtout pas que la fameuse lettre reste entre les mains de ce coco de Yang. Il y était, en effet, question d'importations frauduleuses auxquelles se livrait Ming avec un de ses amis sous le couvert de son patron étranger, et comme la chose était venue à la connaissance de ce dernier, la lettre était une mise en garde, dans laquelle l'ami lui disait de trouver un moyen d'éviter la colère du patron. En fait, M. Ming ne craignait pas tant que Yang rendît public le contenu de la lettre : pour lui, le gouvernement chinois n'existait pas et les lois chinoises, il s'en moquait. Que le trafic fût connu de ses compatriotes lui était un peu égal. Mais ce qu'il redoutait, c'était que les Yang n'envoient la lettre à son patron, lui apportant ainsi la preuve de sa culpabilité. Or, il était persuadé qu'une fripouille comme Yang ne pouvait pas ne pas avoir lu subrepticement la lettre et cela, dans l'intention de lui nuire. Il ne pouvait donc aller la réclamer lui-même. Si jamais il tombait sur ce coco de Yang, il ne pourrait en effet s'empêcher de lui taper dessus, vu le dégoût viscéral que lui inspirait ce genre de type. D'ailleurs, il avait toujours pensé que le dénommé Yang méritait une raclée. Finalement, il se dit qu'il devait y envoyer sa femme, rien que pour la punir d'avoir provoqué tous ces ennuis en refusant la fameuse lettre.

Mais Mme Ming ne l'entendait pas de cette oreille : c'eût été trop humiliant pour elle. Plutôt que de perdre la face devant les Yang, elle préférait encore que son mari la batte. Elle laissa donc traîner les choses jusqu'à ce que son époux s'en aille. Jetant alors des regards à la dérobée, elle guetta le départ des Yang pour l'école et aussitôt dépêcha sa bonne pour discuter avec celle des Yang.

Le même matin, M. Yang eut beaucoup de satisfaction à poster ensemble les deux lettres. Il imaginait qu'à la lecture de la lettre si polie qu'il avait écrite, son voisin se repentirait, en viendrait même à admirer sa personnalité et son style.

Pendant ce temps, M. Ming, que son patron avait convoqué, subissait tout un interrogatoire. Comme, par bonheur, il avait déjà rencontré son ami et savait à quoi s'en tenir, les questions que l'étranger lui posa ne le prirent pas au dépourvu. Mais il était toujours embêté par cette maudite lettre. Ce qui l'agaçait le plus était qu'elle fût précisément tombée dans les mains de ce minable lettré de Yang. Il fallait absolument trouver un moyen de corriger ce misérable !

Sa première phrase lorsqu'il fut de retour chez lui

fut de demander à sa femme si elle avait été ou non récupérer la lettre. Mme Ming, qui ne se laissait pas facilement désarmer, lui déclara tout de go que les Yang avaient refusé de la lui rendre : comme ça, elle se déchargeait de sa propre responsabilité et toute la colère de son époux retomba sur ce prof minable qui osait le provoquer. Ah ! on allait voir ce qu'on allait voir ! Appelant ses enfants, M. Ming leur donna l'ordre de sauter par-dessus le mur et de commencer par piétiner toutes les plantations des Yang; après, on verrait. Les enfants ne se le firent pas dire deux fois : toutes les plantes et les fleurs furent piétinées jusqu'à la dernière.

Tandis qu'ils rentraient de leur expédition, le facteur, vers quatre heures, apporta le courrier de l'après-midi, avec les deux lettres. Quand il eut fini de les lire, M. Ming se sentit partagé entre des sentiments contradictoires. D'un côté, il se réjouissait de voir que la lettre à l'adresse fautive, manifestement, n'avait pas été décachetée par le voisin. De l'autre, la lettre de M. Yang l'exaspérait et redoublait en lui l'impression de dégoût que ce pauvre type lui avait toujours inspirée : il n'y avait vraiment que ces minables lettrés pour être aussi polis, aussi désagréables à force d'être polis ! Un emmerdeur pareil n'avait eu que ce qu'il méritait.

Au même moment, M. Yang, qui était sur le chemin de son domicile, se félicitait intérieurement. Non seulement, il avait restitué la lettre à son véritable destinataire, mais l'admonestation courtoise qu'il avait adressée à son voisin ne pouvait laisser celui-ci indifférent. Mais à peine eut-il franchi la porte qu'il fut frappé de stupéfaction : la cour était toute jonchée de débris de fleurs et de plantes, comme si une poubelle devenue brusquement folle y avait déversé tout son contenu. C'était signé. Mais que faire ? Il se dit d'abord qu'il devait réfléchir calmement au parti à prendre. Un homme bien élevé n'agit jamais en cédant à ses impulsions. Mais comment aurait-il pu en fait conserver son calme ? La goutte de sauvagerie (*yeman*) qu'il avait encore dans le sang se mit à bouillonner, le rendant incapable de réfléchir. Enlevant alors sa robe de lettré, il saisit à terre quelques briques pas trop grosses et les lança, par-dessus le mur, en direction de la fenêtre des Ming. Au fracas qui s'ensuivit, il eut le sentiment d'avoir causé un malheur, mais la joie qui s'emparait de lui était telle qu'il continua de lancer des briques, rien que pour entendre le bruit du verre brisé. Plus rien d'autre ne comptait que ce sentiment de jubilation, que cette impression de bien-être et d'exploit glorieux. Apparemment, l'homme civilisé (*wenming*) en lui avait subitement fait place au sauvage (*yeman*). La conscience de sa force et de son audace lui donnait une sensation aussi agréable que celle que l'on peut avoir à se baigner tout nu. Il goûtait sans frein une forme d'existence qu'il n'avait jamais connue : il se sentait jeune, libre, plein d'ardeur et de courage.

Presque toutes les vitres y passèrent. Quand il eut terminé, il rentra chez lui se reposer. Il s'attendait à ce que M. Ming vienne le chercher pour se battre, mais il n'avait pas peur. Il fumait seulement cigarette sur cigarette, comme un soldat qui vient de remporter une victoire. Mais il eut beau attendre fort longtemps, du côté des voisins, on ne perçut aucun mouvement.

Si M. Ming se refusait à venir, c'était parce que ses sentiments à l'égard de Yang avaient changé. Bien sûr, la vue des vitres cassées ne lui faisait pas tellement plaisir, mais cela ne suffisait pas non plus à le mettre hors de lui. Il commençait même à penser qu'il ferait bien de dire à ses enfants de ne plus aller voler de fleurs, une chose à laquelle il n'aurait jamais songé auparavant. Il se mit alors à penser également à Mme Yang et ce faisant, il ne put s'empêcher de haïr son époux. Mais il découvrit enfin que la haine et le dégoût ne sont pas des sentiments parfaitement identiques : dans la haine se mêle toujours un peu de respect.

Le lendemain, c'était dimanche. Tandis que, dans la cour, M. Yang remettait en état ses plantations, M. Ming réparait les vitres de sa maison. Selon toute apparence, le monde respirait la paix et la compréhension mutuelle.

Dans la cour de la famille Liu

Ces jours-ci, notre cour était en proie à une grande agitation : il venait de se produire une mort tragique. Mais on ne va pas commencer par là ; il faut prendre les choses par leur début. Tout d'abord, je dois me présenter : je suis diseur de bonne aventure. J'ai aussi vendu des jujubes sauvages, des cacahuètes et des choses de ce genre, mais c'était il y a bien longtemps. Maintenant que je tire des horoscopes, j'ai mon étalage dans la rue et les jours où ça marche bien, j'arrive à me faire jusqu'à cinq *maos*. Ma chère femme est morte depuis longtemps et mon fils est tireur de pousse. Nous habitons tous les deux dans une des pièces au nord de la cour (*dayuan*).

En plus de celle où nous logeons, il y en a une vingtaine d'autres. Combien ça fait de familles au total, personne ne le sait très bien. Les gens qui occupent deux pièces ne sont pas nombreux ; en plus, il y a ceux qui emménagent un jour pour déménager le lendemain, et puis je n'ai pas une mémoire suffisante. Quand on se rencontre, on se dit « bonjour[1] », mais si on ne dit rien, ça n'a pas d'importance. Tout le monde se démène du matin au soir pour assurer sa subsis-

1. Littéralement : « Avez-vous mangé ? » Expression très usuelle pour saluer quelqu'un.

tance, et on n'a pas tellement le temps de papoter. Des gens bavards, bien sûr, il y en a, mais on ne parle pas l'estomac vide.

C'est bien encore nous deux et la famille Wang qui sommes les plus anciens locataires : nous sommes là depuis plus d'un an. Il y a longtemps qu'on pense à déménager, mais notre pièce ne prend pas trop l'eau quand il pleut; par les temps qui courent, ça ne se trouve pas comme ça ! Les logements qui ne prennent pas l'eau, on en trouve, mais il faut avoir les moyens. Sans compter qu'à chaque installation, il faut payer trois mois de loyer au lieu d'un ; autant laisser tomber ! Dans les journaux du soir, il est souvent question d' « égalité », mais tant qu'il n'y aura pas d'égalité dans le fric, ce n'est pas la peine d'en parler. C'est la vérité. Prenons l'exemple des brus, elles se feraient moins battre si leur famille n'exigeait pas de l'argent, pas vrai ?

La famille Wang, elle, loge dans deux pièces. Lao Wang et moi, nous sommes les plus « cultivés » (*wen-ming*) de la cour. Mais je dois vous dire avant tout que la « culture », c'est une belle idiotie. Moi qui suis diseur de bonne aventure, je n'ai aucun problème pour lire les textes les plus courants et je lis tous les jours un journal du soir à deux sous. Mais s'il suffisait de lire un journal pour être cultivé, alors, mince ! Lao Wang est jardinier chez des étrangers, autant dire qu'il est à leur solde. Qu'il s'y connaisse en jardinage ou non, lui seul le sait. De toute façon, s'il n'y connaît rien, il ne vous le dira pas. Peut-être même qu'il suffit de tondre la pelouse chez un étranger pour être appelé jardinier. En tout cas, une chose est sûre, Lao Wang aime bien se vanter. On se demande bien pourquoi, car il n'y a rien de déshonorant à couper l'herbe. Mais c'est une chose que Lao Wang n'arrive pas à comprendre. Qu'il le veuille ou non, un pauvre restera un pauvre ; dans ces conditions, à quoi bon se vanter ! Des types comme lui, il y en a beaucoup dans la cour, qui singent les gens cultivés en prenant des grands airs et croient ainsi en imposer aux autres. De toute façon, qu'il soit jardinier ou simple tondeur de gazon, Lao Wang ne gagne pas beaucoup d'argent.

Son fils est tailleur de pierre ; il a d'ailleurs le crâne comme un caillou mal dégrossi, et je n'ai jamais vu un type aussi renfrogné. Mais je dois reconnaître que c'est un bon ouvrier. Il a épousé une fille de dix ans plus jeune que lui et qui ressemblait à un *wowotou* rassis, elle avait les cheveux tirant sur le jaune et ne souriait jamais ; dès qu'elle était battue, elle pleurait et ça lui arrivait souvent. Lao Wang a également une fille d'une quinzaine d'années, perverse et méchante. Ils vivaient tous ensemble dans leurs deux pièces.

Après nos deux familles, Zhang Er est le plus ancien locataire, il habite ici depuis plus de six mois. Bien qu'il doive deux mois de loyer, il s'en tire quand même pour ne pas être flanqué à la porte par le propriétaire. Sa femme a la langue bien pendue, elle sait toujours ce qu'il faut dire et c'est peut-être pour cette raison qu'ils n'ont pas encore été expulsés. Bien sûr, elle ne se répand en bonnes paroles que lorsque vient le moment de payer le loyer, mais dès que le propriétaire a le dos tourné, si vous entendiez ses injures ! Du reste, qui n'insulterait pas un propriétaire qui vous réclame un *yuan* et demi pour une telle niche à chien !... Mais il n'y a qu'elle pour le faire aussi à fond et décharger tant de bile. Même moi, tout vieux que je suis, j'ai eu un peu le béguin pour elle rien que pour ça ; cependant, elle avait beau vider son sac, il lui fallait quand même payer un *yuan* et demi pour sa niche à chien. Du coup, fini mon béguin. Ça ne rime vraiment à rien de dire de telles injures.

Zhang Er fait le même métier que mon fils : il est

tireur de pousse. Il ne manque pas de bagou lui non plus ; dès qu'il a bu deux sous de gnôle (*maoniao*), il est capable de soûler de paroles tous les gens de la cour. Un bavard intarissable ! Je déteste les moulins à paroles ; cela dit, Zhang Er n'est pas un mauvais bougre : il a trois enfants, le grand ramasse des escarbilles de charbon (*meihur*), le deuxième roule dans les ornières et le troisième traîne partout dans la cour.

Quant à me rappeler leurs noms, j'en suis tout bonnement incapable. Les enfants, il y en a une telle tribu dans la cour ! On peut encore distinguer les filles des garçons, car, tant qu'ils le peuvent, ils vont tous cul nu ; mais quand on marche dans la cour, il vaut mieux faire attention : au moindre faux pas, on ne sait sur le corps de qui on va marcher. Si vous piétinez un gosse, vous avez droit à une bordée d'injures. Les adultes en ont si gros sur le cœur qu'ils sont prêts à se quereller à la moindre occasion. Plus on est pauvre, plus on a d'enfants : après tout, les pauvres ont aussi le droit d'en avoir ! Encore faut-il trouver le moyen de les élever. Quand je vois tous ces moutards nus, je me demande ce qu'ils deviendront plus tard. Tireurs de pousse, comme mon fils ? Je ne veux pas dire par là que c'est honteux d'être tireur de pousse, mais j'estime qu'un homme n'a pas à faire la besogne d'une bête de somme. Du reste, certains n'atteindront même pas l'âge de tirer un pousse. Au printemps dernier, il en est mort tout un tas de la scarlatine. Même les pères qui habituellement avaient la main lourde pleuraient à chaudes larmes ; on a malgré tout de la peine quand ce sont ses propres enfants. Cependant, quand on a cessé de pleurer, tout est fini. On les roule dans une vulgaire natte et on les emporte hors de la ville. Après tout, ceux qui sont morts sont bien morts. Et en fin de compte, ça fait toujours une bouche en moins à nourrir. C'est ce que je dis souvent : « Quand on n'a pas le sou en poche, on a le cœur comme une pierre. » Mais, c'est absurde, il faut bien trouver une solution.

Dans la cour, il y a encore énormément de monde. Mais avec les trois familles dont je viens de parler, ça suffit. Revenons donc au tragique événement dont j'ai dit un mot au début. C'est justement la belle-fille de la famille Wang qui est morte, celle qui avait une tête de *wowotou.* Si je reparle de sa tête, ce n'est pas pour plaisanter sur un mort. Je ne prétends pas non plus qu'elle ressemblait trait pour trait à *wowotou.* Je me mets à sa place, la pauvre, et à la place de toutes les filles et femmes comme elle. Je me demande souvent comment une fille normalement constituée a pu devenir aussi laide. Depuis son jeune âge, elle n'avait jamais dû avoir assez à manger ni à boire. Comment aurait-elle pu avoir la peau douce ? Eh oui, c'était comme ça, mais pourquoi cette injustice ?

Bref, voilà comment ça s'est passé. Lao Wang, pour commencer par lui, a toujours été un vrai salaud. N'ai-je pas dit qu'il aimait bien se vanter ? En toutes circonstances, il imitait les gens « cultivés ». Mais, quand il eut une belle-fille, hum ! il n'a pas su comment s'y prendre. Du matin au soir, il montait sur ses grands chevaux et il lui cherchait des crosses. Pour quelques malheureuses cuillerées d'huile et de vinaigre, il lui faisait toute une histoire. Je sais, c'est parce que les pauvres ont le foie malade qu'ils aiment se disputer. Mais Lao Wang était volontairement méchant avec elle. Il se mettait en colère uniquement pour faire comme les gens « cultivés ». Il était le beau-père, c'est entendu, mais, zut, un beau-père n'a pas tous les droits ! Je ne comprends vraiment pas pourquoi les pauvres cherchent absolument à paraître cultivés : qu'est-ce qui leur prend ? Le matin, il se réveillait tôt et faisait immédiatement lever sa belle-fille, comme ça, pour rien! Seulement pour le principe! Pauvre type! Si elle tardait un peu, vous entendiez une de ces raclées!

Je sais que la belle-famille avait réclamé cent *yuans* pour le mariage. Même à la fin de l'année prochaine, le père et le fils n'auraient pas encore remboursé cette dette. Lao Wang déchargeait donc sa colère sur sa bru. Si ç'avait été la seule raison, ç'aurait pu encore passer, bien que la pauvre n'y fût pour rien. Mais en fait, ça n'était pas seulement pour ces cent *yuans*, c'était pour faire cultivé, pour se faire respecter en beau-père digne de ce nom. Sa femme étant morte, il prétendait exercer lui-même sur sa bru toutes les vexations que la belle-mère lui aurait imposées. Tous les moyens lui étaient donc bons pour lui faire des reproches. La malheureuse fille, qui n'avait que dix-sept ans, comment pouvait-elle comprendre de telles exigences? Toutes les règles qu'il voulait lui imposer, je sais d'où il les sortait : de la maison de thé où il allait écouter les gens « cultivés ». C'est le même type qui rougit de confusion quand il peut échanger deux mots avec les gens cultivés et intercéder pour un ami. Et quand il tond la pelouse de son étranger, si celui-ci lui adresse la moindre parole, il remue la queue pendant trois jours et trois nuits. Il a vraiment une queue, je vous assure; mais il a beau l'avoir remuée toute sa vie, il habite toujours dans cette putain de cour et n'a que des *wowotous* à grignoter. C'est à n'y rien comprendre!

Quand Lao Wang allait travailler, c'était sa fille qui le relayait pour torturer la bru. La petite garce! Je ne veux pas dire que je méprise les filles des familles pauvres qu'on vend comme servantes, concubines ou qui se prostituent, ce sont des choses courantes qui ne devraient pas exister, mais on ne peut en vouloir à ces malheureuses. Non. En revanche, la Wang Erniu, je la déteste, elle est aussi embêtante que son père, et puis elle inventait n'importe quoi pour faire souffrir sa belle-sœur : elle pouvait dire les plus horribles mensonges rien que pour lui nuire. Je sais pourquoi elle est si méchante : c'est parce qu'elle fréquente une école professionnelle, et cela, aux frais des étrangers chez qui travaille son père ; comment n'aurait-elle pas regardé de haut sa belle-sœur ? Elle porte de belles chaussures, elle a même les cheveux ornés d'un peigne. Ah ! si vous voyiez cette mijaurée ! Ça me fait penser à une chose : dans le monde, il ne devrait pas y avoir des riches et des pauvres. Mais il n'y a rien de pire que les pauvres qui cherchent à s'élever en s'accrochant aux basques des riches. Lao Wang et sa fille en sont des exemples typiques. Lorsque sa belle-sœur se faisait des chaussons neufs de coton noir, Erniu trouvait toujours le moyen de les salir en marchant dessus. Et après, elle la faisait engueuler par son père. Je n'ai pas le temps de tout vous raconter en détail, ce que je peux vous dire, c'est que la pauvre petite bru n'avait pas un seul jour de paix et que, bien souvent, elle ne mangeait pas à sa faim.

Quant à Xiao Wang, qui a son atelier hors de la ville, il revenait à la maison seulement deux ou trois fois par mois et ne manquait jamais de cogner sur sa femme. Dans notre cour, les raclées sont le pain quotidien des brus. On trouve ça normal : non seulement elles vivent aux crochets de leur mari, mais leur famille a exigé de l'argent pour le mariage. En fait, Xiao Wang aurait pu se passer de battre sa femme : il revenait si peu souvent, quel intérêt pouvait-il avoir à provoquer chaque fois des scènes ? Hé ! Lao Wang et sa fille étaient toujours là pour l'exciter contre elle. Lao Wang punissait déjà sa bru en la faisant mettre à genoux et en la privant de nourriture, mais comme il se considérait comme un homme « cultivé », il ne pouvait lever la main sur elle, a-t-on jamais vu un beau-père frapper sa bru ? C'est pourquoi il incitait son fils à le faire, en se disant qu'un seul coup porté par un tailleur de pierre en valait bien cinq donnés par quelqu'un d'autre. Quand le fils avait fini de battre sa femme, le vieux était on ne peut plus affable. Mais Erniu, qui pourtant lui pinçait souvent les bras, trouvait toujours la dose insuffisante. Elle aurait bien aimé que son frère réduise sa belle-sœur en miettes d'un bon coup de pilon. Je vous le dis, quand une femme en méprise une autre, c'est une lutte sans merci ! Erniu se targuait d'être étudiante et sa belle-sœur n'était qu'un *wowotou* vivant qui leur avait coûté cent *yuans*.

La petite belle-fille avait donc la vie impossible. Plus elle était malheureuse, moins elle était aimable ; du coup, personne dans la cour ne l'aimait. Elle ne savait même plus s'adresser aux gens. Les seuls moments où elle avait l'air heureuse, c'était lorsqu'elle délirait et semblait habitée par le démon. Ça se produisait toujours quand Xiao Wang l'avait battue et était parti ; alors elle se mettait à pleurer et à parler toute seule : elle s'en donnait à cœur joie. Puis c'était à mon tour d'intervenir. Lao Wang m'empruntait mon almanach (*xianshu*) pour la gifler, mais comme il avait peur des fantômes, il me demandait de frapper moi-même. Une fois entré, je ne la giflais jamais, je me contentais de la consoler jusqu'à ce qu'elle ne pleure plus ; ce dont elle avait besoin, c'était surtout de quelques paroles de réconfort. A ce moment-là, le beau-père arrivait, il lui pinçait la lèvre supérieure et lui mettait sous le nez du papier brûlé pour l'enfumer [1]. Il savait très bien qu'elle était revenue à elle, mais il le faisait exprès pour la martyriser. C'était toujours à ce moment critique qu'on se disputait. D'ordinaire, quand ils se querel-

1. Pratique destinée à faire revenir à lui quelqu'un qui a perdu connaissance.

laient, je n'intervenais jamais, à quoi cela aurait-il servi ? Si je m'en étais mêlé, j'aurais sûrement pris le parti de la petite bru et elle n'en aurait été que plus maltraitée. C'est pourquoi je ne bougeais pas. Mais les fois où elle délirait, nous nous disputions, c'était plus fort que moi : quand on voit ça, on ne peut pas se taire. Ce qui était bizarre, c'est qu'alors, tous les gens de la cour, y compris les femmes, disaient que c'était moi qui avais tort. Ils considéraient tous qu'elle devait être battue et que je me mêlais de choses qui ne me regardaient pas. Pour ces gens-là, il est normal que les hommes battent leur femme, qu'un beau-père fasse la leçon à sa bru et qu'une fille persécute sa belle-sœur. Comment de telles idées sont-elles possibles et qui leur a mis ça dans la tête ? Ce connard d'homme « cultivé » donne à la fois envie de rire et de pleurer : comment une punaise qui crève de faim pourrait-elle croire à la « culture » ?

Il y a quelques jours, le tailleur de pierre était revenu. Pour une fois, le père était de bonne humeur et n'avait pas demandé à son fils de battre sa femme. Celle-ci, voyant qu'ils étaient dans de si bonnes dispositions, esquissa comme un sourire. Erniu s'en aperçut et n'en crut pas ses yeux. Il y avait sûrement quelque chose là-dessous ! Comme la bru était dans la cour en train de préparer le repas, elle alla fouiller dans la chambre de celle-ci. Son frère avait sûrement dû offrir en secret un cadeau à sa femme, sinon, comment expliquer ce visage aussi souriant ? Elle eut beau chercher longtemps, elle ne trouva rien. Quand je dis « longtemps », ça signifie dans le moindre détail, car comment la belle-fille aurait-elle eu beaucoup de choses dans sa chambre ? Si on réunissait tous les meubles des gens de la cour, on n'y trouverait même pas deux tables en bon état, ce qui fait qu'on n'entendait jamais parler de vol, et si l'un de nous a de l'argent, il met les billets dans ses chaussettes.

Erniu était furieuse. Comment sa belle-sœur pouvait-elle arborer un pareil sourire ? Même sans pièce à conviction, il convenait de la punir.

La petite bru était justement en train de jeter l'eau qui était en trop dans la marmite à riz. Erniu lui donna un coup de pied. La casserole se renversa avec tout son contenu. Du « riz » ! Si le mari n'avait pas été de retour, personne n'aurait songé à manger du « riz » ! La pauvre bru eut le sentiment que c'était sa propre vie qui s'en allait en même temps que le riz. Comme il y avait encore de l'eau dans la marmite, le bouillon entraîna le riz et le fit se répandre sur le sol comme de la neige. Bien qu'il fût encore brûlant, elle jeta ses mains dessus pour le ramasser, au risque de se les ébouillanter, ça lui était égal : elle-même ne valait pas le prix du riz. En fait, le riz était si chaud qu'au bout d'une ou deux poignées, la douleur devint intolérable, la bouillie lui collait aux doigts. Mais elle n'osa rien dire, elle serra les dents, agitant les mains en tournant sur elle-même de douleur.

« Papa, regarde ! Elle a renversé par terre tout le riz ! » cria Erniu.

Les deux hommes sortirent. En voyant le riz fumant répandu sur le sol, Lao Wang fut aussitôt fou de rage. Il lui suffit d'un regard à son fils pour que celui-ci comprenne : « C'est ta femme ou ton père ! »

Le visage de Xiao Wang devint alors écarlate, il s'avança, saisit sa femme par les cheveux et la traîna par terre. La malheureuse s'évanouit sans pousser un cri.

« Bats-la, bats-la à mort », dit le vieux qui tapait du pied, en soulevant de la poussière.

De son côté, craignant que sa belle-sœur ne fasse la morte, Erniu alla lui pincer la cuisse.

Tous les gens de la cour étaient sortis pour assister au spectacle, les hommes n'essayaient même pas de s'entremettre et les femmes, naturellement, n'osaient rien dire ; du reste, les hommes aiment bien voir les autres battre leur femme : ça fait un exemple pour leur propre épouse.

Je ne pouvais pas ne pas intervenir. Lao Wang m'aurait volontiers flanqué une volée. Mais dès que je me suis montré, d'autres hommes m'ont suivi aussi. Et tant bien que mal, nous avons réussi à séparer le mari et la femme.

Le lendemain, de bonne heure, le père et le fils sont partis au boulot. Rien que pour continuer à embêter sa belle-sœur, Erniu n'est pas allée à l'école.

La femme de Zhang Er, dans un sursaut de bon cœur, vint voir la belle-fille, mais toutes les consolations qu'elle se crut capable de donner à la malheureuse ne firent qu'offenser Erniu. Le ton se mit à monter entre les deux. Evidemment, Erniu n'était pas à la hauteur : on n'engueule pas comme ça la femme de Zhang Er. « Si une fille comme toi ne finit pas dans un bordel, je ne m'appelle pas Zhang ! » Une seule phrase lui suffit pour clouer le bec à Erniu. « Le Petit Galeux t'a donné deux sous et tu lui as permis de t'embrasser, tu crois que je n'ai rien vu ? C'est vrai ou pas ? Hein ? » Devant un pareil flot d'injures que l'autre lui déversait directement dans l'oreille, Erniu recula sans pouvoir dire une parole.

Après cette scène, Erniu s'enfuit dans la rue toute penaude, sans demander son reste.

La petite belle-fille resta seule dans sa chambre et cela pendant plusieurs heures. Quand la femme de Zhang Er revint pour jeter un coup d'œil, elle vit la malheureuse étendue sur le *kang,* vêtue de sa robe rouge de noces. Elle lui posa une ou deux questions, mais l'autre se contenta de détourner la tête sans répondre. Sur ces entrefaites, la femme de Zhang Er aperçut son deuxième fils en train de se battre avec un autre gamin, elle courut le délivrer car son adversaire l'avait plaqué au sol.

Erniu ne revint pas à la maison avant l'heure du déjeuner ; elle alla directement dans la chambre de sa belle-sœur pour voir si le repas était prêt. Une étudiante comme Erniu ne faisait jamais la cuisine, voyons ! En ouvrant la porte, elle poussa un cri à rendre l'âme : sa belle-sœur était pendue au chambranle de la porte. Les gens de la cour furent tous saisis d'effroi, aucun ne voulut aller la décrocher ; les emmerdements des autres [1], surtout lorsqu'il s'agit d'une vie humaine, ça ne vous regarde pas.

Se couvrant les yeux des mains, Erniu était anéantie de frayeur. « Pourquoi ne vas-tu pas chercher ton père ? » lança quelqu'un. Elle tourna la tête et partit en courant, comme si un démon la poursuivait.

Quand Lao Wang revint, lui aussi fut frappé de stupeur. Il était trop tard pour sauver la vie de sa belle-fille. Après tout, ce n'était pas trop grave, ce qui était embêtant, c'est que le propriétaire ne lui pardonnerait pas d'avoir ainsi dégradé le logement. Si encore, il avait de l'argent, il aurait pu même donner une autre femme à son fils ; seulement, la dette contractée pour la première n'était même pas remboursée. Devant ces ennuis, la colère l'envahit au point qu'il n'aurait pu la soulager qu'en mordant le cadavre à pleines dents !!

La famille de la bru vint et fit toute une scène, mais Lao Wang ne craignait rien. Il avait interrogé Erniu et il avait sa réponse toute prête : si la petite bru avait eu l'idée de se pendre, c'était parce que la femme de Zhang Er l'y avait incitée. Les Wang n'y étaient pour rien : jamais ils ne l'avaient maltraitée, encore moins poussée à la mort. Comme vous voyez, Lao Wang était

1. Littéralement : On ne marche pas dans la merde avec de belles chaussures.

passé maître en matière de « culture », il savait mentir les yeux grands ouverts.

La femme de Zhang Er était affolée, car elle avait beau avoir la langue bien pendue, elle se sentit soudain impuissante devant la férocité des accusations. Pour le suicide, elle aurait pu encore se justifier, mais au retour de son mari, elle ne pourrait échapper à une scène de ménage. Bien sûr, il n'était pas question de recourir à la justice : dans la cour, qui aurait jamais osé le faire ? Si Lao Wang et Erniu maintenaient leurs accusations et que la famille de la suicidée la poursuivait, alors l'affaire deviendrait très embêtante. Les gens de la cour n'étaient pas faciles à convaincre, et face à Lao Wang, elle n'avait aucun moyen de s'en sortir. Quand on a la langue trop longue, on se fait des ennemis et tous ceux qu'elle s'était faits saisiraient l'occasion de se jeter tous sur elle pour l' « abattre », comme disent les journaux du soir. Au retour du mari, les choses se passèrent comme prévu ; quand Zhang Er entendit parler du malheur causé par sa femme, il ne chercha même pas à en savoir davantage, il commença par lui administrer une raclée à la satisfaction générale.

La belle-famille n'intenta pas de procès, elle réclama de l'argent et dit, qu'à défaut, elle aurait recours à de plus graves menaces. C'était précisément ce que Lao Wang craignait : avoir une nouvelle dette sur le dos, alors que la première n'était même pas complètement réglée ! Mais, de toute façon, il n'avait d'autre solution que d'accepter, sinon, comment pourrait-il se débarrasser du cadavre ?

Xiao Wang revint lui aussi et resta apparemment insensible, mais j'ai bien remarqué qu'en lui-même, il souffrait ; jusqu'alors, personne ne s'était préoccupé de la belle-fille, il fut le premier à entrer dans la chambre et il resta assis près d'elle un long moment. Je crois que si cela n'avait pas été pour faire plaisir à son « cultivé » de père, il ne l'aurait probablement jamais battue aussi souvent, mais un fils doit toujours obéissance à son père, et il la battait, oubliant que ses bras étaient ceux d'un tailleur de pierre. Sans dire un mot, il demeura assis dans la chambre pendant plusieurs heures et vêtit sa femme d'un pantalon neuf — le seul qui ne fût pas rapiécé. Il semblait ne pas entendre ce que son père lui disait. Il fumait cigarette sur cigarette, regardant fixement quelque chose qu'il était le seul à voir.

La belle-famille réclamait cent *yuans*, cinquante pour l'enterrement et cinquante pour la famille elle-même. Xiao Wang ne disait toujours rien. Mais son père accepta de donner de l'argent. Il alla d'abord voir Zhang Er : « Comme c'est ta femme qui a provoqué ce malheur, tu ne peux rien dire, on va payer chacun cinquante *yuans*, sinon, je te refilerai la pendue, tu l'auras chez toi ! » Lao Wang parlait sur un ton conciliant, mais ferme en même temps.

Zhang Er, qui venait de boire une double dose de gnôle, avait les yeux tout rouges. Il lui répondit sur le même ton : « C'est bien parlé, oncle Wang, tu veux cinquante *yuans*, eh bien ! je te les donne ! Tu vois ce que je possède, tu peux prendre chez moi tout ce que tu veux. Si ça ne te convient pas, je te vends mes deux fils aînés, ils valent bien cinquante *yuans !* Mère de Xiao san[1], conduis les deux grands chez l'oncle Wang ! Ils sont assez dégourdis : ils ne t'embarrasseront pas, tu n'as pas de petit-fils, ça tombe bien, non ? »

Une telle réponse n'était pas pour satisfaire Lao Wang. Tout ce que Zhang Er possédait chez lui ne valait même pas quatre sous au total. Quant aux fils ? Autant les laisser à leur père ! Mais il ne pouvait pas

1. Littéralement : Mère du petit troisième.

tolérer que Zhang Er s'en tire à si bon compte. Au lieu de cinquante *yuans,* il proposa trente. Zhang Er entonna une chanson leste, comme s'il était très content. « Pourquoi seulement trente ? Cinquante, c'était mieux. Tu peux toujours les noter et tu seras remboursé le jour où je serai écrasé par un tram dans la rue. »

Le vieux Wang eut envie d'appeler son fils à la rescousse. Mais comme Zhang Er était aussi très costaud, il n'était pas sûr que Xiao Wang aurait le dessus. La femme de Zhang Er, pendant tout ce temps, n'avait pas osé ouvrir la bouche, mais voyant l'occasion se présenter, elle en profita et dit pour se rattraper : « Vous les Wang, attendez un peu ! Je ne serais pas une femme digne de ce nom si je n'allais pas me pendre chez vous, attendez un peu ! »

Un homme « cultivé » comme Lao Wang ne pouvait se permettre une prise de bec avec la femme de Zhang Er. En plus, il s'en rendait bien compte, cette garce était capable de tout et il n'avait pas envie de se mettre une nouvelle affaire de pendaison sur le dos. Tout compte fait, il n'avait rien extorqué de Zhang Er et ce dernier put entonner un air de triomphe.

En fait, Lao Wang avait depuis longtemps une idée derrière la tête, et sa démarche auprès de Zhang Er n'avait été qu'un simulacre. Il se rendit chez l'étranger, mais comme celui-ci était absent, le vieux s'agenouilla devant la maîtresse de maison pour lui demander cent *yuans.* La dame les lui donna, mais cinquante lui étaient prêtés sans intérêt et seraient déduits de son salaire.

Lao Wang revint chez lui, la tête haute.

La formule d'exorcisme (*yangbang*) lui coûta huit *yuans,* mais on ne sait jamais ce qui peut arriver si on ne met pas un devin dans le coup, c'était une dépense qu'il ne pouvait éviter.

Finalement, la belle-fille n'était pas morte en vain. On la revêtit d'un costume en faux satin rouge, on lui mit des chaussures et des chaussettes toutes neuves et des bijoux en toc dans les cheveux. Le cercueil coûta douze *yuans*. Cinq bonzes vinrent lire des prières pour elle, mais seulement le troisième jour après le décès [1]. Et, malgré tous ses efforts, la belle-famille n'obtint qu'un peu plus de quarante *yuans* au lieu des cinquante que Lao Wang lui devait.

Ainsi, l'affaire pouvait être considérée comme réglée. Cependant, Erniu dut subir les conséquences de ses actes : elle n'osait plus rentrer dans la chambre. Quoi qu'elle fasse, elle revoyait toujours la belle-sœur pendue au chambranle de la porte, vêtue de sa robe rouge et lui tirant la langue. Lao Wang devait déménager. Mais qui accepterait de loger dans une chambre hantée ? Il valait encore mieux qu'ils continuent à l'habiter ; comme ça, le propriétaire ne chercherait pas à en savoir davantage, tandis que s'ils déménageaient, il y aurait sûrement des indemnités à payer. L'ennui restait que Erniu n'osait pas coucher dans cette chambre. A la limite, puisque la belle-sœur était morte, on n'avait plus besoin de deux pièces. Mais si on rendait la pièce en trop, qui oserait y loger ? Quel problème épineux !

Lao Wang eut alors une idée de génie. Le suicide de sa bru avait accru encore son mépris pour les femmes. Avoir dépensé plus de quarante *yuans* pour les funérailles de la pendue et en avoir donné autant à la famille, ça le mettait hors de lui. C'est pourquoi la position de Erniu elle-même fut subitement compromise. S'il se débarrassait de sa fille, le vieux se dit qu'il toucherait au moins l'argent pour le mariage, ainsi

1. Le nombre de bonzes et le fait qu'ils ne viennent lire les soutras qu'une seule fois soulignent la pauvreté de la famille.

pourrait-il donner sans tarder une nouvelle épouse à son fils. Puisque Erniu refusait d'entrer dans la chambre, eh bien ! tant mieux, elle n'avait qu'à s'en aller. Il en tirerait au bas mot deux ou trois cents *yuans*, ce qui lui permettrait, en plus d'une nouvelle bru, de mettre de l'argent de côté pour son propre cercueil.

Au cours d'une conversation qu'il eut avec moi, il aborda l'affaire ; je crus, sur le moment, qu'il voulait marier Erniu à mon fils. Non, il me chargea de m'enquérir et de lui trouver un provincial prêt à payer ces deux ou trois cents *yuans*. Je ne lui répondis rien.

Juste à cette période, on vint faire des propositions à Xiao Wang, il s'agissait d'une jeune fille de dix-huit ans, bonne ménagère, pour laquelle la famille ne réclamait que cent vingt *yuans*. Lao Wang n'en fut que plus impatient de se débarrasser de Erniu.

Là-dessus, survint le propriétaire : l'histoire de la pendue lui était revenue aux oreilles. Lao Wang l'envoya vite promener. « Une chambre hantée ? Mais, j'y habite moi-même. Je ne suis pour rien dans toute cette affaire ! Absent toute la journée, je ne vois pas quand j'aurais pu maltraiter ma belle-fille. On ne peut rien contre de mauvais voisins. Sans cette bonne femme de Zhang Er, jamais ma bru ne se serait pendue. La chose, du reste, importe peu, il me faut maintenant m'occuper de mon fils. Pour cela, si je n'ai pas d'argent, il me suffira de demander une avance à mon patron étranger. Ne m'a-t-il pas donné cent *yuans* pour cette affaire de pendaison ? »

Une fois rembarré, le propriétaire s'informa auprès des voisins. C'était on ne peut plus exact, l'argent venait bien du patron étranger, ce qui n'était pas sans susciter l'admiration unanime des voisins. Le propriétaire laissa donc Lao Wang tranquille, ne serait-ce que pour éviter d'offenser quelqu'un qui travaillait chez des étrangers. En revanche, ce coquin de Zhang Er ne lui disait rien qui vaille : non seulement il devait deux mois de loyer, mais en plus, il laissait sa femme raconter n'importe quoi. Il les expulsa donc. Tous les talents oratoires de la femme de Zhang Er restèrent sans effet. Ils durent donc donner leurs deux mois de loyer et filer en vitesse !

Le jour où Zhang déménagea, il était soûl comme un cochon.

Mais reste à savoir combien Lao Wang vendra sa fille et quel genre de femme son fils épousera ! Entre nous, quelle histoire ! La « culture » est une belle idiotie, je vous l'ai déjà dit !

Le nouvel inspecteur[1]

You Lao'er se rendait à son nouveau poste.

Dès qu'il vit le bureau où il allait travailler, il ralentit le pas. L'endroit n'était pas grand et il le connaissait déjà, car, dans la ville, il y avait peu d'endroits où il ne fût entré, qu'il s'agisse de bureaux, de tripots ou de fumeries d'opium. Il se souvenait même que, de cet endroit, en entrouvrant la porte, on pouvait voir la Montagne des Mille Bouddhas[2]. Au moment d'entrer en fonction, il n'était évidemment pas d'humeur à penser à cette montagne : il avait une mission à remplir et pas des moins délicates ! Toutefois, il ne laissait rien paraître de son inquiétude ; n'avait-il pas roulé sa bosse dans tous les coins du pays pendant des années, n'avait-il pas acquis une grande maîtrise de lui-même ? Il se mit à marcher encore plus lentement. C'était un bon gros, la quarantaine bien sonnée, le visage jaune et glabre souligné d'épais sourcils. Vêtu d'une longue robe de serge grise, aux

1. Le titre original de la nouvelle est en chinois : *Shang ren* (« L'entrée en fonction »).

2. Lishan, également nommé la Montagne des Mille Bouddhas (*Qianfoshan*) s'élève au sud de la ville de Jinan, chef-lieu du Shandong. Comme on le voit, cette nouvelle est la seule, dans le présent recueil, dont l'action ne se situe pas à Pékin. Mais, comme il y a des inspecteurs et des bandits partout, il n'a pas semblé nécessaire de l'exclure pour cette unique raison.

larges manches, il portait une paire de chaussons de satin noir à double bourrelet. Il marchait posément, sans un regard pour la montagne, mais il pensait qu'il aurait mieux fait d'arriver en voiture. En même temps, il se disait que ce n'était pas indispensable, ses futurs adjoints étaient tous des amis à lui et tout le monde se connaissait, donc, pas besoin de leur en imposer. Et puis la mission qui lui avait été confiée exigeait une certaine discrétion. Non pas qu'il eût peur, car aussi bien sa tenue vestimentaire, en conformité avec son rang d'inspecteur, que sa façon de marcher indiquaient son assurance. Le port de l'uniforme ne lui était, du reste, pas nécessaire ; en songeant au revolver qu'il dissimulait au creux de sa ceinture, il se mit à rire intérieurement.

Le bureau ne se distinguait par aucune pancarte : comme pour You Lao'er, les armes se cachaient à l'intérieur. En fait, il n'y avait que deux pièces. Il vit par la porte ouverte quatre types assis sur des bancs, la tête baissée, en train de fumer, et aucun ne regardait la Montagne des Mille Bouddhas. Sur une table carrée appuyée contre le mur, il y avait des tasses à thé ; par terre était posée une bouilloire toute neuve, en fer-blanc, et tout autour, le sol était jonché de mégots dont un fumait encore. Quand Lao'er les vit se lever, il se dit à nouveau qu'il aurait dû venir en voiture ; au fond, cette façon de prendre son poste manquait d'allure. Cela n'empêcha pas ses vieux amis de se lever comme il convenait. Ils avaient beau rigoler ensemble, leur familiarité n'était pas dénuée de respect. Ce n'était pas parce qu'il n'était pas arrivé en voiture qu'ils allaient le mépriser. Et puis, il faut bien dire qu'un inspecteur et ses subordonnés sont des gens qui travaillent dans l'ombre, moins ils attirent l'attention, mieux c'est. Cela, ils le savaient, bien entendu. Il se sentit plus à l'aise.

You Lao'er se tint un moment debout devant la table, souriant à tout le monde, puis il entra dans la pièce du fond. Dans celle-ci, il n'y avait qu'une table longue, deux chaises et un calendrier accroché au mur ; au-dessus du calendrier, il y avait une trace de sang de punaise. Le bureau était un peu trop vide, pensa You Lao'er, mais il ne parvint pas à trouver ce qu'il eût fallu ajouter... L'adjoint Zhao lui apporta une tasse de thé dans laquelle flottait une seule tige [1]. Mais les deux hommes n'avaient rien à se dire et You Lao'er s'essuya le front. Ah ! voilà, il manquait une cuvette pour se débarbouiller. Et il n'avait pas demandé à son adjoint d'en acheter une. Mais cela méritait réflexion : c'est lui qui avait entre les mains tout l'argent du bureau, cet argent devrait-il être dépensé au vu et au su de tous, ou bien devait-il le garder tout pour lui ? Son propre salaire était de cent vingt *yuans* et la somme destinée aux dépenses du bureau de quatre-vingts *yuans*. Pour un métier aussi dangereux, quatre-vingts *yuans* de supplément, ce n'était même pas beaucoup. Mais, après tout, les adjoints aussi risquaient leur peau. En plus, c'était de vieux amis. Pendant des années, n'avaient-ils pas mangé et bu ensemble, n'avaient-ils pas partagé le même *kang* dans les bordels de campagne ? Il ne pouvait pas se mettre tout dans la poche. L'adjoint Zhao sortit ; au fait, lorsque Lao Zhao était le chef, s'était-il approprié tout le fric ? You Lao'er rougit. De l'extérieur, l'adjoint jeta un regard. Ce vieux, bien que quinquagénaire, n'était plus que son adjoint, alors qu'il y a trois ans encore, il avait sous ses ordres cinquante fusils. Non, il ne devait pas empocher toute la somme. Mais alors, à quoi bon être le chef ? et comment répartir les quatre-vingts *yuans* ? Encore une fois, quand c'était eux les chefs, ça se passait dans la

1. Présage de bon augure pour le nouvel inspecteur.

montagne[1]. Bien que You Lao'er ait été sans cesse en contact avec eux, il n'était jamais monté officiellement dans la montagne, voilà la différence. Eux, disons-le carrément, c'était des bandits ; lui, il était fonctionnaire. Et quand on est fonctionnaire, on doit se comporter en fonctionnaire. Puisqu'ils étaient revenus dans le droit chemin, les affaires officielles devaient être réglées comme telles et les quatre-vingts *yuans* de frais de bureau devaient lui revenir. Mais cela n'empêchait pas qu'il faudrait bien acheter une cuvette et aussi deux serviettes.

En dehors de ces emplettes, il lui sembla qu'il y avait encore quelque chose à faire. Par exemple, un inspecteur se doit de lire le journal et donne des directives à ses subordonnés. Il lui fallait donc un journal, qu'il le lise ou pas : l'important était de pouvoir le montrer. Pour ce qui était de donner des directives, il n'était pas sans expérience, ayant été adjudant puis commissaire aux douanes ; oui, il se devait de leur donner des instructions, pour bien marquer son entrée en fonction. Et puis, ses subordonnés avaient tous vécu dans les montagnes, ils avaient été soldats à l'occasion, comment pourrait-il susciter leur admiration s'il ne les gratifiait pas de quelques belles paroles ? Lao Zhao était sorti, Lao Liu n'arrêtait pas de tousser ; décidément, une petite harangue était nécessaire, ne serait-ce que pour les rappeler à la discipline. You Lao'er se racla la gorge et se leva, il aurait voulu s'essuyer le visage, mais il n'y avait encore ni cuvette ni serviettes. Il se rassit donc. Les haranguer, oui, mais pour leur dire quoi ? Ne s'était-il pas déjà fait comprendre lorsqu'il les avait engagés ? Il n'allait tout de même pas répéter à Lao Zhao, à Lao Liu, à Lao Wang et à Lao Chu ce qu'il leur avait dit : « You Lao'er a besoin de vous.

1. Refuge traditionnel des hors-la-loi.

Et je peux vous dire que tant que You Lao'er aura son bol de riz, aucun d'entre vous ne crèvera de faim, ne sommes-nous pas des frères ? » Il leur avait déjà tenu plusieurs fois ce langage, à quoi bon le reprendre à nouveau ? Quant à la besogne qui les attendait tous, il s'agissait d'attraper des bandits avec des bandits. Pour ça, un accord tacite suffisait, inutile de mettre les points sur les « i ». Il n'y a pas que l'estomac qui compte, il y a aussi la tête. Si on voulait vraiment que l'opération aboutisse, il faudrait bien sacrifier quelques amis du milieu et dans ce cas, Lao Liu et les autres pourraient bien retourner leurs armes contre lui. Il était indispensable de garder un œil ouvert tout en fermant l'autre, car il n'était pas question d'en finir d'un seul coup : tout le monde se retrouverait un jour ou l'autre. Ce n'était pas des choses qu'on pouvait dire ouvertement. Dans ces conditions, comment faire la moindre harangue ? Il suffisait de regarder les yeux de Lao Liu pour savoir que, même après la mort, ils resteraient toujours ouverts. L'aide que ses adjoints lui apportaient montrait assez leur courage, on ne pouvait pas balayer d'un seul coup toutes les règles de la montagne. Le Commandant avait chargé You Lao'er d'arrêter les rebelles. Bien, mais si ceux-là étaient ses amis ? Il n'ignorait pas qu'il aurait affaire à forte partie. Pas facile !

You Lao'er ôta sa robe de serge grise et sortit en regardant tout le monde avec un sourire.

« Chef ! » Les yeux de Lao Liu débordaient de mépris envers son supérieur. « Allez, on attend tes ordres ! »

You Lao'er hocha la tête. Il devait leur montrer de quoi il était capable. « Attendez que je fasse une liste et après on fera un rapport sur nos opérations au Commandant Li. Hier et avant-hier, ne vous ai-je pas déjà exposé la situation, les gars ? Nous sommes là pour aider le Commandant Li à mettre la main sur les rebelles[1]. Je vous ai confié que le Commandant m'avait convoqué pour me dire : " Comme je suis nouveau dans la région, j'ai pensé à toi, Lao'er, tu pourrais m'aider. " J'aurais eu mauvaise grâce de refuser, nous sommes amis de longue date, le Commandant Li et moi. A force de réfléchir, j'ai trouvé une solution. Comment dire ? J'ai songé à vous, car si je connais bien le coin, vous, vous le connaissez à fond. Et j'ai pensé que si nous coopérions, tout irait comme sur des roulettes. " Commandant, lui ai-je dit alors, vous pouvez compter sur moi. Puisque vous me faites l'honneur de me donner du boulot, comment pourrais-je le refuser ? " Eh bien, les gars, sachez que si le Commandant Li ne peut rien sans You Lao'er, moi, je ne peux rien sans vous. La situation est donc bien claire. Je vais dresser une liste : un tel s'occupera d'un endroit, un tel d'un autre. Quand tout sera au point, j'enverrai mon rapport, ensuite, on passera à l'action. C'est ainsi qu'on traite les affaires officielles, n'est-ce pas ? » demanda You Lao'er en riant.

Lao Liu et les autres n'ouvrirent pas la bouche, Lao Chu cligna des yeux, mais aucun ne se sentit vraiment embarrassé. You Lao'er avait intérêt à ne rien ajouter, il ne lui restait donc qu'à dresser sa liste. En montrant sa dextérité au pinceau, il pensait que cela leur en boucherait un coin, à Lao Liu et aux autres. Cette année-là, lorsque Lao Chu avait kidnappé le troisième fils de la noble famille Wang, n'était-ce pas lui, You Lao'er, qui avait écrit la lettre réclamant la rançon ? Oui, il devait montrer son talent de calligraphe. Mais où étaient donc l'encre et le pinceau ? Ah ! décidément, on ne tirerait rien de tels adjoints ! « Lao Zhao ! » You Lao'er pensa envoyer Lao Zhao acheter un pinceau,

1. *Fandongpai :* mot à mot : les « réactionnaires » sous le régime Guomindang. Il s'agissait probablement d'éléments incontrôlés, peut-être même d'authentiques révolutionnaires.

mais finalement il ne lui dit rien : pourquoi demanderait-il donc uniquement à Lao Zhao d'aller faire ses courses ? Dès qu'il est question d'argent et de charger quelqu'un de faire les achats, on n'est jamais assez circonspect. Et quand il s'agit d'une affaire officielle, on ne peut se permettre la moindre négligence ; on n'est pas sur la montagne. Les tâches devraient donc être équitablement réparties entre celui qui irait faire les courses et celui qui irait porter le courrier. Mais, ce n'était pas facile, car le premier pourrait se faire une ristourne alors que le second courrait pour rien. Or, à qui attribuer cette tâche ingrate ? « Oh ! non, rien, Lao Zhao ! » Attendons un peu pour acheter le pinceau, se dit-il. On verra plus tard. You Lao'er se sentait un peu mal à l'aise. Jamais il n'aurait imaginé que le travail d'inspecteur était aussi assommant. Le poste n'était pas grassement payé, encore que, avec les quatre-vingts *yuans* des frais de bureau, son revenu serait moins maigre. Mais il ne pouvait s'attribuer toute la somme. Ses adjoints avaient déjà tous séjourné dans la montagne ; s'il se montrait trop avare, il craignait de se retrouver avec une balle dans la peau et ce n'est jamais très drôle. Quand un fonctionnaire a des bandits pour acolytes, il mène un jeu plutôt délicat. A se demander s'il s'agit toujours bien d'un fonctionnaire. Mais, sans bandits, rien ne pouvait marcher car You Lao'er était bien incapable d'arrêter, à lui tout seul, les rebelles. Autant pisser dans un violon ! You Lao'er caressa le revolver qu'il avait au creux de sa ceinture. « Frères ! avez-vous pris vos flingues ? »

Tous se contentèrent de hocher la tête.

« Flûte alors, seraient-ils devenus tous muets ? » se dit en lui-même le nouvel inspecteur. Qu'est-ce que cela pouvait bien signifier ? Etait-ce par admiration pour lui ou bien par crainte ? Cette attitude ne lui paraissait pas amicale, vraiment pas amicale ; s'ils avaient quelque chose à dire, ils n'avaient qu'à parler. Ce Lao Liu, par exemple, était une véritable porte de prison ! You Lao'er se remit à rire. Pour un fonctionnaire, cela ne faisait pas très sérieux ; avec cette bande de types ; le genre fonctionnaire avait peu de chances de marcher. Peut-être qu'une bonne engueulade leur ferait plaisir ? Il n'osait pas, car il n'était pas un vrai brigand. Il se savait assis entre deux chaises, à la fois regrettant de n'être pas lui-même un vrai bandit, mais se félicitant de leur être supérieur : n'importe qui n'est pas fonctionnaire. Il alluma une cigarette et chercha une idée pour amadouer cette bande de lascars ; sans lâcher tout l'argent des frais de bureau, le mieux était de leur payer un gueuleton.

« Allez, les gars, on se retrouve au Restaurant des Cinq Bonheurs ! » You Lao'er remit sa robe de serge grise. Le visage de Lao Zhao se fendit comme un potiron trop mûr. Une fissure apparut comme un sourire dans la gueule de pierre que Lao Liu avait mis cinquante ans à se façonner. Quant à Lao Wang et à Lao Chu, ils paraissaient tout simplement revenir à la vie. La bouche pleine de salive, tous se léchaient les babines en silence.

Une fois arrivés au Restaurant des Cinq Bonheurs, comme on était entre amis, on ne fit pas de façons, chacun commanda un plat dont il avait envie : c'était les plus coûteux de la carte. Et Lao Liu réclama même double portion. Au milieu du repas, les convives crurent le moment venu de parler. Le premier à prendre la parole fut naturellement Lao Liu, qui était le plus âgé. Sur ses joues de pierre, s'étalaient déjà deux plaques rouges, mais il ne put ouvrir la bouche sans avoir au préalable bu encore une gorgée de vin, pris un morceau de jambon et tiré sur sa cigarette : « Inspecteur en chef ! » Il balaya l'assistance du regard. « L'opium, la prostitution clandestine, on a ça bien en main, mais ces prétendus “ rebelles ”, il faut y aller doucement. Et savoir ce qu'on fait. Si c'est pour ne pas respecter la justice qui est la nôtre, ça ne vaut pas le coup. Surtout pour une somme globale aussi ridicule ! »

You Lao'er, que l'alcool rendait moins timoré, répliqua : « Non, ce n'est pas ça, il faut voir les choses, grand frère Liu. Si le Commandant Li nous a désignés, nous autres, c'est pour capturer les rebelles. Il y en a trop et, si nous ne nous pressons pas de mettre la main sur eux, nous ne pourrons plus compter sur le Commandant Li. Il sera dégommé et alors, que deviendrons-nous ? »

Lao Zhao, qui répandait une haleine tout empestée de vin et de tabac, intervint : « Si on met la main sur eux et qu'on en liquide quelques-uns, il ne faut pas oublier que si nous sommes armés, eux le sont aussi ! Et qui nous dit que nous mangerons toujours de ce pain-là ? » En disant ça, ce n'était pourtant pas la peur qui le faisait parler.

« Les peureux sont des mauviettes ! » Lao Chu trouva tout de suite le mot qui convenait.

« De sales mauviettes ! renchérit Lao Shao. Moi non plus je n'ai pas peur. Je veux bien aider le Commandant Li, mais la justice, c'est la justice ! Ce que tu viens de nous dire, You Lao'er, est raisonnable et je n'oublie pas les services que tu nous as rendus, mais si tes relations privées et publiques sont plus étendues que les nôtres, tu n'es jamais monté sur la montagne.

— Tu crois que je ne comprends pas ? ricana You Lao'er, en regardant dans le vide.

— Personne n'oserait dire une chose pareille ! fit soudain remarquer Wang Xiaosi, qui avait la gueule en forme de calebasse.

— Dans ces conditions, les gars — You Lao'er voulut alors les intimider — si vous me soutenez, vous êtes des amis ; sinon, ça m'est égal ! » Il ricana de nouveau, les yeux fixés au plafond.

« Inspecteur en chef ! » C'était encore Lao Liu qui prenait la parole, le salaud, qui avait toujours le regard courroucé. « On peut y aller pour de bon, mais dans ce cas, nous ne serons que des exécutants, le chef, ce sera toi ; toute la responsabilité retombera sur toi Nous sommes entre amis, il ne doit pas y avoir d'équivoque. Si tu nous dis de les pincer, c'est facile, pour nous, aucun problème ! »

L'holothurie que You Lao'er venait de manger se glaça dans son estomac. C'était justement ce qu'il redoutait. Si ses adjoints réussissaient leur coup, il pourrait en revendiquer le mérite ; mais si les rebelles leur tiraient dessus, il serait aussi le premier visé.

D'un autre côté, il se disait : Il n'y a pas de raison d'avoir peur à l'avance, il verrait le moment venu comment les choses tourneraient. D'une part, l'idée de se faire tirer dessus n'avait rien d'agréable ; mais de l'autre, la perspective de la récompense le remplissait d'ardeur. You Lao'er avait suffisamment roulé sa bosse pour savoir que dans n'importe quelle affaire, c'est toujours celui qui frappe le premier qui a l'avantage. Autant donc y aller carrément. Il se disait aussi qu'à plus de quarante ans, ce qu'on ne fait pas pour soi-même, on le fait au moins pour ses enfants ! Des types tels que Lao Liu et les autres ne se soucient pas du lendemain ; après avoir passé toute une vie dans l'illégalité, ils n'auraient même pas une place au cimetière. Mais lui, You Lao'er, était un malin qui connaissait trop la combine pour se laisser arrêter par les objections d'un Lao Liu. A cette idée, il décida de passer à l'action. Il devait soutenir le Commandant Li. Et qui sait, au bout de quelques rafles réussies, il serait peut-être affecté au quartier général, alors, entre autres avantages, il pourrait sortir en voiture. Il n'allait pas toute sa vie se rendre au bureau à pied.

Avec la soupe, en général, les estomacs et les humeurs s'adoucissent. Ainsi, lorsque arriva le potage aux trois délices, ils étaient tous beaucoup plus calmes. Bien que You Lao'er fût encore très résolu, ses paroles se firent beaucoup moins dures : « Après tout, les gars, qu'est-ce qui vous empêche de me soutenir ? Il suffit de trouver quelqu'un d'inoffensif et de le pincer ; tant pis pour lui, il faut bien que nous montrions un peu de quoi nous sommes capables. Entre nous, quand on a des flingues sur soi, la chasse aux putains clandestines ne rime pas à grand-chose. Voilà comment on va procéder : on s'en prend d'abord à un minable, avec lequel on ne courra aucun danger, et, une fois l'affaire réglée, on verra ; on se retrouvera ici, le jambon nature n'y est pas mauvais, n'est-ce pas ?

— On est déjà en automne, après, on commandera plutôt un jambon à la sauce brune », dit Wang Xiaosi. Il parlait peu, mais parlait bien.

You Lao'er décida de garder Wang Xiaosi avec lui au bureau et envoya les autres faire des enquêtes ; après tout, il n'était pas nécessaire de dresser dès à présent une liste, il attendrait qu'ils reviennent pour faire son rapport. Au fait, il fallait acheter des pinceaux, un bâton et une pierre à encre, et aussi une cuvette. Il irait les acheter lui-même pour ne pas faire de jaloux. Il lui faudrait un secrétaire, mais il avait oublié d'en parler au Commandant Li. Provisoirement, il se chargerait lui-même de la besogne et ne réclamerait un secrétaire que lorsque la première affaire aurait marché. Il ne fallait pas trop bousculer les choses ; You Lao'er avait même son plan. Il avait entendu dire que le fils de son deuxième oncle savait écrire, il suffirait de lui donner un coup de piston, et ainsi, le moment venu, il pourrait l'engager comme secrétaire. Parfait ! Pour le premier jour d'une prise de fonctions, on ne pouvait pas dire qu'il s'en était mal tiré.

Sur le chemin du retour, il bavarda avec Wang Xiaosi, il oublia complètement les achats qu'il avait à faire. Le bureau n'avait pas vraiment l'air d'un bureau ; mais, au fond, ça n'était pas plus mal, car quand il s'agit d'écrire, on se fait souvent des idées, on croit pouvoir écrire tout d'une traite, et puis, sur le moment, ces diables de mots vous font défaut, il vous manque toujours juste celui dont vous avez besoin. Autant donc ne pas avoir de quoi écrire ! Ça ira tout aussi bien. Mais alors, comment s'occuper ? Il faudrait aller acheter un journal, ne serait-ce que pour regarder les images publicitaires. You Lao'er ne pouvait pas passer tout son temps à bavarder avec Wang Xiaosi ; ils étaient certes de vieux amis, mais comme maintenant l'un était le chef et l'autre son subordonné, il convenait de garder une certaine distance. Il ne lui restait rien à faire, il avait déjà stationné suffisamment longtemps sur le pas de la porte, bu assez de thé et il n'allait pas feuilleter une troisième fois son agenda. You Lao'er fit alors ses propres comptes et ceux-ci étaient assez prometteurs : cent vingt *yuans* de salaire, quatre-vingts de frais de bureau, même s'il ne mettait pas l'intégralité de ces derniers dans sa poche, il pouvait au moins compter sur cent cinquante par mois. Petit à petit, il pourrait s'acheter une petite maison. Dire que ce salaud de Shang Ergou a touché cent mille *yuans* pour une seule expédition avec Zhang Zongchang[1]. Des affaires comme ça, malheureusement, il n'y en a plus. Après tout, les rebelles, c'était eux. Mais tout le monde n'est pas comme Shang Ergou,

1. Célèbre seigneur de la guerre sévissant au Shandong, dans les années vingt. On disait de lui qu'il ignorait trois choses : le nombre de ses épouses, le montant de sa fortune, et les effectifs de ses soldats.

à veiller jalousement sur son capital. Le fric vous fait souvent perdre la tête. You Lao'er se souvenait des vingt ou trente mille *yuans* qu'il s'était faits lui-même à la douane. Où étaient-ils passés ? Ce n'est pas étonnant qu'il y ait des rebelles : on a l'habitude de manger, de boire, de s'amuser sans compter, on ne peut vraiment plus supporter de manger des *wowotous* à nouveau tous les jours. En fait, tous, y compris, pour être franc, You Lao'er lui-même, n'attendaient qu'une chose : le retour du Haut Commissaire Zhang Zongchang et c'était naturel ! En songeant à Ding Sanli, qui avait mis de côté, à lui tout seul, deux caisses de papier-monnaie à l'usage des militaires [1], il suffisait que Zhang revienne et qu'on ouvre les caisses pour que Lao Ding fasse fortune sur-le-champ. Arrêter les rebelles ? Il n'en était plus question, puisque tous étaient de vieux amis. Mais, en même temps, il était payé pour le faire, il fallait donc qu'il les arrête. Puisque rien n'annonçait le retour prochain du Général Zhang, c'était à chacun de jouer pour son propre compte. Il en arrêterait quelques-uns et les ferait fusiller ! You Lao'er n'était jamais monté sur la montagne, ça faisait tout de même une certaine différence.

Il était déjà plus de quatre heures, Lao Liu et les autres n'étaient toujours pas de retour, les trois hommes étaient-ils vraiment allés enquêter sur place ou bien avaient-ils été simplement s'amuser ? You Lao'er se dit qu'il faudrait fixer des heures de bureau et qu'à quatre heures et demie, ils devraient être de retour pour faire leur rapport. Si jamais ils ne revenaient pas, l'administration aurait bonne mine ! C'était réellement emmerdant ; sans eux, il ne pouvait rien et quand ils étaient là, ils ne faisaient que

1. A l'époque, chaque seigneur de la guerre faisait imprimer sa propre monnaie, et celle-ci n'était utilisable que dans la région qu'il contrôlait en personne.

l'encombrer. Il ne pouvait les attendre au-delà de cinq heures. Le bureau ouvrirait à huit heures du matin et fermerait à cinq heures de l'après-midi ; les adjoints devraient être disponibles à tous moments, même au milieu de la nuit quand il s'agirait d'arrêter quelqu'un. Leur chef ne pouvait tout de même pas passer sa journée à les attendre. Sur ce point, il devait les avertir, mais le sujet était délicat à aborder. Se rappelant qu'il était leur chef, You Lao'er n'allait pas s'embarrasser de pareils scrupules. Il prévint immédiatement Wang Xiaosi. Celui-ci grogna, mais on ne savait pas très bien ce que ça signifiait.

« Cinq heures ! » You Lao'er jeta un coup d'œil sur la Montagne des Mille Bouddhas, le sommet était couronné de rayons d'or, mais sous la lumière dorée du soleil, l'herbe d'automne paraissait encore verte. « Lao Wang, surveille bien le bureau, et à demain huit heures ! »

Wang Xiaosi tint sa bouche en calebasse hermétiquement fermée.

Le lendemain matin, You Lao'er fit exprès d'être en retard d'une demi-heure. C'était une question de prestige. Car s'il était le seul arrivé à l'heure, il aurait été ridicule.

En fait, ses subordonnés étaient tous là, assis comme d'habitude sur des tabourets, en train de fumer, la tête baissée. A la vue de cette bande de charognes, You Lao'er en aurait empoigné un, rien que pour lui flanquer une raclée. Quand il entra, ils se levèrent, comme le jour précédent, mais si lentement qu'on aurait dit qu'ils avaient tous le pied malade. You Lao'er aurait dû les engueuler, mais ça le gênait, il se mit donc à rire. Etant leur chef, il se devait d'être généreux et indulgent. Et pour un malin comme lui, une attitude indifférente et décontractée s'imposait.

« Alors, Lao Liu, on a du pain sur la planche ? »

C'était si naturel, si gentil, si plein de sel ! You Lao'er se félicitait intérieurement de ses paroles.

« Oui, il y a de quoi faire ! répondit Lao Liu, qui avait toujours la gueule en porte de prison et le regard fixe, mais ce n'est pas fait.

— Comment cela ? fit You Lao'er en riant.

— C'est inutile ! Ils viendront d'eux-mêmes dans un instant.

— Oh ! » You Lao'er voulut encore rire, mais il n'y parvint pas. « Et vous ? » dit-il en s'adressant encore à Lao Zhao et Lao Chu. Les deux hochèrent la tête ensemble, de façon négative.

« On sort encore aujourd'hui ? demanda Lao Liu.

— Euh ! Attendez un moment ! » You Lao'er entra dans la pièce du fond. « Je vais réfléchir. » Il tourna la tête et jeta un coup d'œil, ils étaient de nouveau tous assis, les yeux fixés sur le bout de leur cigarette, ne soufflant mot, quelle bande de charognes !

Une fois seul, You Lao'er s'assit à son tour, mais son cœur se mit à battre très fort. Allaient-ils vraiment venir d'eux-mêmes ? Ils ne pouvait questionner en détail Lao Liu sans capituler et perdre la face devant ses propres adjoints. Mais qu'est-ce que cela signifiait, ils viendront tout seuls ? Comme il était impossible d'en discuter avec Lao Liu, il ne restait qu'à attendre. Fallait-il envoyer Lao Liu et les autres ? C'était une chose à décider. « Hé, Lao Chu, tu iras de ton côté, tu ouvriras bien les yeux, compris ? » Il s'attendait à ce que tout le monde éclatât de rire, appréciât son audace et son humour, mais personne ne rit. « Lao Liu, attends un peu pour partir. Ne viennent-ils pas me voir ? Nous leur tiendrons compagnie tous les deux. On sera entre vieux amis. » Ses ordres s'arrêtèrent là car il valait mieux que Lao Wang et Lao Zhao ne partent pas ; à plusieurs, on a plus de courage. Mais s'ils voulaient partir, il serait malséant de les en empêcher : dans un métier comme le leur, il faut jouer au plus fin. Il valait mieux attendre qu'ils posent la question et alors, on en parlerait. Lao Wang et Lao Zhao ne soufflaient mot. Du reste, c'était tant mieux. « Combien vont-ils venir ? » A peine arrivés à sa bouche, les mots repartirent au fond de sa gorge. De toute façon, You Lao'er avait ici trois adjoints, ils étaient tous armés. S'il venait toute une bande, il n'y avait qu'à fermer les yeux. Et puis, merde, on verrait bien !

En attendant, il n'avait toujours pas son journal. Pour un fonctionnaire, c'était un comble ! Il ne pouvait supporter que les rôles soient inversés, que ce soit lui, l'inspecteur, qui attende les criminels. Il envisagea de téléphoner au quartier général pour qu'on lui envoie du renfort ; comme ça, au fur et à mesure de leur arrivée, ils pourraient les pincer, un à un, et tous les passer par les armes. Et puis, non, il se dit qu'il ne fallait pas s'emballer, mais agir selon les circonstances. Il était déjà neuf heures et demie. « Hé, Lao Liu, quand vont-ils venir ?

— Ils ne tarderont pas, chef ! » Ce salaud de Lao Liu faisait exprès de le regarder en rigolant.

« Le journal ! Dis au marchand de m'en apporter ! » You Lao'er devait absolument lire un journal.

Dans le canard du matin, You Lao'er chercha les nouvelles locales, il riait d'autant plus fort qu'il ne pouvait lire qu'à haute voix. Soudain, il buta sur un putain de caractère, le nom d'une serveuse, un drôle de nom qu'il ne connaissait pas. Lorsqu'il tomba dessus, sa voix s'affaiblit subitement.

« Chef ! Les voilà ! » Pour une fois, Lao Liu respectait les formes.

You Lao'er ne broncha pas, abandonnant la serveuse au nom impossible. Il n'éleva même pas la voix. « Entrez ! » dit-il en caressant son pistolet.

Ils entrèrent tous à la queue leu leu. En tête venait

Yang le Balèze, suivi immédiatement de Beaux sourcils, qui était lui aussi un malabar ; entre les deux, le Singe faisait minuscule. Puis venaient Ma Liu, Cao la Grande Gueule et Zhang Fei au Visage Pâle[1].

« You Lao'er ! » Ils le saluèrent tous.

Ne pouvant feindre de ne pas reconnaître la bande, l'inspecteur se leva, un sourire aux lèvres. Ils parlaient tous à la fois, cela fit un tel brouhaha qu'ils avaient beau crier, personne ne savait même plus ce qu'ils voulaient dire.

« Yang le Balèze, parle au nom de tous ! Ecoutons Yang le Balèze ! » Etant parvenus peu à peu à se mettre d'accord, ils s'exhortaient les uns les autres. « Ecoutons ce que va dire Yang le Balèze ! »

Fronçant les sourcils, Yang le Balèze se pencha en avant, les mains appuyées sur la table et la bouche presque sous le nez de l'inspecteur. « You Lao'er, nous sommes venus te présenter nos félicitations.

— Tais-toi, dit Zhang Fei au Visage Pâle, en donnant au Singe un coup de poing dans le dos.

— Félicitations, mais qui dit félicitations dit aussi invitation. Normalement c'est nous qui aurions dû t'inviter, mais ces temps-ci, on n'a même plus ça ! dit Yang en formant un rond avec son pouce et son index. Par conséquent, c'est à toi de nous inviter.

— Voilà qui est juste, mes frères ! » L'inspecteur aurait voulu répondre. Mais Yang le Balèze ne lui en laissa pas le temps.

— You Lao'er ! Il est inutile de nous envoyer des cartons pour nous inviter au restaurant. Ce que nous voulons, c'est ça, et de nouveau, il forma un rond avec le pouce et l'index. Tu nous donnes l'argent pour le voyage et c'est tout !

1. Zhang Fei : personnage historique du *Roman des Trois Royaumes*, célèbre, lui, pour son visage noir.

— L'argent pour le voyage ? demanda You Lao'er.

— Eh oui ! » Yang le Balèze hocha la tête d'un air faussement songeur. « Tu vois, You Lao'er, puisque tu as la haute main sur la région, nous autres, les copains, on ne peut plus faire notre boulot. Mais nous sommes des amis. Du fait que tu es là, nous foutons le camp. On ne peut pas laisser la zizanie s'installer entre nous. Toi, tu fais ton travail d'inspecteur et nous, nous regagnons la montagne. Les frais de transport, c'est ton affaire. On se sépare comme ça en bons termes. » Se retournant alors vers les autres, Yang le Balèze les consulta : « Etes-vous tous d'accord ?

— Oui, tout à fait d'accord ! dit aussitôt le Singe. C'est maintenant à You Lao'er de nous répondre. »

Le nouvel inspecteur avait tout prévu sauf ça. Une solution aussi simple qui dépasse l'imagination, mais en même temps, très compliquée. Pour l'instant, ils n'étaient que six à réclamer les frais de voyage. Mais s'il en venait des dizaines, voire des centaines, et tous avec les mêmes exigences ? Encore une fois, l'ordre du Commandant Li était de les capturer ; s'il se contentait de les renvoyer bien gentiment l'un après l'autre avec l'argent pour le voyage, de quoi aurait-il l'air ? Et où prendrait-il l'argent ? En demander à son supérieur, il n'en était pas question. Il n'allait tout de même pas consacrer à cet usage tout son salaire et les frais de bureau ? En même temps, il se disait que ces types étaient après tout corrects, ils cherchaient à lui sauver la face. « Du fait que tu es là, nous foutons le camp. » La phrase est simple et directe, presque amicale. Mais pour que l'affaire soit aussi facile, encore fallait-il que quelqu'un accepte de casquer. Le sourire aux lèvres, il invita tout le monde à boire de l'eau ; mais s'il refusait, il risquait de les offenser, il craignait que leurs propos jusqu'ici aimables ne se fissent redoutables. Il était sûr de leur parole, mais ils ne décamperaient pas sans avoir obtenu leur argent. Ses quatre-vingts *yuans* de frais de bureau ne pouvaient pas ne pas y passer. Il fallait encore qu'il fasse semblant de leur donner de son plein gré, car la moindre réticence de sa part les aurait vexés.

« Il vous faut combien, les amis ? demanda-t-il d'un air détaché.

— Dix *yuans* par personne, répondit Yang le Balèze, au nom de tous.

— C'est seulement l'argent pour le voyage ; une fois arrivés dans la montagne, on se débrouillera, ajouta le Singe.

— On s'en va cet après-midi. Parole d'amis ! » promit même Cao la Grande Gueule.

Mais You Lao'er ne pouvait pas donner cette somme sans hésiter. Dix *yuans* par personne, cela faisait soixante *yuans*, c'est-à-dire les trois quarts des frais de bureau.

« You Lao'er ! dit avec une certaine impatience Zhang Fei au Visage Pâle, tu n'as qu'à abouler le fric et on se dit au revoir. Comme ça, on ne se gênera pas mutuellement et le problème sera réglé. Tu nous donnes l'argent et on file. Pas la peine d'en dire plus : on se comprend ; entre braves gens, on ne tourne pas autour du pot. Frère You, je n'ai pas l'habitude de tendre la main, mais cette fois, je t'en supplie.

— Puisque c'est comme ça, nous t'en supplions, nos amis et moi. On te remboursera plus tard. Entre frères, l'amitié est éternelle. » Yang le Balèze tendit lui-même la main et tous les autres suivirent, chacun s'exprimant à sa façon, mais le sens de leur demande était identique.

You Lao'er n'avait plus qu'à s'exécuter, il tira le portefeuille qui était caché dans sa large ceinture et compta six billets de dix *yuans*. « Voilà, frères », dit-il sans parvenir à sourire.

Yang le Balèze et les autres crièrent d'une seule voix : « Merci, frère ! » Le Singe plia les billets et les fourra dans sa poche. « Au revoir, les frères ! » Ils sortirent tous en faisant un signe de tête à Lao Liu et ses collègues : « Quand est-ce qu'on se revoit sur la montagne ? » Lao Liu et les adjoints de l'inspecteur se mirent à rire et les accompagnèrent jusqu'à la porte.

You Lao'er se sentit tout désemparé. S'il l'avait su plus tôt, il aurait pu appeler du renfort pour mettre les six types sous les verrous. Mais peut-être valait-il mieux que l'affaire ait été réglée à l'amiable : ils se reverraient sûrement un jour. Ça lui avait coûté soixante *yuans*. Il craignait que le cas se renouvelant, son salaire lui-même n'y suffise plus. Pour un inspecteur en chef, quelle honte ! Se faire ainsi soutirer de l'argent par des « rebelles » ! La pilule était amère et il ne pouvait même pas s'en plaindre. Lao Liu était-il de bonnc foi ou lui avait-il joué un sale tour ? Il fallait lui poser quelques questions. Car enfin, est-ce une façon d'exécuter un ordre que de faire venir les rebelles au bureau, au lieu de les coffrer ? Avec Lao Liu, il ne pouvait pas non plus se montrer trop sévère, car le bonhomme était capable de monter lui aussi sur la montagne. Se passer de ses services ? C'était également impossible : ce n'était pas le moment de se mettre à dos quelqu'un. S'il n'avait eu sous ses ordres que des débutants, au moment de prendre ses nouvelles fonctions, il n'aurait probablement pas tardé à se faire descendre. Soixante *yuans* pour sauver sa peau, tout compte fait, ça valait le coup. De toute façon, You Lao'er n'avait pas d'autre solution et il était inutile de revenir sur le passé. Il craignait seulement qu'une autre bande vienne le lendemain lui réclamer la même chose. Dans l'impossibilité d'aborder ce sujet avec ses adjoints, il se dit qu'il valait mieux en rire, rien que pour leur montrer qu'il n'était pas chiche envers ses amis : quand on lui demandait soixante, il en donnait soixante, et quand c'était cent, c'était cent. Mais, à ce compte-là, il risquait de n'avoir même plus rien à bouffer. Or, avait-on jamais vu un inspecteur vivre de l'air du temps ? Ça ne tenait pas debout !

You Lao'er reprit son journal ; il n'y trouvait plus rien d'intéressant. A l'idée que ses soixante *yuans* lui avaient si stupidement filé entre les doigts, il se sentait tout démoralisé. Il ne pouvait même pas tenir à sa peau sans avoir honte de lui-même, comme si, sa putain de vie ne lui appartenant pas, il devait l'acheter. Après tout, comment ne pas admirer des types comme le Singe ? Eux, au moins, ils osaient carrément demander leur fric à l'inspecteur. Et ils n'avaient même pas peur de se faire arrêter sur-le-champ. Qu'ils n'aient pas la moindre peur était tout de même étrange. Lui, en revanche, avait perdu la face. Non seulement il ne les avait pas arrêtés mais il n'avait même pas osé opposer la moindre résistance : il s'était purement et simplement dégonflé. Il se dit que la prochaine fois, il ne serait pas aussi mou. Si c'était pour se dégonfler, à quoi bon devenir inspecteur ? Le rôle d'inspecteur consiste à arrêter les gens, un point, c'est tout. Décidément, cette serveuse avait un drôle de nom ! Sur ce, Lao Chu revint.

L'inspecteur s'attendait à ce qu'il vienne faire son rapport ; ce n'était tout de même pas à lui d'interroger son adjoint. Comme l'autre s'était mis à bavarder avec Lao Zhao, il se demanda si son subordonné viendrait ou non le voir. Avec ces bandits, on ne raisonne pas.

Lao Chu finalement entra et dit : « You... Chef, voici mon rapport ! Au nord de la ville, se cache une bande de cop... euh pardon, de tru... de trublions. Faut-il qu'on aille les voir ?

— Où ça ? » You Lao'er n'avait plus rien à craindre ; soixante *yuans* avaient déjà été soutirés ; après cela, il était prêt à jouer le tout pour le tout : un vétéran comme lui serait allé n'importe où.

« Au bord du lac. » Lao Chu connaissait l'endroit.

« On prend des armes et on y va ! » Cette fois-ci, You Lao'er était décidé à ne pas y aller de mainmorte. Il tenait à les cueillir au nid. Et s'ils comptaient sur lui pour lui réclamer de l'argent, ils pourraient toujours courir !

« Rien que nous deux ? » Lao Chu avait vraiment un ton provocant.

« Qu'est-ce que tu me chantes là ? Si tu me dis où ça se trouve, je peux y aller tout seul. » You Lao'er était prêt à risquer sa vie, rien que pour qu'on sache le prix exact d'un inspecteur en chef. C'était bien beau ! Il ne pouvait pas, du reste, continuer à allonger comme ça les frais de voyage sans débusquer le moindre criminel. Face au Commandant Li, il aurait belle figure. Et puis, il touchait cent vingt *yuans* de salaire !

Lao Chu ne broncha pas, il avala son bol de thé, comme s'il se préparait à partir. You Lao'er sortit alors sans se soucier de lui. Mais lorsqu'il vit que l'autre le suivait, il se sentit de meilleure humeur et aussitôt le courage lui revint. A vrai dire, il valait mieux être deux que rester tout seul : en cas de pépin, on pouvait au moins se concerter.

Au bord du lac, il y avait une si minuscule ruelle qu'on n'aurait jamais imaginé qu'elle pût contenir une petite auberge. You Lao'er, qui connaissait pourtant très bien le quartier, en ignorait l'existence. Mais il suffisait de la regarder, elle avait tout à fait l'air d'un repaire de brigands ! Il aurait dû emmener plus d'hommes avec lui. You Lao'er, se dit en lui-même l'inspecteur, c'est bien la peine d'avoir tant d'années d'expérience, tu t'es encore emballé comme un gamin ! Tu aurais mieux fait de venir ici avec plus de monde au lieu de vexer tes adjoints en faisant semblant de les bouder.

De toute façon, il était trop avancé pour pouvoir reculer, il fallait y aller. C'était aussi une occasion de montrer à ses adjoints qu'il n'était pas une mauviette, même s'il n'était jamais monté sur la montagne. S'il en attrapait un ou deux, ses paroles auraient désormais plus de poids ; il devait tenter sa chance : cela finirait peut-être mal, mais ce n'était pas sûr. « Lao Chu, tu bloques la porte ou bien c'est moi ?

— Ils sont là ! dit Lao Chu en montrant la porte, inutile de la barrer, aucun ne songe à se sauver. »

C'était encore un piège ! Comme de bien entendu, ils allaient à nouveau lui parler de solidarité, merde ! You Lao'er jeta un coup d'œil à l'intérieur ; plusieurs types étaient assis dans le couloir : le Papillon, le Grand Nez, Song le Colosse, le Petit la Victoire, il les connaissait tous sauf deux. Un vrai fiasco ! Une fois de plus, il se retrouvait en pays de connaissance.

« Entre, You Lao'er ! Nous n'osions pas aller te féliciter, mais viens ! Regarde un peu notre bande ! Venez ici que je vous présente à You Lao'er : le Chien, Xu le Lingot. Nous sommes de vieux amis, de vrais frères ! » Comme chacun y allait de sa phrase, la discussion fut bientôt très animée.

« Assieds-toi donc, You Lao'er ! » dit très poliment le Petit la Victoire, dont le père venait d'être exécuté dans le Henan.

You Lao'er s'en voulait en lui-même de ne pas trouver une parole à leur dire, mais Lao Chu s'en sortit élégamment : « Frères, l'inspecteur en chef est venu en personne, si vous avez quelque chose à dire, dites-le ! »

L'inspecteur hocha la tête en souriant.

« Bon, eh bien, allons-y carrément ! » Le Grand Nez prit alors la parole : « Frère Song, emmène notre ami You pour qu'il jette un coup d'œil.

— You Lao'er, par ici ! » Song le Colosse fit un signe avec le pouce par-derrière son épaule et pénétra dans une petite pièce.

You Lao'er le suivit, il se rendit bien compte qu'il n'y avait aucun danger. Lui, qui était prêt un instant auparavant à risquer sa vie, trouvait ça contrariant. La petite pièce était plongée dans l'obscurité, une forte odeur d'humidité montait du sol ; contre le mur, il y avait un petit lit recouvert de paille. Song le Colosse tira le lit et s'accroupit dans un coin pour enlever deux ou trois briques moisies et sortit quelques armes qu'il jeta sur le lit.

« Voilà tout ce qu'il y a ! » Song le Colosse riait en se frottant les mains sur le devant de sa robe : « La situation est trop dangereuse, si on les emporte avec nous, on ne nous laissera même pas prendre le train. On est donc coincé ici. Maintenant que Lao Chu est venu et qu'on a appris que tu étais monté en grade, on va pouvoir enfin sortir d'affaire. On te remet les armes, tu nous donnes de l'argent pour le train, et puis tu demandes à Lao Chu de nous accompagner à la gare. Que tu le veuilles ou non tu n'as pas le choix. C'est ce que nous, les frères, on voulait te demander ! »

You Lao'er avait envie de vomir. Comme l'air humide lui montait au cerveau, il se couvrit le nez. « Me les remettre, ça rimerait à quoi ? » Il recula jusqu'à la porte de la pièce et ajouta : « Il n'est pas question que je garde les armes pour vous !

— Mais nous ne pouvons pas les emporter, c'est à cause de la situation, dit Song le Colosse avec une remarquable sincérité.

— D'accord, je les prends, mais je dois également déclarer la chose aux autorités ; à défaut d'avoir pu procéder à une arrestation, la saisie de quelques armes ne sera pas mal vue ! Mettez-vous un peu à ma place ! » Les propres paroles de You Lao'er le rendaient furieux : décidément, il était trop mou !

« Comme tu veux, You Lao'er ! »

L'inspecteur aurait bien aimé que leur discussion s'en tînt là.

« Tu feras comme tu veux ! Mais, tu sais, You Lao'er, dans notre métier, si on peut faire autrement, on ne se sépare pas comme ça de ses armes. Alors fais comme bon te semble. Nous ne te demandons qu'une chose : partir au plus vite. Sans ton aide, on ne pourrait pas s'en aller. Dis donc à Lao Chu de nous accompagner au train ! »

Voilà maintenant que les bandits donnaient des ordres à l'inspecteur en chef, c'était un peu fort ! Mais comme il s'agissait de ses propres amis, You Lao'er se trouvait réduit au silence, à bout de moyens et privé de toute énergie. Des moyens, il en avait, mais il ne pouvait pas les employer. Le prestige qu'il pouvait tirer de sa situation ne lui servirait à rien, car sa vraie nature n'échappait à personne ; il se gratta le crâne en se demandant ce qu'il allait faire des armes saisies. Oserait-il les déclarer à ses supérieurs ? Pouvait-il même ne pas les garder comme les autres le lui avaient demandé ? Offrir de l'argent aux bandits, garder leurs armes : drôle de mission officielle ! You Lao'er n'avait qu'une solution : refuser leurs conditions et les envoyer promener. Mais aurait-il cette audace ? Les capturer ? C'était encore plus impensable. Sur le bord du lac, on pouvait à tout moment jeter un cadavre. You Lao'er n'avait aucune envie d'avoir de l'eau pour sépulture.

« You Lao'er ! dit Song qui était toujours aussi sincère, on n'est pas des fils de chien, on sait bien que tu as la tâche difficile, mais on ne peut vraiment pas faire autrement. Tu gardes les armes et tu nous donnes un peu d'argent. Je m'en tiens là, car on se comprend.

— Combien vous faut-il? dit You Lao'er avec un sourire qui faisait vraiment mal au cœur.

— Six fois six, trente-six, pas un de plus, on n'est pas des bâtards, trente-six juste!

— Mais, les armes, je ne m'en occupe pas!

— Comme tu veux! De toute façon, on ne peut pas les emporter. Si on part sans armes, en cas d'arrestation, on ne risque que six mois, mais si on les trouve sur nous, on risque sa tête. C'est la pure vérité! Lorsqu'on a peur, entre copains, inutile de se vanter. Et le moment venu, il faut faire gaffe. Alors, tu es d'accord, frère You, trente-six *yuans* et à la prochaine! » Song le Colosse avait déjà la main tendue.

Les trente-six *yuans* changèrent de main. Et l'inspecteur, qui ne savait que faire, dit à son adjoint : « Lao Chu, qu'est-ce qu'on fait de ces armes?

— Emportons-les, nous verrons bien! répondit Lao Chu, très sûr de lui.

— Lao Chu! crièrent alors les bandits, conduis-nous au train!

— Frère You, ajoutèrent-ils très poliment, merci infiniment! »

Le frère You se serait volontiers passé d'un tel remerciement. Les armes une fois rassemblées, il s'aperçut qu'il ne pouvait pas les emporter comme ça, il ne lui restait plus qu'à se les répartir avec Lao Chu en se les glissant autour de la ceinture. Cela leur donnait un air imposant, mais l'un comme l'autre était dans l'impossibilité de tirer sur les bandits. Ceux-ci, du reste, avaient une totale confiance en leur frère You : ils lui avaient donc remis leurs armes et aucun d'entre eux n'aurait pu imaginer qu'il pût les trahir. L'idée même de les arrêter lui était sortie de la tête. Ils avaient une telle assurance qu'il ne pouvait que les admirer. Mais voilà, cela lui avait coûté seize *yuans* de plus que les frais de bureau. Coincé comme il l'était, You Lao'er se demandait si ce ne serait pas bientôt tout son salaire qui y passerait de cette façon.

L'inspecteur déjeuna sans appétit, même les deux verres d'alcool qu'il but pour compenser lui restèrent sur l'estomac. A quoi bon chercher encore à se justifier ? Il était un incapable s'il ne méritait pas la confiance du Commandant Li ! You Lao'er était quand même un homme qui tenait à sa réputation. Il se disait que si cela se reproduisait encore, il n'avait plus qu'à donner sa démission. L'idée de démissionner lui était également intolérable. Par les temps qui couraient, où trouverait-il un boulot à cent vingt *yuans* ? En demander un autre au Commandant Li : c'était impensable ! Non seulement il n'avait pas réussi à prendre les bandits, mais, comble de grotesque, il s'était laissé posséder par eux. Il songea à toutes les plaisanteries que les bandits ne manqueraient pas de faire sur son compte, une fois arrivés à la montagne. Quel objet de risée il deviendrait ! Plus il y pensait, plus il se sentait abattu.

Il valait peut-être mieux pour lui s'occuper d'abord de l'opium. Tout le trafic pouvait passer pour un acte de rébellion, mais de si peu d'importance ! Commencer par arrêter quelques trafiquants, ce n'était pas une mauvaise idée. You Lao'er mit au point une stratégie. Pour l'instant, on ne parlerait plus de rebelles, quitte à reprendre le problème plus tard. Dans le domaine de l'opium, l'inspecteur pouvait au moins compter sur ses adjoints.

Au bout d'une semaine, ils eurent effectivement plusieurs affaires à leur actif, mais sans rapport avec la mission que le Commandant Li avait confiée à l'inspecteur. Or, You Lao'er ne pouvait relancer ses hommes aux trousses des rebelles, sans en être à nouveau de sa poche.

Un jour qui devait être un lundi, les adjoints de l'inspecteur étaient tous partis en chasse pour saisir de la drogue (toujours la drogue !), lorsque entra un gros type rustaud qui balançait les bras en marchant.

« You Lao'er ! dit en riant le visiteur au visage hâlé.

— Toi, Qianwu ! Tu as du culot !

— Mais tant que tu es là, frère You, je n'ai rien à craindre. » Il s'assit. « Donne-moi plutôt une sèche ! J'ai envie de fumer.

— Qu'est-ce qui t'amène ? » You Lao'er palpa sa ceinture : encore un qui voulait des frais de transport !

« Qu'est-ce qui m'amène ? Je suis venu d'abord te féliciter, ensuite te remercier. Ils sont tous montés sur la montagne et aucun n'est prêt d'oublier ton beau geste, aussi vrai que je te le dis ! »

« Ah ! bon ? Ils ne se sont pas moqués de moi ? » se dit en lui-même You Lao'er.

« Frère, reprit Qianwu en tirant de sa poche une liasse de billets, pour tout te dire, on ne peut pas te laisser perdre de l'argent. Les copains sont tous sur la montagne et n'oublieront jamais ce que tu as fait pour eux.

— C'est que... » You Lao'er fit mine de protester poliment.

« Tais-toi, frère You, prends ce que je te donne. Dis-moi où sont les armes de frère Song.

— Tu me prends pour un gardien d'armes ? » L'inspecteur n'osa pas le dire à haute voix. « C'est Lao Chu qui les a.

— Si c'est ça, frère You, je vais lui en parler.

— Tu viens de la montagne ? » You Lao'er se crut obligé de faire un brin de causette.

« Si j'en viens, c'est pour te donner le conseil de laisser tomber cette besogne, dit Qianwu l'air sincère.

— Tu me demandes de démissionner ?

— Précisément ! Que tu te considères des nôtres,

c'est pareil. Officiellement, toi et nous, on ne peut coexister. Mais, à titre personnel, puisque tu as été gentil avec nous, nous te rendrons la pareille ; il vaut mieux laisser tomber. C'est tout ce que j'avais à te dire. Sur la montagne, j'ai sous mes ordres plus de trois cents hommes, mais comme nous sommes amis, j'ai tenu à venir te voir moi-même. Quand je te dis de laisser tomber, tu as tout intérêt à le faire. Entre gens intelligents, inutile d'insister. Je m'en vais, frère You. Dis à Lao Chu que je l'attendrai dans la petite auberge près du lac.

— Dis-moi encore un mot. » You Lao'er se leva. « Si je laisse tomber, que penseront les amis ?

— Personne ne se moquera de toi. Tu peux être sans crainte. Allez, au revoir ! »

Deux ou trois jours plus tard, le poste d'inspecteur en chef eut un nouveau titulaire.

Quant à You Lao'er, on le voyait souvent, bedonnant, se promener dans la rue, et il lui arrivait parfois de jeter un regard vers la Montagne des Mille Bouddhas.

Un ami d'enfance[1]

Quand j'étais jeune, à la sortie de l'école, j'allais toujours dans une petite maison de thé écouter des *pingshu*[2] en compagnie de Bai Renlu[3]. Au lieu de tout dépenser pour notre goûter, nous gardions toujours un peu d'argent pour le conteur. Le patron de la maison de thé, M. Sun, ne nous obligeait pas à payer, mais nous n'aurions jamais accepté d'assister gratuitement au spectacle. En fait, nous n'avions vraiment pas l'allure des spectateurs habituels : à cette époque, je portais une petite tresse nouée par une ficelle rouge derrière la nuque et Renlu deux toupets en forme de nattes sur le côté. Lorsque M. Sun récoltait l'argent dans sa corbeille de bambou, il disait à voix basse, dès qu'il passait devant nous : « Ah ! Petit-Toupet ! » Il prenait l'argent en riant et nous donnait tout de suite une grosse poignée de gousses de soja ou de cacahuètes salées : « Tiens, Petit-Toupet, c'est pour toi ! » Il n'ai-

1. Le titre original de cette nouvelle est « Petit-Toupet-sur-le-côté » (*Waimaor*).

2. Histoires narrées par des conteurs professionnels qui s'accompagnent de toutes sortes d'instruments : éventails, mouchoirs, claquettes de bois, etc.

3. Le début de cette nouvelle est de nature autobiographique. Derrière le petit Bai Renlu se profile très nettement l'ami d'enfance de Lao She, Luo Changpei. Cf. *Lao niu po che, op. cit.*, pp. XXXXIV. La seconde partie s'inspire d'une nouvelle du romancier anglais John Davys Beresford *The Misanthrope*, cf. *ibid.*

mait pas tellement m'appeler « Petite-tresse » et je n'étais naturellement pas très content. Mais, à vrai dire, Renlu était bien plus mignon que moi. Son teint était si clair qu'il ressemblait à s'y méprendre à ces jolis petits enfants qu'on voit sur les gravures de Nouvel An, il était moins joufflu, mais tout aussi fin et gracieux, avec ses yeux bridés et son petit nez tout rond. Lorsqu'il courait, ses deux nattes venaient frapper alternativement ses joues comme les pendeloques d'un tambourin à moulinet[1]. La peau de son crâne était si jeune et tendre que tout le monde avait envie de le tapoter trois fois quand il sortait de chez le coiffeur. Eh oui ! « Rasé, on vous donne trois petites claques sur le crâne[2] ! » Même si on y allait un peu fort, il laissait faire.

C'était un enfant peu dissipé, mais des fois, il ne savait pas ses leçons. Quand cela lui arrivait, il aurait très bien pu échapper à la punition d'usage, car la femme de l'instituteur avait recommandé à son mari de ne pas le battre. Il était son petit chouchou et c'était à lui qu'elle confiait ses commissions : acheter une pelote de coton blanc ou bien deux sous de vinaigre... Mais voilà, c'est lui qui cherchait les coups. Chaque fois qu'il n'avait pas appris ses leçons, il était encore plus de mauvaise humeur que le maître d'école. Son petit visage devenait tout rouge, son nez se plissait et il s'obstinait : « Je ne réciterai pas ! Je ne réciterai pas ! » Et sans même attendre que le maître se mette en colère, il le défiait ouvertement : « Je ne réciterai pas ! A vous de jouer ! » L'instituteur était bien obligé de

1. *Bolanggu :* sorte de jouet, en forme de tambourin, monté sur manche et armé de deux battants venant frapper alternativement les deux faces du tambourin.

2. Première partie d'un dicton populaire dont la deuxième partie est la suivante : « Ainsi vous ne risquerez pas d'attraper ni la gale, ni des poux. »

sauver la face et ne pouvait plus faire autrement que de se saisir de la règle. Renlu ne se frottait même pas les mains : tout en clignant très rapidement des yeux et en secouant ses deux nattes, il allait sans délai présenter ses mains pour être frappé. La correction administrée, des larmes tournoyaient dans ses yeux pendant un bon moment, mais il savait les retenir : on aurait dit de l'écume qui bouillonnait à la surface de l'eau sans couler. Au bout d'un certain temps, quand sa mauvaise humeur s'était dissipée, il se mettait à lire ses leçons sans bruit, la tête baissée, en pressant la paume de ses mains sur ses genoux et il remuait sans arrêt sa petite bouche, comme un poisson au plus chaud de l'été.

C'est quand même curieux qu'un enfant aussi raffiné ait eu un caractère aussi dur.

A l'âge d'entrer au collège, il était encore plus beau. Il n'avait pas tellement grossi, mais ses traits s'étaient épanouis. Alors que nous avions tous le visage truffé d'acné juvénile, le sien était toujours aussi pur. Le jour de la rentrée des classes au collège, un grand lui lança, après l'avoir bousculé : « Pardon, mademoiselle ! » Sans dire un mot, Renlu se mit à lui tabasser la figure jusqu'à ce qu'elle soit enflée comme un gros pain farci (*baozi*). Il ne se battait pas vraiment, il fonçait aveuglément comme un fou si bien que ceux qui voulurent s'interposer reçurent plusieurs coups par mégarde. Le lendemain, il était absent. Il avait changé d'établissement.

Une dizaine d'années se sont écoulées et nous ne nous sommes toujours pas revus. J'ai entendu dire que son diplôme d'université en poche, il était parti travailler quelque part en province.

L'année dernière, lors de la dernière foire avant le Nouvel An, il faisait très froid. La Montagne des Mille Bouddhas était couverte d'épais nuages froids et noirs et il y avait un petit vent cinglant qui vous perçait diaboliquement le nez et le bout des oreilles. Je n'avais rien à faire et comme je n'habitais pas très loin, je pensai aller faire un tour à la foire de Shanshuigou car il y a souvent de bonnes occasions, en particulier des livres. Je me disais qu'avec un froid aussi vif, il n'y aurait pas foule, mais l'endroit était loin d'être désert. Quel que soit le temps, il faut bien fêter le Nouvel An. Je déambulai un moment et ne vis rien d'attrayant : de gros tas d'algues, des dieux de la fortune en papier, des tranches de porc gelées et dures comme du fer, bref, rien qui m'intéresse vraiment. Je pensai m'en tenir là quand un étalage de quelques livres, situé à l'écart, à quelques mètres des autres commerçants, dans un coin où les promeneurs, en principe, n'allaient pas, attira mon attention. Si je n'y étais pas déjà presque arrivé et si je ne cherchais pas des livres, je n'aurais certainement pas eu l'idée de m'y rendre. Je gagnai donc cet étalage et feuilletai les quelques malheureux livres qui s'y trouvaient, tous de vieux manuels d'anglais. Qui pouvait bien vouloir les acheter à cette époque de l'année ? Tout en les examinant, j'aperçus les pieds du vendeur, chaussés de souliers molletonnés antédiluviens, mais recouverts de satin, sur des chaussettes d'été en simple coton. Alors que tout le monde trépignait de froid, ces deux pieds immobiles semblaient cloués au sol. Je fermai les livres et m'éloignai.

Tout le monde a sans doute vécu une expérience analogue : la vie d'une simple chenille attaquée par une armée de fourmis ou d'un chien galeux qui se fait battre suffit à vous rendre triste pendant de longs moments, car l'image de cette chenille qui lutte désespérément ou de ce misérable chien galeux vous étreint le cœur et vous afflige, comme une vieille maladie. Il en était ainsi pour moi de ces souliers de soie usés jusqu'à la corde. Après m'être éloigné de quelques pas, je ne pus m'empêcher de tourner la tête. Courbé sur son éventaire, le vendeur rangeait ses bouquins. En fait, je n'avais mis aucun désordre et j'aurais été d'ailleurs bien incapable de le faire vu qu'il n'y avait que quelques misérables livres. Je me rendis compte alors que ce bonhomme devait faire ce métier depuis peu. Habituellement, les vendeurs ne sont pas aussi soigneux. Vêtu d'une vieille robe de coton grise, très mince, et d'un bonnet tout usé et démodé dont personne n'aurait voulu, il semblait vraiment porter sur lui toute la misère et la solitude du monde qui nous entourait et je me sentis irrésistiblement attiré vers lui.

Je décidai donc de revenir sur mes pas, tout en ressentant une certaine gêne car je savais que je n'oserais sans doute pas le dévisager. Il se dégageait de sa personne une telle impression de fierté que l'on ne pouvait s'empêcher d'éprouver pour lui un certain respect, comme en face d'une vieille pagode délabrée. Je ne saurais dire comment je rebroussai chemin, le fait est que je me trouvai bientôt à nouveau devant lui.

Ces yeux aux paupières fortement bridées me disaient quelque chose. Pour le reste, j'hésitai sur le moment à l'identifier. La mémoire la plus fidèle ne peut pas vaincre le temps ; or, il y avait plus de dix ans que nous ne nous étions pas revus. Il me jeta un coup d'œil, puis détourna rapidement son regard en direction de la Montagne des Mille Bouddhas. A cette expression, je le reconnus. Ce ne pouvait être que lui. Je me hasardai courageusement : « Tu es Renlu, non ? »

Il me dévisagea à nouveau et se remit à scruter la montagne, mais, tout à coup, il se retourna vers moi. Son visage émacié était impassible; seules ses joues firent un léger mouvement. L'amour-propre l'empêchait de répondre, mais il était visiblement ému de s'entendre ainsi appelé par son petit nom « Renlu ».

Toujours sans rien dire, il me serra la main : elle était glacée. Puis, le visage toujours fixé vers la montagne, il sourit discrètement.

« Viens, je n'habite pas loin d'ici », dis-je en le prenant par la main, tout en ramassant les quelques livres qui étaient là.

Il m'appela alors par mon nom puis, au bout d'un moment, il se reprit : « Non, je n'irai pas ! » En levant la tête, je vis que ses yeux étaient brouillés de larmes. Je lâchai sa main pour prendre les bouquins sous le bras.

« Tu ne peux pas ne pas venir », dis-je en feignant de rire.

Il était toujours immobile.

« Si tu veux, je te rejoindrai dans un moment.

— Non, c'est inutile. » J'ajoutai, en essayant de garder mon ton enjoué : « Dans un moment ? Je suis sûr de ne plus te retrouver ! »

Pour un peu, il se serait mis en colère, mais il se retint. Nous avions usé le fond de nos culottes sur les mêmes bancs à l'école, et il lui était bien difficile, si orgueilleux fût-il, de ne pas me trouver des excuses à une telle insistance.

Il me suivit donc et je m'aperçus, quand nous marchions ensemble, que ses épaules étaient déjà toutes voûtées. Cinq minutes après, nous fûmes à la maison. En chemin, j'avais eu vraiment peur qu'il ne me fausse compagnie et je ne fus définitivement rassuré que lorsqu'il s'assit dans le salon. J'eus alors l'impression de tenir un trésor au creux de la main. Pourtant, je ne savais pas quoi dire. Qu'est-ce que je pouvais bien lui demander et comment m'y prendre ? Il n'était manifestement pas très à l'aise et je ne voulais surtout pas le faire fuir en l'effrayant.

Je me souvins tout à coup que j'avais encore une

bouteille de vin blanc : lorsque je mis la main dessus, je trouvai aussi quelques jujubes confits. Entre amis, c'était suffisant. De toute façon, c'était toujours mieux que de rester assis, là, sans rien dire. La main quelque peu tremblante, il prit un verre et en vida la moitié. Il avait les yeux embués de larmes, comme un petit enfant qui mange, en hiver, sa bouillie de riz bien chaude, en sortant de l'école. J'essayai de tâter le terrain :

« Tu es là depuis quand ?

— Moi ? Oh ! quelques jours ! »

Les yeux fixés sur un petit morceau de bouchon, au bord de son verre, il semblait s'entretenir uniquement avec lui.

« Tu ne savais pas que j'étais ici ?

— Non. »

Il me regarda avec l'air de quelqu'un qui en a gros sur le cœur et ne souhaite pas qu'on l'interroge plus avant. J'insistai, quitte à être importun. Après tout on était des amis d'enfance, non ?

« Où est-ce que tu habites ? »

Il rit.

« Où veux-tu donc que j'habite ? Tu ne m'as pas bien regardé ? » Il ricanait plus qu'il ne riait.

« Bien, puisque c'est comme ça, tu es ici chez toi. Ce n'est plus la peine de t'en aller. On ira ensemble écouter des conteurs de *gushu*[1]. Il y a trois ou quatre salles à Baotuquan[2] et on y donne *L'Odyssée de Lao Can*[3]. Qu'en dis-tu ? » Et, pour mieux l'amadouer, j'ajoutai :

1. Forme d'art traditionnelle, comme les *pingshu* (cf. note 2, p. 227). Les conteurs récitent des histoires versifiées, en s'accompagnant d'un petit tambourin.
2. Célèbre source d'eau thermale et lieu de promenade de Jinan.
3. *Lao Can you ji :* roman autobiographique de Liu E (1857-1908), écrivain originaire du Shandong.

« Tu te souviens quand on était petits et qu'on allait écouter les célèbres *Enquêtes du Mandarin Shi*[1] ? »

Mes tentatives n'eurent pas le succès escompté, il ne répondit rien. Mais je n'abandonnai pas. Je lui offris encore à boire en me disant que le vin finit toujours par délier les langues. Par bonheur, c'était une chose qu'il ne refusait pas ; d'ailleurs, ses joues se coloraient peu à peu. Une autre idée me vint :

« Bon, qu'est-ce que tu veux manger ? Des nouilles (*miantiao*), des raviolis (*jiaozi*), des galettes (*bing*) ? Dis-moi, je vais les préparer.

— Non, rien. Il faut que j'aille vendre mes livres !

— Tu ne veux rien prendre ? Je ne peux pas te laisser partir comme ça ! »

Au bout d'un long moment, il hocha la tête :

« Tu n'as pas perdu ton entrain d'autrefois !

— Moi ? Oh ! tu sais, j'ai bien changé par rapport à l'époque où nous portions nos petites nattes. Le temps passe si vite, on ne s'en rend pas compte. Dire que j'ai plus de trente ans, c'est incroyable !

— C'est un bon âge pour mourir. Après tout, les chiens ne vivent qu'une dizaine d'années.

— Personnellement, je ne serai pas aussi pessimiste. » En disant cela, je savais que j'avais choisi la bonne voie. Il poussa un soupir :

« La vie, au fond, n'est qu'un jeu. »

Si on avait continué ainsi, on n'aurait fait que s'égarer davantage ; or, je voulais savoir comment il en était arrivé là. Je changeai donc de tactique et commençai par raconter ce que j'avais fait des dernières années. Je parlai sans grande conviction, en mêlant tant bien que mal à mes propos les mots de destin et pessimisme pour mieux faire passer le tout. A

1. *Shi gong an :* sorte de roman policier très prisé, depuis sa parution en 1838.

force de détours, je réussis enfin à placer la formule :

« Et voilà. J'ai fini. A toi, maintenant. »

En fait, il avait très bien compris où je voulais en venir et, dès le début, il n'avait pas prêté grande attention à mon discours. Sinon, j'aurais encore tourné autour du pot pendant un bon moment avant de recourir à la formule usuelle ; mais ses regards m'avaient amené à abréger. Aussi, quand j'eus fini, il ne put se dérober et il me demanda :

« Qu'est-ce que tu veux que je raconte ? »

Sa question me mit mal à l'aise : j'avais l'impression d'être un avocat qui veut forcer un criminel à parler Mais je pris un air sombre ; après tout, nous étions de vieux amis et, entre amis, on peut y aller carrément. Peut-être d'ailleurs que cela convenait à son tempérament.

« Comment es-tu tombé si bas ? »

Il mit longtemps à répondre, non pas qu'il lui fût difficile de parler, mais il était absorbé dans ses réflexions. L'existence est ainsi faite ; après des années de séparation, il est fréquent que de vieux amis n'aient plus rien à se dire.

« Par où commencer ? » Il semblait interroger les menus épisodes de sa vie.

« Tu te souviens, quand nous étions petits, que je prenais souvent des coups ?

— Oui. Tu avais un drôle de caractère !

— Ce n'est pas seulement une question de caractère, dit-il en hochant légèrement la tête. A cette époque-là, nous étions des gamins, aussi je ne t'en ai jamais parlé. A vrai dire, moi-même, je ne m'étais pas encore rendu compte de ce qui se passait. Ce n'est que plus tard que j'ai réalisé que mes yeux me jouaient des tours.

— Mais tu as de bons yeux, non ?

— D'ordinaire, ça va ; mais quelquefois, j'ai des problèmes.

— Quels problèmes ? »

Je commençai à me demander s'il n'était pas un peu dérangé.

« Ce ne sont pas des troubles physiques normaux. Je souffre d'un mal incurable. Ça me vient parfois tout d'un coup, je vois des choses... Je n'arrive pas à dire ce que c'est ! »

J'essayai de le faire préciser :

« Des hallucinations ?

— Non. Je n'ai jamais eu de visions effrayantes, tu sais, de ces têtes toutes vertes qui crachent des langues de feu ; j'entrevois des formes. Non, ce ne sont pas des formes non plus, plutôt des expressions. Je vais te prendre un exemple et tu comprendras. Tu te rappelles notre maître d'école ? Un brave homme, pas vrai ? Pourtant, dès que mon mal se déclenchait, je le prenais en grippe et c'était l'affrontement. Au bout d'un moment, quand c'était fini, il était redevenu comme avant et j'avais été frappé pour rien. Pour une simple expression que j'avais aperçue, une expression détestable. »

Je ne le laissai pas finir et lui demandai :

« Moi aussi, tu m'as vu parfois prendre une telle expression ? » Il sourit légèrement.

« Sans doute, je ne me souviens plus très bien. De toute façon, nous nous sommes disputés et, une fois, au moins, cela a dû être pour cette raison-là. Heureusement qu'au collège nous n'étions plus ensemble. Sinon... Tu sais, mon mal est devenu de plus en plus grave. Quand j'étais petit, je n'en avais pas encore conscience ; sur le moment, je m'emportais, et puis c'était terminé. Plus tard, je ne suis plus arrivé à me contrôler. Dès que je prenais quelqu'un en horreur, je me bagarrais avec lui, sinon, je ne pouvais plus le fréquenter, pas même lui adresser la parole. Maintenant, pour autant que je me souviens, seule mon enfance a été une période heureuse de ma vie. A cette époque, mon mal n'était pas encore profond. Mais depuis que j'ai vingt ans, tous ces odieux personnages se sont gravés dans ma mémoire. Celle-ci n'est plus qu'un ramassis d'images exécrables. »

Comme il se taisait, je lui demandai :

« Tout le monde est détestable ?

— Quand la maladie se déclare, oui, sans exception : mon père, ma mère, mes frères, tout le monde. Alors, si tu veux jouer la comédie, il faut la jouer tout le temps et la vie devient insupportable. Et si tu ne veux pas, il ne te reste plus qu'à frapper les gens dès que tu les rencontres ; on n'en a jamais fini. Aussi, suis-je devenu petit à petit un solitaire sans famille, sans ami. A quoi bon se faire de nouveaux amis ? Comment pourrais-je avoir des amis alors que je sais très bien qu'un jour, je les prendrai en grippe ! »

Je l'interrompis :

« Peut-être bien que ce que tu appelles des aspects détestables, ce sont tout simplement des faiblesses. Nous avons tous nos faiblesses et nous n'en sommes pas pour autant détestables.

— Ce ne sont pas des faiblesses. Les faiblesses des gens peuvent te dégoûter ; elles peuvent aussi t'inspirer de la pitié, par exemple dans le cas des alcooliques. Mais ce n'est pas de cela dont je veux parler. En fait, même sans avoir mes yeux, tu peux t'en rendre compte. Essaie un peu si tu ne me crois pas. Bien sûr, ce ne sera pas aussi terrible que si c'était moi, mais tu en auras au moins une idée. Quand tu examines les gens, inutile de leur regarder attentivement toute la tête ; concentre ton regard sur les yeux, le nez ou la bouche, ça suffit : tu verras bien des expressions détestables. Observe surtout les yeux et la bouche. Des fois, quelqu'un est en train de te tenir des propos édifiants pleins de sagesse et de vertu et, au moment où il te parle, tu vois des images obscènes défiler dans ses yeux et de la merde qui jaillit de sa bouche alors qu'il sourit de ses belles dents ! Les gens, plus ils sont haut placés, plus ils sont odieux ; ceux qui ont moins d'éducation sont un peu mieux. Oh ! ils sont aussi détestables mais, au moins, cela saute aux yeux, alors que les autres, ils savent camoufler leur ignominie. Tu vois, si je n'avais pas ces yeux-là, la vie ne serait qu'une vaste supercherie. Tiens, je vais te prendre un autre exemple : un jour, je suis allé au théâtre et un type d'une trentaine d'années, très distingué et très bien mis de sa personne, est venu s'installer à côté de moi. Dès que je l'ai vu, j'ai su qu'il était odieux et la moutarde m'est montée au nez. Cela ne me regarde pas, naturellement, mais pourquoi donc les gens exécrables ont-ils justement des allures distinguées ? De telles aberrations sont la honte de l'humanité. Juste à ce moment-là, il y a eu un contrôle de billets et ce monsieur n'en avait pas. Tout en toisant le contrôleur du regard, il l'interpella : " Je m'appelle Wang, je n'ai pas de billet et même si c'étaient les Japonais qui effectuaient le contrôle, je n'en achèterais pas ou alors je ne m'appellerais plus Wang ! " Je n'ai vraiment pas pu me retenir. Il ne s'agissait pas du tout pour moi de le punir, mais simplement de lui arracher son masque. J'ai fini par lui allonger une claque retentissante. Tu sais ce qu'il a fait ? Il s'est mis à brailler et a disparu. Une vraie tête à gifles, non ? Tu vois, ça, ce ne sont pas des faiblesses, c'est chercher sciemment des coups et c'est dommage qu'il n'y ait pas davantage de gens qui corrigent de tels individus. Il s'est bien finalement comporté comme ce qu'il est en réalité : un chien qui jappe sans raison aux trousses d'un mendiant. Heureusement que ce jour-là, ma maladie s'est déclenchée, sinon je l'aurais considéré comme un vrai chien de race.

— Si je comprends bien, cela te fait plaisir d'être malade ? » dis-je à dessein.

Comme il fit celui qui n'avait pas entendu, je répétai ma question et il se remit à sourire :

« Je ne peux pas dire que j'y prends vraiment goût, mais quand je ne suis pas malade, c'est encore plus insupportable car je sais que les gens sont odieux mais que je ne m'en rends pas compte ; c'est comme si j'étais en état de rêve et que je ne parvenais pas à me réveiller. Dès que la maladie survient, quoi qu'il arrive, au moins je ne m'ennuie pas. Tu vois, si j'ai envie de cogner, je cogne, c'est toujours ça de pris. Et quand j'ai fini, le plus drôle, c'est que les gens n'osent pas me faire des remarques en face ; ils se contentent de murmurer dans mon dos : " C'est un dingue ! " Je n'ai jamais rencontré quelqu'un d'odieux qui soit coriace et courageux : tous des chiffes molles hypocrites ! Un jour, j'ai pointé mon doigt sur un militaire et l'ai traité de salaud ; cela ne lui a pas plu et il a sorti son revolver ; j'étais aux anges. Je l'ai provoqué : " Allez, vas-y ! " Hum ! il a rengainé son arme, il est parti et il a même attendu d'être assez loin pour oser se retourner. Salaud et en plus, dégonflé ! »

A nouveau, il se tut.

« Au début, je redoutais la maladie car dès qu'elle se déclenchait, je cherchais la bagarre et, du même coup, je me retrouvais vite sans travail. Et puis, avec le temps, j'ai eu peur de ne plus tomber malade parce que alors il me fallait trouver de quoi m'occuper ; il n'y a rien de plus pénible que d'être oisif. Mais voilà, quand on a trouvé du boulot, il y a toujours des gens avec vous et, parmi eux, des types détestables. Je suis finalement placé devant un véritable dilemme : continuer à m'opposer violemment à eux ou bien jouer la comédie ? J'ai du mal à décider. Lorsque ça me prend, je ne peux m'empêcher de chercher des crosses aux gens. Cependant, il peut arriver que je ne tombe pas malade pendant un mois ou deux. Est-ce que je peux me permettre de ne rien faire et d'attendre simplement la rechute ? Non, bien sûr ! Et puis, dès que je suis à nouveau sur le point de travailler, voilà que cela recommence. C'est un cercle vicieux. Une fois, j'ai été en bonne santé pendant plus de six mois. Je me suis dit : Bon, réintégrons le train-train quotidien de la vie ; pas d'éclat, pas d'excès, laissons les événements suivre leur cours. Je suis rentré chez moi pour témoigner aux miens tout le respect que je leur devais. Je me rasais même souvent et faisais preuve d'un sincère esprit de conciliation. Comme je ne voyais plus chez les hommes des faces de chien, je fis comme si les chiens avaient des visages humains et j'étais aimable avec les chiens aussi bien qu'avec les chats : quand j'avais du temps, je câlinais les chats et sortais promener les chiens. Je me réconciliai avec le monde Les autres vivaient bien dans un monde plein d'entrain et de chaleur, pourquoi aurais-je dû tout démolir en ruant dans les brancards ? A ce moment-là, je fis plusieurs projets. D'abord, je pensais fonder un foyer : peut-être que mes nouvelles responsabilités de chef de famille pourraient guérir mon mal. Et puis, je n'étais pas hostile aux femmes. Quand j'étais malade, j'en voulais surtout aux hommes. C'était sans doute parce que j'en rencontrais moins, mais j'étais fermement convaincu que les femmes étaient un peu meilleures que les hommes. Des idées, quoi ! Les gens passent toujours leur temps à se faire des idées sur la vie. Je pensais qu'il me suffirait de trouver la femme idéale pour pouvoir vivre ainsi, bon an mal an, plusieurs dizaines d'années. Mais mes idées ne s'arrêtaient pas là. Avant, je décrétais que tout le monde était exécrable, n'est-ce pas ? Là, j'avais changé. Je considérais que juger ainsi tous les gens détestables, c'était une hypothèse mais qu'en fait je n'avais jamais pu le constater de mes propres yeux. Peut-être que tout le monde l'était effectivement, mais comme je n'étais pas malade en permanence, je ne pouvais pas m'en rendre compte. Peut-être aussi qu'il y avait dans ce monde quelqu'un de réellement bon, de parfait et que s'il était apparu devant mes yeux malades, je ne l'aurais pas trouvé odieux. Je n'aurais pas pu savoir alors que j'étais malade. Ce n'est que lorsque les personnages changeaient d'aspect devant mes yeux que j'étais sûr que mon mal s'était déclenché. Comment savoir, dans ces conditions, s'il n'y avait pas des fois où, tout en étant malade, je trouvais quelqu'un normal. Qui sait ? Il le serait peut-être réellement. Voilà ce que je me disais et mon espoir s'était renforcé. Je décidai donc de ne plus être aussi intransigeant et de me marier pour fonder un foyer et avoir de beaux enfants. Les autres menaient bien une vie agréable. Pourquoi aurais-je été le seul à me nourrir de raisins verts et à laisser pourrir les mûrs dans mon jardin ? C'était un beau projet ! »

Il souffla un peu et je n'osai pas le presser ; je lui remplis son verre.

« Tu te souviens de ma cousine ? me demanda-t-il à brûle-pourpoint, nous jouions souvent ensemble quand nous étions gamins.

— Celle qui s'appelait Zhaodir ? »

Je m'en souvenais bien : elle portait des boucles d'oreilles en jade vert en forme de feuilles d'armoise.

« Oui. Elle avait deux ans de moins que moi et n'était pas encore mariée. Elle m'attendait, pour ainsi dire. Tu vois, je ne tirais pas des plans sur la comète, elle m'attendait. Je lui racontai tout et elle accepta de vivre avec moi. Nous nous sommes alors fiancés. »

A nouveau, il ne dit plus rien pendant un long moment et avala d'un coup plusieurs gorgées de vin.

« Un jour, j'étais parti pour la chercher, lorsque j'eus une nouvelle rechute. Une gamine de sept ou huit ans avançait sur la route en tenant dans les mains un bol de grès quand survint une voiture. Au bruit du klaxon, elle pensa d'abord se dépêcher mais, dès le premier pas, elle se ravisa et rebroussa chemin. La voiture étant arrivée devant elle, elle s'accroupit. Heureusement, le conducteur donna un coup de frein brutal. C'est à ce moment-là que j'aperçus son visage. Atroce ! En fait, il avait stoppé sa voiture à temps, mais dans son for intérieur, il aurait bien voulu écraser la fille, l'écraser, puis revenir pour lui passer à nouveau dessus jusqu'à ce qu'elle soit réduite en bouillie. Tu vois, cela n'avait pas de sens de faire des projets. Je ne pouvais plus aller chercher ma cousine. Mon monde était hideux et il n'était pas question que je l'entraîne dans un monde pareil. A nouveau, je me dérobai et lui envoyai une courte missive : " Ce n'est plus la peine de m'attendre. " Après avoir eu ainsi quelque espoir, je perdis mon assurance. Je pris soudain conscience que j'étais peut-être moi aussi détestable, encore plus détestable que les autres. Ce doute chassa toute mon intransigeance. Avant, quand je rencontrais quelqu'un d'odieux, je le frappais ou, au moins, je le regardais fixement d'une façon telle qu'il en tremblait de peur pendant un bon moment. Ce n'est pas que j'étais fier d'agir ainsi, mais j'avais une grande confiance en moi et j'étais sûr d'être bien supérieur aux autres. Et puis voilà : à peine conçu, mon projet de mariage et de réconciliation avec le monde était foutu. Je ne valais finalement pas mieux que les autres : je n'avais que ces yeux malades en plus, c'est tout. Je n'ai plus jamais eu le courage de frapper qui que ce soit, je me suis contenté d'éviter les gens détestables en m'écartant d'eux quand je les croisais. J'ai vivement espéré que d'autres me montrent du doigt et me traitent d'odieux personnage, mais personne n'a jamais voulu. »

A nouveau, il resta silencieux.

« Ce que la vie te réserve dépasse tous les projets que

tu as pu faire. Tiens, je sors juste de prison. Eh oui, c'est comme ça ! Je m'étais mis à fréquenter des truands en me disant que puisque j'étais aussi détestable, je pouvais bien m'acoquiner avec n'importe qui. Notre chef, naturellement, était un des personnages les plus odieux qui soient. Quand il kidnappait les gens, non seulement il touchait la rançon mais il faisait disparaître les otages en les emmurant dans un *kang*. Je ne l'ai pas frappé, mais je l'ai dénoncé et il a été fusillé ces jours-ci. Au tribunal, j'ai dévoilé tous ses crimes. Lui, il n'a rien dit qui puisse me charger ; au contraire, il m'a blanchi. Aussi, je ne suis resté en prison que quelques jours et j'ai été acquitté. Finalement, les gens les plus odieux peuvent aussi avoir bon cœur · ce racketteur qui n'avait aucune parole n'en dénonçait pas pour autant ses complices ! Avant, je n'aurais jamais cru ça. Jésus priait aussi pour ses ennemis et pour les bandits : c'était vraiment quelqu'un ! Ses yeux étaient peut-être comme les miens, mais il a toujours été ferme sur les principes parce qu'il savait en même temps être très indulgent. Les gens ordinaires ne peuvent pas être exigeants, ils sont tout le temps coulants ; aussi le monde est-il amorphe. Moi, je ne sais qu'être intransigeant, pas accommodant ; voilà pourquoi je suis dans une impasse. La vie n'est vraiment pas un jeu marrant. »

Il finit son verre et se leva. Je me levai aussi :

« Le repas est bientôt prêt !

— Non, je ne mange pas », dit-il résolument.

J'étais inquiet :

« Renlu, ne t'en va pas ! Tu es ici chez toi.

— Une autre fois, je reviendrai, c'est promis ! »

Il s'avança et prit ses livres.

« Tu dois vraiment partir ? Tu ne manges même pas ? demandai-je aussitôt.

— Oui, il faut que je m'en aille. Dans mon monde à

moi, l'amitié n'existe pas. J'ai beau ne pas me connaître moi-même, j'aime trop donner des leçons aux autres. Je ne peux pas, comme toi, me trouver à mon aise dans une famille bien comme il faut. C'est en vagabondant à droite et à gauche que je me sens encore mieux. »

Je savais que cela n'aurait servi à rien de le retenir à nouveau. Je restai un moment sans rien dire et je finis par sortir un peu d'argent de ma poche.

« Je n'en veux pas ! » Il rit : « Je ne crèverai pas de faim. Et puis quand bien même, ce ne serait pas plus mal !

— Et si je t'offrais un vêtement, tu accepterais ? »

Je ne savais vraiment plus quoi faire. Il hésita un instant :

« D'accord, après tout, nous sommes des amis d'enfance. Tu penses certainement que je suis plein de contradictions. En fait, je ne suis déjà plus si intransigeant que cela. Du moins, vis-à-vis des autres, car vis-à-vis de moi, je ne peux pas ne pas être exigeant. Tu vois, même ce truand, un des plus beaux salauds que je connaisse, avait malgré tout des principes. Bon, donne-moi quelque chose que tu portes : ce tricot, par exemple. Imprégné de ta chaleur, cela n'aura plus l'air d'un simple cadeau. Mais je me fais vraiment trop d'idées ! »

J'ôtai mon gilet et le lui donnai. Il l'enfila sur sa robe ouatée, sans le boutonner.

Des flocons de neige virevoltaient dans le ciel, déjà tout chargé de nuages noirs. Je l'accompagnai. Personne ne disait rien. Un monde de désolation. Il semblait n'y avoir que le bruit de nos pas. Arrivé sur le seuil de la porte, il ne se retourna même pas et, le dos courbé, il s'enfonça parmi les flocons de neige avant de disparaître.

L'amateur d'opéra[1]

I

Beaucoup de gens disaient que Xiao Chen était une « tante ». Je le connaissais bien ; je l'ai connu bien avant qu'il ne soit artiste d'opéra amateur (*piaoyou*). C'était un jeune homme mince et fragile, intelligent et volontaire. Il n'avait pas des yeux spécialement beaux, mais son visage était très clair. Nous avons travaillé ensemble, dans la même entreprise, pendant plus de six mois. Personne, dans la maison, ne lui manifestait le moindre irrespect ; au contraire, tout le monde le considérait un peu comme son petit frère et le traitait en conséquence. Comme il était très timide, nous étions tous particulièrement aimables avec lui. Non, ce n'était pas possible, absolument pas possible que ce soit une « tante ».

Il était vraiment astucieux. Un jour, la compagnie dans laquelle nous travaillions avait organisé une petite fête commémorative et plusieurs divertissements étaient prévus. Comme tous les numéros étaient assurés par les employés, la qualité importait peu,

1. Le titre original de cette nouvelle est « Le lapin » (*Tu*). « Lapin » (*tuzi*) est un terme populaire péjoratif utilisé pour désigner un pédéraste.

l'essentiel étant de créer de l'animation. Xiao Chen, tout rougissant, dit qu'il voulait bien interpréter un extrait d'opéra. Il n'avait jamais appris, mais il avait assisté à des représentations et si les gens étaient d'accord, il pouvait essayer. Qu'on soit capable de jouer de l'opéra en ayant été simplement spectateur, personne ne le croyait. Mais puisqu'il s'agissait seulement de mettre de l'entrain, on n'allait pas, bien sûr, chercher à être sérieux, et puis, si ça l'amusait... Qu'il chante bien ou non, après tout, quelle importance! Il interpréta un passage des *Heureux auspices du phœnix rouge*[1]. Il n'avait qu'un tout petit filet de voix et même les personnes assises au premier rang n'entendirent rien du tout. Cependant, son grimage, son maintien sur scène, son allure, ses postures, tout était parfait. On aurait dit un vieil acteur n'ayant plus de voix qui ne pouvait plus compter désormais que sur son brillant jeu de scène. Tout était extrêmement délicat et soigné. Mais c'est qu'il n'avait jamais appris! Quoi qu'il en soit, cet extrait des *Heureux auspices* fut considéré comme le plus réussi des numéros proposés ce jour-là et il n'y eut d'applaudissements et de vivats que pour Xiao Chen. Après s'être démaquillé, toujours timide, il devait ajouter en baissant la tête : « Je sais aussi le " tambour des fleurs[2] " et je n'ai pas non plus appris. »

Peu de temps après, je quittai cette entreprise, mais je continuais à voir Xiao Chen assez souvent. Le succès de cette représentation lui avait donné l'envie d'apprendre pour de bon à chanter l'opéra. Il prit un professeur : M. Yu. Maître Yu, au demeurant un de mes amis, était un vieil artiste amateur à la voix encore jeune bien qu'il ait déjà dépassé la cinquantaine.

1. *Hong luan xi :* célèbre opéra racontant les amours et la vengeance de la fille du roi-mendiant de Hangzhou que son mari a tenté de noyer.
2. *Huagu :* opéra populaire local que l'on redonne dans différentes provinces (Hubei, Hunan, Anhui, et Jiangxi).

Lorsqu'il était en forme, il était encore capable d'interpréter un extrait des *Jugements des trois mandarins*[1] après s'être préalablement rasé. Il était toujours d'une parfaite correction et on ne lui connaissait aucune des mauvaises habitudes que l'on rencontre fréquemment chez les artistes amateurs. Lorsque je voyais le vieux Maître avancer sa bouche couronnée de barbe pour chanter d'une voix fine et douce, puis Xiao Chen répéter timidement avec son mince filet de voix, je trouvais cela si drôle qu'il m'arrivait à moi aussi de m'y mettre et d'apprendre quelques passages. Ma voix était bien meilleure que celle de Xiao Chen mais mes vocalises étaient insipides. A chanter ainsi, j'en riais moi-même et le vieux Maître se moquait encore davantage : « Assez ! Ecoute donc plutôt mon élève chanter ! » Xiao Chen souriait et, le visage tourné vers le mur, modulait. La voix était toujours ténue mais c'était agréable. « Attends un peu ; dans six mois, sa voix sortira ! Ça vaut vraiment le coup ! » me disait le vieux Maître d'un air satisfait.

Maître Yu traitait vraiment Xiao Chen comme son disciple. Pour ma part, je le considérais comme un ami et, en dehors des leçons de chant, nous allions souvent ensemble au restaurant ou flâner dans les parcs. Nous étions tous les deux suffisamment âgés pour avoir une conduite irréprochable en toute occasion, mais Xiao Chen était aussi d'un naturel très sage et n'aurait jamais osé tenir des propos inconvenants. Maître Yu ne manquait pourtant jamais de répéter : « L'opéra, ce n'est qu'une distraction qui ne doit pas troubler les affaires sérieuses ! »

1. *Santang huishen :* opéra narrant l'histoire d'une prostituée. Accusée à tort d'avoir empoisonné un riche marchand et d'abord condamnée à mort, elle est finalement jugée par son amant qui fait éclater la vérité et qui l'épouse.

II

Xiao Chen, parce que intelligent, était avide d'en savoir beaucoup le plus rapidement possible et il aurait bien voulu apprendre un acte entier en une semaine. Maître Yu, quant à lui, n'était pas pressé. Il savait que Xiao Chen était astucieux, mais ne voulait pas qu'il eût les yeux plus gros que le ventre. Il préférait donc n'enseigner à Xiao Chen que quelques airs, mais celui-ci devait prononcer chaque caractère distinctement et à la perfection. Aussi épelait-il les mots avec précision et les articulait-il très clairement, chose rare parmi les artistes amateurs.

Xiao Chen, comme tous les jeunes, aimait le changement et la diversité. Il lui arrivait de chanter les airs nouveaux, appris avec des disques et un gramophone, et il voulait alors en remontrer à son vieux Maître. Celui-ci ne disait rien, mais n'en pensait pas moins. Comme la scène devait se répéter plusieurs fois, il finit un jour par me dire en aparté : « Avec un tel élève, je crois que je ne vais pas continuer bien longtemps. Bien entendu, comme je ne lui demande rien, que je lui donne ou non des cours, cela n'a pas grande importance, mais ce qui m'inquiète, c'est qu'il tourne mal ; l'opéra, finalement, c'est secondaire, mais sa conduite... Ah ! sa conduite... Je ne suis pas rassuré. J'aime vraiment ce petit. Il est trop intelligent et les gens intelligents se laissent avoir facilement. » Je ne répondis rien, persuadé qu'il disait cela à la fois par affection pour Xiao Chen et aussi parce qu'il détestait les nouvelles façons de chanter. En fait, je pensais que ce n'était que des amusettes ; et à quoi bon vouloir à tout prix trancher entre l'ancien et le nouveau, entre ce qui est correct et ce qui ne l'est pas ! Je savais que pour éviter d'irriter le vieux Maître, le mieux était encore de ne rien dire.

Peu de temps après, je pressentis que les inquiétudes du vieux Maître n'étaient pas excessives. Je rencontrai Xiao Chen dans la rue, en compagnie d'artistes amateurs d'un genre tout à fait différent. Maître Yu était un brave homme à principes ; il savait chanter quelques airs, mais en dehors de cela, il n'y avait rien qui le distinguât des gens ordinaires. Les autres, à l'opposé, étaient de purs artistes amateurs et rien d'autre. Ils n'étaient pas des professionnels, mais ils avaient quand même le haut du crâne rasé, s'accoutraient, se maquillaient, parlaient et se comportaient exactement comme des cabotins. Ils auraient été bien incapables de chanter une pièce entière, mais cela ne les empêchait pas d'avoir on ne peut plus mauvais genre. Quand je racontais ce que j'avais vu à Maître Yu, il garda le silence pendant longtemps.

Deux jours plus tard, je revins le voir. Xiao Chen était également là. A voir leur expression à l'un comme à l'autre, je sus qu'il s'était passé quelque chose. J'étais à peine assis que Maître Yu, montrant du doigt les souliers de Xiao Chen, me prit à témoin : « Regarde-moi ça, crois-tu que ce sont des souliers d'homme ? Gris perle, avec une semelle aussi molle que l'empeigne ! S'il devait encore monter sur scène pour une générale et qu'il chausse des escarpins de couleur pour s'amuser, passe encore ! Mais mettre de telles chaussures pour aller se promener partout, à quoi ça ressemble ? »

Il m'était difficile d'intervenir. Après avoir réfléchi un moment, je finis pourtant par dire en riant : « Dans les magasins à Suzhou et à Shanghai, on voit souvent des souliers d'homme coquets et de couleurs vives. Ce n'est pas comme ceux de chez nous, toujours uniformément noirs, encombrants et lourds. » Je pensais que cette histoire pourrait se terminer en douceur si le vieux Maître se calmait un peu et si Xiao Chen acceptait de ne plus mettre ces chaussures.

Mais Maître Yu, poursuivant son idée, insistait : « Ce n'est pas si simple. Ces chaussures, on les lui a offertes. Tu sais, je fréquente ce milieu depuis plus de vingt ans et toutes ces combines, je les connais. Aujourd'hui ce sont des souliers, demain un mouchoir, et pour peu qu'on les accepte, ces langues de vipère finissent toujours, avec leurs racontars, par te réduire un honnête homme à un moins que rien. Puisque tu aimes bien l'opéra, mes cours auraient dû te suffire. Pourquoi aller t'acoquiner avec cette bande de vauriens et devenir la victime de leurs ragots ? »

Xiao Chen blêmit ; je voyais bien qu'il était furieux, mais j'imaginais mal qu'il puisse être aussi violent. Interloqué pendant un moment, il finit par lâcher des paroles très désagréables : « Tes trucs à toi sont dépassés. Autant garder mon temps pour apprendre des choses nouvelles ! » Là-dessus, il rougit subitement et comme pour éviter que sa timidité ne reprenne le dessus, il baissa la tête, prit son chapeau et sortit, sans même s'incliner en passant devant Maître Yu.

En le regardant s'éloigner, Maître Yu, les lèvres toutes tremblantes, ne put s'empêcher de gémir.

« Les jeunes se laissent facilement emporter, c'est inutile de..., dis-je pour le consoler.

— Hum ! Ils le détruiront. Ils lui diront que mes trucs sont dépassés, ils lui feront connaître d'autres maîtres, ils le pousseront à “ se mettre à l'eau[1] ”, ils le suceront jusqu'à la moelle et finalement, ils auront sa peau. Quel dommage, quel dommage ! »

Maître Yu en tomba malade pendant plusieurs jours.

1. *Xiahai :* dans la terminologie du théâtre et de l'opéra, « se mettre à l'eau » signifie devenir professionnel.

III

Xiao Chen pouvait désormais se passer de Maître Yu, il avait déjà beaucoup d'amis. Il commença à chanter *a cappella* et sans maquillage au Pavillon des parfums printaniers[1], maison de thé où il y avait des représentations tous les après-midi, mais il ne pouvait figurer que les dimanches. Comme, par Maître Yu, je connaissais plusieurs autres artistes amateurs, le dimanche après-midi, quand j'avais du temps libre, j'y allais souvent prendre un thé et écouter quelques extraits d'opéra. Il y avait toujours des visages familiers autour de moi et je pouvais aller d'une table à l'autre pour bien observer les mouvements de Xiao Chen.

C'est à ce moment-là que certains commencèrent à dire que c'était une « tante ». Je ne pouvais pas le croire. Il avait beau avoir un teint très clair et chanter d'une voix de fausset, je le savais quand même intelligent, réservé, et surtout, il avait un métier. Il pouvait certes avoir changé, mais pas au point d'être devenu « ça ». J'en étais fermement convaincu. Aussi, tout en observant son comportement, j'examinais aussi attentivement ceux qui disaient de lui qu'il en était.

Il portait des vêtements de plus en plus excentriques et il semblait bien qu'il se poudrait. Mais il se dégageait toujours de sa personne une certaine droiture empreinte de réserve. Dès que je vis les gens qui colportaient ces rumeurs et qui le flagornaient, je

1. *Chunfengge :* célèbre maison de thé située dans le quartier de Liulichang fréquenté aussi par les peintres et les amateurs d'antiquités.

compris : s'il s'accoutrait ainsi, s'il se fardait, c'était — comme quand il mettait ses souliers gris perle — contre son gré. Ce qu'avait prédit Maître Yu se révélait juste : il était tombé dans leur piège et ils n'allaient pas tarder à le démolir.

Il y en avait un qui attirait plus particulièrement mon attention, un grand type au teint noir. Le haut du crâne rasé, des cernes tout autour des yeux, il portait invariablement des habits de soie excessivement longs et serrés, avec un col très haut.

On disait qu'il savait interpréter des rôles *hualian*[1], mais je ne l'ai jamais entendu chanter un seul couplet. Ordinairement, les artistes amateurs ont toujours à la bouche quelques bribes d'un opéra quelconque à fredonner ; lui, non ; toutefois, il savait scander les sons rythmés des percussions tout en agitant légèrement les membres pour mieux marquer le tempo. Manifestement, sa technique avait déjà dépassé le stade des vocalises et de la simple articulation des mots ; il en était arrivé à un point où il pouvait restituer de mémoire les partitions d'accompagnement. Il savait aussi sans doute manier le « tambourin[2] ».

Ce type ne quittait jamais Xiao Chen d'une semelle et veillait sur lui comme un vieux maquereau sur ses protégées. Les représentations de Xiao Chen, que je suivais des coulisses, étaient toujours organisées par le Noiraud. Il avait son mot à dire sur tout et décidait notamment à quel moment Xiao Chen devait chanter et quels opéras il allait interpréter. Les jours où il savait que la voix de Xiao Chen était amoindrie, il lui demandait de chanter des opéras plus reposants. Par

1. Personnage masculin au visage abondamment peint, dont l'apparence haute en couleur exprime la puissance ou la violence des sentiments et des actions.

2. *Danpi(gu) :* petit tambour servant à diriger l'orchestre d'accompagnement au cours des représentations.

contre, si Xiao Chen venait de répéter *Le Mariage dans le repaire des bandits*[1] de manière satisfaisante, il le faisait passer à coup sûr. Quand il manquait des partenaires pour que tous les rôles soient remplis, il savait aussi comment trouver des acteurs, au dernier moment. A l'instant même où Xiao Chen allait jouer, il lui prenait la main et lui indiquait les passages où il devait insister pour obtenir aisément les vivats du public et ceux où il pouvait se permettre d'épargner ses forces. Et si la voix de Xiao Chen venait à s'affaiblir au beau milieu d'une représentation, il lui fallait, à ce moment critique, faire comprendre à Xiao Chen qu'il devait accélérer ou même sauter quelques phrases. Enfin, lorsque cela s'avérait nécessaire, il passait aussi à Xiao Chen une pastille Valda[2]. Le zèle et le soin avec lesquels le Noiraud prodiguait recommandations et directives ne le cédaient en rien à ceux d'un entraîneur s'adressant à son équipe de football, juste avant un match.

Une fois que Xiao Chen avait fini de chanter, jamais il ne se permettait la moindre critique, c'était des éloges à n'en plus finir. Il s'arrangeait alors pour s'en prendre avec virulence aux interprètes de *danjiao*[3] les plus célèbres du moment : un tel avait une voix de *heitou*[4]mais poussait l'effronterie jusqu'à chanter des rôles de *qingyi*[5], sans la moindre vergogne ; tel autre, malgré un menton proéminent et un dos de taureau s'obstinait encore à vouloir jouer les *huadan*[6]. Ces

1. *Deyiyuan :* opéra racontant l'histoire du neveu d'un gouverneur déchu qui épouse la fille d'un chef brigand et qui réussit à quitter le repaire des bandits, avec sa jeune épouse.
2. *Huada Wan :* transcription phonétique de la marque française déjà célèbre dans la Chine des années trente.
3. Personnage féminin.
4. Variété de *hualian* (cf. n. 1, p. 252).
5. Rôle féminin du genre sérieux.
6. Rôle féminin du genre comique : coquettes ou soubrettes.

jugements montraient, bien sûr, que c'était un expert et qu'il s'y connaissait ; ils avaient aussi un autre but : faire savoir à Xiao Chen qu'il pouvait désormais rivaliser avec ces célébrités et que, sur bien des points, il les avait même surpassées. Le résultat, c'est que Xiao Chen avait beau parfois être visiblement embarrassé et chercher à ce que l'autre ne lui prenne pas la main lorsqu'il se présentait sur scène, il n'osait pas le froisser. Il semblait bien, en effet, que Xiao Chen avait entrevu un certain espoir, celui de devenir, à son tour, une vedette. Et pour réaliser ces aspirations, il lui fallait compter sur le Noiraud. Alors, si ce dernier lui interdisait de parler à quelqu'un ou lui conseillait de se farder, il n'osait pas refuser.

Avec ce Noiraud toujours à ses côtés, il était sans doute inévitable que Xiao Chen fût traité de « tante ».

Il ne l'ignorait certainement pas. Mais il savait aussi que s'il devenait un jour acteur professionnel, ce serait merveilleux. Il était intelligent et il apprenait tout du premier coup. Certes, sa voix n'était que passable mais son grimage et son maintien sur scène étaient excellents. Les capacités requises, il les avait. Il lui suffisait de vouloir et il n'aurait plus alors qu'à tendre la main pour récolter d'énormes cachets. Pourquoi donc ne pas s'engager dans cette voie ? Y avait-il quelque chose de plus facile, de plus prometteur ?

S'il voulait suivre cette voie, le Noiraud était précieux. Il était en effet très expert dans toutes les discussions sur l'opéra, mais savait aussi comment on organise des séances pour des réunions privées entre amis, comment trouver les bons acteurs, les rémunérer, louer les accessoires... Les professionnels, les amateurs, vrais ou faux [1], tous devaient suivre ses ordres. Il

1. *Shi heichu de :* « faux amateurs ». Il s'agit d'amateurs qui acceptaient de l'argent de la main à la main pour aller jouer chez des

pouvait faire monter ou dégringoler qui il voulait, car il s'y connaissait aussi bien en affaires qu'en opéra. Xiao Chen devait donc passer par lui et accepter l'intimité que l'autre lui imposait. Bien sûr, il aurait toujours pu s'opposer à ce que le Noiraud prenne sa main, mais il se serait vu aussitôt fermer l'accès au monde des amateurs. Ses ambitions, n'en parlons pas ; même s'il avait voulu simplement jouer pour le plaisir, il n'aurait pas pu se permettre d'offenser le Noiraud : un seul mot de ce dernier et Xiao Chen n'avait nulle part où aller pour satisfaire sa passion de l'opéra. Pour le moment, je n'en dirai pas plus.

IV

Dans le milieu du théâtre, personne n'osait dire quoi que ce soit lorsque le Noiraud était avec Xiao Chen ; tout le monde se tenait respectueusement à distance. Ceux qui l'accompagnaient au tambour ne se risquaient pas à ajouter le moindre solo pas plus que les violonistes ne se permettaient de lui jouer un mauvais tour en tendant sournoisement une corde outre mesure. Les acteurs secondaires qui jouaient avec lui n'osaient pas non plus improviser par peur de l'embarrasser et évitaient de se donner à fond pour ne pas trop obtenir les faveurs du public et éclipser Xiao Chen.

---

particuliers. *Chu* est un terme argotique utilisé dans les sociétés secrètes : « argent ». Nous remercions particulièrement le professeur Wu Xiaoling qui a bien voulu, sur ce point comme sur plusieurs autres, nous apporter les éclaircissements nécessaires.

Tout en fixant le Noiraud, ils complimentaient délibérément Xiao Chen, semblables à des étoiles dont le rôle est de mettre la lune en valeur. Ce n'était pas qu'ils l'admiraient — les artistes amateurs ne sauraient admirer personne —, mais, de toute évidence, ils craignaient tous le Noiraud.

Si ces gens-là n'osaient pas parler, les spectateurs le faisaient à leur place. Le Noiraud ne pouvait quand même pas les empêcher de s'exprimer.

Ces amateurs d'opéra pouvaient se diviser en deux catégories distinctes. Dans la première, on trouvait des gens qui venaient, à l'occasion, le samedi ou le dimanche, prendre un thé et dissiper leur ennui. Ils pouvaient ainsi satisfaire à peu de frais leur inclination pour l'opéra. Ils n'étaient pas très exigeants. Quand ils étaient contents, ils réagissaient par des acclamations et s'ils étaient déçus, ils ne disaient rien ou bien sortaient. La deuxième catégorie regroupait les habitués qui étaient en permanence au Pavillon des parfums printaniers. C'étaient tous des gens très avertis. Certains étaient d'anciens artistes qui, pour des raisons quelconques, avaient dû renoncer à la scène. Aussi, se rendaient-ils tous les jours dans des maisons de thé pour écouter chanter les autres ou plutôt pour les siffler, afin de mieux montrer qu'eux-mêmes étaient de fins connaisseurs. D'autres ne savaient que quelques bribes d'opéra et n'étaient pas encore suffisamment avancés pour figurer dans un spectacle ; s'ils venaient quotidiennement, c'était pour mieux se mettre dans le bain. Encore incapables, pour le moment, de donner la moindre représentation, ils étaient déjà néanmoins vêtus et maquillés exactement comme des cabotins et sincèrement convaincus que le jour où ils monteraient sur scène, ils verraient aussitôt s'ouvrir devant eux les portes du succès. Il y avait aussi les parents et amis des acteurs qui venaient tous les jours pour les encourager ; sans être particulièrement versés dans l'opéra, ils savaient cependant acclamer et applaudir au bon moment. D'autres, enfin, venus seulement prendre un thé, s'étaient laissé lentement gagner par l'atmosphère régnante et avaient fini par se prendre aussi pour des initiés.

C'étaient tous ces gens-là qui, dès qu'ils voyaient Xiao Chen, laissaient entendre que c'était une « tante ».

Il suffisait qu'il apparaisse pour qu'ils se mettent à chuchoter. Naturellement, ils ne pouvaient pas informer directement les nouveaux clients, au fur et à mesure qu'ils se présentaient : « Hé ! C'est une " tante " ! », mais leurs messes basses étaient assez éloquentes pour que tout le monde comprenne. Plus les gens, d'un naturel curieux, pensaient se renseigner auprès d'eux, plus ça les encourageait à murmurer et tout le monde dressait davantage l'oreille. Ils s'arrêtaient alors subitement et se regardaient entre eux, en souriant. On ne pouvait plus que renoncer à saisir quoi que ce soit de leurs chuchotements et ils étaient très satisfaits de l'effet produit. Si le Noiraud était tout-puissant sur scène, leur influence, à eux, s'exerçait sur les spectateurs. Pris entre ces deux courants contradictoires, Xiao Chen était bien faible pour résister.

Ces gens-là étaient soit des jeunes, soit des personnes de cinquante à soixante ans. Bien que d'âges différents, c'étaient tous de fervents utilisateurs de crème et de poudre, les plus âgés ayant les couches de poudre les plus épaisses. Parmi eux, il y avait aussi bien des pauvres que des riches, mais tous étaient habillés de façon recherchée, les pauvres ayant leur propre façon d'être raffinés. Le dessus de leur tunique ouatée était peut-être en coton, mais ils essayaient d'avoir de la doublure de soie pour le bas. S'ils étaient obligés de prendre du coton, même pour la doublure, ils s'arrangeaient pour choisir des couleurs subtiles, mauve clair ou pourpre foncé, particulièrement en harmonie avec le dessus de leur tunique. Ils retroussaient tous aussi leurs manches pour mieux faire ressortir la blancheur immaculée de leur chemise. C'était sans doute par jalousie qu'ils disaient que Xiao Chen était une « tante », car en fait, à mon avis, ils en avaient davantage l'allure.

Dès que Xiao Chen se montrait, ils arboraient une expression très particulière qui pouvait, selon les cas, soit s'élargir en sourire, soit se contracter en mine renfrognée. Dans le premier cas, on aurait dit qu'ils accordaient à Xiao Chen quelques bonnes grâces qu'ils étaient les seuls, dans le monde, à pouvoir lui prodiguer. Dans le second, c'était comme s'ils avaient le sentiment de provoquer la colère sacrée de l'Empereur. Xiao Chen, pour gagner leurs applaudissements, était obligé de leur adresser des regards sollicitant leur indulgence, mais ils ne lui octroyaient pas plus facilement pour autant leur faveur.

Au moment où ceux qu'ils étaient déjà décidés à flagorner montaient sur scène, leur mine se faisait plus grave et ils tendaient tous le cou, comme pour mieux écouter. Si les autres criaient bravo, ils ne bronchaient pas. C'était quand personne n'avait rien remarqué d'extraordinaire, qu'ils s'extasiaient, comme s'ils s'oubliaient et ne pouvaient se retenir de donner libre cours à leurs émotions; leurs ovations surprenaient alors tout le monde et on était bien obligé de les admirer et de reconnaître que c'étaient eux, les vrais experts. Il paraît que si on leur payait un bon repas, ils étaient tout disposés à jouer cette comédie. Evidemment, si Xiao Chen avait l'intention de couper court aux ragots, il allait bien être obligé de les inviter à manger. A la place de Xiao Chen, je me serais dit « A quoi bon ? », mais après tout, c'étaient ses propres problèmes.

V

Un jour, après avoir lu dans le journal l'annonce d'une répétition générale, donnée par Xiao Chen, je décidai d'y aller.

Naturellement, je me doutais bien que le Noiraud avait dû lui préparer tout un public de claqueurs. Mais j'étais fermement décidé à ne pas juger son talent en fonction de l'accueil que lui réserverait l'auditoire ; il me fallait apprécier sa valeur selon ma conscience.

Il s'attirait toujours les faveurs de l'assistance grâce à ses mimiques vraiment excellentes ; pourtant, son art vocal, honnêtement, ne méritait pas un seul bravo. Quand il chantait dans des locaux exigus, ce n'était pas mal, car il avait vraiment quelque chose, mais sur scène, sa voix était assurément trop faible. Seuls les spectateurs des deux premiers rangs parvenaien à peine à l'entendre. Ceux qui étaient un peu plus en arrière ne pouvaient voir que sa bouche ouverte et ne percevaient aucun son

Ce n'est vraiment pas facile de gagner de l'argent en chantant l'opéra ! Je le savais. Mais convaincre Xiao Chen de cet état de fait était, pour moi, une entreprise délicate, d'autant plus que le Noiraud saurait bien lui préparer une claque efficace afin qu'il obtienne toujours les applaudissements de la salle et qu'il finisse par se persuader que sa technique était supérieure. A quoi auraient pu servir mes conseils ? Après l'événement, les critiques des journaux furent en effet unanimes, allant jusqu'à le comparer au Tian Guifeng de la grande époque[1]. Je n'ignorais pas l'origine de ces dithyrambes. Décidément, la stratégie du Noiraud était parfaitement au point.

A partir de ce moment-là, dans les salles de spectacles de bienfaisance aussi bien que lors des séances privées entre amis, on affichait partout des numéros de Xiao Chen. Je n'avais pas le temps d'y aller, mais je me faisais de plus en plus de souci pour lui, car je savais bien que pour multiplier ainsi les représentations et se faire connaître, il fallait beaucoup d'argent. Il n'était pas rare qu'un artiste amateur finisse par tout dilapider et Xiao Chen, de surcroît, était un garçon plutôt pauvre. S'il voulait tenir son rang, il devait avoir ses propres accessoires et costumes de scène, trouver de bons chanteurs secondaires pour l'accompagner et entretenir son habilleur, bref, il lui fallait mener grand train. Comment un petit employé aurait-il pu s'en sortir en ne comptant que sur lui-même ? Impossible !

Certes, le Noiraud pouvait l'aider. Mais si un jour ils se brouillaient et qu'il doive tout rembourser, comment faire ? Les inquiétudes de maître Yu, maintenant, je les comprenais bien. C'était vraiment un homme d'expérience et ses propos n'avaient rien d'exagéré.

Peu de temps après, j'appris que Xiao Chen était licencié de son entreprise, pour des histoires de fausses factures et de détournements de fonds. Nous n'étions pas des amis très intimes, mais je savais bien que ce n'était pas un escroc. J'étais persuadé qu'il n'aurait jamais pu commettre un tel délit s'il n'avait pas été littéralement à bout de ressources. Je lui pardonnais volontiers et en voulais plutôt terriblement au Noiraud et à tous ces gens qui le manipulaient.

1. Célèbre interprète de rôles *qingyi* et *huadan* (cf. notes 5 et 6, p. 253) de la fin des Qing (1644-1911). Il jouait à la Cour impériale et fut le maître du célèbre Mei Lanfang. Nous remercions ici Sun Yuanbo, illustre acteur d'opéra de Pékin, qui nous a donné ces renseignements.

Je me décidai à aller le voir, peut-être pouvais-je encore faire quelque chose pour lui. A la limite, c'était moins pour l'aider matériellement que pour contrer l'influence du Noiraud et tenter de tirer un jeune homme intelligent des mains de ce sinistre individu.

VI

Dans la chambre de Xiao Chen, il y avait quelques personnes qui le regardaient « à l'ouvrage ». Pour économiser un peu d'argent, tout ce qu'il pouvait faire de ses propres mains, il le faisait. Il était en train, à ce moment-là, de confectionner un de ces gilets que portent les soubrettes dans les pièces d'opéra. Tout le monde fumait et discutait, mais lui, ne disait rien ; il était tout occupé à coller des perles de verre sur le gilet. Il avait dessiné, avec de la colle, une grande branche de prunier, et il y fixait ses perles de verre multicolores. Il gagnait ainsi du temps et de l'argent, et quand il le porterait, ça brillerait encore davantage.

Quand j'entrai, il se contenta de lever les yeux et de me sourire, puis il baissa la tête et se remit à travailler, comme s'il voulait que je me mêle aux autres. Ne les connaissant pas et n'ayant, de toute façon, aucune envie de leur parler, il ne me restait qu'à m'asseoir, l'air quelque peu stupide.

Ces gens avaient tous plus de quarante ans et certains portaient déjà la barbe. A écouter ce qu'ils disaient et à observer leur allure, j'étais quasiment sûr que c'étaient aussi des artistes amateurs, mais d'un autre style. La façon dont ils étaient habillés indiquait qu'il s'agissait sans doute de petits bureaucrates, probablement de ceux-là même qui préconisent la ségrégation des sexes et défendent le plus les valeurs traditionnelles de la famille et de la société. Cela ne les empêchait pas de venir voir travailler Xiao Chen. Leurs propos n'étaient pas vulgaires, bien au contraire, leur conversation était plutôt raffinée. Seulement, leurs yeux ne quittaient pas Xiao Chen et ils avaient un sourire qui trahissait à la fois leur mauvaise conscience et une perversité qu'ils semblaient incapables de maîtriser.

Xiao Chen n'intervenait pas tellement dans leurs discussions ; cependant, dès qu'ils parlaient de tel acteur ou qu'ils réprouvaient la manière de chanter de tel autre, il posait son ouvrage, fronçait légèrement les sourcils et écoutait très attentivement ; puis, avec une énergie qui ressemblait beaucoup à celle du Noiraud, il exprimait fermement son avis en indiquant les lacunes des uns et des autres, sans parler longtemps, mais de manière résolue. Il ne cherchait pas du tout à se faire valoir, mais ces critiques, dans lesquelles il croyait dur comme fer, étaient bien suffisantes pour témoigner de sa supériorité. Il était déjà intimement convaincu qu'il était un acteur de rôle féminin incomparable et qu'à part lui, il n'y avait tout simplement personne qui connaissait l'opéra à fond.

Ce ne fut pas facile de les faire partir. Je commençai ensuite à faire part à Xiao Chen de ce que j'avais à lui dire et, pour éviter de tourner autour du pot, je lui posai directement la question : « Comment fais-tu pour vivre ? »

Son visage rougit subitement ; sans doute se rappelait-il l'humiliation d'avoir été licencié. En voyant qu'il n'arrivait pas à répondre, j'allai carrément jusqu'au bout : « Tu as beaucoup de dettes, n'est-ce pas ? »

Il eut un rire forcé, mais son expression était très décidée : « Je suis bien obligé d'avoir des dettes, mais ce n'est pas grave, je gagnerai de l'argent. Tu vois, si j'avais maintenant trois mille *yuans* pour mes dépenses de costumes et d'accessoires, je pourrais aller tout de suite à Shanghai pour chanter pendant quinze jours, et de là — ses yeux se mirent à pétiller — en tournée à Hankou, Jinan, Tianjin; revenu ici, je serai... » Il tendit son pouce levé, indiquant par ce geste qu'il deviendrait le meilleur de tous.

« C'est aussi facile que ça? » demandai-je brutalement.

Il me lança un rapide coup d'œil, ricana et ne daigna pas répondre.

« C'est toi-même qui as une telle confiance dans ton talent ou bien tu es forcé désormais de suivre cette voie, à cause de tes dettes? Ecoute-moi bien. Maintenant, tu lui dois déjà mille ou deux mille *yuans;* même si tu trouvais un travail, tu ne pourrais pas le rembourser; alors, tu crois pouvoir récolter plusieurs milliers d'un seul coup et c'est ce type-là qui te pousse dans cette direction, c'est ça, pas vrai? »

Il s'absorba un moment, hésita, poussa un soupir, mais ne répondit rien. Je savais que mes paroles l'avaient quelque peu ébranlé.

Je poursuivis : « Si c'est vraiment comme je viens de le dire, réfléchis bien; maintenant, tu es son débiteur et si tu veux passer professionnel, tu seras encore obligé de lui emprunter de l'argent. Lui, il pourra te coincer jusqu'à la fin de tes jours. Quelle que soit l'importance de tes gains, tu ne pourras jamais tout rembourser. Tu lui abandonneras ta vie. Ceux qui t'encensent sont aussi ceux qui veulent ta peau. Si tu estimes que je ne dis pas tout ça uniquement pour t'effrayer, trouve un moyen pour le rembourser; cherche du travail, je t'aiderai, mais ne mets plus les pieds dans ce milieu. Tu dois y réfléchir. »

Il se contenta de me répondre d'une phrase, sans même me regarder : « L'art vaut bien des sacrifices. »

Ce fut mon tour de ricaner : « Oui, tu as fait des études, je sais, tu peux sortir de belles phrases comme ça, mais c'est creux, ça ne veut rien dire. »

Il rougit à nouveau mais il ne voulait manifestement plus discuter ; une telle conversation ne pouvait que le démoraliser davantage. Du reste, il était à un âge où on ne reconnaît pas facilement ses propres erreurs. Il appela : « Sœurette, mets une bouilloire d'eau sur le feu. »

Je ne savais pas qu'il avait aussi une petite sœur, et cela me fit encore plus de peine. Sans rien ajouter, je sortis.

VII

« Célèbre dans le monde entier, Chen... numéro un des rôles féminins *huadan* et *qingshan* [1], interprétera le fameux opéra historique..., en exclusivité. » Partout, dans la rue, dans les journaux, cette annonce en immenses caractères. Je savais que Xiao Chen était passé professionnel.

Deux jours avant la première, il donna une réception au restaurant Les Mers de l'Est pour le monde journalistique et quelques amis. Je ne sais pas pourquoi, il m'envoya aussi une carte d'invitation. Je n'avais vraiment pas l'intention de participer à ce genre de repas, mais j'avais aussi envie de revoir Xiao Chen ; aussi,

1. *Qingshan : qingyi* (cf. notes 5 et 6, p. 253).

après avoir tourné et retourné plusieurs fois le carton dans mes mains, je décidai finalement d'aller y faire un tour.

Soixante-dix à quatre-vingts personnes assistaient au banquet : des gens importants du monde du théâtre, des journalistes, des promoteurs de carrières d'artistes, des voyous du milieu. Je ne leur prêtai guère attention, j'étais venu uniquement pour voir Xiao Chen.

Comme il avait changé ! Sa tenue vestimentaire, atrocement maniérée, était aussi peu naturelle, aussi outrée que celle d'une jeune mariée, le jour de ses noces. Mais ce n'était pas encore le plus insolite. Ce qui surprenait davantage, c'était un diamant qu'il portait à l'annulaire de sa main droite : si c'était un vrai, il devait valoir dans les deux mille à trois mille *yuans*. Qui le lui avait donc offert ? Et pour quelles raisons ? Manifestement, il s'était aussi fardé le visage, toujours aussi maigre, mais cette fois-ci bien vermillonné. Et tout ce rouge sur la figure accentuait encore l'impression qu'il donnait, par ses gestes et sa façon de parler, d'être constamment sur scène. Il ne s'adressait plus aux gens qu'en tournant légèrement le cou, comme s'il craignait d'abîmer son haut col. La tête ainsi de biais, il fronçait les sourcils chaque fois qu'il allait parler et relevait ensuite les coins de sa bouche vers le haut pour former à dessein deux fossettes, au creux des joues. A le voir ainsi, j'en avais la chair de poule.

Mais finalement, comme le Noiraud était encore là, je n'en voulais toujours pas à Xiao Chen. L'autre, il se comportait, comme d'ordinaire, en grand manitou : dans un va-et-vient perpétuel, il tapotait l'épaule des gens, leur parlait à voix basse, les invitait à boire ou riait avec eux, tout en lançant des œillades à Xiao Chen. Et une forte odeur de parfum s'exhalait de l'immense mouchoir de soie avec lequel il épongeait le haut de son crâne noir et luisant.

J'ai entendu dire que les ours, dès qu'ils aperçoivent des gens, leur prennent la main et pouffent de rire. Je n'en ai jamais vu, mais j'imagine aisément qu'ils doivent alors ressembler à ce Noiraud.

Ce dernier ne tarda pas à guider mon regard vers un petit bonhomme rondouillard d'une cinquantaine d'années. C'était l'invité d'honneur du banquet et à lui que le Noiraud parlait le plus. Il répondait rarement, mais son interlocuteur restait toujours très respectueux. Hé ! Je réalisai tout d'un coup que j'avais trouvé le généreux donateur. Le diamant, c'était donc lui !

En l'observant plus attentivement, il me semblait bien connaître ce visage bouffi. Oui ! C'est ça ! Je l'avais vu dans des journaux et des magazines : le ministre Chu[1] ! Le promoteur enthousiaste des arts !

C'était bien lui, c'est sûr, car il ne prit qu'un verre d'alcool, chipota un peu de soupe et quitta rapidement le banquet. Le Noiraud et Xiao Chen le reconduisirent jusqu'à la porte avec déférence. Revenu à la table, le Noiraud commença à lancer des plaisanteries, comme pour montrer que l'hôte de marque étant parti, on pouvait désormais être plus décontracté.

Après les premiers plats, je m'échappai à mon tour.

VIII

Le ministre Chu déboursait et le Noiraud décidait. Xiao Chen habitait la villa du ministre et possédait

1. Allusion très probable au célèbre ministre Chu Minyi, dont le nom de famille se prononce de la même façon mais s'écrit différemment.

désormais sa propre malle à costumes, la bague à diamant et même une voiture. Mais l'argent, il n'en voyait pas la couleur, tout passait par le Noiraud.

Pour tous les programmes de Xiao Chen, Chu avait une loge, et parfois, il y emmenait la petite sœur de Xiao Chen. Après le spectacle, ils s'en revenaient tous ensemble à la villa. La sœur était vraiment ravissante.

Chu s'était octroyé une beauté, le Noiraud avait encaissé pas mal d'argent et Xiao Chen devait chanter de l'opéra tout en continuant à être traité de « tantouse ». Voilà. C'était comme ça. Plus personne n'y pouvait rien. Aucun moyen désormais de tirer Xiao Chen de cette situation infernale. Ils allaient avoir sa peau, Maître Yu ne s'était pas trompé.

IX

Pris par mes activités, je passai plus d'un an sans aller une seule fois à l'opéra. J'étais plus ou moins au courant des activités de Xiao Chen, car les journaux parlaient souvent de ses représentations, mais j'ignorais s'il était ou non satisfait de sa nouvelle vie.

Un jour, j'avais à faire à Tianjin et comme le soir, seul dans mon hôtel, je m'ennuyais à mourir, je finis par prendre un journal et regarder les programmes de théâtre : il y avait un nouveau venu, un certain Xiang, qui donnait un spectacle le soir même. Je ne le connaissais ni d'Eve ni d'Adam, mais je voulais, de toute façon, dissiper mon ennui et décidai donc d'y aller. Je n'espère jamais grand-chose d'excellent de ces nouveaux acteurs, cela m'évite par la suite d'être déçu et contrarié.

Ce Xiang, effectivement, n'était pas très à la hauteur ; les décors luxueux compensaient mal un art vocal et un jeu de scène également insipides ; à la deuxième partie, il avait carrément l'air de ne plus vouloir continuer. Comme c'est difficile de jouer de l'opéra ! Je ne pouvais pas m'empêcher de penser à Xiao Chen.

C'est à ce moment-là que j'aperçus le Noiraud. Il venait de passer comme un éclair ; sorti des coulisses, il s'était penché vers le tambour pour lui glisser deux mots à l'oreille et avait à nouveau disparu.

Hé ! Encore ce sale type ! pensai-je en mon for intérieur. Hum ! Je me dis en même temps qu'il avait sans doute sucé Xiao Chen jusqu'au moindre sou et qu'il allait maintenant pressurer ce Xiang. Quel salaud !

Revenu à Pékin, je rencontrai Maître Yu. En bavardant de choses et d'autres, on en vint à parler de Xiao Chen. Il était bien plus au courant que moi. Dès qu'on aborda ce sujet, il soupira : « C'est fini ! Sa petite sœur a été abandonnée par son ministre de pacotille et elle se morfond maintenant chez elle dans la situation ambiguë d'une demoiselle qui n'en est plus une, mais qui n'est toujours pas madame. Quant à Xiao Chen, après qu'il eut gagné assez d'argent pour le moricaud, ce dernier l'a laissé tomber et ne s'occupe plus du tout de lui : il lui a même repris plus de la moitié de ses costumes et accessoires. On s'imagine toujours qu'on peut gagner beaucoup d'argent en chantant de l'opéra, mais ce n'est pas aussi facile ! Les amateurs peuvent se faire aisément vampiriser, ceux qui travaillent au noir[1] doivent souvent se contenter de la soupe populaire, et ceux qui passent professionnels, déjà contraints de supporter les mouvements d'humeur des autres, sont bien lotis s'ils arrivent à manger à leur

1. Cf. note 1, p. 254.

faim. Je savais tout cela, et je l'avais prévenu depuis longtemps, pourtant... » Maître Yu voulait encore dire autre chose, mais il se contenta de hocher la tête.

X

Près de six mois plus tard, j'eus à faire à Jinan. Xiao Chen y donnait justement une représentation ; il était la vedette du spectacle, les deuxième et troisième acteurs figurant respectivement un *xusheng* et un *wusheng*[1]. Les rôles n'étaient pas des plus solides, mais cela valait certainement le déplacement. En effet, même les artistes des chapiteaux du Pont du Ciel[2] de Pékin, demandent, à Jinan, de gros cachets pour se faire embaucher et Xiao Chen, malgré toutes ses lacunes, leur était bien supérieur. Je décidai donc d'y aller, sans doute aussi pour lui prodiguer des encouragements, car, après tout, j'étais son ami, non ?

Ce soir-là, il donnait en exclusivité l'intégrale d'une pièce où il y avait des scènes de clercs et de guerriers avec même des combats. On donnait en plus aux spectateurs le livret de l'opéra. Ça commençait à neuf heures ; retenu au dernier moment, je ne pus partir qu'à neuf heures et quart. En chemin, je craignais fort que ce ne soit trop tard pour avoir encore une place. Il était neuf heures et demie lorsque j'arrivai au théâtre : tout était tristement désert, un four noir. On entendait bien dans le lointain quelques roulements de tambour

1. *Xusheng :* « homme barbu », rôle de vieillard, militaire ou lettré. Il s'agit ici d'un lettré puisqu'il est accompagné d'un *wusheng :* « militaire », rôle de guerrier.

2. *Tianquiao :* célèbre quartier populaire, où s'exhibaient aussi de nombreux bateleurs, conteurs et marionnettistes.

et des coups de gong, mais il n'y avait pas un chat aux alentours. A l'expression du guichetier, je devinai qu'il n'avait pas dû vendre beaucoup de billets, car il était très aimable et il me tendit tout de suite le numéro onze au quatrième rang, une très bonne place.

Dès que j'entrai, je me rendis compte que derrière les quatre premiers rangs, c'était le vide le plus complet ; dans les couloirs latéraux, il y avait quelques personnes disséminées ici et là, et au balcon, les loges de droite et de gauche étaient tout aussi inoccupées. Je dirigeai mes yeux vers la scène : elle était rendue toute blafarde par les spots lumineux à acétylène, et, semblables à des personnages en carton-pâte, quatre porteurs de drapeaux, l'air complètement perdus, encadraient un *xiaosheng*[1] en tunique rouge, assis au milieu. Devant une salle aussi dégarnie, les acteurs donnaient l'impression d'être victimes d'une terrible injustice, d'autant plus que les rares spectateurs étaient tous regroupés à l'avant. Un théâtre à moitié vide est vraiment la chose du monde la plus pénible à voir ; ça ne ressemble plus à rien, surtout pas à un théâtre, c'est comme un décor de cauchemar.

Je m'étais à peine assis que les tambours et les gongs modifièrent leur rythme et on remplaça les nappes des tables et les housses des chaises par des broderies méridionales où s'étalait le nom de Xiao Chen. Un nouveau roulement de tambour et, après que le petit gong eut été changé, Xiao Chen apparut en tortillant des hanches. Pas un seul bravo pour l'accueillir : les gens étaient si peu nombreux que personne n'osait se faire remarquer. J'en avais les larmes aux yeux !

Il était d'une maigreur dont on n'a pas idée. Cela le rendait plus grand et il ressemblait à un muge qui se

1. *Xiaosheng :* « jeune homme », rôle de jeune homme de bonne famille.

serait pomponné. Bien que le public fût on ne peut plus clairsemé, il ne bâcla pas pour autant son numéro ; au contraire, son visage décharné exprimait une fière détermination et de fait, il se donna à fond pour tout, aussi bien pour le chant et les déclamations que pour le mime. Comme personne n'applaudissait, il cherchait à se surpasser, avec un zèle et une opiniâtreté dignes d'un missionnaire propagateur de la foi. Après chaque extrait, lorsqu'il se retournait pour boire une gorgée d'eau, je voyais bien qu'il toussait horriblement et qu'il massait méthodiquement sa poitrine avant de revenir face au public. Sa voix était toujours aussi fluette, mais son jeu de scène avait atteint la perfection : chaque geste, chaque pas était mesuré avec une précision et une exactitude sans égales ; quand il prenait une posture particulièrement remarquable, il lançait un coup d'œil aux spectateurs, comme pour leur dire : « Ça ne mérite pas des applaudissements, ça ? » Personne ne criait bravo ; depuis le début, personne n'avait bronché !

C'était comme si soudain j'étais devenu fou ; je ramassai mes forces et me mis à hurler : « Bravo ! Bien ! Bravo ! » Xiao Chen m'aperçut et me fit un léger signe de tête. Je ne comprenais pas très bien le fond de l'intrigue mais je restai quand même jusqu'au *wududu* final[1]. A vrai dire, j'avais le cœur tout bouleversé.

Après le spectacle, je me rendis dans les coulisses. Xiao Chen n'avait pas encore quitté son costume de scène ; quand il me donna la main, j'eus l'impression de ne serrer que des os.

Il dit en souriant : « Attends que je me change, j'aimerais bien qu'on bavarde un peu. »

Je patientai assez longtemps, car on aurait vraiment dit une jeune fille tellement il mettait de temps et de

1. Sonnerie de cuivres marquant la fin du spectacle.

soin à se changer : il ôta délicatement une pai une les fleurs et les perles qui ornaient ses cheveux, puis il s'assura que son habilleur les range bien en ordre.

Lorsque nous parvînmes à l'Hôtel des Trois Frères[1], il était déjà une heure et demie. Une fois entré dans sa chambre, Xiao Chen sembla oublier que j'étais là ; il alla s'étendre sur le lit et alluma d'une main tremblante sa pipe à opium. Après avoir tiré deux longues bouffées, il se détendit : « Tu vois, si je n'avais pas ça, je ne pourrais plus vivre ! »

Je hochai la tête et ne trouvai rien à dire. Si j'avais voulu intervenir, il m'aurait fallu lui donner des conseils salutaires ; mais comment un homme ordinaire comme moi aurait-il pu le secourir ? C'était comme si j'étais devenu un simple d'esprit : il ne me restait plus qu'à me taire et à l'écouter.

Il aspira une nouvelle bouffée et se mit à éplucher délicatement une orange avant d'en faire disparaître un quartier dans sa bouche. « Quel jour tu es arrivé ? »

Je le mis brièvement au courant de mes affaires, puis lui demandai : « Ça va ? »

Il eut un sourire : « Ici, ils ne comprennent rien à l'opéra !

— Tu en es de ta poche ?

— Bien sûr ! » Il semblait avoir perdu sa timidité et parlait d'un ton très naturel, sans manifester le moindre regret. « Encore deux jours, et si ça continue comme ça, il ne me restera plus qu'à leur laisser ma malle d'accessoires et de costumes !

— Mais alors, c'est la fin ?

— Eh oui ! » Il eut un nouvel accès de toux et se frotta encore le thorax. « Même si on joue bien, ça ne

1. *Sanyı :* « trois frères ». Allusion aux trois frères jurés du célèbre *Roman des Trois Royaumes.*

sert à rien, les gens ne viennent pas, qu'est-ce que je peux y faire ? »

Je pensai lui dire qu'il avait une voix trop faible et qu'il était trop crédule et bourré d'illusions, mais je me tus, cela n'aurait servi à rien. Sa voix, il ne l'améliorerait jamais et sa vie était déjà bien avancée ; il ne lui restait que la drogue et une tuberculose. A quoi bon, dans ces conditions, lui faire de la peine puisque je ne pouvais plus lui apporter la moindre aide ?

« Sans doute que c'est mieux à Pékin, non? dis-je pour le consoler.

— Ce n'est pas non plus l'idéal, il y a beaucoup de troupes et peu d'argent à gagner. Là-bas non plus, ce n'est pas facile, c'est dur partout ! » Il tripotait un bout de peau d'orange, l'air quelque peu inquiet, mais en s'efforçant d'apparaître calme.

De toute façon, le *Laolangshen*[1] n'aura rien à me reprocher, mon talent est authentique ; le reste... »

Oui, son talent... Inutile de dire qu'il se considérait toujours comme un *huadan*[2] de tout premier ordre. Les échecs répétés, la misère, les contraintes et toutes les difficultés auxquelles il était soumis, sans espoir de pouvoir s'en sortir, ne l'avaient pas découragé le moins du monde. Il gardait, au contraire, une certaine confiance en lui qui, à elle seule, lui permettait de survivre. Mais à force de s'abuser sur son compte, il n'avait plus peur de rien et était indifférent à tout ce qui lui était arrivé. Sa sœur avait été déshonorée, on lui avait escroqué son argent, il n'avait désormais que les os sur la peau et il ne pouvait plus se passer de son opium. Non seulement il n'avait rien fait de très utile, mais il s'était lui-même laissé détruire. Pourtant, il croyait encore à l'authenticité de son talent.

1. Dieu de l'opéra et des acteurs, personnifié par l'empereur Xuanzong des Tang, qui régna de 847 à 860.

2. Cf. note 6, p. 253.

« Allez, on se verra à Pékin ! » Je le saluai et sortis.

« Tu n'attends pas la version complète du *Pavillon des rites du phœnix*[1] ? Je la donne après-demain », me répondit-il sur le pas de la porte.

Je ne dis rien.

Peu de temps après être revenu à Pékin, j'appris la mort de Xiao Chen dans une petite gazette. Il avait tout au plus vingt-quatre ou vingt-cinq ans.

1. *Feng yi ting :* opéra relatant des intrigues de Cour, au début du IIIe siècle.

Le croissant de lune

I

Oui, je revois enfin le croissant de lune, froide faucille d'or pâle. Combien de fois, oh ! combien de fois ne l'ai-je pas déjà vu, fidèle et immuable ? il est lié pour moi à tant d'émotions, tant de scènes différentes : assise à le contempler, je le retrouve, accroché de biais aux nuages, au fil de mes souvenirs, qu'il réveille comme le vent du soir effeuille une fleur qui voudrait dormir.

II

A la première apparition de ce froid croissant de lune, je connus vraiment le froid et l'amertume ; son pâle éclat brilla sur mes larmes. Je n'avais que sept ans, fillette vêtue d'une courte veste ouatée rouge et d'un bonnet que Maman m'avait fait en coton bleu imprimé de fleurs, je m'en souviens. Je regardais la lune, appuyée à la borne du seuil (*menduor*). Dans notre petite chambre, il y avait des odeurs de décoctions, la fumée du poêle, les larmes de Maman, la maladie de Papa. Seule, sur les marches, je regardais la lune ; personne ne s'occupait de moi, ne pensait à me faire à dîner. Je comprenais la désolation qui régnait dans la chambre, car on disait que la maladie de Papa était... ; mais je ressentais encore plus vivement mon propre chagrin, j'avais froid et faim, personne ne se souciait de moi. Je restai plantée là, jusqu'au moment où la lune se coucha. Il ne me resta alors plus rien, et je ne pus retenir mes larmes. Mais le bruit de mes pleurs fut étouffé par ceux de Maman ; Papa s'était tu, son visage était couvert d'une étoffe blanche ; je voulus la soulever pour le revoir, mais je n'osai pas. La chambre était si petite qu'il la remplissait entièrement. Maman mit des vêtements blancs et me fit porter par-dessus ma veste ouatée rouge une tunique blanche dont les bords n'étaient pas ourlés, je m'en souviens parce que j'en tirais constamment les fils. Tout le monde s'affairait et pleurait à fendre l'âme, tout en discutant bruyamment, ce qui semblait inutile, car il n'y avait pour ainsi dire rien à faire. On mit Papa dans un cercueil de planches minces fissurées de partout. Puis cinq ou six personnes l'emportèrent. Maman et moi suivions en pleurant. Me rappeler Papa, c'est me rappeler cette caisse de bois où tout s'est terminé pour lui : chaque fois que je pense à lui, je me dis que je ne peux plus le revoir à moins d'ouvrir cette caisse. Mais, bien que je connaisse l'endroit, hors de la ville, où elle est enfouie sous la terre, il me serait aussi impossible de la retrouver qu'une goutte de pluie absorbée par le sol.

III

Maman et moi étions encore en blanc lorsque je revis le croissant de lune. Il faisait froid. Munie d'une mince liasse de papier à brûler, Maman m'emmena sur la tombe de Papa, hors de la ville. Elle fut particulièrement gentille avec moi ce jour-là, me portant un bout de chemin quand je ne pouvais plus marcher ; à la porte de la ville, elle m'acheta des châtaignes grillées. Tout était froid, sauf les châtaignes ; mais je ne pouvais me décider à les manger, et je me réchauffais les mains avec. Je ne sais plus quelle distance nous parcourûmes, mais ce dut être loin, très loin ; plus loin qu'il ne m'avait semblé le jour de l'enterrement, sans doute parce qu'il y avait beaucoup de monde. Cette fois, nous étions seules, Maman ne parlait pas et je n'en avais pas envie non plus. Tout était silencieux ; les chemins étaient déserts à perte de vue, la nuit tombait vite. Je me rappelle la tombe : un petit tertre, et au loin, quelques buttes de terre jaune au-dessus desquelles le soleil s'inclinait. Comme si je ne comptais plus pour elle, Maman me déposa à côté de la tombe qu'elle étreignit en pleurant. Je restai assise là, à jouer avec des châtaignes. Après avoir pleuré, elle brûla l'argent pour les morts, et les cendres voletèrent devant mes yeux avant de se reposer paresseusement sur le sol. Il n'y avait presque pas de vent, mais il était très froid. Maman se remit à pleurer. Je pensais aussi à Papa, mais je n'avais pas envie de pleurer à cause de lui ; pourtant, je pleurai, apitoyée par les larmes de Maman. Je lui pris la main pour la consoler ; mais ses sanglots redoublèrent tandis qu'elle me serrait contre elle. Le soleil allait se coucher. Il n'y avait personne alentour, rien que nous deux, maman et moi. Comme si elle avait aussi un peu peur, les yeux encore humides, Maman m'emmena. Alors que nous étions déjà loin, elle regarda en arrière. Je me retournai aussi : on ne distinguait déjà plus la tombe, perdue au milieu de tous les petits tertres qui se succédaient jusqu'au pied des dunes. Maman soupira. Nous continuâmes à marcher, plus ou moins vite, et nous n'étions pas encore à la porte de la ville lorsque je vis le croissant de lune. Le reste était plongé dans le noir et le silence, seule la lune émettait un froid faisceau lumineux. j'étais fatiguée, et Maman me prit dans ses bras. Je ne sais plus comment nous arrivâmes jusque dans la ville, mon seul vague souvenir est ce croissant dans le ciel[1].

IV

A huit ans, j'avais déjà appris à mettre des affaires en gage. Je savais que nous n'aurions rien à manger le soir si je n'en tirais pas d'argent. Maman ne pouvait faire autrement ; chaque fois qu'elle me confiait un petit paquet à emporter, je pouvais être sûre qu'il ne restait pas un grain de riz au fond de la marmite, qui était bien souvent aussi nette qu'une veuve vertueuse. Ce jour-là, ce fut un miroir que j'emportai, le seul objet dont nous pensions encore pouvoir nous passer, bien que Maman s'en servît tous les jours. C'était le printemps, et les vêtements ouatés que nous venions de quitter avaient déjà pris le chemin de la boutique du prêteur sur gages. Je savais qu'il fallait porter ce

1. Les deux dernières scènes sont sûrement de nature autobiographiques. Elles évoquent vraisemblablement le décès du père du romancier.

miroir avec autant de soin que de célérité, car la boutique fermait de bonne heure. J'avais peur de sa grande porte rouge et de son comptoir, si haut et si long. Je sentais mon cœur battre à la seule vue de cette porte, mais il me fallait y entrer, en escaladant pour ainsi dire le seuil (*menkanr*) qui se dressait devant moi ; et j'avais besoin de toute ma force pour tendre l'objet à bout de bras et crier : « Je l'engage ! » Puis, serrant avec précaution l'argent et le bulletin, je me dépêchai de rentrer car Maman était inquiète. Mais cette fois-ci, on ne voulut pas du miroir et on me dit d'y ajouter un autre « article ». Je savais ce que cela signifiait. Serrant le miroir contre moi, je courus à la maison. Maman pleura ; elle ne trouva pas un second « article ». J'étais habituée à notre petite chambre et la croyais remplie d'objets ; c'est en aidant Maman à chercher quelque chose de monnayable que je compris combien nous étions démunies. Maman ne m'y renvoya pas. Comme je lui demandais comment nous allions manger, elle me tendit en pleurant son épingle à chignon, le seul objet en argent qu'elle possédât. Elle l'avait déjà retirée plus d'une fois sans jamais pouvoir se décider à la mettre en gage. C'était un cadeau de mariage de ma grand-mère. Elle me la donna donc, en me disant de laisser le miroir. Je me hâtais de toutes mes forces vers la boutique de prêt, mais la grande porte redoutable était déjà bel et bien fermée. L'épingle dans les mains, je m'assis sur le rebord du seuil ; je n'osai pas pleurer trop fort. Je regardai le ciel et, de nouveau, le croissant de lune brilla sur mes larmes. Je pleurais depuis longtemps, quand Maman apparut dans l'obscurité et me prit la main. Oh ! comme sa main à elle était chaude ! Rien qu'à son contact, je me sentis beaucoup mieux, j'en oubliai mon désespoir et même ma faim. Je dis en réprimant un sanglot : « Maman, rentrons dormir, je reviendrai demain matin. » Mais elle ne répondit pas. Après avoir marché un moment, je poursuivis : « Regarde la lune ! Le jour où Papa est mort, elle était tout aussi oblique. Pourquoi est-elle toujours de travers ? » Maman ne répondit pas davantage ; sa main tremblait légèrement.

V

Toute la journée, Maman faisait la lessive pour des étrangers. J'aurais voulu l'aider mais en étais incapable ; tout ce que je pouvais faire, c'était de lui tenir compagnie et de l'attendre pour aller me coucher. Parfois, je l'entendais encore s'échiner à perdre haleine lorsque la lune se levait. Les chaussettes puantes dures comme du cuir, apportées par des commis de boutiques, lui coupaient l'appétit. J'étais assise à côté d'elle et regardais la lune ; dans ses rayons passaient et repassaient fugitivement des chauves-souris, telles de grosses châtaignes d'eau enfilées sur un cordon d'argent, avant de disparaître dans l'ombre. Plus Maman me faisait peine, plus j'aimais le croissant de lune, qui me consolait un peu. C'était en été que je le préférais, car il était frais comme de la glace. J'aimais les ombres évanescentes qu'il projetait sur le sol, légères et indistinctes, et bientôt disparues. A ce moment, le sol devenait d'un noir intense, mais les étoiles avaient un éclat, et les fleurs un parfum, tout aussi intenses. Il y avait chez nos voisins des arbres en fleurs, et celles d'un grand acacia retombaient de notre côté, comme une couche de neige.

VI

Comme Maman avait les mains gercées par les lessives, je n'osais pas lui demander souvent de me frotter le dos pour soulager mes démangeaisons. A force de laver, ses mains étaient calleuses ; elle maigrissait, puisque l'odeur des chaussettes lui coupait l'appétit. Je me doutais qu'elle cherchait une solution ; il lui arrivait souvent de repousser le linge et de regarder dans le vide, l'air hébété, et elle se mettait à parler toute seule. A quoi songeait-elle ? Je ne pouvais le deviner.

VII

Maman me recommanda de ne pas me buter et de l'appeler gentiment « Papa » : elle m'avait retrouvé un père. C'en était un nouveau, je le savais, puisque l'autre était dans une tombe. Tout en me raisonnant, elle détourna ses yeux remplis de larmes : « Je ne peux pas te laisser mourir de faim ! » Ah ! c'était donc pour cela ! Ne comprenant pas très bien, j'eus un peu peur et en même temps un peu d'espoir : nous allions cesser d'avoir faim. Comme par coïncidence, le croissant de lune était dans le ciel lorsque nous quittâmes notre petite chambre. Mais il était plus net et plus angoissant que d'habitude : j'abandonnais un univers familier. Maman partit dans un palanquin rouge, précédée de quelques musiciens qui jouaient mal ; je suivais avec un monsieur qui me tenait par la main. La pâle lueur de cette lune angoissante semblait trembler dans la fraîcheur du vent. Les rues étaient désertes, seuls quelques chiens errants rôdaient autour des musiciens en aboyant. Le palanquin avançait très vite. Où allait-il ? Emportait-il Maman hors de la ville, vers la tombe ? L'homme me traînait, j'étais tout essoufflée et réprimais des sanglots ; sa main était moite de sueur et froide comme un poisson. J'aurais voulu appeler Maman, mais je n'osais pas. Au bout d'un moment, alors que le croissant de lune ressemblait déjà à un œil près de se fermer, le palanquin entra dans une ruelle.

VIII

Je ne crois pas avoir revu le croissant de lune pendant trois ou quatre ans. Mon nouveau père était très gentil avec nous. Il avait deux pièces ; Maman et lui occupaient celle du fond, je dormais sur un lit de planches dans la pièce de devant. Au début, j'aurais voulu dormir avec Maman, mais au bout de quelques jours, j'aimais bien « ma » petite chambre, aux murs blancs, où il y avait aussi une table et une chaise. Tout cela semblait m'appartenir ; ma couverture était plus épaisse et plus chaude que l'ancienne. Maman reprit du poids, elle avait meilleure mine et ses mains perdirent peu à peu leurs gerçures. Il y avait longtemps que je n'étais pas allée à la boutique de prêt. Mon nouveau père m'envoya à l'école. Parfois, il jouait un moment avec moi. Pourquoi n'aimais-je pas l'appeler « Papa », alors qu'il était vraiment charmant ? Il semblait d'ailleurs s'en rendre compte ; il me souriait souvent et ses yeux étaient alors très beaux. Maman me suppliait en cachette de l'appeler « Papa » et je ne voulais pas la contrarier. Je comprenais que si nous mangions à notre faim, c'était grâce à lui... Non, je ne me souviens pas d'avoir vu la lune durant ces trois ou quatre ans ; peut-être que si, mais je l'ai oublié. Le croissant de lune qui brillait pour la mort de Papa, celui qui éclairait le palanquin de Maman, jamais je ne les oublierai. Cette faible lumière glaciale restera toujours dans mon cœur, plus pure et fraîche que tout, comme un morceau de jade, que je croirais pouvoir effleurer de la main.

IX

J'aimais l'école, et elle me semblait pleine de fleurs bien qu'en réalité il n'en fût rien. Mais, en y pensant, je vois des fleurs, comme en pensant à la tombe de Papa, je vois le croissant de lune, oblique dans la brise des champs. Maman aimait les fleurs ; elle ne pouvait en acheter, mais si on lui en offrait une, elle se la piquait, toute contente, dans les cheveux. Quand j'en avais l'occasion, j'en cueillais une ou deux pour elle. Avec une fleur fraîche dans les cheveux, elle semblait encore très jeune, vue de dos. Elle était heureuse, donc je l'étais aussi, et c'est sans doute parce que je l'étais également à l'école que le souvenir que j'en ai gardé est associé pour moi à des fleurs.

X

Pendant ma dernière année d'école primaire, Maman me renvoya mettre des affaires en gage. Je ne sais pourquoi mon nouveau père était soudain parti. Maman ne semblait pas savoir où ; persuadée qu'il reviendrait bientôt, elle continua à m'envoyer à l'école. Les jours passèrent, et rien ne vint, pas même une lettre. J'étais très triste à l'idée que Maman devrait de nouveau laver d'immondes chaussettes. Mais elle n'y songeait pas, et continuait à soigner sa toilette et à porter des fleurs dans ses cheveux. Chose curieuse, loin de pleurer, elle souriait toujours. Je ne comprenais pas. Plus d'une fois, en rentrant de l'école, je la vis debout à la porte. Bientôt des hommes me hélèrent dans la rue : « Eh ! va donner ce mot à ta mère ! », « Et toi, tendron, es-tu aussi à vendre ? » J'avais le visage en feu et aurais voulu rentrer sous terre. Je compris, sans être plus avancée pour autant. Je ne pouvais interroger Maman, impossible. Elle était très gentille avec moi, et me répétait gravement : « Instruis-toi, profite de tes études ! » Elle-même ne savait pas lire, pourquoi m'exhortait-elle de la sorte à apprendre ? J'eus des soupçons : ferait-elle des choses pareilles à cause de moi ? Mais que pouvait-elle faire d'autre ? Quand j'éprouvais ces soupçons, je l'aurais volontiers maudite, puis, après y avoir réfléchi, je ne pensais qu'à l'embrasser, la supplier de ne plus le faire. Je m'en voulais de ne pouvoir l'aider et me demandais si je le pourrais davantage après l'école primaire.

Je me renseignai auprès de mes camarades ; les unes me dirent qu'un bon nombre de diplômées de l'an dernier étaient devenues des concubines ; d'autres me dirent que certaines se prostituaient. Sans bien comprendre, je devinais, à la manière dont elles en parlaient, que ce n'était pas très bien. Elles semblaient savoir à quoi s'en tenir, mais n'en discutaient pas moins en cachette de ces choses qu'elles savaient choquantes, rouges d'excitation et de plaisir. Je ne m'en méfiais que davantage de Maman : attendait-elle que j'aie fini l'école pour... ? Quand il me venait des idées pareilles, je n'osais pas rentrer à la maison, craignant de me retrouver face à face avec elle. Je ne dépensais pas l'argent qu'elle me donnait parfois pour le goûter ; j'allais le ventre vide au cours de gymnastique où j'étais souvent au bord de l'évanouissement. Et quand je voyais les autres manger des gâteaux, l'eau m'en venait à la bouche. Mais il fallait que je fasse des économies pour me sauver au cas où Maman voudrait que je... En fait, je ne possédais jamais plus de quelques sous. A ces moments-là, même le jour, je regardais le ciel pour y chercher mon croissant de lune. Si mon chagrin pouvait se comparer à quelque chose, c'était à ce croissant de lune, qui était suspendu tout seul dans un ciel gris-bleu, et dont la faible lueur allait bientôt être engloutie par les ténèbres.

XI

Le plus triste pour moi fut d'en arriver progressivement à détester Maman. Mais, automatiquement, je la revoyais alors me porter pour aller sur la tombe de Papa, et je ne pouvais plus la détester. Puis, ma haine était de nouveau plus forte que moi. Mon cœur était comme le croissant de lune qui s'allume fugitivement dans un océan de ténèbres. Il venait souvent des hommes chez Maman, elle ne s'en cachait plus. Ils me regardaient comme des chiens qui salivent et tirent la langue ; j'étais encore plus appétissante à leurs yeux. En très peu de temps, je compris bien des choses. Il fallait que je me tienne sur mes gardes ; je pressentis que mon corps recelait un trésor et je perçus en moi une odeur qui me faisait honte, me mettait en émoi. Je disposais de forces qui pouvaient me protéger comme me détruire. Je me raidissais ou me laissais aller tour à tour, sans savoir quand j'avais raison. Je ne demandais qu'à aider Maman ; mais au moment même où j'aurais voulu lui poser des questions, être rassurée, il fallait que je l'évite, que je la déteste. Sinon, je n'aurais pas pu survivre. Durant mes insomnies, je pensais à elle plus calmement et lui trouvais des excuses ; elle avait à nous nourrir toutes les deux. Mais j'avais alors envie de refuser cette nourriture. Plein de contradictions, mon cœur était comme une bise hivernale qui se calme un instant pour souffler avec une violence accrue. J'attendais tranquillement la prochaine bouffée de colère que je ne pourrais refouler.

XII

Je n'avais pas encore trouvé de solution lorsque la situation empira Maman me demanda : « Eh bien ? », ajoutant qu'il était temps que je l'aide si je l'aimais. Sinon, elle ne pourrait plus s'occuper de moi. Je n'en crus pas mes oreilles, mais Maman ne mâcha pas ses mots : « Je serai bientôt vieille. Dans deux ans, même à l'œil, personne ne voudra plus de moi. » Hélas ! C'était vrai. Depuis quelque temps, ses rides se voyaient malgré une épaisse couche de poudre. Elle voulait faire un pas de plus et se mettre à la disposition exclusive d'un seul homme, n'ayant plus le courage d'en servir plusieurs à la fois. Elle avait trouvé un amateur éventuel, un marchand de *mantous*, mais il fallait qu'elle aille chez lui sur-le-champ. Comme j'étais déjà une grande fille, il n'allait plus de soi que je suive son palanquin. Il faudrait que je me débrouille toute seule. Par contre, si j'étais disposée à l'« aider », à être son gagne-pain, elle n'aurait pas à faire ce pas. Je ne demandais pas mieux que de l'entretenir, mais je tremblais à l'idée de gagner ainsi notre vie. Comment me demander, inexpérimentée comme je l'étais, de me comporter comme une femme mûre ? Maman était impitoyable, mais l'argent l'était encore plus. Elle ne m'y obligeait d'ailleurs pas, j'avais le choix : soit je l'aidais, soit mère et fille irions chacune notre chemin. Maman n'avait pas de larmes dans les yeux, il y a longtemps qu'ils étaient secs. Qu'allais-je faire ?

XIII

J'en parlai à la directrice de l'école. C'était une quadragénaire replète, pas très intelligente, mais qui avait bon cœur. J'étais à bout d'expédients, sinon comment aurais-je pu me résoudre à dire à une quasi-inconnue ce que Maman... Quand je me mis à parler, chaque mot me brûla la gorge comme un charbon incandescent et je restai muette un bon moment avant de pouvoir continuer. La directrice fut disposée à m'aider. Elle ne pouvait pas me donner d'argent, mais au moins me nourrir et me loger à l'école où j'habiterais avec une vieille domestique. Elle me demanda de faire des travaux d'écriture au secrétariat, mais un peu plus tard, quand j'aurais amélioré ma calligraphie. Deux repas quotidiens et un toit : un grand problème était résolu. Je ne serais pas à la charge de Maman. Elle-même, cette fois, ne partit pas en palanquin, mais dans un pousse, et à la nuit tombée. Elle me remit mon balluchon (*pugai*) en me quittant et s'efforça de ne pas pleurer, mais les larmes qui lui gonflaient le cœur finirent par déborder. Elle savait que je ne pourrais pas aller la voir, moi, sa propre fille. Quant à moi, j'avais oublié ce que c'est que de pleurer ; je restai là, à sangloter, la bouche grande ouverte, tandis que mes larmes coulaient d'elles-mêmes. J'étais sa fille, son amie, sa consolatrice. Mais je ne pouvais pas l'aider à moins de me résoudre à l'inacceptable. Je me dis, après ces adieux, que nous étions comme deux chiens abandonnés. Nous devions endurer tant de souffrances parce que nos ventres criaient famine, comme si nos corps n'étaient qu'un ventre qui nous obligeait à vendre tout le reste Je ne détestais plus Maman, oh non ! Elle n'était pas coupable ; la coupable, c'était cette nourriture dont nous ne pouvions pas plus que les autres nous passer. La séparation me fit oublier la souffrance passée. Le croissant de lune, qui comprenait le mieux la raison de mes larmes, ne se montra pas. La nuit était sombre, sans même une luciole. Maman avait disparu dans les ténèbres comme un fantôme, sans projeter une ombre. Même si elle devait mourir tout de suite, je ne pourrais pas l'enterrer auprès de Papa, et ne saurais jamais où se trouve sa tombe. Je n'avais qu elle, elle était ma seule amie. Je restais seule au monde.

XIV

Je pensais ne jamais la revoir, et l'amour mourut en moi comme une fleur précoce tuée par le gel. Je travaillais consciencieusement ma calligraphie pour pouvoir aider la directrice de l'école par de menus travaux de copie. Il fallait que je me rende utile puisqu'on me nourrissait. Je n'étais pas comme mes camarades qui passaient leur journée à observer ce que les autres mangeaient, portaient sur le dos ou disaient. Je ne m'occupais que de moi, mon ombre était ma seule amie. Mon cœur était toujours plein de moi-même, puisque personne d'autre ne m'aimait. Donc, c'était moi qui m'aimais, me plaignais, m'encourageais, me grondais. Je me connaissais de l'extérieur, comme si j'étais une autre. En voyant mon corps se transformer, je passais successivement de l'inquiétude à la joie et me demandais bien ce qui m'arrivait. Je prenais soin de moi comme d'une fleur délicate. Je ne pouvais me soucier que de l'instant présent, je n'avais pas d'avenir et n'osais pas y réfléchir sérieusement. Nourrie par des étrangers, je savais quand c'était midi ou le soir, sinon je n'aurais eu aucune notion du temps : sans espoir, le temps n'existe pas. J'étais comme clouée à un endroit où il n'y avait ni jours ni mois. Le souvenir de Maman me rappelait que j'avais un passé de plus de dix ans derrière moi. Quant à l'avenir, je n'attendais pas, comme mes camarades, les vacances, les jours de fête, le Nouvel An, cela ne me concernait pas. Mais mon corps ne s'en développait pas moins, augmentant mon trouble et mon inquiétude. Ma seule consolation était de voir que j'embellissais. La beauté aurait pu m'assurer une meilleure place dans la société, mais comme je n'y avais pas ma place au départ, la douceur de cette consolation tournait à l'amertume qui, à son tour, se muait en orgueil : pauvre, mais belle ! Et pour finir, c'était de nouveau la peur : Maman aussi était loin d'être laide !

XV

Depuis longtemps, je n'osais plus regarder le croissant de lune malgré l'envie que j'en avais. Bien qu'ayant passé mon certificat d'études primaires, j'habitais toujours à l'école, seule avec deux vieux domestiques, un homme et une femme. Ils ne savaient pas comment se comporter avec moi, qui n'étais ni une élève, ni un professeur, ni à proprement parler une domestique. Quand je me promenais dans la cour, le soir, il me fallait souvent rentrer, de peur de voir le croissant de lune. Mais il me poursuivait en pensées dans ma chambre, surtout quand soufflait une brise qui semblait porter ses rayons jusque dans mon cœur pour me rappeler le passé et augmenter mon chagrin présent. Mon cœur était comme une chauve-souris au clair de lune, qui reste noire même dans la lumière. N'ayant aucun espoir, j'avais souvent l'air sombre et taciturne, mais je ne pleurais pas.

XVI

Je gagnais de petites sommes par-ci par-là en tricotant pour les élèves, avec l'autorisation de la directrice.

Mais cela ne me rapportait pas grand-chose, car elles savaient aussi tricoter et n'avaient recours à mes services que lorsqu'elles étaient trop pressées ou voulaient une paire de gants ou de chaussettes pour quelqu'un de leur famille. C'était bien peu, mais assez pour me redonner goût à la vie. Je me disais même que j'aurais pu entretenir Maman si elle n'était pas partie. En fait, il me suffisait de compter ma fortune pour savoir que ce n'était qu'une illusion, aussi réconfortante fût-elle. J'avais très envie de revoir Maman et j'étais persuadée qu'elle me suivrait en me voyant ; nous pourrions nous débrouiller, m'imaginais-je sans y croire tout à fait. En tout cas, je pensais à elle et la voyais souvent dans mes rêves. Un jour, j'étais allée me promener avec les élèves dans les environs de la ville et comme il était plus de quatre heures, nous prîmes un raccourci pour rentrer. C'est là que je revis Maman. Il y avait dans un *hutong* une boutique de *mantous* avec devant la porte un panier en forme de *yuanbao*[1] surmonté d'un énorme *mantou* en bois blanc. Maman était assise contre le mur, se courbant et se redressant tour à tour pour actionner un soufflet. Je les aperçus de loin, le grand *mantou* et Maman, que je reconnus de dos. Je voulus me précipiter vers elle et l'embrasser, mais je n'osai pas, de peur que les élèves ne se moquent de moi et ne soient choquées par ma mère. En approchant, je baissai la tête et lui jetai un coup d'œil à travers mes larmes. Elle ne me vit pas, et ne sembla pas nous remarquer quand nous la frôlâmes au passage, trop occupée à actionner son soufflet. De loin, je tournai la tête : elle continuait son travail. Je ne distinguai pas ses traits et vis seulement que des mèches de cheveux lui tombaient sur le front. Je notai le nom du *hutong*.

1. Lingot d'or ou d'argent, aux bords relevés des deux côtés, dont l'origine remonte à l'époque mongole (XIIIe siècle).

XVII

Le désir de revoir Maman me rongeait le cœur comme un ver. Juste à ce moment, notre école changea de direction. La grosse directrice me dit de prendre une décision ; je n'avais pas à m'inquiéter pour ma nourriture et mon logement tant qu'elle serait là, mais elle ne pouvait prendre d'engagements au nom du nouveau directeur. Je comptais mes économies, qui se montaient à deux *yuans*, sept *maos* et quelques sous. C'était assez pour ne pas avoir faim pendant les premiers jours, mais où aller ? Je ne pouvais rester assise à ressasser mes idées noires, il fallait que je trouve une solution. Ma première pensée fut d'aller chez Maman. Mais pouvait-elle me recueillir ? Si elle ne le pouvait pas, ma venue risquerait de provoquer une dispute avec le marchand de *mantous,* et en tout cas, elle serait très malheureuse. Il fallait que je me mette à sa place, elle était encore ma mère, et pourtant ne l'était plus, puisque la pauvreté avait dressé un obstacle entre nous. Après mûre réflexion, je renonçai à mon projet. Il fallait que je vienne seule à bout de mes difficultés. Comment ? Je n'en avais aucune idée. Le monde me semblait exigu, sans une place pour m'accueillir avec mon maigre balluchon. J'étais moins qu'un chien, qui trouve un coin pour dormir. Moi, je n'avais pas le droit de coucher dans la rue, j'étais un être humain, c'est-à-dire plus mal lotie qu'un chien. Si je faisais des difficultés pour m'en aller, le nouveau directeur ne me chasserait-il pas ? Je ne pouvais attendre d'être mise à la porte. C'était le printemps. Je voyais les fleurs s'ouvrir et les arbres reverdir, mais je ne sentais pas la chaleur ; les fleurs rouges n'étaient que des fleurs rouges, les feuilles vertes n'étaient que des feuilles vertes : ces couleurs ne signifiaient rien pour moi. Le printemps mourait et se glaçait dans mon cœur. Je ne voulais pas pleurer, mais mes larmes coulaient d'elles-mêmes.

XVIII

Je cherchai du travail. Je n'allai pas chez Maman, je ne voulais dépendre de personne pour ma subsistance. Je passai deux jours entiers au-dehors, partant pleine d'espoir, rentrant barbouillée de poussière et de larmes. Il n'y avait pas de travail pour moi. Je compris enfin Maman et l'excusai tout à fait. Elle avait au moins lavé des chaussettes puantes, je n'en étais même pas capable. Elle s'était engagée dans la seule voie qui s'offrait. Les connaissances et les principes moraux que l'on m'avait appris à l'école étaient une plaisanterie, une fantaisie réservée à ceux qui mangent à leur faim et ont des loisirs. Mes camarades auraient été choquées par ma mère, elles qui parlaient avec ironie des prostituées ; rien de plus naturel, elles mangeaient à leur faim. J'étais presque résolue : pourvu que quelqu'un me donne à manger, je ferais n'importe quoi. Maman était admirable. Je décidai de ne pas mourir, bien que l'idée m'en eût effleurée. Non, je voulais vivre. J'étais jeune et belle, je voulais vivre. Ce n'était pas moi qui avais inventé l'infamie.

XIX

Dans cet état d'esprit, je m'imaginai avoir déjà trouvé un travail. J'osais me promener dans la cour, j'appréciais la beauté du croissant de lune printanier qui se détachait sur un ciel bleu sombre sans nuages. Il illuminait tendrement les saules qui, agités par une brise du Sud parfumée, projetaient par intermittence leur ombre sur un pan de mur éclairé. Le clair-obscur et le vent, tout était plongé dans la douceur et le sommeil, et en même temps animé d'un mouvement indolent. Deux étoiles, souriantes comme les yeux d'une immortelle, se moquaient du croissant de lune oblique et des saules tremblants. Près du mur, un arbre était couvert de fleurs ; sous les rayons de la lune qui l'éclairaient à moitié, on aurait dit une énorme boule de neige, image d'une incroyable pureté. Cette fois, me dis-je, le croissant de lune m'apporte l'espoir.

XX

Je retournai chez la grosse directrice, mais elle n'était pas chez elle. Un jeune homme me fit entrer. Il était beau garçon et fort aimable. J'avais en général peur des hommes, mais celui-ci ne m'inspira aucune crainte. Il m'invita à parler et j'aurais eu mauvaise grâce à ne pas le faire, attendrie que j'étais par son sourire. Je lui dis les raisons de ma visite ; il sympathisa et promit de m'aider. Le soir même, il m'apporta deux *yuans*, et comme je les refusai, il dit que c'était de la part de sa tante, la directrice de l'école. Il ajouta qu'elle m'avait trouvé un logement où je pourrais m'installer dès le lendemain. Je n'osai pas mettre en doute ses paroles, comme j'aurais dû. Son sourire me pénétrait jusqu'au cœur, il aurait été désobligeant de ne pas croire quelqu'un d'aussi aimable et charmant.

XXI

Ses lèvres souriantes étaient sur mon visage et, au-dessus de ses cheveux, je voyais le croissant de lune qui souriait aussi. La brise printanière était comme ivre et déchirait les nuages pour laisser voir la lune et un ou deux couples d'étoiles. Au bord de la rivière, les saules s'agitaient mollement, des grenouilles chantaient amoureusement, le parfum des jeunes roseaux flottait dans l'air tiède du soir. J'écoutais le murmure de l'eau, source de force et de vie pour les tendres roseaux dont j'imaginais l'allègre croissance. La sève des jeunes pousses montait du sol chaud et humide jusqu'aux feuilles et aux fleurs. Tout dans ce coin de terre fécondé et transfiguré par le printemps répandait un parfum de fleurs épanouies. J'avais perdu conscience d'être moi-même, livrée toute au printemps comme la végétation alentour ; je n'existais plus, fondue dans la brise et le pâle clair de lune. Mais la lune fut soudain cachée par un nuage et je revins à moi. J'avais perdu le croissant de lune, et je m'étais perdue moi-même. Je me retrouvai comme Maman.

XXII

Je regrettais, puis je me consolais, j'avais envie de pleurer ou j'étais heureuse, sans savoir quand j'avais raison. Je voulais me sauver, ne jamais le revoir, puis je pensais à lui et me sentais seule. J'avais deux petites pièces, où il venait tous les soirs, toujours aussi séduisant, aussi affectueux. Il me nourrissait et m'habillait. Je voyais comme j'étais belle avec ces nouveaux vêtements, et même si je les détestais parfois, je n'aurais plus pu les quitter. Je n'osais pas réfléchir, et me sentais trop paresseuse pour cela. Je m'étourdissais et me mettais du rouge. Je n'avais pas envie de soigner ma toilette, mais j'étais bien obligée, par désœuvrement. En me faisant belle, je m'attendrissais sur moi-même ; une fois parée, je me détestais. Je pleurais pour un rien, mais arrivais à refouler mes larmes, d'où le charme de mes yeux toujours humides. Je l'embrassais parfois comme une folle, puis le repoussais et l'injuriais. Il souriait toujours.

XXIII

Dès le début, je savais bien que je n'avais rien à espérer. Il avait suffi d'un nuage pour cacher le croissant de lune, mon avenir était sombre. En effet, mon rêve du printemps fut bref et s'acheva avec la venue de l'été. Un jour, vers midi, une jeune femme se présenta chez moi. Elle était belle, d'une beauté froide comme une statuette de porcelaine. Aussitôt entrée, elle se mit à pleurer. Je n'eus pas à l'interroger pour comprendre. Voyant qu'elle ne venait pas pour me faire une scène, je ne me préparai pas à lutter. Elle avait bon caractère, et, toujours en larmes, elle me prit la main : « Il nous a trompées toutes deux. » Je l'avais d'abord prise pour une « amie », comme moi, mais non, elle était sa femme. Au lieu de me chercher noise, elle ne fit que répéter : « Rendez-le-moi ! » Partagée entre des sentiments divers, j'eus pitié d'elle et le lui promis. Elle sourit ; elle me parut assez sotte et incapable de comprendre quoi que ce soit, sauf qu'elle voulait son mari.

XXIV

J'arpentai les rues pendant des heures. C'était facile de faire des promesses, mais qu'allais-je devenir ? Je ne voulais plus des affaires qu'il m'avait offertes, la rupture devait être radicale. Mais que me resterait-il si je renonçais à ces menues possessions ? Où aller ? Comment manger le soir même ? Bien, je les garderais, rien à faire. Je déménageai clandestinement. Je ne regrettai rien, mais me sentais poussée dans le vide comme un nuage. Je m'installai dans une petite chambre et dormis toute une journée.

XXV

Je savais être économe, ayant appris toute petite la valeur de l'argent. Sans être entièrement démunie, j'étais désireuse de trouver tout de suite du travail. Je n'espérais rien, au moins je ne risquais rien. Mais j'avais beau avoir deux ans de plus, ce ne fut pas plus facile. Je m'obstinai, en pure perte, simplement parce que j'estimais qu'il le fallait. C'est vraiment difficile pour une femme de gagner de l'argent ! Maman avait raison, il n'y avait pas d'autre voie que la sienne. Je me refusais à m'y engager immédiatement, tout en sachant que je le ferais tôt ou tard. Plus je me débattais, plus j'avais peur. Mon espoir était comme la nouvelle lune, si vite évanouie, et il se trouva bien amenuisé au bout d'une ou deux semaines. Finalement, je me présentai dans un petit restaurant ; le patron, un colosse hors de proportion avec la taille de l'établissement, passait en revue une série de jeunes filles toutes jolies, toutes instruites ; chacune attendait, ainsi qu'une faveur impériale, d'être distinguée par ce géant décati comme une pagode vétuste. Ce fut moi qu'il choisit. Je ne lui en sus pas gré mais, sur le moment, j'en fus vraiment contente. Les autres me regardèrent avec envie ; en s'en allant, certaines pleurèrent, d'autres crièrent « merde » de dépit. Une femme n'a décidément aucune valeur marchande.

XXVI

Je me retrouvai seconde serveuse dans ce petit restaurant. Apporter des plats et les disposer sur la table, faire l'addition, réciter la carte, autant de choses que j'étais incapable de faire et qui me remplissaient d'appréhension. Mais la « première » me dit de ne pas m'affoler : elle n'en savait pas davantage, c'était Xiao Shun qui s'occupait de tout. Notre rôle consistait à servir le thé aux clients, à leur présenter des serviettes chaudes et à leur apporter l'addition. Le reste n'était pas notre affaire. Chose curieuse, les manches de la « première » étaient roulées très haut, et leur doublure blanche toujours immaculée. A son poignet était noué un mouchoir de soie blanche sur lequel était brodé : « Petite sœur, je t'aime. » Elle rectifiait constamment son maquillage et ses lèvres peintes avaient l'air d'une grenade rouge sang. Quand elle allumait la cigarette d'un client, elle pressait son genou contre sa jambe, et quand elle servait de l'alcool, elle en prenait parfois une gorgée. Il y avait ceux pour qui elle avait des attentions particulières et ceux qu'elle ignorait ; quand elle baissait les paupières en faisant semblant de ne pas voir quelqu'un, c'était à moi de m'en occuper. J'avais toujours aussi peur des hommes. Mon peu d'expérience avait suffi pour me mettre en garde ; amour ou pas, les hommes étaient redoutables. Surtout ceux qui fréquentaient ce restaurant. Ils affectaient la plus exquise politesse, se battant presque pour se céder la place ou s'inviter. Ils jouaient avec passion au *caiquan* tout en vidant coupe sur coupe. Ils dévoraient comme des loups, mais trouvaient à redire à tout et rabrouaient tout le monde. Quand, la tête baissée, je leur servais le thé et leur présentais les serviettes chaudes, j'avais le visage en feu. Ils me tenaient à dessein des discours et cherchaient à me faire rire. Mais je n'avais pas le cœur à plaisanter. Lorsque je terminais mon travail, à neuf heures passées, j'étais épuisée ; arrivée dans ma chambre, je me couchais sans me déshabiller et dormais jusqu'à l'aube. Je me réveillais de meilleure humeur, pensant que je subvenais à mes besoins par mon travail. Et de très bonne heure, j'allais prendre mon service.

XXVII

La « première » n'apparaissait pas avant neuf heures, alors que j'étais là depuis deux bonnes heures. Elle était condescendante avec moi, mais me faisait la leçon sans aucune hostilité : « Tu n'as pas besoin de venir si tôt, qui mange à huit heures ? Et puis, ne fais pas toujours cette figure d'enterrement, tu es serveuse, on ne te demande pas de jouer les pleureuses ! Si tu baisses la tête, on ne te donnera pas de pourboire. Tu es ici pour gagner de l'argent, non ? Ton col est trop bas, les filles comme nous doivent avoir des cols très montants et des mouchoirs de soie, c'est tout ce que les hommes connaissent. » Ses conseils étaient en partie désintéressés, mais je savais aussi que mon refus de sourire la lésait indirectement ; sa part de pourboires en était diminuée puisque ceux-ci étaient également répartis entre tous. De mon côté, loin de la mépriser, je l'admirais même à certains égards : elle voulait gagner de l'argent et il n'y avait pas d'autre moyen de s'y prendre pour une femme. Je n'avais pas envie de l'imiter ; pourtant, je voyais venir le jour où il me faudrait encore davantage qu'elle payer de ma personne pour gagner ma nourriture ; mais j'attendrais d'en être à la dernière extrémité. La route d'une femme se termine toujours dans une impasse : au mieux, je pourrais encore traîner quelques jours en chemin. Cela me rendait furieuse, mais, j'avais beau grincer des dents, la vie d'une femme ne lui appartient pas. Trois jours passèrent, puis le patron m'avertit : il me garderait encore deux jours à l'essai, mais si je voulais continuer à travailler chez lui, il fallait me comporter comme la « première ». Et celle-ci me dit, à la fois comme une plaisanterie et un avertissement : « Quelqu'un s'est déjà renseigné à ton sujet. Pourquoi fais-tu l'innocente ? Nous n'avons rien à nous cacher. Des serveuses qui épousent des directeurs de banque, ce n'est pas ça qui manque. Tu crois peut-être qu'on va croupir ici ? Vas-y carrément ! Bon sang, ça nous arrive à nous aussi de rouler en auto ! » Cette fois, elle me poussa à bout : « Quand roules-tu en auto ? » Ses lèvres rouges eurent un vilain rictus : « Au lieu de faire la maligne, tu ferais mieux de jouer le jeu. Ce n'est pas la peine d'avoir hérité d'une paire de fesses parfumées quand on ne sait pas s'en servir ! » Non, j'en étais incapable ; je pris le *yuan* et les cinq centimes qui m'étaient dus et rentrai chez moi.

XXVIII

En voulant l'éviter, j'avais fait un pas de plus vers l'obscure impasse finale. Je ne regrettais pas mon travail, mais j'avais peur des ténèbres. Je savais depuis ma première aventure ce que c'est de se vendre à un homme. Dès qu'une fille sort de sa réserve, l'homme le sent et accourt. Il se repaît de sa chair, la mord et la terrasse comme une bête, mais elle est nourrie et vêtue pour un moment. Puis un beau jour, il se peut qu'il la maltraite ou cesse de l'entretenir. Même quand on se vend ainsi, on peut se sentir heureuse par moments, et alors on n'a que des mots d'amour à la bouche ; après viennent la souffrance et le désenchantement. Quand on se vend à tout le monde, comme Maman, on ne prononce jamais un mot d'amour, c'est la seule différence. Tout m'effrayait au même degré ; incapable de suivre les conseils de la « première », j'étais, au fond, moins terrifiée à l'idée d'« un seul » homme ; mais je n'étais pas pressée, je n'avais pas encore vingt ans. Je m'étais d'abord imaginé que c'était agréable d'être avec un homme, sans me douter de ce qu'il exigerait de moi aussitôt. Le jour où j'avais cru m'abandonner au vent printanier, je m'étais livrée à un homme qui avait abusé de mon ignorance. Ce rêve fut suivi d'un triste réveil, il ne m'en resta que deux repas par jour et des vêtements. Je ne voulais plus assurer ma subsistance en rêvant ; puisque la nourriture est une réalité, autant la gagner concrètement. Mais, voilà, quand on n'a pas le choix et qu'on est femme, il faut s'admettre telle qu'on est et se vendre carrément. Pendant plus d'un mois, je cherchai en vain du travail.

XXIX

Je rencontrai d'anciennes camarades de classe, certaines allaient à l'école secondaire, certaines restaient chez elles. J'aurais voulu les ignorer, mais dès que nous engagions la conversation, je me sentais plus intelligente qu'elles, alors qu'à l'école c'était l'inverse. Elles semblaient n'être pas encore sorties de leurs rêves. Elles étaient maquillées et parées comme des marchandises à une devanture. Elles lançaient des œillades aux jeunes gens et semblaient toujours en train de composer des poèmes d'amour. Elles me faisaient rire. Mais je ne pouvais leur en vouloir, elles mangeaient à leur faim et n'avaient rien d'autre à faire que de penser à l'amour. Hommes et femmes cherchent à se prendre dans leurs filets ; les plus riches ont les plus grands filets, ils ramènent plusieurs proies et peuvent faire leur choix. Je n'avais pas d'argent, pas même un coin où tisser mon filet ; il fallait que je mette la main directement sur quelqu'un ou me laisse prendre. J'étais plus avertie et plus réaliste qu'elles.

XXX

Je rencontrai un jour la jeune femme qui ressemblait à une statuette de porcelaine. Elle me saisit par le bras comme une proche parente, avec l'air de quelqu'un qui a un peu perdu la tête : « Vous êtes vraiment gentille, je regrette de vous avoir demandé de le quitter, dit-elle d'un ton convaincu. Si seulement vous étiez encore avec lui ! Il en a pris une autre, et cette fois c'est encore pire, je ne l'ai jamais revu ! » En la questionnant, j'ai appris qu'ils s'étaient mariés par amour et visiblement, elle l'aimait toujours. Ce qui ne l'avait pas empêché de partir ! J'eus pitié d'elle, elle rêvait encore, elle croyait que l'amour était sacré. Je lui demandai ce qu'elle comptait faire : il fallait qu'elle le retrouve, dit-elle, elle lui serait fidèle jusqu'à la mort. Et si elle ne le retrouvait pas ? Elle se mordit les lèvres. Elle avait encore ses beaux-parents et ses parents, elle n'était pas libre. Elle m'enviait même de ne dépendre de personne. On m'enviait, c'était trop drôle ! J'étais libre, ah ! quelle blague ! Elle avait à manger, j'avais la liberté ; elle n'avait pas la liberté, je n'avais rien à manger. Nous étions toutes deux des femmes.

XXXI

Cette rencontre me passa l'envie de me vendre à un seul homme. Je décidai de m'amuser, autrement dit de mener la vie de bohème. Je fis taire mes scrupules moraux, j'avais faim. La vie de bohème peut vous nourrir, et on ne l'apprécie pleinement que si l'on mange à sa faim ; c'est un cercle qui peut se parcourir à partir de n'importe quel point de sa circonférence. Mes camarades de classe et la statuette de porcelaine étaient à peu près comme moi ; elles se faisaient davantage d'illusions, je jouais un jeu plus franc, car un ventre vide est la vérité qui compte le plus. Voilà, je vendis le peu que je possédais, et une fois habillée de neuf, fus très présentable. Puis j'allai m'exposer au marché.

XXXII

Je pensais m'amuser, être bohème. Je me trompais. Je ne connaissais pas encore assez la vie. Les hommes n'étaient pas aussi faciles à attraper que je le croyais. Je les aurais voulus raffinés, se contentant de quelques baisers. Hélas ! ils ne tombaient pas dans le piège, ils voulaient me caresser les seins dès le premier rendez-vous. Ou bien, ils m'offraient simplement le cinéma ou une glace au cours d'une promenade, et je rentrais avec ma faim. Les hommes dits cultivés me demandaient même où j'avais fait mes études, ce qu'on faisait dans ma famille. Je compris à leur comportement qu'ils ne veulent de vous qu'en fonction des avantages qu'ils peuvent en retirer. Sinon, c'est une glace de quelques centimes pour un baiser. En fait, la vente doit être rondement menée : si tu me donnes de l'argent, je couche avec toi. Maman et moi avions compris, la statuette de porcelaine, non. Je pensais souvent à Maman.

XXXIII

Il paraît que certaines peuvent gagner leur vie comme des bohèmes ; il faut pour cela un capital initial que je n'avais pas, et je dus renoncer à cette idée. J'en fus réduite au commerce prosaïque. Mais mon propriétaire, soucieux de respectabilité, me donna congé. Je partis sans un regard pour lui et m'installai dans les deux pièces que j'avais habitées avec Maman et mon nouveau père. Mes voisins se moquaient de la respectabilité, et ils n'en étaient que plus ouverts et sympathiques. Après ce déménagement, mon commerce prospéra. Il vint même des hommes cultivés ; maintenant qu'ils savaient que je vendais, ils étaient disposés à acheter. Ainsi, ils n'étaient pas lésés et ne compromettaient pas leur réputation. Les premières fois, j'eus très peur, je n'avais pas encore vingt ans. Mais ma peur disparut au bout de quelques jours. L'exercice aidant, toutes les parties de mon corps purent se développer et, comme je ne faisais pas de quartier, je sus bientôt me servir de tout : mains, bouche..., tout y passait. Et ils aimaient ça. Quand ils s'écroulaient comme un tas de sable, ils avaient le sentiment d'en avoir pour leur argent, ils étaient satisfaits et me faisaient de la publicité.

J'acquis une grande expérience en quelques mois. Je pouvais presque infailliblement juger un homme à première vue. Les riches me demandaient tout de suite mes prix, pour bien montrer qu'ils pouvaient m'acheter. Ils étaient jaloux et exclusifs ; quand on est riche, on veut avoir le monopole sur tout, même sur une prostituée. Je les traitais sans grands égards. Leurs colères ne m'impressionnaient pas, je menaçais d'aller les dénoncer à leur femme. Je n'avais pas été en vain à l'école primaire, j'avais de la défense, l'instruction a tout de même son utilité ! D'autres clients arrivaient avec un seul *yuan* à la main, de peur d'être grugés. Je leur exposais en détail mes conditions pour chaque service rendu, et, docilement, ils rentraient chez eux rechercher de l'argent. C'était très amusant.

Les pires étaient les roués, les beaux parleurs qui, non contents de lésiner sur la dépense, cherchaient encore à faire un petit bénéfice en emportant un paquet de cigarettes entamé ou un pot de crème de beauté. Mais il fallait les ménager, car ils avaient des relations et auraient été capables de me mettre la police sur le dos. J'étais donc polie avec eux, et les régalais, tout en me disant que le jour où je connaîtrais à mon tour des officiers de police, leur compte à chacun serait bon ! Dans ce monde peuplé de tigres et de loups, c'est toujours le plus féroce qui gagne ! Les plus pitoyables étaient ceux qui avaient l'air de lycéens et n'avaient qu'un *yuan* et quelques piécettes en poche ; tandis qu'ils faisaient sonner leur monnaie, la sueur leur perlait sur le nez. J'avais pitié d'eux, mais je me vendais à eux aux conditions habituelles. Pouvais-je faire autrement ? Il y avait encore les vieux, tous très convenables. Peut-être avaient-ils déjà une foule de petits-enfants. Je ne savais pas très bien comment les traiter. Mais ils avaient de l'argent et désiraient se payer un peu de plaisir avant leur mort. Je n'avais qu'à leur donner ce qu'ils demandaient. J'acquis au cours de ces expériences une certaine connaissance de l' « homme » et de l' « argent »; l'argent est encore plus redoutable : l'homme est une bête, mais c'est l'argent qui lui donne du nerf.

XXXIV

Je découvris que j'étais malade. J'en fus affectée au point de perdre le goût de vivre. Je pris du repos et me promenais sans but dans les rues. J'avais envie de revoir Maman, elle saurait me consoler, car je me voyais déjà à deux pas de la mort. Dans l'espoir de la rencontrer, je passai par le *hutong* où je l'avais vue actionner son soufflet. Mais la boutique était fermée et personne ne put me dire où elle était partie. Cela aviva encore mon désir de la retrouver. J'errai des journées entières dans les rues comme une âme en peine, mais en vain. Je me demandai si elle n'était pas morte, ou partie à mille *lis* de là avec le propriétaire de la boutique, et je pleurai. Je mis une belle robe, me maquillai et m'allongeai sur mon lit pour attendre la mort, persuadée que l'attente ne serait pas longue. Mais je ne mourus pas. On frappa à la porte, c'était un client. Bien, je le servis et lui transmis de mon mieux ma maladie, sans en éprouver de remords, ce n'était pas ma faute. Je me sentis de nouveau mieux; je fumais, je buvais, et paraissais trente ou quarante ans. J'avais des cernes noirs et les mains toujours brûlantes, mais cela m'était égal. Il faut de l'argent pour vivre, et commencer par manger à sa faim pour pouvoir ensuite penser à autre chose. Je mangeais très bien; qui ne le ferait s'il le peut! Je me le devais, comme d'être bien habillée : c'était le seul moyen de me soutenir encore un peu le moral.

XXXV

Un matin, vers dix heures, j'étais assise, une robe jetée sur mes épaules, quand j'entendis des pas dans la cour. C'était l'heure à laquelle je me levais, mais je ne m'habillais souvent pas avant midi, j'étais devenue très paresseuse ces temps derniers et pouvais passer une ou deux heures assise ainsi, à fixer le vide, sans penser à rien, seule. Les pas se dirigèrent vers ma porte, lentement, doucement. Bientôt, je vis deux yeux regarder à travers le petit carreau vitré de la porte, puis disparaître. Je restai à ma place, trop indolente pour bouger. Au bout d'un moment, les yeux réapparurent. Je finis par me lever et ouvrir légèrement la porte : « Maman ! »

XXXVI

Je ne saurais dire comment nous sommes rentrées dans la chambre, ni combien de temps nous avons pleuré. Maman avait effroyablement vieilli. Son boutiquier était retourné dans son village, sans la prévenir et sans lui laisser un sou. Elle avait vendu tout ce qui lui restait et avait quitté la boutique pour s'installer dans une cour surpeuplée (*dazayuanr*). Après m'avoir cherchée pendant plus de quinze jours, elle eut finalement l'idée de venir ici, sans grand espoir, simplement pour voir, et j'y étais ! Elle avait hésité à me reconnaître, et si je ne l'avais pas appelée, elle serait peut-être repartie. Après avoir bien pleuré, je me mis à rire comme une folle. Sa fille, enfin retrouvée, était une prostituée. Elle en était devenue une pour me nourrir, je continuais à en être une pour la nourrir à mon tour. J'exerçais une profession héréditaire, une vraie spécialité familiale !

XXXVII

J'espérais que Maman me dirait des paroles de réconfort, même si elles ne signifiaient rien. Personne ne sait mieux tromper qu'une mère, et ce sont ces propos mensongers qui nous consolent. Maman avait oublié même cela. Comme elle était obsédée par la faim, je ne lui en voulus pas. Elle commença aussitôt à faire l'inventaire de mes possessions, à m'interroger sur mes recettes et dépenses, sans avoir l'air d'être surprise par l'origine de mes revenus. Je lui confiai que j'étais malade, dans l'espoir qu'elle m'inciterait à me reposer quelques jours. Non, elle dit simplement qu'elle irait m'acheter des médicaments. « Ferons-nous éternellement ce métier ? » demandai-je. Elle ne répondit pas. Mais à sa manière, elle m'aimait vraiment et voulait me protéger ; elle me préparait à manger, s'informait de mon état, et me regardait souvent à la dérobée comme une mère regarde un petit enfant endormi. Par contre, elle refusait d'admettre que je puisse interrompre mes activités. Tout en lui en voulant un peu, je savais fort bien qu'il n'était pas question pour moi de trouver un autre travail. Avant tout pour elle comme pour moi, il fallait vivre. Qu'elle fût la mère ou moi la fille, l'argent ignore les sentiments.

XXXVIII

Maman était aux petits soins avec moi, mais elle ne pouvait pas ne pas entendre ou voir les hommes qui s'acharnaient sur moi. Je désirais être gentille avec elle, mais je la trouvais souvent insupportable. Elle voulait tout contrôler, surtout l'argent, seul encore capable de faire briller ses yeux ternis par l'âge. Elle se faisait passer pour ma servante auprès de mes clients, et les insultait s'ils payaient trop peu. Cela m'était parfois très pénible. Bien sûr, si je faisais cela, c'était pour de l'argent ; était-ce une raison suffisante pour être grossière avec les gens ? Il m'arrivait aussi de négliger le client, mais j'y mettais les formes, on ne pouvait pas s'en offusquer. Maman était maladroite, elle offensait facilement les gens ; or nous ne pouvions pas nous le permettre, par égard pour leur argent. Je me comportais ainsi parce que j'étais encore jeune, assez ingénue ; Maman, à cause de son âge, ne pensait qu'à l'argent. Je craignais d'être comme elle au bout de quelques années, et de voir mon cœur comme le sien vieillir avec le temps et devenir peu à peu dur comme l'argent lui-même. C'est vrai, Maman n'était pas polie ; elle s'emparait à l'occasion du portefeuille d'un client, ou gardait son chapeau ou tout autre objet monnayable tels que ses gants ou sa canne. J'avais peur que cela ne nous attire des ennuis, mais, comme disait très justement Maman : « Tout est bon à prendre. En un an, nous vieillissons de dix. Qui voudra encore de toi dans quelques années, quand tu auras l'air d'en avoir cinquante de plus ? » Si un client était ivre, elle le faisait sortir et l'entraînait dans un endroit écarté où elle lui prenait jusqu'à ses chaussures. Aussi surprenant que cela paraisse, ces gens ne revenaient jamais réclamer leur dû, soit qu'ils n'aient pu se souvenir de rien, soit qu'ils soient tombés malades. Ou bien, le souvenir de l'incident leur faisait honte et ils ne voulaient pas faire d'histoires. Nous n'avions pas peur de perdre la face ; eux, si.

XXXIX

Maman avait raison ; en un an, nous vieillissions de dix. Je remarquai combien j'avais changé en deux ou trois ans. J'avais la peau rêche et les lèvres desséchées, mes yeux avaient perdu tout éclat et étaient injectés de sang. J'avais beau me lever très tard, je manquais toujours d'entrain. Je n'étais pas la seule à m'en apercevoir, mes clients n'étaient pas aveugles non plus. Les habitués se faisaient de plus en plus rares. Je me donnais beaucoup de mal avec les nouveaux, mais ils ne m'en dégoûtaient que plus et je n'arrivais pas toujours à me dominer. J'étais irascible et je disais n'importe quoi, je n'étais plus la même. Malgré moi, je me laissais entraîner à dire des bêtises. Les hommes cultivés ne me fréquentaient plus guère ; car j'avais perdu ma grâce et mon charme ; je n'étais plus « le petit oiseau niché au creux de leur main », pour reprendre la seule phrase poétique de leur répertoire. Je dus imiter les putains de bas étage et m'accoutrer de manière humiliante pour attirer les rustres. Ma bouche peinte semblait une grenade rouge sang, je les mordais de toutes mes forces, et cela leur faisait plaisir. Je me voyais parfois déjà morte. Chaque *yuan* que je recevais me faisait mourir à petit feu ; l'argent prolonge la vie, mais quand on le gagne comme moi, c'est le contraire qui se produit. Je me voyais mourir et attendais la mort. Avec cette idée en tête, je ne pensais plus à rien d'autre et vivais au jour le jour. Maman était mon ombre, l'image de ce qu'au mieux je serais un jour. Quand on a sa vie durant fait commerce de son corps, il ne vous reste pour finir que des cheveux blancs et une peau noire toute ridée. C'est ça, la vie.

XL

Je me forçais à rire, je feignais l'hystérie, je pleurais sans en être soulagée. Ma vie n'avait rien d'enviable, et je m'y accrochais. Et puis, je n'étais pas responsable de ce que je faisais. Chez moi, la crainte de la mort ne s'expliquait que par l'amour de la vie. Les souffrances de l'agonie ne me faisaient pas peur, celles que j'endurais étaient pires. J'aimais la vie et l'aurais voulue autre, mais mon rêve d'une vie idéale avait cédé aussitôt la place à une réalité pire qu'un cauchemar, à l'enfer ! Voyant combien j'étais malheureuse, Maman me conseilla de me marier. Je mangerais à ma faim, et ses vieux jours seraient assurés. J'étais son espoir. Mais qui voudrait m'épouser ?

XLI

J'avais connu tant d'hommes que j'avais oublié l'amour Je n'avais aimé que moi-même, mais ne le pouvais même plus ; pourquoi en aimer un autre ? Si je cherchais à me marier, il fallait que je simule l'amour et prétende vouloir vivre avec cet homme jusqu'à la fin de mes jours. Je le dis, et à plus d'un, avec force serments, mais personne ne voulut de moi. Les hommes sont malins quand il est question d'argent. Ils préfèrent les liaisons passagères aux prostituées, cela leur coûte moins cher ! Si je n'avais pas eu besoin d'argent, ils auraient tous affirmé qu'ils m'aimaient, j'en suis sûre.

XLII

C'est alors que je fus arrêtée par la police. Le nouveau magistrat de la ville était un ardent défenseur de la morale qui voulait éliminer la prostitution clandestine. Les prostituées en maison pouvaient poursuivre leurs activités ; car, quand on paye des impôts, on a le bon droit et la morale pour soi. Ils me mirent dans un établissement de rééducation où on m'apprit à travailler. Je savais déjà laver, faire la cuisine, coudre et tricoter : si ces connaissances m'avaient permis de gagner ma vie, j'aurais depuis longtemps abandonné mon pénible métier. Je le leur dis, mais ils ne me crurent pas et affirmèrent que j'étais une propre à rien et une dévoyée. Non contents de m'apprendre à travailler, ils prétendirent que je devais aimer mon travail. L'amour du travail me permettrait de subvenir à mes besoins et peut-être de me marier. Je ne partageais pas leur optimisme. Leur bilan le plus positif était d'avoir déjà rééduqué et marié une douzaine de femmes. Pour venir ici se chercher une femme, il suffisait de verser deux *yuans* pour les frais de procédure et d'offrir de solides garanties financières. C'était avantageux, du moins pour l'homme. A mon avis, c'était une farce. Je refusai carrément d'être rééduquée. Je crachai au visage d'un haut fonctionnaire venu nous inspecter. Ils refusèrent de me relâcher, car j'étais dangereuse, mais renoncèrent à me rééduquer. Je fus envoyée en prison.

XLIII

La prison est l'endroit idéal pour vous convaincre que l'humanité ne s'améliorera jamais. Même en rêve, je n'ai jamais vu quelque chose d'aussi sordide. Mais j'y suis et ne songe pas à en sortir. Si j'en crois mon expérience, le monde extérieur ne vaut guère mieux. Je n'aurais pas envie de mourir si je connaissais un lieu plus accueillant où aller. Puisqu'il n'en existe pas, peu importe où je mourrai. Ici au moins, j'ai revu pour la première fois depuis longtemps mon vieil ami, le croissant de lune. Que fait Maman ? Je reste avec mes souvenirs.

PETIT GLOSSAIRE[1]

B

baozi 包子 : pain farci, qui accompagne souvent les repas ordinaires.

bing 餅 : galette de blé.

C

caiquan 猜拳 : jeu analogue au jeu de la mourre.

1. Ce glossaire, très sommaire, est limité au vocabulaire figurant en transcription *pinyin* et en italiques dans le texte. Pour plus de précisions concernant le dialecte pékinois proprement dit et les expressions ou tournures de phrases relevant des idiotismes locaux (*tuhua*), on peut consulter deux excellents dictionnaires japonais :

Kuraishi Takeshirô, *Chûgokugo jiten*, Iwanami Shôten, Tôkyô, 1963.
Aichi Daigaku (ed.), *Chûni dai jiten*, Tôkyô, 1973.

L'un comme l'autre ont intégré dans leurs corpus respectifs de très nombreux emprunts aux nouvelles, récits et romans de Lao She, y compris plusieurs expressions appartenant aux différents jargons professionnels.

En dehors de ces deux dictionnaires, on a eu recours à divers lexiques dialectaux. Deux d'entre eux méritent ici d'être mentionnés. Le premier, dont la préface, fort intéressante pour l'histoire du pékinois, a été écrite par Lao She lui-même, a été compilé par Jin Shoushen sous le titre : *Beijinghua yuhui* (Pékin, Shangwu yinshuguan, 1965). Le second est celui de Fu Zhaoyang, *Fangyan ci li shi* (Pékin, Tongsu dushuwu chubanshe, 1957).

D

dayuan 大院 ou *dazayuan* 大雜院 : terme pékinois désignant un type d'habitation regroupant plusieurs familles pauvres dans une seule et même cour, au milieu d'une grande promiscuité, mais établissant aussi des relations étroites entre les voisins. Cette « communauté organique » (*Gemeinschaft*), par opposition à la « collectivité mécanique » (*Gesellschaft*), est à l'origine des mœurs, au sens de Norbert Elias (« une culture de la promiscuité », *La civilisation des mœurs*, tome I, Paris, 1973, p. 135 sq.), de la sociabilité et de l'urbanité pékinoises.

G

gongdeng 宫燈 : « lampes du Palais », grosses lanternes que l'on sortait notamment le quinzième soir de la première lune, lors de la Fête des Lanternes (*dengjie* 燈節), à l'occasion de laquelle on mangeait des boulettes spéciales de riz glutineux (*yuanxiao* 元宵).

guiju 規矩: « principes », « traditions » ou « règles de conduite » caractérisant l'urbanité pékinoise.

H

hutong 胡同 : ruelle de terre battue, parfois très étroite et tortueuse, dont le nom est une des caractéristiques de l'urbanisme pékinois.

J

jiaozi 餃子 : raviolis farcis de viande ou de légumes cuits à l'eau bouillante. Mets courant, surtout à l'époque du Nouvel An.

K

kailu 開路 : escorte servant d'« avant-garde » pour les processions organisées notamment lors des *miaohui* (廟會).

kang 炕 : lit de briques recouvert d'une natte et chauffé avec les braises du foyer domestique. Plusieurs personnes pouvaient y prendre place. Ce type de lit est encore caractéristique de la Chine du Nord.

kongzheng 空箏 : sorte de diabolo typiquement pékinois.

L

li 里 : mesure de distance équivalent aujourd'hui à 500 mètres, mais à plus de 600 à l'époque républicaine.

M

mantou 饅頭 : petit pain cuit à la vapeur.

maoniao 貓尿 : mot à mot « pipi de chat », sorte d'alcool de mauvaise qualité ou « gnôle ».

meihur 煤核兒 : escarbilles de charbon, que les gens pauvres, en particulier les enfants, ramassaient et qu'on brûlait dans les poêles (*huolu* 火爐) pour se chauffer ou faire la cuisine.

menduor 門垛兒 : borne du seuil.

menkanr 門坎兒 : sorte de seuil formé par la partie basse du chambranle de la porte des maisons pékinoises.

miantiao 麵条 : nouilles de blé.

miaohui 廟會 : « foire de pagode », fête organisée périodiquement par différents temples de Pékin ou situés hors de la capitale. La plus célèbre était celle de Miaofengshan, qui était l'occasion d'un important pèlerinage à la déesse du taoïsme correspondant à la Guanyin du Panthéon bouddhiste.

moxini 摸稀泥 : « passer une simple couche de plâtre », négligence analogue au *fuyan* (敷衍), qui consiste, dans les relations humaines comme au travail, à trouver tous les expédients possibles pour s'en sortir à bon compte.

P

pailou 牌樓 : arc de triomphe ornant certaines rues menant notamment à des temples, ou simple portique placé à l'entrée d'un magasin.

piaoyou 票友 : mot à mot « amateur au billet ». Au début de la dynastie Qing (1644-1911), les autorités mandchoues se rallièrent un certain nombre de Chinois en leur faisant distribuer des billets de théâtre. Par la suite, les bénéficiaires devinrent les meilleurs propagandistes du nouveau régime et de l'opéra. A l'époque où Lao She écrit, le terme désigne simplement des artistes d'opéra amateurs, souvent regroupés en associations influentes dans de nombreux domaines, non seulement culturels, mais aussi politiques.

pugai 鋪蓋 : nécessaire pour la nuit, i.e. couverture (*gai* 蓋) et matelas (*pu* 鋪) roulés l'un sur l'autre et formant une sorte de bagage rudimentaire ou de balluchon.

S

shaobing 燒餅 : galette de farine.

shaohuo 燒活 : effigies de papier destinées à être brûlées lors des cérémonies funéraires.

T

taishi shaoshi 太獅少獅 : hommes-lions et lionceaux faisant partie des cortèges lors des fêtes religieuses.

W

wenming 文明 : selon les cas, le terme désignait la « civilisation » au sens étranger du terme, les gens « cultivés » par opposition aux personnes illettrées, ou simplement la « politesse » dans les rapports humains.

wowotou 窩窩頭 : pain grossier, fait avec de la farine de maïs, en forme de pyramide au fond percé d'un trou.

wuhugun 五虎棍 : danse au bâton, dite « aux cinq tigres », jouée lors des fêtes religieuses.

X

xianshu 憲書 : sorte d'almanach populaire, aussi appelé *huangli* (黄曆) indiquant les jours fastes et néfastes.

Y

yamen 衙門 : siège de l'administration impériale.

yangbang 殃榜 : formule d'exorcisme, servant couramment de permis d'inhumer lorsqu'un décès intervenait dans une famille.

ye 野 ou *yeman* 野蠻 : « sauvage », « brutal » par opposition à *wenming*.

yuan 圓 : monnaie chinoise d'argent, qui n'a plus cours aujourd'hui, mais qui, comme le *yuan* actuel, était divisée en dix *maos* et cent *fens*. A l'époque où se situent la plupart des nouvelles, c'est-à-dire à la fin de l'Empire et sous la République, les pièces correspondant aux *fens* ou « centimes » étaient des « sous de bronze » (*tongzir* 銅子兒), distincts des anciennes « sapèques » (*zhiqian* 制錢), qui, elles, étaient percées d'un trou carré.

BIBLIOGRAPHIE

I. LISTE DES NOUVELLES ET RÉCITS TRADUITS[1]

La lance de mort (Duanhun qiang) : Da gong bao (22 septembre 1935) ; *Ge zao ji* (Les coquillages et les algues), Kaiming shudian, Shanghai, novembre 1936, pp. 11-23.

Une vieille maison (Lao zihao) : Xin wenxue (1, mai 1935) ; *Ge zao ji*, pp. 1-10.

Histoire de ma vie (Wo zhe yibeizi) : Wenxue (IX, 1, juillet 1937) ; *Huoche ji* (Le train), Shanghai Zazhi gongsi, Shanghai, août 1939, pp. 103-195.

Les voisins (Linjumen) : Shuixing (II, 1, avril 1935) ; *Ying hai ji* (Le cerisier et la mer), Renjian shuwu, Shanghai, août 1935, pp. 175-194.

Dans la cour de la famille Liu (Liujia dayuan) : Gan ji (A la hâte), Liangyou tushu gongsi, Shanghai, septembre 1934, pp. 140-158.

Le nouvel inspecteur (Shangren) : Wenxue (III, 4 octobre 1934) ; *Ying hai ji*, pp. 1-30.

Un ami d'enfance (Waimaor) : Wenyi yuekan (IV, 4, octobre 1933) ; *Gan ji*, pp. 121-139.

L'amateur d'opéra (Tu) : Huoche ji, pp. 21-48.

Le croissant de lune (Yueyar) : Guowen zhoubao (XII, 12-13-14, avril-mai 1935) ; *Ying hai ji*, pp. 195-242.

1. Dans la mesure du possible, les indications fournies donnent, d'abord, la parution en revue, puis la publication en recueil.

II. ŒUVRES DE LAO SHE[2]

La philosophie de Lao Zhang (Lao Zhang de zhexue), Shangwu yinshuguan, Shanghai, janvier 1928.

Zhao Ziyue (Zhao Ziyue), Shangwu yinshuguan, Shanghai, avril 1928.

La cité des Chats (Mao cheng ji), Xiandai shuju, Shanghai, août 1933. Geneviève François-Poncet trad., Presses orientalistes de France, Paris, 1981.

Divorce (Lihun), Liangyou tushu gongsi, août 1933. Paul Bady et Li Tche-houa trad., *La Cage entrebâillée*, Gallimard, « Du Monde Entier », 1986.

La vie de Niu Tianci (Niu Tianci zhuan), Renjian shuwu, Shanghai, mars 1936. Lu Fujun et Christine Mel trad., *Un fils tombé du ciel*, Arléa, 1989.

Le pousse-pousse (Luotuo Xiangzi), Renjian shuwu, Shanghai, mars 1939. François Cheng trad., Robert Laffont, Paris, 1973.

Quatre générations sous un même toit (Si shi tong tang), Chenguang chuban gongsi, Shanghai, tome I, janvier 1946, tome II, novembre 1946 ; le tome III n'a été publié en volume que très tardivement à Hong Kong, Wenhua shenghuo chubanshe, janvier 1975

La maison de thé (Chaguan), Zhongguo xiju chubanshe, Pékin, juin 1958.

Les Boxers (Yi he tuan), pièce de théâtre parue sous le titre *Shen quan* (Le poing magique), Zhongguo xiju chubanshe, Pékin, 1963.

J'aime tant le nouveau Pékin (Wo re'ai xin Beijing), Beijing chubanshe, Pékin, avril 1979.

2. Ne figurent ici que les principales œuvres de l'écrivain relatives à la vie pékinoise à l'époque des nouvelles et récits traduits. Pour une bibliographie plus complète, cf. Zbigniew Slupski, *The Evolution of a Modern Chinese Writer*, Academia, Prague, 1966, pp. 105-120 ; voir également la bibliographie établie par la fille de l'écrivain, Shu Ji, « *Lao She zhu yi mulu* », *Shehui kexue zhanxian*, 1979, 1, pp. 334-339. Sur les œuvres retrouvées ou laissées inachevées, cf. notre étude « Les portes du temps : Lao She perdu et retrouvé » (*Journal asiatique*, t. CCLXXII, 1-2, 1984, p. 133-166).

Les œuvres indiquées sont classées, sans distinction de genres, par ordre chronologique de parution.

Sous la bannière rouge (Zheng hong qi xia), Renmin wenxue chubanshe, juillet 1980. Paul Bady et Li Tche-houa trad., *L'enfant du Nouvel An,* Gallimard, « Du Monde Entier », 1986.

Les conteurs au tambour (Gushu yiren), Renmin wenxue chubanshe, Pékin, octobre 1980 (traduction en chinois par Ma Xiaomi d'un livre paru sous le titre *The Drum Singers,* Harcourt Brace & Co., New York, 1952) dans la version d'Helena Kuo mais dont le texte original est considéré comme perdu.

III. PRINCIPALES ÉTUDES SUR LAO SHE

ANTIPOVSKII A. A., *Ranne je tvorčestvo Lao Sě* (The Early Works of Lao She), Nauka, Moscou, 1967.

BADY Paul (trad.), *Lao She, Lao niu po che, Essai autocritique sur le roman et l'humour,* Bulletin de la Maison Franco-Japonaise, Nouvelle Série, Tome IX, 3-4, Presses Universitaires de France, Paris, 1974.

— « Death and the Novel : on Lao She's'Suicide' », suivi de : « Rehabilitation : A Chronological Poscript », in George Kao (ed.), *Two Writers and The Cultural Revolution : Lao She and Chen Jo-hsi,* The Chinese University Press, Hong Kong, 1980, pp. 5-20.

— « Lao She et l'art de la nouvelle », in *Etudes d'Histoire et de Littérature Chinoises offertes au Professeur Jaroslav Průšek,* Bibliothèque de l'Institut des Hautes Etudes Chinoises ; volume XXIV, Paris, 1976, pp. 13-37.

— « La Chine du *Pousse-pousse* », *Critique,* 337, juin 1975, pp. 599-614.

— « Pékin ou le microcosme dans *Quatre générations sous un même toit* » *T'oung Pao,* vol. LX, 4-5, pp. 304-327.

BIRCH Cyril, « Lao She : The Humorist in His Humor », *The China Quaterly,* 8, October-December 1961, pp. 45-62.

HU Jinquan, *Lao She he tade zuopin* (Lao She et son œuvre), Wenhua shenghuo chubanshe, Hong Kong, 1977.

SLUPSKI (Zbigniew), *The Evolution of a Chinese Writer : An Analysis of Lao She's Fiction with Biographical and Bibliographical Appendices,* Academia, Prague, 1966.

VOHRA Ranbir, *Lao She and the Chinese Revolution*, Harvard University Press, Cambridge, Mass., 1974.

IV. OUVRAGES ET ARTICLES RELATIFS À PÉKIN

A quelques exceptions près, les ouvrages mentionnés sont tous des titres occidentaux. Souvent de valeur très inégale, ils fournissent néanmoins de précieuses observations et d'importants documents iconographiques complétant ceux que nous avons pu réunir pour le présent livre. Malgré l'existence de quelques travaux de pionniers, tels ceux d'Arlington, de Juliet Bredon, de Mgr Favier, de Sidney Gamble, de Wilhem Grube, d'Isaac Taylor Headland, de Tun Li-ch'en traduit par Derk Bodde ou d'Uchida Michio, l'ethnologie pékinoise reste à écrire, notamment pour la période où, depuis longtemps sinisés, les Mandchous ont poussé la culture chinoise au-delà d'elle-même, jusqu'à la pointe extrême de son raffinement, sinon de sa puissance. Comme on le sait, Cao Xueqin, l'auteur du célèbre *Rêve dans le Pavillon Rouge*, était mandchou et a vécu longtemps à Pékin.

A l'heure où Lao She écrit, l'apogée de la culture impériale est déjà loin, et la décadence s'est accélérée. Comme le rappelle Chiang Monlin (*Tides from the West*, Yale University Press, New Haven, 1947, p. 104) : « En l'espace de quelques années, tous les descendants de la race conquérante avaient disparu au milieu de ceux qui avaient subi la conquête. Les Mandchous avaient cessé d'être pour toujours. Des images de la vie qu'ils menaient traînent encore dans ma mémoire, mais les histoires qui les concernaient ont sombré dans le folklore. »

La tragédie des Mandchous après la chute de l'Empire est évoquée par un autre témoin Tong Y. L., dès 1923 : « Leur nombre est, certes, relativement restreint, mais leur situation est des plus tragiques, car la plupart de ceux qui sont à présent réduits à un état de pauvreté sans nom ont aussi connu des jours de grande prospérité et d'aisance. Pour eux, la misère est plus dure encore que pour les autres. Sans chercher à noircir le tableau, on peut voir aujourd'hui des Mandchous de noble extraction tirer des pousse-pousse tandis que leurs femmes sont employées comme domestiques. Le plus triste, c'est que plusieurs de leurs filles sont condamnées à une vie dégradante, rien que pour subvenir à leurs propres besoins et à ceux de leurs familles. Il est de notoriété publique qu'il y a au moins sept mille prostituées clandestines dans la ville et que la plupart d'entre elles sont des Mandchoues. On a même relevé des cas de filles et de femmes mandchoues se travestissant et se recouvrant la tête pour tirer des pousse le soir. Presque toutes les semaines ont lieu des suicides par pendaison ou noyade. Les journaux chinois sont pleins de ce genre d'histoires. » (« Social Conditions and Social Service Education in Peking », *The Chinese Social and Political Science Review,* VII, 3, juillet 1923, p. 82.)

Un dernier observateur n'hésite pas à assimiler les Mandchous aux Indiens d'Amérique : « Longtemps avant la chute de la dynastie des Tsing, les Mandchoux [*sic*] avaient vendu aux Chinois leurs maisons de la ville intérieure. Depuis l'avènement de la République, les Mandchoux ont été dénués, et maintenant, même les nobles vendent leurs palais et leurs curios aux enchères. Les Mandchoux plus pauvres font de Hsichimen leur quartier général, et bientôt, ils seront chassés de la ville pour des raisons d'économie. La population actuelle de Peiping est estimée à un million deux cent mille habitants dont un tiers est Mandchou. Maintenant, très peu de ces quatre cent mille Mandchoux vivent par eux-mêmes ou gagnent leur vie décemment. L'on dit que leur profession la plus élevée est d'apprendre aux étrangers le dialecte pékinois. Ces maîtres peuvent gagner de dix à trente dollars [*yuans*] par mois. L'emploi suivant est de se faire acteur, car ils ont d'ordinaire de bonnes voix et des figures gracieuses. Ils peuvent évidemment gagner davantage que les maîtres, mais beaucoup de Mandchoux qui se respectent n'aiment pas monter sur scène. Ensuite, sur les huit mille agents de police de Peiping, il n'y en a pas moins de six mille qui soient Mandchoux. Ceci explique sans doute pourquoi la police locale, dont les membres ont leurs familles et leurs parents à Peiping, ne fait jamais d'ennuis, même lorsqu'elle n'a pas été payée depuis longtemps, en temps de crise. Cependant, l'occupation la plus courante des pauvres Mandchoux est celle de tireur de pousse. Il y a trente mille pousse dans cette ville, et chaque véhicule est tiré par deux hommes, un le jour, l'autre la nuit. Ainsi, il y a soixante mille tireurs de pousse à présent, mais le coolie moyen nourrit trois personnes. Maintenant imaginez-vous que ces bêtes de somme humaines sont les descendants directs des conquérants de la Chine il y a trois cents ans ! Quel sort cruel ! Les femmes et les enfants de cette race infortunée ont souffert même davantage que les hommes [...] Beaucoup des femmes plus jeunes et plus jolies gagnent leur vie dans les maisons de prostitution [...] La plupart de nos actrices et de ces diseuses de bonne aventure à Tienchiao (près du Temple du Ciel) sont Mandchoues. De plus, de nombreuses filles de familles décentes ont été vendues aux Chinois comme concubines [...] Une nièce de l'ex-empereur fut récemment forcée d'épouser le fils du propriétaire d'un restaurant local, simplement à cause du fait que son père devait à ce dernier quatre mille dollars. Et presque tous les enfants qui ont peu ou pas du tout d'habits l'hiver, et qui courent après les pousse dans les rues, sont les fils et les filles de nos agents de police, et autres Mandchoux qui n'ont pas été payés depuis longtemps. Si l'on se base sur les conditions actuelles, il semble probable que les Mandchoux, comme peuple, s'éteindront comme les Indiens Peaux-Rouges d'Amérique. » (Jermyn Lynn, « Les Mandchoux d'hier et d'aujourd'hui », *La politique de Pékin*, 12 avril 1930, p. 405.)

La dégénérescence des Mandchous, selon l'historien John King Fairbank, ne daterait pas seulement des dernières années, ou des années postérieures à la fin de l'Empire : « Leur vie facile et leur accroissement numérique, joints à la hausse des prix de la fin du XVIIIe siècle, à leur absence prolongée de responsabilités militaires et à l'augmentation de la corruption dans la répartition de leurs maigres soldes, tout s'est combiné dans la dernière partie de la dynastie pour faire des hommes des bannières un ensemble de gens démoralisés, incapables et sur qui on ne pouvait compter. » (*East Asia : The Great Tradition*, George Allen & Unwin, London, p. 365.) Ce jugement sévère doit être tempéré si l'on veut tenir compte des sentiments antimandchous de la grande majorité de la population chinoise, qui acceptait mal de payer et de nourrir une importante minorité souvent oisive, voire dissolue : « Ce fut seulement avec le déclin de la maison régnante, le pouvoir grandissant de la rébellion dans le Sud, et le désir de trouver un bouc émissaire sur lequel faire retomber tous les maux de la Chine qu'une haine quasiment raciale est apparue contre les Mandchous, une haine qui est aujourd'hui entretenue dans les livres de classe et les doctrines politiques », écrit plus justement Owen Lattimore (*Manchuria, Craddle of Conflict,* New York, 1932, p. 72). Selon un témoin direct, le « misérable prolétariat mandchou » fut privé de sa solde par le décret du 27 septembre 1907, qui supprimait toute distinction entre Mandchou et Chinois, ainsi que par l'ancien « privilège » en vertu duquel un Mandchou ne pouvait exercer aucun autre métier que celui des armes (cf. Jean Rodes, *La Chine nouvelle,* pp. 134-136). Elu député à l'Assemblée Nationale Populaire en 1954, réélu en 1959, Lao She y représentait la minorité mandchoue (*manzu*). Au cours de l'été 1964, l'écrivain a passé un mois dans le district de Miyun au nord-est de Pékin, où une brigade de production agricole rassemblait de nombreux anciens soldats de l'Empire, Mandchous et Mongols. Ceux qui, jusqu'à la fin de l'Empire, avaient joui de « revenus assurés » (*tiegan zhuangjia*) sous forme de solde (*qian*) et de ration alimentaire (*liang*), devaient désormais travailler de leurs mains pour vivre. (« Notes brèves prises à la campagne » (*Xiangxia jian ji*), *Wo re' ai xin Beijing, op. cit.,* pp. 36-38.)

A la veille de l'invasion japonaise, Edgar Snow notait enfin : « Quelque chose devait arriver à Pékin. C'était une anomalie dont les jours étaient comptés, une survivance de type médiéval où plus d'un million d'hommes vivaient au milieu des splendeurs et du butin accumulés pendant des siècles à l'intérieur de son étonnant réseau de murs... Pékin était la ville des courtisans à la retraite et des soldats impériaux, des lettrés et des propriétaires fonciers loin de leurs terres, des moines et des commerçants spécialisés, la cité aussi où les tireurs de pousse-pousse eux-mêmes parlaient une langue raffinée ; une cité dont la noblesse apparaissait autant dans la réalisation que dans la conception, un trésor du point de vue de l'art, un lieu d'origine aristocratique mais aussi de décadence, doué de plus de charme que de caractère, où l'on rencontrait plus de malhonnêteté que de véritable dépravation ; une ville aux printemps doux et éclatants, aux automnes plus voilés, aux hivers tout illuminés par le soleil sur la neige des arbres ou la surface gelée des lacs ; une cité où le compromis est permanent et le rire facile, où le loisir et l'esprit de famille sont rois mais où règnent également la pauvreté et la tragédie, ainsi que l'indifférence à la saleté. » (*Scorched Earth,* Victor Gollanz, London, 1941, p. 16.)

Lao She, qui a consacré plus des trois quarts de son œuvre à décrire la vieille capitale et ses habitants, était, en 1941, tout habilité à écrire : « Comme je suis né à Peiping, il n'est rien de la ville dont je ne sois pleinement familier : de ses activités (*renshi*), de ses paysages (*fengjing*), de ses odeurs ou saveurs (*weidao*), des cris de ses marchands ambulants, vendeurs de jus de prunelles (*suanmeitang*) ou de thé aux amandes d'abricot (*xingrencha*). Il me suffit de fermer les yeux pour qu'aussitôt mon Peiping m'apparaisse dans sa plénitude et que je n'aie plus qu'à reproduire la peinture aux vives couleurs qui toujours surnage au fond de mon cœur : c'est comme une onde pure, où je n'ai qu'à tendre la main pour y saisir le plus frétillant des poissons » (« Mon œuvre durant les trois dernières années » (*Sannian xiezuo zishu*), *Kangzhan wenyi,* VII, 1, 1er janvier 1941).

Lorsque quinze ans plus tard, l'écrivain composera sa plus belle pièce de théâtre, *La maison de thé,* il remarquera de même : « Les endroits et les gens aujourd'hui continuent d'être vivants dans mon esprit. En les décrivant, j'ai découvert que j'avais retrouvé mon " style personnel " et j'ai pu écrire facilement. Cela m'a montré une fois de plus combien il est important de bien savoir de quoi on parle. Je me sens toujours plus chez moi lorsque j'évoque le passé que lorsque je dépeins le présent. » (« A Writer Speaks of Writing », *China Reconstructs,* novembre 1956, p. 3.)

ACTON Harold, *Memoirs of an Aesthete,* Methuen, London, 1931.

ARLINGTON L. C. et ACTON Harold, *Famous Chinese Plays,* Henri Vetch, Peiping, 1937.

— *The Story of the Peking Hutungs,* Henri Vetch, Peiping, 1931.

ARLINGTON L.C. et LEWISOHN William, *In Search of Old Peking,* Henri Vetch, Peiping, 1935.

BACKHOUSE E. et BLAND J. O. P., *Annals and Memoirs of the Court of Peking,* Houghton Mifflin, New York, 1914.

BADY (Paul) et JONATHAN (Philippe), « Pékin : notes de lecture », *Revue d'esthétique,* n° 5, 1983, pp. 79-90.

Beijing de huiyi (Souvenirs pékinois), Wenhua shenghuo chubanshe, Hong Kong, 1975.

Beijing lao Tianqiao (Le vieux Pont du Ciel de Pékin), Beijing chubanshe, 1990.

Beijing mingsheng guji cidian (Dictionnaire des vestiges célèbres de Pékin), Beijing yanshan chubanshe, 1989.

Beijing minjian fengsu baitu (Cent gravures sur les coutumes populaires pékinoises), Shumu wenxian chubanshe, Beijing, 1982.

BODDE Derk (trad.), *Annual Customs and Festivals in Peking,* Henri Vetch, Peiping, 1936, rééd. Hong Kong University Press, 1965.

BOGAN M. L. C., *Manchu Customs and Superstitions,* Tientsin-Peking, 1928.

BONNARD Abel, *En Chine (1920-1921),* Fayard, Paris, 1924.

BOUCHOT Jean, *Scènes de la vie des hutungs, Croquis des mœurs pékinoises,* Albert Nachbaur, Pékin, 1922.

BOUILLARD G., *Péking et ses environs,* Albert Nachbaur, Pékin, 1925.

BREDON Juliet, *Peking, A Historical and Intimate Description of Its Chief Places of Interest,* Kelly and Walsh, Shanghai, 1931.

BREDON Juliet et MITROPHANOV Igor, *The Moon Year,* Kelly and Walsh, Shanghai, 1927.

BRETSCHNEIDER Emile, *Recherches archéologiques et historiques sur Pékin et ses environs,* Ernest Leroux, Paris, 1879.

BYRAM Leo, *Mon ami Fou-Than, roman de mœurs chinoises* Calmann-Lévy, Paris, 1910.

CAIL Odile, *Guide de Pékin,* Denoël, Paris, 1973.

CAMERON Nigel et BRAKE Brian, *Peking : A Tale of Three Cities,* Harper and Row, New York, 1965.

CHANG K. C., *Food in Chinese Culture,* Yale University Press, New Haven, 1977.

CHEN Shizeng, *Beijing fengsu tu* (Tableaux des coutumes de Pékin), Beijing guji chubanshe, 1986.

CHEN Zishi, *Beiping tongyao xuanji* (Peiping Nursery Rhymes), Da Zhongguo tushu gongsi, Taipei, 1968.

— *Beiping xiehouyu cidian* (A Dictionary of Peiping Slanguage), Da Zhongguo tushu gongsi, Taipei, 1969.

The China Yearbook 1933, North-China Herald, Shanghai, 1933.

The Chinese Year Book 1935-1936, The Chinese Year Book Publishing Co., The Commercial Press, Shanghai, 1935.

CORMACK Annie, *Chinese Birthday, Wedding, Funeral and Other Customs*, The Commercial Press, Peking, 1923.

DORN Frank, *A Map and History of Peiping*, The Peiyang Press, Tien tsin-Peiping, 1936.

DU Liancheng (ed.), *Beijing xin lao zihao mingbian huicui* (Recueil des enseignes de magasins de Pékin), Zhongguo wenlian chubanshe, Beijing, 1990.

DUBOSCQ André, *Sous le Ciel de Pékin*, Georges Crès, Paris, 1919.

EDKINS J., *Description of Peking*, Shanghai Mercury, Shanghai, 1898.

Recent Changes at Peking, Shanghai Mercury, Shanghai, 1902.

FAVIER Mgr Alphonse, *Péking, histoire et description*, Desclée de Brouwer, 1900.

GAMBLE SIDNEY D., *How Chinese Families Live in Peiping : A Study of the Income and Expenditure of 283 Chinese Families Receiving from 8 to 550 Silver per Month, field work in charge of Wang Ho-ch'en and Liang Jen-Ho*, New York, 1933.

Peking, a Social Survey, Oxford University Press, London, 1921.

GRESSIER Chantal, *Pékin*, Le Seuil, 1981.

GRUBE Wilhem, *Zur Pekinger Volkskunde*, Berlin, 1901.

HEADLAND Isaac Taylor, *The Chinese Boy and Girl*, Fleming H. Revell, New York, 1901.

— *Chinese Mother Goose Rhymes*, Fleming H. Revell, New York, 1900.

— *Court Life in China : the Capital, its Officials and People* New York, 1909.

HOMMEL Rudolf, *China at Work*, John Day, New York 1937.

HOSIE Lady, *Portrait of a Chinese Lady*, Hodder and Stoughton, London, 1929.

HOU J. C., « Topographical Setting and Geographical Relations of Peking », *Yenching Journal of Social Sciences* (V. 1 July 1950, pp. 1475-1482).

JAMETEL Maurice, *Pékin, souvenirs de l'Empire du Milieu*, Plon, Paris, 1887.

JIA Caizhu (ed.), *Beijinghua erhua cidian*, Yuwen chubanshe, Beijing, 1990.

JIANG Deming (ed.), *Beijing hu* (Pékin !), Sanlian shudian, Beijing, 1992, 2 vol.

Jinju jumu chutan (Répertoire élémentaire des opéras de Pékin), Zhongguo xiju chubanshe, Beijing, 1962.

Jiu du wenwu lüe (Le patrimoine de la vieille capitale), Guoli gugong bowuguan, Peiping, décembre 1935, rééd. Taipei, 1971.

JOHNSON Kinchen, *Peiping Rhymes*, The Commercial Printing Co, Peiping, 1932.

KATES G. N., *Chinese Household Furniture*, Dover, New York, 1962.

LALOY Louis, *Miroir de Chine*, Desclée de Brouwer, Paris, 1933.

Lao Beijing dianpu de zhaohuang (Enseignes des boutiques du Pékin d'autrefois), Bowen shushe Beijing, 1987.

LI Sa (ed), *Beiping geyao xuji* (Recueil complémentaire de chansons de Peiping), Ming she chuban bu, Peiping, 1930.

LIN Yutang, *Pékin, Cité impériale, sept siècles d'histoire*, Albin Michel, Paris, 1961.

LIU Dunzhen, *La maison chinoise*, trad. française, Berger-Levrault, Paris, 1980.

LOTI Pierre, *Les derniers jours de Pékin*, Calmann-Lévy, 1901.

LOWE H. Y., *The Adventures of Wu : the Life Cycle of a Peking Man*, The Peking Chronicle Press, Peking, 1940.

LONGEON, Jean-Pierre et Patrice, *La Chine, Images de la vie quotidienne 1925-1935*, Le Puy, 1980.

LUO Changpei, *Beiping suqu baizhong zhai yun* (Rimes choisies d'airs populaires pékinois), Guoming chubanshe Chongqing, 1942.

LYNN J. C. H., Social Life of the Chinese in Peking, Tientsin, 1928.

MAYERS William Frederick, *The Chinese Government*, Kelly and Walsh, Shanghai, 1897

MATIGNON Dr J. J., *La Chine hermétique, Superstitions, crime et misère,* Paul Geuthner, Paris, 1936.

MEYER Jeffrey F., *Peking as a Sacred City,* The Chinese Association for Folklore, Taipei, 1976.

MORRISSON Hedda, *A Photographer in Old peking,* Oxford University Press, 1985.

Paintings of Beijing Opera Characters by Dong Chensheng, Zhaohua, Beijing, 1981.

Peking, A Tourist Guide, Foreign Languages Press, Peking, 1960.

PELACOT Colonel de, *Expédition de Chine de 1900,* Charles Lavauzelle, Paris, s.d.

PELLIOT Paul, *Carnets de Pékin (1899-1901),* Imprimerie Nationale, Paris, 1976.

PETTIT Charles, *Le fils du grand Eunuque,* Flammarion, Paris, 1920.

— *L'homme qui mangeait ses poux,* Flammarion, Paris, 1922.

PIMPANEAU Jacques, *Chanteurs, conteurs, bateleurs, Littérature orale et spectacles populaires en Chine,* L'Asiathèque, Paris, 1977.

PU YI Aixinjueluo, *Wode qian ban sheng* (La première partie de ma vie), Qunzhong chubanshe, Pékin, 1978.

QI Rushan, *Beijing tuhua,* Beijing yanshan chubanshe, 1991.

Revue Française de Pékin (1982-1984).

RODES Jean, *A travers la Chine actuelle,* Fasquelle, Paris, 1932.

SEGALEN Victor, *René Leys,* Paris, 1922, rééd. Gallimard 1971.

— *Le Fils du Ciel, Chronique des jours souverains,* Flammarion, Paris, 1975.

SIRÉN Osvald, *The Imperial Palaces of Peking,* G. van Oest, Paris, 1926.

— *The Walls and Gates of Peking,* John Lane, London, 1924.

SONG Xiaocai (ed.), *Beijing huayu cihui shi,* Beijing yuyan xueyuan, 1987.

SOULIÉ de MORANT Georges, *Bijou-de-ceinture ou le Jeune Homme qui porte robe, se poudre et se farde,* Flammarion, Paris, 1925.

STRAND David, *Rickshaw Beijing : City people and politics in the 1920s,* University of California Press, 1989.

SWALLOW R. W., *Sidelights on Peking Life*, The French Bookstore, Peiping, 1930.

TAO L. K., « Handicraft Workers of Peking », *The Chinese Social and Political Science Review* (XIII, 1, January 1929, pp. 1-12).

TILLARD Paul, *Le Montreur de marionnettes*, Julliard, Paris, 1956.

UCHIDA Michio (éd.), *Pekin fûzoku zufu* (Tableau des coutumes pékinoises), Heibonsha, Tôkyô, 1964, rééd. 1969.

WANG Bin, *Shiyong Beijing jiexiang zhinan* (Guide pratique des rues de Pékin), Beijing yanshan chubanshe, 1989.

WANG Yuyi, *Jiujing fengsu baitu* (Old Beijing in Genre Paintings), Joint Publishing Co, Hong Kong, 1984.

WHITE Herbert C., *Peking the Beautiful*, The Commercial Press, Shanghai, 1927.

WU Zuguang, HUANG Zuolin et MEI Shaowu, *Peking Opera and Mei Lanfang*, New World Press, Pékin, 1981.

XU Shirong (ed.), *Beijing tuyu cidian*, Beijing chubanshe, 1990.

ZENG Nian, *Beijing*, photographies, Studio Publications, Hong Kong, 1990.

ZHANG Xiande, *Lao Beijing cheng chengmen shuicai huaji* (A Treasury of Chinese Watercolor Paintings of Beijing's Ancient City Gates), Beijing yanshan chubanshe, 1990.

ZUNG Cecilia S. L., *Secrets of the Chinese Drama*, Kelly and Walsh, Shanghai, 1937.

Composition et impression Bussière
à Saint-Amand (Cher),
le 15 mars 2007.
Dépôt légal : mars 2007.
1er dépôt légal dans la collection : avril 1993.
Numéro d'imprimeur : 071038/1.
ISBN 978-2-07-038727-4./Imprimé en France.

150300